BEDEUTENDE Briefe

Herausgegeben von
Felicia Englmann

Herausgegeben von
Felicia Englmann

BEDEUTENDE Briefe

Die außergewöhnlichsten deutschen Schriftstücke

Mit Briefen von
Richard Wagner, Martin Luther,
Johann Wolfgang von Goethe,
Friedrich Schiller, Wilhelm II.,
Alexander von Humboldt, Romy Schneider,
Karl Marx, Wolfgang Amadeus Mozart,
Ludwig van Beethoven, Albert Einstein,
Sophie Scholl und vielen anderen

mvgverlag

Bibliografische Information der Deutschen Nationalbibliothek:
Die Deutsche Nationalbibliothek verzeichnet diese Publikation in der Deutschen Nationalbibliografie; detaillierte bibliografische Daten sind im Internet über http://d-nb.de abrufbar.

Für Fragen und Anregungen:
info@mvg-verlag.de

1. Auflage 2016

Nymphenburger Straße 86
D-80636 München
Tel.: 089 651285-0
Fax: 089 652096

Umschlaggestaltung: Maria Wittek, München
Coverabbildungen: iStock/Shutterstock
Satz: Carsten Klein, München
Druck: CPI books GmbH, Leck
Printed in Germany

ISBN Print 978-3-86882-627-2
ISBN E-Book (PDF) 978-3-86415-807-0
ISBN E-Book (EPUB, Mobi) 978-3-86415-808-7

Inhalt

Vorwort

Seit die Menschen schreiben können, gibt es Briefe: schriftliche Nachrichten, die erst mit zeitlicher Verzögerung und meistens auch über räumliche Distanz hin beim Empfänger ankommen. Bevor es sie gab, konnten Menschen nur von Angesicht zu Angesicht kommunizieren – Rauchzeichen, Trommelsignale und andere nicht-wörtliche Kommunikation außer Acht gelassen.
Die ersten schriftlichen Botschaften entstanden vermutlich vor mehr als 5000 Jahren. Die Sumerer, Arkadier und Babylonier drückten Nachrichten in ihrer Keilschrift in Täfelchen aus weichem Ton. Die Ägypter wiederum schrieben mit Rußfarbe auf Papyrus, ein aus Gräsern hergestelltes Papier; ihre Schrift bestand aus detaillierten Bildern, den Hieroglyphen. Die südamerikanischen Indios übermittelten ihre Nachrichten mit einer komplizierten Knotenschrift. Tontäfelchen, Papyri und Knoten konnten von einem Boten vom Sender zum Empfänger gebracht werden. Das hatte den Vorteil, dass der Bote die Botschaft nicht auswendig lernen musste, dass er mehrere Botschaften zugleich transportieren und der Empfänger die Botschaft eindeutig nachvollziehen konnte. Er hatte es „schwarz auf weiß", wie es heute heißt.
Der Brief ist als Erfindung mindestens so praktisch wie das Rad – er bedeutete nicht weniger als eine Revolution der Kommunikation. Die Sprachen und Schriften, in denen er geschrieben wurde, kamen und gingen, und auch die Zahl derer, die lesen und schreiben konnten, änderte sich laufend. Meistens war es nur die gebildete Oberschicht, und auch das Schreibmaterial an sich war hochpreisig und damit nicht für jedermann verfügbar. Ein Brief war etwas Kostbares und enthielt wichtige Informationen. Ein Teil des Neuen Testaments der Bibel besteht aus Briefen – diese trugen damals, als sie in die ersten Gemeinden geschickt wurden, wesentlich zur Verbreitung des Christentums bei und sind heute ein Teil der christlichen Heilsbotschaft.
Die Bedeutung, die man Briefen beimaß, spiegelt sich in der deutschen Sprache. Etwas ist „verbrieft", wenn es urkundlich sichergestellt ist. „Brief" war lange Zeit ein Synonym für Urkunde; ein Adelsbrief etwa ist ein Dokument, das dem Inhaber bestätigt, dass er in den Adelsstand erhoben ist. Der Wappenbrief bestätigt dem Besitzer sein heraldisches Abzeichen. Ein Bürgerbrief war in früheren Jahrhunderten die Einbürgerungsurkunde in eine Stadt und somit die Garantie der Bürgerrechte für den Inhaber. Er hatte diese Rechte „mit Brief und Siegel" bekommen, also ganz sicher – Briefe im Sinne von Urkunden trugen immer echte Siegel.
Die ältesten erhaltenen Briefe in deutscher Sprache stammen aus dem frühen 14. Jahrhundert. Im ersten Moment verwundert es, dass es keine früheren deutschen Schriftzeugnisse gibt; es liegt vor allem daran, dass die Schriftsprache Mitteleuropas im Mittelalter das Lateinische war. Die Römer hatten es als Sprache der Verwaltung und des Militärs in Europa verbreitet, die Kirche als wichtigster Kulturträger des Mittelalters pflegte Latein weiter. Es bot die Möglichkeit, sich auch über Landesgrenzen hinweg zu verständigen, so wie Englisch das heute tut. Auch der Unterricht in den Klosterschulen wurde in lateinischer Sprache gehalten, alle wichtigen Bücher waren in lateinischer oder griechischer Sprache geschrieben, Latein war die Sprache der Gelehrten und Gebildeten. Martin Luther etwa schrieb sowohl seinen berühmten Brief an Albrecht von Brandenburg als auch seine 95 Thesen auf Latein. Auch wenn dieses Buch sich auf deutsche Briefe konzentriert, sind einige wenige lateinische Briefe dennoch enthalten; bei ihnen handelt es sich um wichtige Zeugnisse der deutschen Geschichte, die nicht ausgelassen werden dürfen. Sie sind jedoch nicht auf Latein transkribiert, sondern wurden übersetzt.
Volkssprachen wie die deutschen Dialekte waren die Sprachen des Alltags, für Fürsten und Kirchenleute ebenso wie für alle anderen Menschen. Ein überregional gleiches Standard-Deutsch mit Rechtschreib- und Grammatikregeln wie heute gab es noch nicht, als die ersten Briefe auf Deutsch geschrieben wurden. Sie sind deshalb sehr schwer zu lesen – denn die Schreiber schrieben, wie sie sprachen. Es hilft, die Briefe laut zu lesen, um sie zu

verstehen. Bei einigen der älteren Briefe in diesem Band ist jedoch zur Erleichterung der Lektüre eine Übertragung in modernes Deutsch beigefügt. Denn manche Wörter der deutschen Sprache haben ihre Bedeutung im Lauf der Jahrhunderte verändert, manche Begriffe früherer Zeiten sind heute vergessen.

Auch das Medium, auf dem ein Brief geschrieben steht, hat sich regelmäßig verändert. Im europäischen Mittelalter schrieb man auf Pergament, dünner Tierhaut. Daraus bestanden auch alle Bücher des Mittelalters. Pergament war teuer, daher wurde möglichst platzsparend darauf geschrieben, und viele Häute wurden mehrmals verwendet, denn die Tinte konnte davon abgeschabt werden. Auch dies ist ein Grund, warum nur so wenige Briefe aus dem Mittelalter erhalten sind und diese vor allem offiziellen Charakter haben. Privatbriefe mit Grüßen, Klatsch und Tratsch zu verschicken war ein kostspieliges Vergnügen – zu kostspielig für die meisten Menschen.

Papier wurde in Deutschland erst ab 1390 hergestellt. Tinte und Papier blieben für die nächsten Jahrhunderte die Mittel der Fernkommunikation. 1490 ließ Kaiser Maximilian I., selbst ein begeisterter Briefeschreiber, in seinem Reich Poststationen einrichten – diese verbesserten das Botennetz und dessen Organisation. Die Reiter mit den Briefen im Gepäck wechselten sich gegenseitig ab und tauschten an den Stationen auch Briefe aus, damit nicht mehr jeder Brief einzeln transportiert werden musste. Die Post wurde jetzt zum wichtigen Kommunikationsmittel, das Postnetz in Europa wurde immer weiter verbessert. Fürsten eröffneten ihre eigenen Landespostagenturen. Der aus dem heutigen Bayern stammende Generalpostmeister der Kaiserlichen Reichspost und der Spanischen Niederlande, Eugen Alexander von Thurn und Taxis, wurde wegen seiner Verdienste um die Post in den Adelsstand erhoben – selbstverständlich mit einem Adelsbrief. Post zu verschicken war teuer, auch deshalb blieb die Post lange ein Privileg der Oberschicht, der Brief etwas Besonderes. Bezahlen musste die Post lange Zeit der Empfänger. Den freute das nicht immer, vor allem, wenn er den Brief vielleicht gar nicht haben wollte. Daher kamen im 19. Jahrhundert gleich mehrere Postmitarbeiter und Verwaltungsbeamte auf die Idee, die Bezahlung anders zu regeln: Der Absender sollte schon beim Wegschicken des Briefs das gesamte Porto bezahlen. Als Bestätigung dessen wurde ein Stück Papier auf den Briefumschlag geklebt und dann mit einem Stempel entwertet – die Briefmarke war erfunden. Die britische „One Penny Black" mit einem Porträt der Königin Victoria war 1860 weltweit die Erste ihrer Art. Im Bereich des heutigen Deutschland war Bayerns „Schwarzer Einser" 1849 die erste Briefmarke.

Die meisten Briefe in diesem Buch stammen aus dem 18., 19. und frühen 20. Jahrhundert; in dieser Zeit wurden besonders viele Briefe geschrieben, die außerdem gut erhalten und heute auch verständlich sind. Schreiben war etwas, das zum Leben dazugehörte – ob man sich verabreden, seine Liebe gestehen oder mit Wissenschaftler-Kollegen in Kontakt bleiben wollte. Das Postsystem war die ganz reale Vernetzung der Welt.

Weder Telegramm noch Fernschreiber, Telefon, Telex oder Telefax konnten dem Brief ernsthaft Konkurrenz machen. Doch als der US-amerikanische Computertechniker Ray Tomlinson 1971 die E-Mail erfand, war dies der Anfang eines grundlegenden Kommunikationswandels. Die elektronische Post hat die Zeit, die zwischen dem Senden und Empfangen einer schriftlichen Botschaft liegt, auf Sekundenbruchteile verkürzt. Sie macht Papier, Kuvert, Marke und Gänge zu Post und Briefkasten überflüssig. Die interessante Post kommt heute elektronisch, als E-Mail oder auch als Kurznachricht: Freunde aus dem Ausland melden sich, Kollegen aus einer anderen Stadt schicken wichtige Informationen (oder Links zu etwas Lustigem), Verwandte mailen ein Foto aus dem Urlaub. Im Hausbriefkasten dümpeln Werbung und Rechnungen herum. Doch wirklich Bedeutendes kommt immer noch per Brief und nicht per Mail: eine handgeschriebene Einladung zu einer Hochzeit etwa. Eine Karte mit dem Foto eines Neugeborenen. Eine Mahnung vom Finanzamt. Der neue Arbeitsvertrag. Die Nachricht, dass man einen Preis gewonnen hat.

Es sind ganz unterschiedliche Dinge, die heute im Briefkasten liegen – und genauso unterschiedlich sind die Briefe in diesem Band. Er versammelt eine Auswahl bedeutender Schreiben aus dem deutschsprachigen Raum – wo möglich, sind diese mit Reproduktionen der Originale abgedruckt. Es sind Schreiben von Privatleuten ebenso wie von Prominenten, von berühmten historischen Persönlichkeiten wie von ganz gewöhnlichen Menschen. Sie zeigen in einzigartiger Weise, was Menschen wichtig war, und spiegeln so oft das Weltgeschehen wider. Manche enthalten auch Informationen von Weltbedeutung, andere scheinbar Banales oder Belangloses. All diese Briefe haben eine ganz besondere Geschichte: Sie mag eine Überraschung sein oder eine, die in Geschichtsbüchern steht. Sie kann einzigartig sein oder, wie in den Weltkriegen, für das Schicksal vieler stehen, die Ähnliches erlebt haben. Auch das macht einen Brief bedeutend. In den Briefen in diesem Buch spiegelt sich ein Stück deutscher Geschichte. ■

Dr. Felicia Englmann
München, im September 2015

1305

Elsbeth von Baierbrunn an Dietmut

Jch elspet von pæierbrvne enpivt der lieben vn(d) der getriwen
der chastenærein getrawelich mine driwen dienst vn(d) wizet daz mich gar hart nah ivch pe-
traget an mine mv eterlin daz ich niemen waize daz mv
nch da mich als hart nach pelange als nach dir liebiv diemvt der en zwai prach mir daz herze
mine den lieze ich ivch vile liebiv miten trine sehen mit iwern pelzen vn mit iwer chvrsen
allen vn(d) mit iwern grozen schvhen si mvzen aver schon gewischet sin da mit plege iwer der
svze got grvzet mir div mvlhavs ærein

Übertragung in modernes Deutsch:

Ich, Elsbeth von Baierbrunn, entbiete der lieben und treuen Kastnerin getreulich meinen treuen Dienst. Ihr solltet wissen, dass ich sehr bekümmert bin um Euch in meinem Gemüte, weil ich nicht bei Euch in München sein kann, da es mich nach niemandem so sehr verlangt, als nach Euch. Doch ehe mir noch das Herz entzwei bricht, lasse ich Euch Pelzröckchen und mächtige Schuhe: Die wollen aber gut geputzt sein. So beschütze Euch der gütige Gott! Grüßt mir auch die Mühlhäuserin!

Das Zeugnis einer Freundschaft

Der Ort Baierbrunn ist von der Münchner Altstadt nur etwa 17 Kilometer entfernt. Ein Katzensprung, eine gemütliche Pendlerdistanz, von München aus ein Ziel für einen sonntäglichen Fahrradausflug.

Im Mittelalter lagen zwischen München und Baierbrunn Welten. Mit dem Floß ging die Reise flussabwärts schnell, zurück brauchte man einen ganzen Tag. Mal eben eine Freundin oder Verwandte zu besuchen war nicht drin. Und so schrieb Elisabeth von Baierbrunn, genannt Elsbeth, ihrer Freundin Dietmut in München Briefe. Oder vielleicht auch nur einen Brief – nämlich den einen aus dem Jahr 1305, der erhalten geblieben ist. Elsbeth hat ihn in einem Ort namens Steinhausen geschrieben, der heute nicht mehr zugeordnet werden kann. Das Dorf Steinhausen, das heute zur Landeshauptstadt gehört, gab es im Mittelalter noch nicht, ebenso wenig die schwäbische Wallfahrtskirche Steinhausen.

Wo Elsbeth auch war, sie vermisste Dietmut. Diese war „Kastnerin" von Beruf: In einem Kloster, vermutlich dem Kloster St. Jakob am Anger in München, war sie für den „Kasten" verantwortlich. Im Kasten sammelten die Klöster die Abgaben, die Untertanen bei ihnen ablieferten – Geldzahlungen oder auch Naturalien. In Bayern ist „Kasten" bis heute ein Synonym für „Schrank".

Wo Elsbeth lebte, ist nicht bekannt. Dass sie Dietmut jedoch schreiben konnte, ist im Jahr 1305 eine echte Besonderheit, denn üblicherweise konnten nur gebildete adelige Frauen oder Klosterfrauen lesen und schreiben. Die meisten Menschen jener Zeit, Männer wie Frauen, waren Analphabeten. Es gab auch kein Papier in Mitteleuropa. Man schrieb auf Pergament, dünn geschabten Häuten, die sehr teuer waren. Bücher bestanden ebenfalls aus Pergament und waren handgeschrieben.

Elsbeth und Dietmut gehörten offenbar zur geistigen Elite. Bemerkenswert ist zugleich, dass Elsbeth in deutscher Sprache an Dietmut schrieb. Im 14. Jahrhundert waren fast alle Briefe, Urkunden und Bücher in lateinischer Sprache

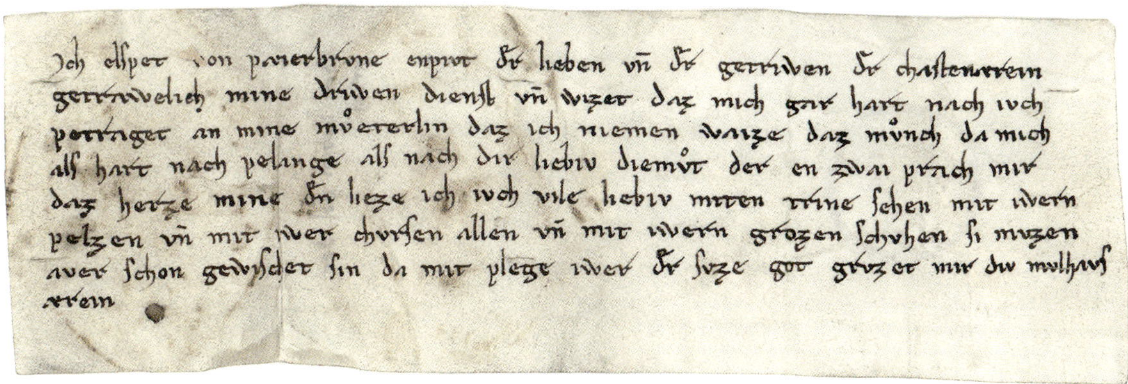
Ich elspet von paierbrvne enpivt d' lieben vñ d' getriwen d' chastenrerin
getriwelich mine driwen dienst vñ wizzet daz mich gar hart nach iwch
petraget an mine mvͦterlin daz ich niemen waize daz mvͦnch da mich
als hart nach pelange als nach dir liebiv diemvͦt der en zwai prach mir
daz herze mine d' liez ich iwch vile liebiv mitten trine sehen mit iwern
pelzen vñ mit iwer chvrsen allen vñ mit iwern grozen schvhen si mvzen
aver schon gewischet sin da mit plege iwer d' svze got grvzet mir dv molhavs
erein

geschrieben, der Sprache der Kirche und der Politik. Der kleine Brief der Freundinnen ist der älteste erhaltene Privatbrief in deutscher Sprache.

Die Geschenke, die Elsbeth beilegte, waren ebenso luxuriös wie das Pergament, auf dem der Brief geschrieben ist: ein Pelzröckchen und feste Schuhe. Die meisten Menschen jener Zeit besaßen weder das eine noch das andere. Elsbeth muss reich gewesen sein, um der Freundin diese Schätze schenken zu können. Vielleicht war sie, obwohl sie lesen und schreiben konnte, keine Klosterfrau, sondern eine Tochter aus gutem Haus oder Ehefrau eines reichen Adeligen. In Baierbrunn gab es im Mittelalter eine Höhenburg – möglicherweise stammte Elsbeth von dort. Ob sie dort überhaupt noch lebte oder an einem anderen Ort, ist nicht bekannt.

Ob Elsbeth mit Dietmut verwandt war, ob sie sich doch aus einem Kloster kannten, ob sie befreundet waren oder ein Paar waren, wird niemand mehr herausfinden. ■

8. Dezember 1477

Maximilian I. an Sigmund Prüschenk

Maximilian herczog zu Osterreich Burgund Brabant, etc.
Brügge 8. Dezember 1477.

Lieber Herr Sigmund, ich fueg euch zuewißen, das mir von gottes gnaden wolgehet und die groß begihr, die ich hab, die ist, daß ich unsern lieben herrn undt vatter bey mir heroben hiet mit seiner persohn. hoff ich mich aller meiner feindt zuerwehren, ich hab ein schöns froms tugenhafftigs weib, daz ich mich benuegen laß und danckh Gott. sie ist so lang als die Leyenbergerin, von leib klein viel kleiner den die Rosina und schneeweis. ein prauns haar, ein kleins naßl, ein kleins heuptel und antlitz, praun und graube Augen gemischt, schön und lauter. dann daz unter heutel an augen ist etwas herdann gesenkt, gleich als sie geschlaffen hiet, doch es ist nit wol zumerckhen, der mund ist etwas hoch doch rein und rot. sonst viel schöner jungfrowen alls ich all mein taag bey einer gesehen hab und frölich. das frawenzimmer nichts bey den tag verspert die nacht uber, es ist daz gantz haus voll iungfrowen undt frowen bey xl. sie muegen auch den gantzen taag uberahl im haus umblauffen. die alt fraw unser mutter ist eine feine schöne fraw zu ihr maß und vast listig viel … hetten wir hie fried wir säßen im rosengarten. mein hoffleut kommen nu wol von den paad zue Bruckh in flandern. sagen desgleichen haben wir all khussen gelernt, mein gemahl ist ein gantze waidtmännin mit valckhen und hundten. sie hatt ein weiß windtspil, daz laufft vast bald. daz liegt zu maisten theil alle nacht bey uns, hie legt sich jedermann umb xii nieder schlaffen zue morgen wieder auff umb viii, ich bin aber der armist mensch daz ich nicht essen schlaffn spatziren stechen mag von übrigen gescheffften. datum Bruckh in flandern an unser lieben frawentag conceptionis lxxvii.

p. m. p.
herrn Sigmunden Prueschnickhen.

Übertragung in modernes Deutsch:

Lieber Herr Sigmund, ich lasse Euch wissen, dass es mir von Gottes Gnaden gut geht, und was ich mir wünschte ist, dass mein lieber Herr und Vater persönlich bei mir hier oben wäre. Ich hoffe, mich aller meiner Feinde erwehren zu können, ich habe eine schöne, tugendhafte Ehefrau, damit begnüge ich mich und danke Gott. Sie ist so groß wie die Leyenbergerin und zierlich, noch zierlicher als die Rosina, und schneeweiß. Sie hat braune Haare, ein kleines Näschen, kleinen Kopf und kleines Gesicht, ihre Augen sind braun und grau gemischt, sie ist schön und unverdorben. Ihre Lider sind etwas gesenkt, als hätte sie geschlafen, aber es fällt nicht auf, und der Mund sitzt etwas hoch, ist aber makellos und rot. Ansonsten ist sie eine viel schönere Jungfrau als ich je eine gesehen habe, und fröhlich. Tagsüber und auch nachts sind die Frauengemächer nicht abgesperrt, und das ganze Haus ist voller Jungfrauen und Frauen, an die 40. Sie dürfen auch den ganzen Tag lang überall im Haus herumlaufen. Meine

Der junge Maximilian mit seiner Ehefrau Maria von Burgund. Lithografie nach einer Illustration aus dem 15. Jahrhundert.

1400 1450 1500 1550 1600 1650 1700 1750 1800 1850 1900 1950 2000

Schwiegermutter ist eine feine, schöne Frau; sie ist maßvoll und sehr gescheit ... hätten wir hier Ruhe, wir säßen im Rosengarten. Meine Hofleute kommen nun wohl bald nach Brügge in Flandern. Sie sagen auch, dass wir alle das Küssen gelernt haben. Meine Gattin ist eine ganze Waidmännin mit Falken und Hunden. Sie hat einen Windhund, der rennt irre schnell. Der Hund liegt die meiste Zeit der Nacht bei uns; hier legt sich jedermann um zwölf hin zum Schlafen und steht um acht morgens wieder auf. Ich bin aber der ärmste Mensch, dass ich nicht essen, schlafen, spazieren und Lanzen stecken kann, vor lauter anderer Beschäftigungen.
Datum Brügge in Flandern am Tag Mariä Empfängnis

Des Kaisers neue Gattin

Auch ein Kaiser braucht Freunde, nicht nur Berater, Lehrer, Ritter, Kanzler. Der Habsburger Herrscher Maximilian I. (1459-1519) hat einen sehr guten Freund: Sigmund Prüschenk, den Grafen von Hardegg. Er ist ein Freund im echten Leben, aber auch ein Brieffreund, mit dem sich Maximilian austauscht, wenn Prüschenk nicht am Hof ist.

Die beiden lernen sich schon als junge Männer kennen. Sigmund und sein Bruder Heinrich gehören zum Hofstaat, Sigmund ist Kaiserlicher Rat und Hofmarschall bei Kaiser Friedrich III., Maximilians Vater. Maximilian I. von Habsburg, 1459 geboren, wächst als Erbprinz an Wiener Hof auf. Seine Mutter Eleonore Helena von Portugal ist für seine Erziehung zuständig, der Vater Friedrich III. kümmert sich wenig um den Sohn. Vertrauen fasst Maximilian zu dem etwa 15 Jahre älteren Sigmund Prüschenk.

Im Sommer 1477 ist Maximilian in den habsburgischen Niederlanden und heiratet 18-jährig am 19. August die 20-jährige Erbprinzessin und Herzogin Maria von Burgund: eine Vernunftehe. Maria braucht einen Gatten, um ihre Rechte auf das Herzogtum besser gegen Frankreich verteidigen zu können. Maximilian wird so Herzog von Burgund. Dort liegen die mächtigen und wichtigen Handelsstädte Gent und Brügge, die zu den reichsten Metropolen der Zeit gehören. Sigmund und Heinrich Prüschenk bleiben am Wiener Hof.

Maximilian ist ein Fremder in Burgund, die Stände der Niederlande waren gegen seine Einheirat, er muss sich erst einleben. Im Dezember schreibt er an Sigmund, dass er seinen Vater vermisst, und beschreibt dem väterlichen Freund die neue, hübsche Ehefrau. Er erwähnt auch, dass sie ihren weißen Windhund mit ins Eheschlafzimmer bringt.

Maria stirbt 1482 bei der Geburt ihres dritten Kindes Franz. Zwei weitere Male heiratet Maximilian; eine Ehe wird nach wenigen Monaten aufgelöst, die dritte Ehefrau überlebt er.

1486 wird Maximilian römisch-deutscher König. Bis 1493 schreiben sich Prüschenk und Maximilian Briefe. Dann stirbt Kaiser Friedrich III., Maximilian wird 1493 Erzherzog von Österreich. 1508 wird er Kaiser des Heiligen Römischen Reiches.

An Maximilians Hof haben die Prüschenks deutlich weniger Einfluss, als sie sich vielleicht erwartet haben. Das Verhältnis zwischen dem Kaiser und seinem väterlichen Freund kühlt deutlich ab. Dennoch erhebt sie Maximilian 1495 in den Stand von Reichsgrafen. Sigmund Prüschenk stirbt 1502. Maximilian regiert bis zu seinem Tod 1519. ■

8. September 1506

Albrecht Dürer an Willibald Pirckheimer

Venedig, 8. September 1506

Hochgelerter bewert weiser, viller sproch erfarner, bald ferstendiger aller vürprochten lügen vnd schneller erkener rechter worheit, ersamer hochgeachter her Wilbolt Pirkamer. Euer vnterteniger diner Albrecht Dürer günd ewch heill, große vnd wirdige er. Cu diawulo tanto pella czansa chi tene pare. Io vole denegiare cor woster, dz Ir werd gedencken, ich sey awch ein redner von 100 partire. Es mus ein schtuben mer den 4 winkell haben, doreinman dy gedechtnus götzen setzt. Ich voli mein caw nit domit inpazare, ich will ewchs rekomandare, wan ich glawb, dz nit so multo kemerle im kopff sind, dz Ir in iettlichs ein pitzelle behalt. Der margroff word nit so lang audientz geben; 100 artickell vnd ietlicher artigkell 100 wortt prawchen eben 9 dag 7 schtund 52 mynuten an dy suspriry, derhab ich noch nit gerechnett. Dorum wert Irs awff ein moll nit reden werden etc., es wolt sy verlengen wis Tettels red.
Item allen fleis hab ich ankertt mit den tewichen, kan aber kein preiten ankumen, sy sind al schmall vnd lang; aber noch hab ich altag forschung dornoch, awch der Anthoni Kolb. Ich hab Pernhart Hirsfogell eweren grosß geseit, hett er vch wigerum ettpotten sein dinst; vnd er ist gantz vol betrübnus, wan sein sun ist im geschtorben, der ertigst pub, den ich al mein dag gesehen hab.
Item der narnfederle kann ich keins bekumen. Oh wen Ir hy wert, was wurd Ir hüpscher welscher lantzknecht finden; wy gedenck ich so oft an ewch, wolt got, dz Irs vnd Kuntz Kame[r] er solten sehen. Do haben sy runckan mit 278 spiczen, wo sie ein lanczknecht mit anrüren werden, so schtirbter , wan sy sind all vergift[!]. Hey, ich kan woll thon, will ein welscher lanczknecht. Dy Fenedier machen groß folk, des gleichen der pobst, awch der kung von Franckreich, was traws wirt, dz weis ich nit, den vnsers künix spott man ser etc.
Item wünscht mir Steffen Pawmgartner vill glüx, mich kann nit verwunderen, dz er ein weib hatt genumen. Grüst mir den Porscht, her Lorenczen vnd vunser hüpsch gesind als awch ewer Rechenmeisterin vnd danckt mir ewrer schtuben, dz mich grüst hatt, sprecht, sy sey ein vnflott. Ich hab ir olpawmen holtz lassen füren von Fenedich gen Awgspurg, do los ichs ligen, woll 10 tzentner schwer vnd sprecht, sy hab sein nit wollen erbarten, pertzo el sputzo.
Item wist, dz mein thafell sagt, sy wolt ein dugaten drum geben, dz Irs secht, sy sey gut und schon fon farben. Ich hab gros lob dordurch überkumen, aber wenig nutz. Ich wolt woll 200 dug[aten] der tzeit gwunen haben vnd hab groß erbett awsgeschlagen, awff dz ich heim müg kumen, vnd ich hab awch dy moler all geschtilt, dy do sagten, im stechen wer ich gut, aber im molen west ich nit mit farben vmzwgen. Itz spricht ider man, sy haben schoner farben nie gesehen.

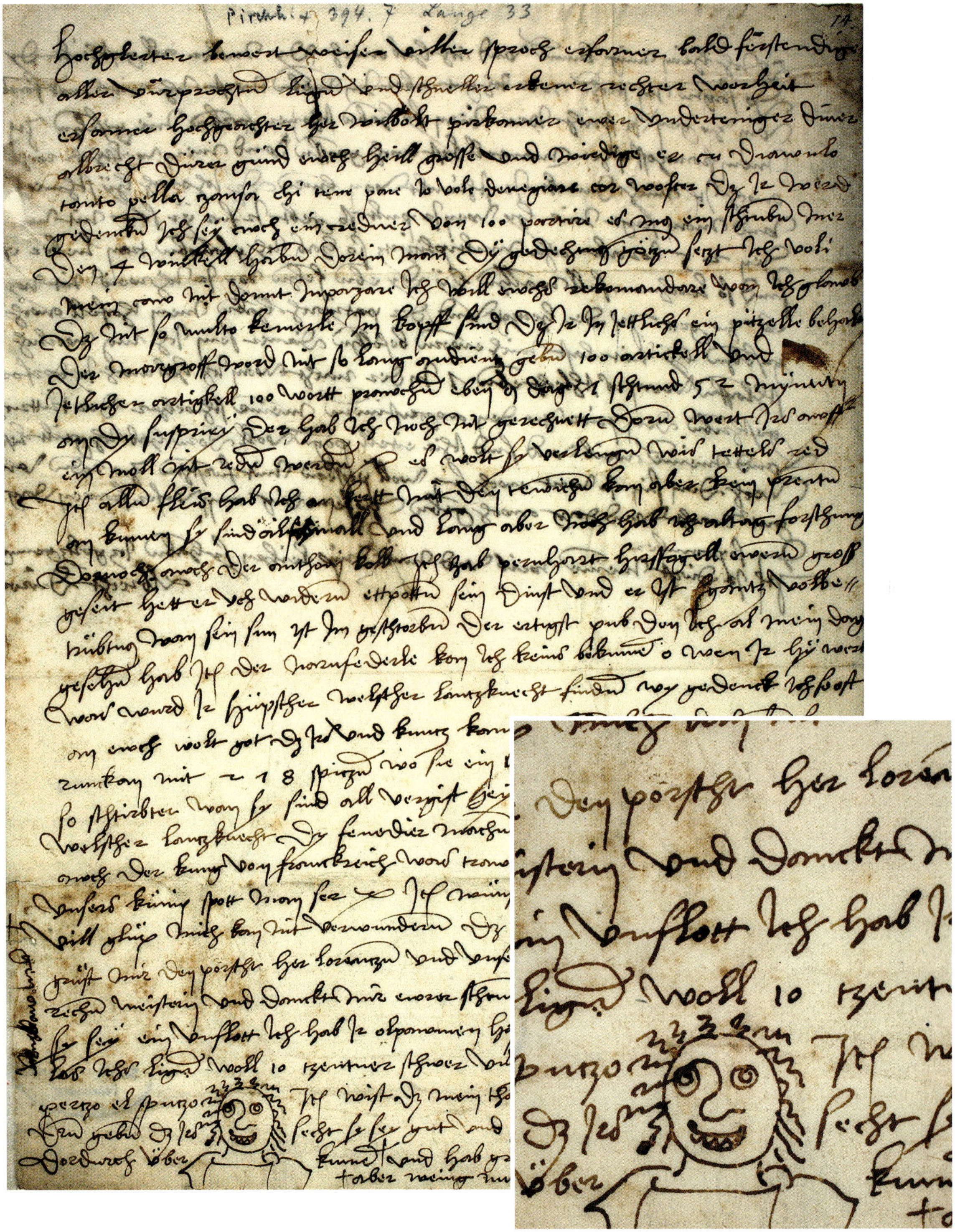

1400 1450 1500 1550 1600 1650 1700 1750 1800 1850 1900 1950 2000

Item mein frantzossischer mantell lest ewch großen und mein welscher rochk awch. Item mich dunckt, Ir schtinckt von huren, dz ich ewch hy schmeck vnd man sagt mir hy, wen Ir pult, so gebt Ir fur, yr seit nit mer den 25 jor alt, ocha, multiplitzirtz, so hab ich glawben tran. Lieber, eß sind so leichnam fill Walhen hy, dy eben sehen, wy Ir, ich weis nit, wy es zwgett. Item der hertzog vnd der patryach haben mein thawfell awch gesehen. Hymit last mich eweren befolhen diener sein. Ich mus werlich schlaffen, wan es schlecht eben 7 in der nacht, wan ich hab awch itz dorfor geschriben dem prior zw den Awgustineren, meinem schweher, der Trittrichin vnd meinem weib vnd sind schir eitell pogen voll. Dorum hab ich geilt. Lestz noch dem sin, Ir wert ewch sein woll pesseren mit furschten zw reden. Vill guter nacht vnd dag awch. Geben zw fenedig ann vnser frawen dag im september.
Item Ir dürft meinem weib vnd müter nix leihen, sy haben itz geltz genug.

Albrecht Dürer

Übertragung in modernes Deutsch:
Hochlehrter und bewährt weiser, vieler Sprachen kundiger, bald verstehender aller vorgebrachten Lügen und schneller die echte Wahrheit erkennender, ehrsamer hochgeachteter Herr Willibald Pirckheimer! Euer untertäniger Diener Albrecht Dürer gönnt Euch Heil, große und würdige Ehre. Einen Teufel interessiert mich solches Geschwätz! Ich wette drauf, dass Euer Herz stehen bleibt, wenn Ihr sowas lest, und ihr werdet mich auch für so einen Schwätzer halten. Ein Zimmer muss mehr als vier Ecken haben, um da die Gedächnisgötzen hineinzusetzen. Aber damit lasse ich mich nicht verrückt machen. Ich will Euch etwas empfehlen, weil ich glaube, dass es im Kopf gar nicht so viele Kämmerlein gibt, dass ihr euch jede Kleinigkeit merken könnt. Der Markgraf wird keine so lange Audienz geben, 100 Schriftabschnitte, und etliche Abschnitte brauchen 100 Worte, das braucht schnell mal neun Tage, sieben Stunden und 52 Minuten, ohne die Atempausen, die habe ich noch gar nicht mitgerechnet. Daher werdet ihr auf ein Mal nicht reden etc., man wird Sie langweilen wie das Gerede eines Tattergreises.
Ich habe mich um den Posten Teppiche gekümmert, kann aber keinen breiten bieten, sie sind alle schmal und lang; aber noch suche ich täglich danach, auch der Anton Kolb sucht. Ich habe Bernhard Hirschvogel ihren Gruß bestellt, er hat auch seine Hilfe angeboten; und er ist sehr traurig, weil sein ältester Sohn gestorben ist, den ich jeden Tag gesehen habe.
Von dem Posten Narrenfedern [gemeint sind Kranichfedern] habe ich ebenfalls nichts bekommen. Oh, wenn Ihr nur hier wärt, was würdet Ihr hübscher italienischer Landsknecht finden; wie oft denke ich an Euch. Wollte Gott nur, dass Ihr und Kunz Kammerer das sehen könntet. Da haben sie Spieße mit 218 Spitzen [gemeint sind gezähnte Schneiden der Spitzen]; wenn die ein Landsknechte berührt, dann stirbt er, denn die sind alle vergiftet. Hey, ich könnte auch ein italienischer Landsknecht werden. Die Venediger ziehen viele Soldaten zusammen, desgleichen der Pabst, auch der König von Frankreich; was daraus wird, weiß ich nicht, denn unser König wird sehr verspottet etc.
Grüßt mir Stefan Paumgartner; es wundert mich nicht, dass er geheiratet hat. Grüßt mir den Porst, Herrn Lorenzen, unser hübsches Gesinde und Eure Rechenmeisterin und dankt mir in Eurer Stube, dass sie mich gegrüßt hat, und richtet ihr aus, dass sie ein Unflat ist. Ich habe ihr

Olivenholz von Venedig nach Augsburg geschickt, dort lasse ich es lagern, es sind wohl zehn Zentner, und sagt ihr, sie hat es ja nicht erwarten können, daher der Gestank.
Wisst, dass man mein Bildchen [gemeint ist die Karikatur im Brief] bedeutet, dass sie mir dafür einen Dukaten geben wollte, dass ihr sagt, es sei gut und von schöner Farbe. Ich habe dafür großes Lob bekommen, aber wenig Nutzen. Ich wollte in der Zeit 200 Dukaten verdient haben und habe gute Angebote ausgeschlagen, damit ich nach Hause könnte, und ich habe auch die Maler alle zum Schweigen gebracht, die da sagten, dass ich gut im Stechen wäre, aber im Malen mit Farben wäre ich für nichts zu gebrauchen.
Sodenn lässt Euch mein französischer Mantel grüßen und mein italienischer Rock auch. Ich glaube, Ihr stinkt nach Huren, so dass ich Euch bis hier rieche, und man sagt mir hier, dass wenn ihr buhlt, so gebt ihr vor, Ihr seid nicht mehr als 25 Jahre alt. Multipliziert das, dann glaube ich es. Lieber, es gibt hier so viele Italiener, die so aussehen wie Ihr, ich weiß gar nicht, wie das zugeht.
Der Doge und der Patriarch haben mein Bild auch gesehen. Hiermit empfehle ich mich Ihnen als Ihr Diener. Ich muss jetzt wirklich schlafen, denn es schlägt eben sieben Uhr [gemeint ist ein Uhr Nachts; Dürer benennt die zeit nach venezianischer und nürnbergischer Stundenrechnung], weil ich vorher schon dem Prior der Augustiner, meinem Schwiegervater, der Dietrichin und meiner Frau geschrieben habe, da sind nun etliche Bogen voll. Darum habe ich mich beeilt. Lest noch dem seinen, ihr werdet dadurch geschickter werden, mit Fürsten zu reden.
Vielmals gute Nacht und auch guten Tag. Geschrieben in Venedig am Tag Mariä Geburt.
Ihr dürft meiner Frau und meiner Mutter nichts leihen, sie haben jetzt Geld genug.

Freundschaftsgrüße aus Venedig

Der Künstler Albrecht Dürer und der Ratsherr und Gelehrte Willibald Pirckheimer kannten sich aus ihrer Heimstadt Nürnberg und verstanden sich prächtig. Albrecht Dürer (1471-1528) arbeitete in der Nürnberger Altstadt, seit 1497 in einer eigenen Künstlerwerkstatt, und verdiente seinen Lebensunterhalt mit Auftragswerken. Vor allem waren dies Porträts der Reichen und Mächtigen seiner Zeit, aber auch Werke religiösen Inhalts für Kirche und Kirchenfürsten. Willibald Pirckheimer (1470-1530) stammte aus einer reichen Patrizierfamilie, war ein „Pfeffersack", wie man damals sagte. Um das Jahr 1495 sollen sie sich kennengelernt haben. Pirckheimer, studierter Jurist, war Ratsmitglied in Nürnberg und juristischer Berater, er konnte von seinem Vermögen leben, ein wenig Handel betreiben, sich aber vor allem als Universalgelehrter profilieren. Er schrieb Satiren und gelehrte Texte, interessierte sich für die Ursprünge der Weisheit im Orient (ein Modethema der Zeit) – und liebte es, mit dem ebenso unkonventionellen Dürer zusammenzusitzen und sich zu unterhalten. Beide gehörten zur geistigen Avantgarde in der alten Kaufmannsstadt, sahen sich dem Humanismus verpflichtet, diskutierten gerne neue philosophische Strömungen, bewunderten die Renaissancekultur Italiens und unterstützten die Reformthesen Martin Luthers.
Dürer war begeistert von der Malkunst Italiens; schon als junger Mann reiste er nach Italien, 1505 zog es ihn erneut nach Venedig, wo seine Idole arbeiteten: die Künstler Tizian, Giorgione, Palma der Ältere, Giovanni Bellini. Auch Pirckheimer war Italienfan, hatte in Padua und Pavia studiert und den Geist der Renaissance aufgesogen. Er lieh Dürer Geld für seine Reise und gab ihm ein paar Handelsaufträge mit, vor allem Waren sollte Dürer einkaufen.

Der Maler schrieb seinem Freund und Gönner regelmäßig, zehn Briefe sind erhalten. Dürer schildert darin, was er in Venedig erlebt, wie seine künstlerische Arbeit vorangeht und ob er die von Pirckheimer gewünschten Waren besorgen konnte. Er schreibt an Pirckheimer nicht in dem förmlichen Stil, in dem Geschäftsbriefe der Zeit formuliert sind, sondern wie ein Freund an einen Freund, mit Insiderwitzen, Sprüchen, Anspielungen und kleinen Zeichnungen im Text. Im Jahr 1506 arbeitete Dürer in Venedig an einem großformatigen Altarbild, das „Rosenkranzfest" für die Kirche San Bartolomeo in Venedig, der Kirche der deutschen Kaufleute. Es sollte ihn europaweit berühmt machen.

Am 8. September 1506 schreibt Dürer, mit schwarzer Tinte und Feder, wieder einen langen Brief nach Nürnberg – den hier gezeigten. Wie auch in den anderen Briefen ist für Außenstehende nicht alles verständlich, Jahre einer Männerfreundschaft stecken zwischen den Zeilen. Daher weiß heute niemand, wer mit der lustigen Zeichnung unten auf dem Blatt gemeint ist. Da hat der berühmteste und beste Porträtmaler seiner Zeit nämlich mal schnell eine Karikatur hingekritzelt: ein lachendes Menschlein mit prominenten Zähnen, irrem Blick, großer Nase und abstehenden Krisselhaaren. Lustig. Fand Pirckheimer sicher auch. Nur – wer ist da karikiert? Die Forschung rätselt. Ist damit „die Rechenmeisterin" Pirckheimers gemeint, der Dürer in dem Brief Grüße bestellt? War sie Pirckheimers Geliebte, die vielleicht nicht schön war, aber andere Qualitäten hatte? Sind damit die im Brief erwähnten „bulen" und „unser hüpsch gesind" gemeint, wie Dürer die Nürnberger Ratsherren despektierlich bezeichnet? Das wohlriechende Stück Ölbaumholz, das Dürer mit dem Brief schickt, soll sicher nicht die Toilette in Pirckheimers Stube beduften helfen, wie der Dürer-Kenner Horst Figge in einem Aufsatz schreibt, sondern es dürfte sich um ein antikes Kultbild der Göttin Athene gehandelt haben; ein Humanistenscherz, den man vermutlich nur in der Renaissance verstanden hat. Die Göttin Athene soll den Anbau von Ölbäumen in die Welt gebracht haben, und ihr Kultbild sollte Städte beschützen. Die Krakelei könnte eine Karikatur der Statuette gewesen sein.

Pirckheimers Antwortbriefe an Dürer sind nicht erhalten, auch keine Athene-Statue aus seinem Nachlass. Die Unflätigkeit in der Nürnberger Stube – was immer sie auch gewesen sein mag – bleibt ein Geheimnis ihrer Männerfreundschaft. ■

1517

Johann Tetzel, Papst Leo X. und Albrecht von Brandenburg an die Gläubigen

Zusammenfassung und Übertraguung in modernes Deutsch:
Albrecht, von Gottes Gnaden Erzbischof von Mainz und Mageburg, Erzkanzler des Heiligen Römischen Reichs, Kurfürst, Apostolischer Administrator des Stifts Halberstadt, Fürst von Burggau und Nürnberg, Markgraf von Brandenburg, Herzog von Stettin, Pommern, Kassuben, Beschützer des Franziskanerordens, verkündet eine Entscheidung Papst Leos X. für die Provinzen Mainz und Magdeburg, für die Stadt und Diözene Halberstadt ebenso wie für die Ländereien und Gebiete des edelsten Fürsten und Markgrafen von Brandenburg.
Allen und jedem einzelnen seiner direkten und indirekten Untertanen, Subkommissarien und Botschaftern, ist bekannt zu machen, dass unser Heiliger Vater Papst Leo X. Kraft der göttlichen Allmacht allen und jedem einzelnen Christgläubigen aus Anlass der Renovierung der Peterskirche in Rom verfügt hat: Die Christgläubigen können einen umfassenden und vollständigen Ablass und andere Vorzüge erwerben.
[...]
Deinem Tod folgt nichts Schlimmes nach, wenn du um völligen Ablass ansuchst und der Sündenstrafe dadurch entgehst. Der Ablass und der bevorstehende Sündenerlass gelten für das Leben und den Tod. Dennoch sind die Feier der heiligen Eucharistie (besonders an Karfreitag und Ostern) stets auszuführen.
[...]
Und so widmet [... Eintragungen in Fremdhand] Adam Rost [?] selbiger Erneuerung der Basilika unseres ersten Apostels nach der Anordnung unseres hochheiligen Paptes zu seinem eigenen Wohl den von ihm gegebenen Beitrag von 06 [?], als Zeichen dessen er diesen Brief von uns empfangen hat. Aus derselben Vollmacht gewähren wir jenem den Ablass und er selbst möge sich freuen und möge wohlbehalten sein und so verbleiben. Gegeben in Göttingen mit unserem Siegel und durch Anordnung am ersten Tag des Monats Juli im Jahr des Herrn 1517.

Absolutionsformel, im Leben stets und immer wieder verwendbar
Unser Gott erlöst Dich durch die Verdienste und das Leiden Jesu. Durch die mir von Ihm verliehende Macht: Ich spreche Dich von all deinen Sünden frei und erteile Dir den Ablass. Im Namen des Vaters und des Sohnes und den Heiligen Geistes – Amen

Absolutionsfomel und völlige Vergebung im Leben ebenso wie im Tod
Unser Gott erlöst Dich durch die Verdienste und das Leiden Jesu. Und ich vergebe Dir durch die mir verliehende Macht Deine Süden und spreche Dich frei. Von allen Dir auferlegten Schuldenstrafen und danach von allen Deinen Sünden löse ich Dich los und entlasse Dich mittels der Schlüssel der Kirche aus den Dir auferlegten Strafen des Fegefeuers. Im Namen des Vaters und des Sohnes und den Heiligen Geistes – Amen

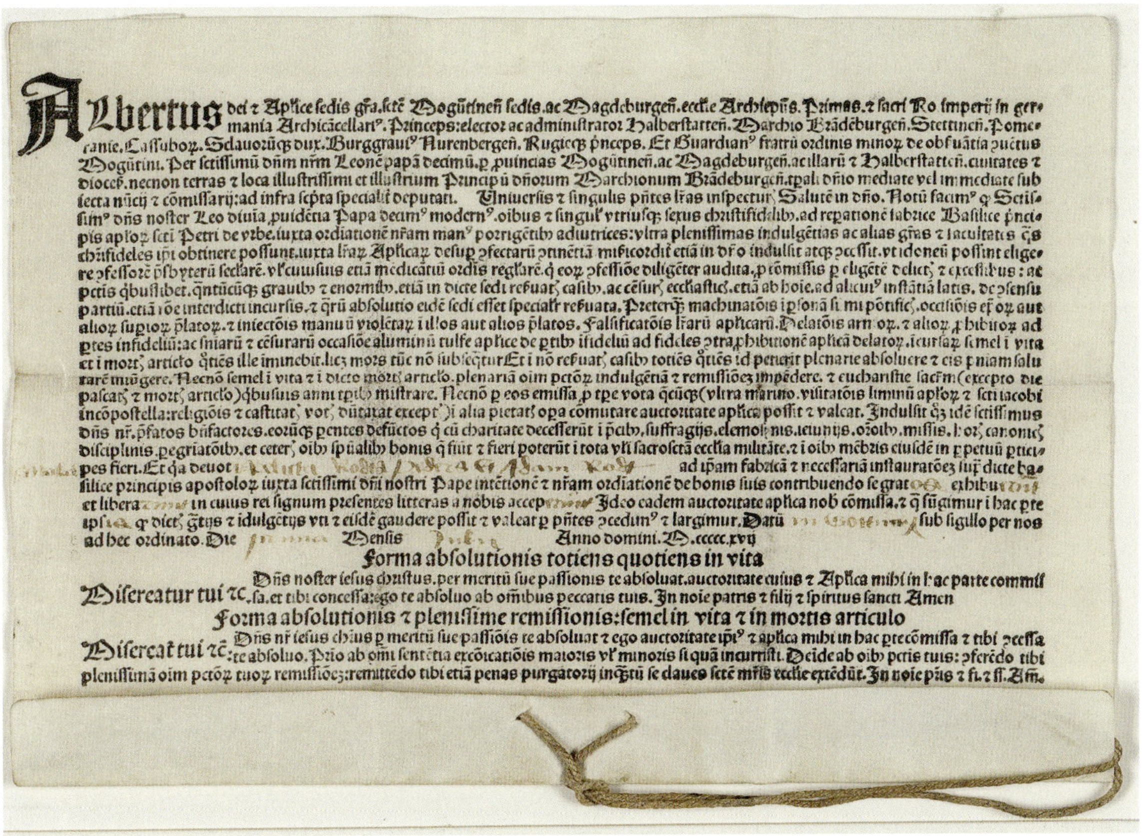
Albertus dei ꝛ Ap̃lice sedis gr̃a. sctẽ Moguntinen̄ sedis. ac Magdeburgen̄. eccl̃ie Archiep̄is. Primas. ꝛ sacri Ro imperij in germania Archicãcellari⁹. Princeps: elector ac administrator Halberstatten̄. Marchio Brãdeburgen̄. Stettinen̄. Pomeranie. Cassuboꝝ. Sclauorũq; dux. Burggraui⁹ Nurenbergen̄. Rugie q; pnceps. Et Guardian⁹ fratrũ ordinis minoꝝ de obs̃uãtia puĩtus Moguntini. Per sctissimũ dñm nr̃m Leonẽ papã decimũ. p puincias Moguntinen̄. ac Magdeburgen̄. acillarũ ꝛ Halberstatten̄. ciuitates ꝛ dioces. necnon terras ꝛ loca illustrissimi et illustrium Princip ũ dñorum Marchionum Brãdeburgen̄. tpali dñio mediate vel immediate sub iecta nũcij ꝛ cõmissarij: ad infra scpta specialit deputati. Uniuersis ꝛ singulis p̃ntes l̃ras inspectur Salutẽ in dño. Notũ facim⁹ q Sctissim⁹ dñs noster Leo diuia puidẽtia Papa decim⁹ modern⁹. oibus ꝛ singul' vtriusq; sexus christifidelib. ad repatiõnẽ fabrice Basilice pncipis aploꝝ scti Petri de vrbe. iuxta ordiatiõnẽ nr̃am man⁹ porrigẽtib adiutrices: vltra plenissimas indulgẽtias ac alias gr̃as ꝛ facultates q̃s christifideles ipi obtinere possunt. iuxta l̃raꝝ Ap̃licaꝝ desup ↄfectarũ ptinẽtiã misicordit etiã in dño indulsit atq; ↄcessit. vt idoneũ possint eligere ↄfessorẽ p̃sbyterũ seclarẽ. vl' cuiusuis etiã mendicãtũ ordis reglarẽ. q eoꝝ ↄfessiõe diligẽter audita. p cõmissis p eligẽtẽ delict ꝛ excessibus: ac pctis qbuslibet. q̃ntũcũq; grauib ꝛ enormib. etiã in dicte sedi reseruat casib. ac cẽsur eccliastic. etiã ab hoie. ad alicui⁹ instãtiã latis. de ↄsensu partiũ. etiã roe interdicti incursis. ꝛ q̃rũ absolutio eidẽ sedi esset specialr reseruata. Preterq; machinatõis i psonã sũ mi põtific. occisiõis epoꝝ aut alioꝝ supioꝝ p̃latoꝝ. ꝛ iniectõis manuũ violētaꝝ i illos aut alios p̃latos. Falsificatõis l̃rarũ ap̃licarũ. Delatõis arm oꝝ. ꝛ alioꝝ phibitoꝝ ad ptes infideliũ: ac sniarũ ꝛ cẽsurarũ occasiõe alumiũ tulse ap̃lice de ptib ifideliũ ad fideles ↄtra phibitiõnẽ ap̃licã delatoꝝ. icursaꝝ semel i vita et i mort articlo q̃tiẽs ille iminebit. licz mors tũc nõ subsequtur Et i nõ reseruat casib totiẽs q̃tiẽs id petierit plenarie absoluere ꝛ eis p niam salutarẽ miũgere. Necnõ semel i vita ꝛ i dicto mort articlo. plenariã oim pctõꝝ indulgẽtiã ꝛ remissiõez impẽdere. ꝛ eucharistie sacr̃m (excepto die pascat ꝛ mort articlo) q̃busuis anni tpib ministrare. Necnõ p eos emissa p tpe vota q̃cũq; (vltra marino. visitatõis liminũ aploꝝ ꝛ scti iacobi in cõpostella: religiõis ꝛ castitat vot dũtaxat except) i alia pietat opa cõmutare auctoritate ap̃lica possit ꝛ valeat. Indulsit q; idẽ sctissimus dñs nr̃. p̃fatos bñfactores. eorũq; pentes defũctos q cũ charitate decesserũt i pcib. suffragijs. elemosinis. ieiunijs. orõib. missis. hor canonic disciplinis. pegriatõib. et ceter oib sp̃ualib bonis q fiũt ꝛ fieri poterũt i tota vl' sacrosctã ecclia militãte. ꝛ i oib mẽbris eiusdẽ in ppetuũ pticipes fieri. Et q̃a deuot ad ip̃am fabricã ꝛ necessariã instauratõez sux dicte basilice principis apostoloꝝ iuxta sctissimi dñi nostri Pape intẽtiõnẽ ꝛ nr̃am ordiatiõnẽ de bonis suis contribuendo se grat exhibu et libera in cuius rei signum presentes litteras a nobis accep Ideo eadem auctoritate ap̃lica nob cõmissa. ꝛ q̃ fũgimur i hac pte ips q dict gr̃tijs ꝛ idulgẽtijs vti ꝛ eisdẽ gaudere possit ꝛ valeat p p̃ntes ↄcedim⁹ ꝛ largimur. Datũ sub sigillo per nos ad hec ordinato. Die Mensis Anno domini. M.ccccc.xvij

Forma absolutionis totiens quotiens in vita

Misereatur tui ꝛc. Dñs noster iesus christus. per meritũ sue passionis te absoluat. auctoritate cuius ꝛ Ap̃lica mihi in hac parte commissa. et tibi concessa: ego te absoluo ab omnibus peccatis tuis. In noie patris ꝛ filij ꝛ spiritus sancti Amen

Forma absolutionis ꝛ plenissime remissionis: semel in vita ꝛ in mortis articulo

Misereat tui ꝛc. Dñs nr̃ iesus chr̃us p meritũ sue passiõis te absoluat ꝛ ego auctoritate ipi⁹ ꝛ ap̃lica mihi in hac precõmissa ꝛ tibi ↄcessa te absoluo. Pmo ab omi sentẽtia excõicatiõis maioris vl' minoris si quã incurristi. Deinde ab oib pctis tuis: ↄferẽdo tibi plenissimã oim pctõꝝ tuoꝝ remissiõez: remittẽdo tibi etiã penas purgatorij inq̃tũ se claues sctẽ m̃ris ecclie extẽdũt. In noie p̃tis ꝛ fi. ꝛ sp̃. s. Am.

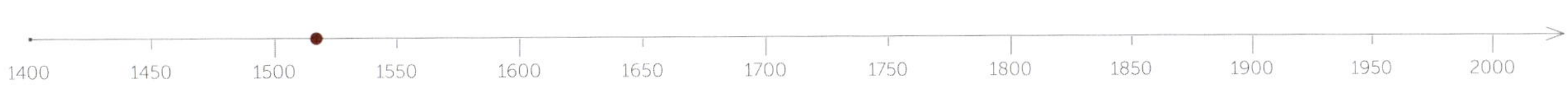

Der unheilvolle Briefehändler

Johann Tetzel (ca. 1460-1519) hätte vermutlich sogar einem Walross ein Stärkungsmittel andrehen können und einer Ente ein Federkissen. Niemand schaffte es wie er, seinen Zeitgenossen für Fantasiepreise völlig Sinnloses zu verkaufen. Tetzel war der Kopf einer unheilvollen kirchlichen Drückerkolonne, die mit Ablassbriefen handelte; dabei verdiente er sich und seinen Arbeitgebern goldene Nasen.

Ablassbriefe waren im 15. und 16. Jahrhundert heiß begehrte Ware: Wer einen kaufte, dem wurden Sündenstrafen erlassen. Je nach Preis bekam der Käufer die Strafe für eine einzelne Sünde erlassen, für mehrere oder gleich für alle Sünden und die seiner Verwandten gleich mit! Auf einem Zettel oder Dokument, dem „Ablassbrief", den er quasi als Quittung ausgehändigt bekam, war der Wert und Umfang des Erlasses genau verzeichnet.

Ein Ablassbrief war ein Vertrag zwischen dem Käufer und der Kirche als irdischer Erbin Christi und aller Heiligen. Er war aus theologischer Sicht nur in Zusammenhang mit der Beichte und echter Reue gültig, nicht nur durch den Kaufbetrag. Der Ablassbrief „löschte" auch keine Sünden aus dem Strafregister, er verkürzte lediglich die Zeit, die der Sünder nach seinem Tod im Fegefeuer verbringen würde. Da es den Ablasshändlern aber ums Geschäft ging, vernachlässigten sie bei ihren Verkaufspredigten die Theologie und und boten Seelenheil gegen Geld.

Der organisierte Ablasshandel war in der Renaissance ein Geschäftsmodell der katholischen Kirche und der kirchlichen Landesfürsten. Der Neubau der Peterskirche in Rom wurde zu großen Teilen durch ihn finanziert, Bischöfe konnten die Finanzen ihrer Bistümer damit sanieren.

Der Ablasshändler Johannes Tetzel, studierter Theologe und Mitglied im Dominikanerorden, arbeitete als Ablasshändler für verschiedene Auftraggeber – immer erfolgreich. Ab 1504 zog er als Wanderprediger durch die Lande und ließ sogar erfahrene Marktschreier alt aussehen. Der Spruch „Sobald das Geld im Kasten klingt, die Seele in den Himmel springt" soll von ihm stammen. Der Sage nach wurde er zweimal ausgeraubt – von Leuten, die bei ihm einen Ablass für erst noch zu begehende Sünden gekauft hatten und ihm diesen Zettel hämisch unter die Nase hielten, bevor sie sich mit den Geld auf- und davonmachten. Bei den eigenen Sünden nahm es übrigens Tetzel nicht so genau; Spielen, Sex und Saufen waren die drei großen S, denen er angeblich verfallen war.

Hier abgebildet ist einer der von Tetzel im Namen des Erzbischofs Albrecht von Brandenburg verkauften Ablassbriefe zum Besten des Neubaus der Peterskirche in Rom. Wie alle kirchlichen Dokumente dieser Zeit ist er in lateinischer Sprache verfasst. Es war bereits vorgedruckt; nur die Käuferdaten mussten noch ausgefüllt werden.

Doch es regte sich Widerstand gegen die Geldschneiderei mit falschen Heilsversprechen – angeführt vom Wittenberger Mönch Martin Luther und dessen Lehrer, dem Theologen Andreas Bodenstein. Tetzel bezichtigte Luther der Ketzerei, der Verbreitung falscher Lehren (siehe Seite 23). Denn die Ablassbriefe, die er verkaufte, waren mit der Kirchenpolitik völlig konform. 1519 sollten Tetzel und Luther zu einer theologischen Disputation über den Handel mit Ablassbriefen aufeinandertreffen. Es kam nicht dazu. Tetzel starb am 11. August 1519 an der Pest. Ob er in den Himmel gekommen ist, ist nicht bekannt.

Ablass gibt es in der katholischen Kirche übrigens immer noch, wenn auch gratis. Der Segen „Urbi et orbi", „der Stadt und dem Erdkreis", den der Papst zu Weihnachten und Ostern spendet, bietet einen kompletten Erlass der Sündenstrafen für alle, die den Pontifex dabei hören und/oder sehen – live auf dem Petersplatz in Rom oder live über Radio, Fernsehen und Internet. ■

23. Oktober 1517

Martin Luther an Albrecht von Brandenburg

Übertragung aus dem Lateinischen ins Deutsche:

Dem hochwürdigen Vater in Christo
und durchlauchtigsten Herrn, Albert,
Erzbischof der Kirchen zu Magdeburg und Mainz, Primas,
Markgraf zu Brandenburg usw.,
seinem Herrn und Hirten in Christo,
geachtet in Ehrerbietung und Liebe!
Jesus.
Gnade und Barmherzigkeit Gottes und alles, was er vermag und ist!

Verzeiht mir, ehrwürdigster Vater in Christo, durchlauchtigster Kurfürst, daß ich, der geringste unter den Menschen, so unbesonnen und vermessen bin und es wage, an Eure höchste Erhabenheit einen Brief zu richten. Der Herr Jesus ist mein Zeuge, daß ich, eingedenk meiner Niedrigkeit und Nichtswürdigkeit, lange aufgeschoben habe, was ich jetzt mit unverschämter Stirn vollbringe. Mich bewegt vor allem die Verpflichtung zu treuem Dienst, den ich Euch, hochwürdigster Vater in Christo, zu leisten mich schuldig weiß. Daher möge Eure Hoheit sich unterdessen würdigen, ein Auge auf mich zu richten, der ich nur Staub bin, und mein Votum entsprechend Eurer bischöflichen Milde zur Kenntnis nehmen.

Es werden Päpstliche Ablässe im Namen Euer Kurfürstlichen Gnaden zum Bau von St. Peter herumgetragen. Dabei klage ich nicht so sehr das Ausschreien der Ablaßprediger an, das ich nicht gehört habe, sondern ich bin schmerzlich besorgt über die überaus falschen Anschauungen des Volkes, die aus dem entstehen, was man überall und allerorts im Munde führt: etwa, daß die unglücklichen Seelen glauben, daß sie, wenn sie die Ablaßbriefe gekauft hätten, ihres Heiles sicher sind; desgleichen, daß die Seelen sofort aus dem Fegefeuer herausfliegen, sobald sie ihren Betrag in den Kasten gelegt haben; ferner, daß diese Gnaden so stark sind, daß keine Sünde so groß sei, als daß sie nicht erlassen werden könnte, sogar (wie sie sagen), wenn jemand etwas Unmögliches getan und die Mutter Gottes geschändet hätte; schließlich, daß der Mensch durch diese Ablässe von jeder Strafe und Schuld frei sei.

Ach, lieber Gott, so werden die Eurer Sorge anvertrauten Menschen zum Tode unterwiesen! Und es entsteht und erwächst die härteste Rechenschaft, die Dir für all diese abzulegen ist. Deshalb konnte ich nicht länger davon schweigen. Der Mensch wird nämlich nicht durch irgendein Geschenk des Bischofs seines Heiles sicher, da er ja nicht einmal durch die von Gott eingegossene Gnade gewiß wird; vielmehr befiehlt uns der Apostel in Furcht und Zittern unser Heil zu wirken [Phil 2,12] und der Gerechte wird kaum gerettet werden [1 Petr 4,18]. Schließlich, so eng ist der Weg, der zum Leben führt, daß der Herr durch die Propheten Amos

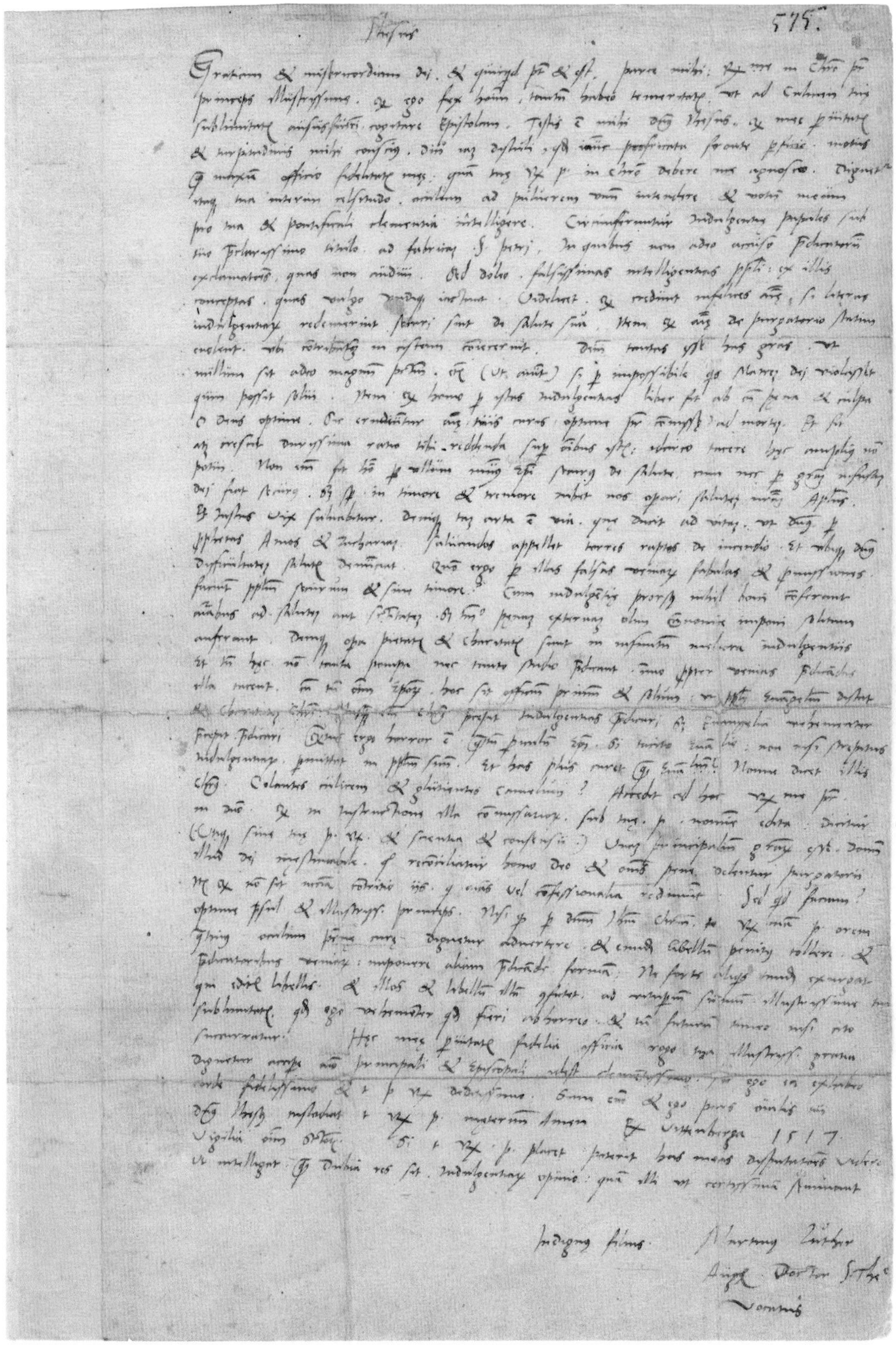

[Am 4,11] und Sacharja [Sach 3,2] diejenigen, die gerettet werden, aus dem Feuer gerissene Holzscheite nennt. Und überall verkündigt der Herr die Schwierigkeiten des Heiles.
Warum machen sie also durch jene falschen Fabeln und Versprechungen von Vergebung das Volk sicher und furchtlos, wo doch die Ablässe den Seelen geradezu nichts Gutes zum Heil und zur Heiligkeit beitragen, sondern lediglich die äußere Strafe wegnehmen, die man einst nach dem geistlichen Recht aufzulegen pflegte.

Schließlich sind die Werke der Frömmigkeit und der Nächstenliebe unendlich besser als Ablässe und dennoch predigt man sie weder mit solchem Gepränge noch mit so großem Eifer, im Gegenteil wegen der zu predigenden Ablaßgnaden schweigt man von ihnen, wo es doch die erste und einzige Pflicht aller Bischöfe ist, daß das Volk das Evangelium und die Liebe Christi lernt. Christus hat niemals aufgetragen, Ablässe zu predigen, aber nachdrücklich hat er geboten, das Evangelium zu predigen. Wie groß ist das Entsetzen, welche Gefahr entsteht einem Bischof, wenn er – während das Evangelium verstummt – nur den Lärm der Ablässe auf sein Volk zuläßt und sich mehr um diese kümmert als um das Evangelium. Wird nicht Christus zu ihnen sagen: Ihr seihet Mücken aus und verschluckt ein Kamel?

Es kommt hinzu, hochwürdigster Vater im Herrn, daß es in jener Instruktion für die Ablasskommissare, die unter Eurem Namen ausgegangen ist, heißt (sicher ohne Euer Wissen und Eure Zustimmung), die eine der Hauptgnaden sei jenes unvergleichliche Geschenk Gottes, durch das der Mensch mit Gott wieder versöhnt wird und alle Strafen des Fegefeuers getilgt werden; desgleichen, daß eine Reue nicht nötig für die sei, die Seelen erlösen oder Beichtbriefe kaufen. Aber was soll ich tun, bester Vorgesetzter und erlauchtetester Fürst, außer daß ich durch den Herrn Jesu Christi Eure ehrwürdigste Väterlichkeit bitte, auf diese Sache ein Auge väterlicher Sorge zu werfen und jenes Büchlein ganz aufzuheben und den Ablaßpredigern eine andere Form der Verkündigung aufzuerlegen, damit nicht vielleicht am Ende einer auftritt, der mit veröffentlichten Schriften sowohl jene als auch jenes Büchlein widerlegt zu höchstem Schimpf für Eure durchlauchtigste Hoheit. Daß dieses geschieht, verabscheue ich entschieden, aber ich fürchte es wird geschehen, wenn nicht schnell für Abhilfe gesorgt wird.

Diese treuen Dienste meiner Wenigkeit, bitte ich, möge Eure durchlauchtigste Gnaden anzunehmen sich würdigen auf fürstliche und bischöfliche Weise, das heißt gnädigst, so wie ich diese Dienste mit treuestem und Eurer ehrwürdigsten Väterlichkeit ergebensten Herzen erbiete – auch ich nämlich bin ein Teil Eurer Herde.
Der Herr Jesus bewahre Eure ehrwürdigste Väterlichkeit in Ewigkeit.

Aus Wittenberg 1517, am Abend vor Allerheiligen.
Wenn es Eurer ehrwürdigsten Väterlichkeit gefällt, könnte sie diese meine Disputationsthesen ansehen und daraus ersehen, wie zweifelhaft die Lehre vom Ablaß ist, die jene als ganz sicher ausstreuen.
Der unwürdige Sohn
Martin Luther, Augustiner, berufener Doctor der hl. Theologie.

Beschwerdebrief mit Folgen

Der 31. Oktober 1517, der Abend vor dem Allerheiligenfest, ist ein historisch bedeutender Tag. Denn an diesem Tag brachte der Theologe Martin Luther (1483-1546) seine „95 Thesen" in Umlauf und setzte damit die Reformation in Gang. Die Thesen klagen Missstände in der Kirche an, vor allem den Ablasshandel (siehe Seite 20–23). Luther spricht damit vielen Gläubigen und Theologen aus der Seele, denen die Geldgier der Kirche zu weit geht und die der Meinung sind, dass echte Reue und Buße nicht durch eine Geldgabe ersetzt werden kann und Ablassprediger wie der besonders bekannte Johann Tetzel nicht so einfach Vergebung gegen Geld versprechen können.

Am 31. Oktober 1517 schreibt Martin Luther an Albrecht von Brandenburg, Erzbischof von Mainz und Magdeburg. Er schreibt, wie es zu seiner Zeit bei offizieller Korrespondenz üblich ist, in lateinischer Sprache und zumindest formell ausgesprochen höflich, in den ersten Zeilen sogar unterwürfig, an den mächtigen Kirchenfürsten. Er weist dann aber dennoch mit klaren und eindeutigen Worten darauf hin, dass die Käufer von Ablassbriefen getäuscht werden, was Luther mit Bibelstellen begründet. Er nimmt den Bischof moralisch in die Pflicht, sich des Seelenheils der Menschen anzunehmen und dieses zu retten, indem er den Ablasshandel im Bistum unterbindet. Zur theologisch sauberen Begründung seiner Forderung legt Luther seine 95 Thesen bei.

Dieser Brief ist einer der bedeutendsten der frühen Neuzeit. Die Reaktion des Adressaten Albrecht ist nicht bekannt. Aber die beigelegten Thesen gibt Luther auch Freunden zu lesen, und sie verbreiten sich wie ein Lauffeuer. Ob Luther sie tatsächlich, wie die Legende besagt, an die schwere Holztüre der Schlosskirche von Wittenberg annagelte und sie so unters Volk brachte, ist nicht gesichert, denn weder das Originaldokument mit den Thesen, das Luther an der Kirche angeschlagen haben soll, noch die Anlage zum Brief sind erhalten geblieben. Der Brief allerdings schon; er wird im Schwedischen Reichsarchiv in Stockholm verwahrt.

Auf jeden Fall erscheinen Luthers Thesen noch im selben Jahr als gedruckte Handzettel, auch in deutscher Übersetzung. Martin Luther wird als Häretiker angeklagt, als einer, der falsche Lehren verbreitet. Er wird mit dem Kirchenbann belegt und für „vogelfrei" erklärt.

1521 bricht er, im Versteck auf der Wartburg, ein weiteres kirchliches Tabu: Er übersetzt die Bibel ins Deutsche. Latein, die Sprache der Schrift, der Gelehrten, der Theologen, soll nicht mehr die Sprache der Kirche sein, denn die Botschaft des Evangeliums soll bei allen Menschen ankommen. Jeder soll die biblische Botschaft verstehen können.

Der Rest ist Geschichte. Die Reformation spaltet die römisch-katholische Kirche und erfasst bald ganz Europa. Sie hat nicht nur kirchliche, sondern auch politische Folgen. Es kommt zu gravierenden Umwälzungen in Gesellschaft, Bildungswesen und Herrschaftssystemen – und zu Kriegen. Der 30-jährige Krieg zwischen katholischen und reformierten Fürstenhäusern und Allianzen um die Vorherrschaft in Europa verwüstet und entvölkert ganze Landstriche. Er endet 1648 mit dem Westfälischen Frieden, dem Endpunkt der Reformation. Danach schreibt man Briefe fast ausschließlich in Volkssprachen. ■

1582

Helena von Schallenberg an Christoph Schallenberg

Freuntlicher mein gar im herz aller liebster brueder Cristoff, dier sein mein schwösterliche lieb und treu die zeidt meines löbens von mier beraydt, unnd winsch dier von gott den almechtigen vil glickseliger wolgeenter gesunder zeit unnd alles was dier zuseel und leib nuz unnd guet ist, hertz lieber brueder, ich hab den 29 january gar auch ein hertz liebes schreiben von dier epfangen und draus deinen gsunndt mit hertzlichen grosen freyden vernomben, hab demnach nit underlassen khinen dier wieder zu schreiben, und las dich wissen das es mier gott dem herrn sey lob und dankh gesagt gar wol get, der wölle mich und unns alle lenger zu seine in seinen götlichen gnad erhalten amen, hertz liebster brueder ich hab aus deinen schreiben verstanden das es der frauen Madtalena gar ibl gehtt, wölches mier im herzen treulich laidt ist, gott der almechtige wölle ir gedult verleihen und gnad göben damit sie und ir herr wider in ainigkhait bracht werden, ich khan wol gedenkhen das die frumb frau elend genueg ist nachdem sie so gar alein in der frembt ist, und khain ainigen menschn der irigen hat der sich irer annäm, ich hab ways gott lang treulich an ire herrn brüeder angehaltn das sie ir schreiben sollen, hab aber nichts erlangen khinen, es thuet mier selbs gar hertznot auf, sie wais nit wie sie es main, ich glaub das sie ir feind sein, ich kann miers anderst nit gedenkhen, ich wais wol das ir denoch ein grose freidt wär, wan sie immer ein schreiben hät von irn briedern, du hast gar recht than das du sie hast haimgesuecht, ich glaub gern das sie im herzn fro ist gewöst daraus weil du so unversehens bist khumen und ir die brief überantwort, und da du dich ein weil nit zu erkhenen hast geben, ist ir die freydt noch gröser wortn, bit dich mein herzliebster brueder du wöllest sie gar oft, weil du zu Sennis bist, haimsuechen, den ich wais wol das du ir ein gar lieber gast bist und ein grosse recht ergötzlichkhaidt hat wan sie mit dir rött und dier ir lait khlagt, den ir fraindt sein zu seltsam drinen, wolt gott das ich sie vor meinen tot auch sehen khint, aber ich hab kaine hoffnung das sein khine, herz libster brueder schreibt mir wie du willens seist auf ostern, wofern es gottes will ist, ein weide reis zu thuen, wölich er in der wahrhait nit gar gern siecht, es ist vielleicht wol dein will aber ich fircht halt nuer du werst dich etwa gar zu gern dahin wagen, den man sagt es sey immer gar unsicher auf dem mör zu farn von wögen der mörrauber und das sunst zu das mör gar ungestiem ist, bitich demnach mein gar herzenliebster brueder du wollest denocht achtung auf dich haben und nit etwa in gefar göben voraus, wan du dich etwa zu unversitet Leiden begöbst, das du, darvor dich gott behietn wölle, in ein unglickh khämbst, bitt dich du wöllest derwegen sorg haben damit du mit einer gueden gesölschaft hinein khumst und zu einer zeit da es sicher und auf dem mör guet ist, gott der himlische vatter wöle dir glickh und hail verleihen und tein treuer gleitsman sein damit du auf dieser rais guet an khomst, und wölle dier wiederumb mit gesund und freud heraus helfen amen, schau vergis nuer seiner nit, und hab, wie ich dich vor auch gebötten hab, gott treulich vor augen, und begeb dich nit leichtlich in gefar, den das selbig haist gott versuchen wen einer gar zu verwögen ist, schau hab nur fleis das du alzeit bereit zu leiden bist und pet fleisig, ich will gott auch treulich fierpitten, bit dich du wölest wofer du glögenhait hast

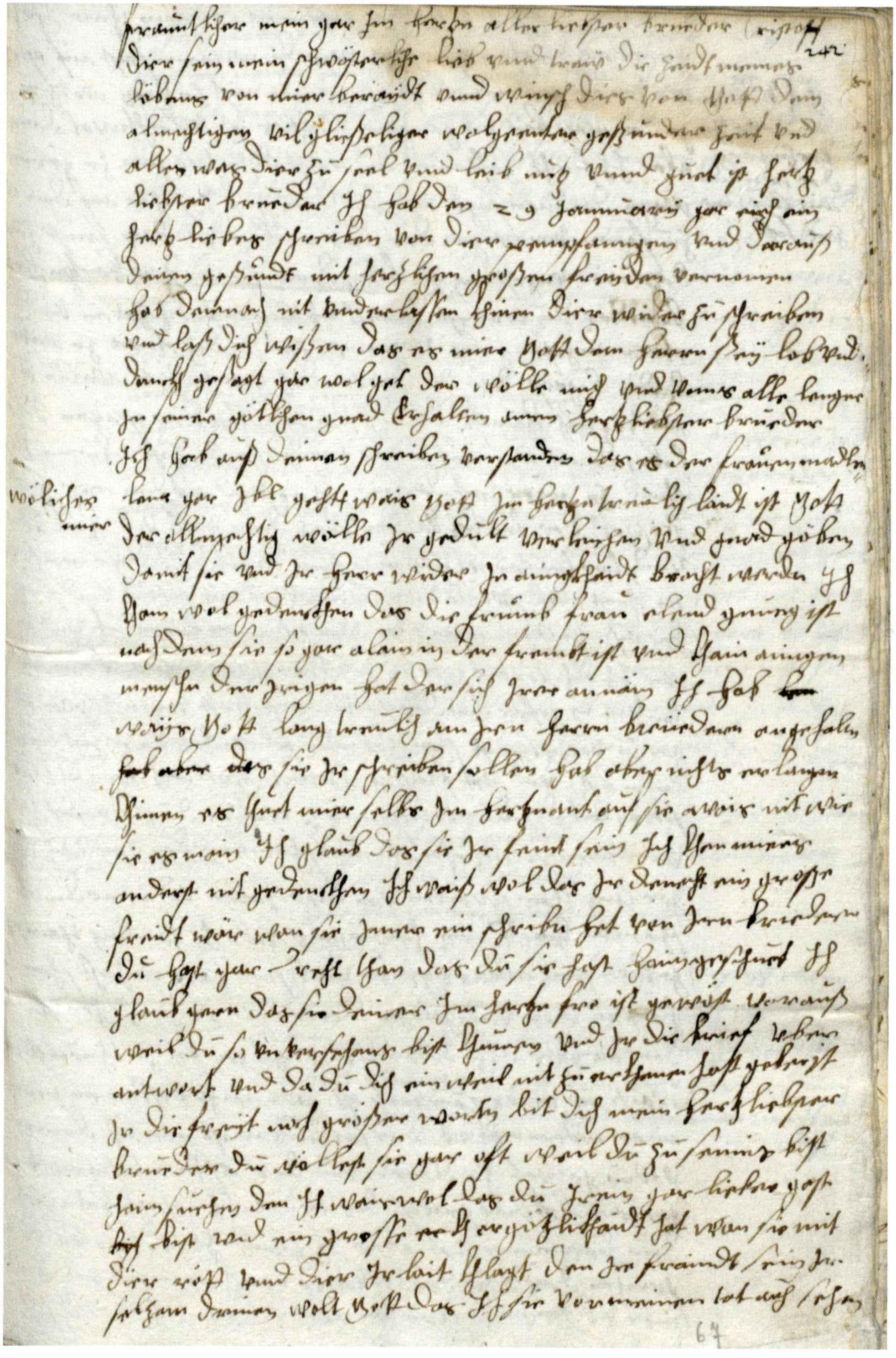
freuntlichen mein gar zu hertzen aller liebster bruder christof 242
dir sein mein schwösterliche lieb vnnd trew die zeit meines
lebens von mir beraidt vnnd winsch dir von gott dem
almechtigen vil gliksäliger walfarten gesunder zeit vnd
alles was dir zu seel vnd leib nutz vnnd guet ist hertz
liebster bruder Ich hab den 29 Januarii [illegible] ein
hertz liebes schreiben von dir empfangen vnd daraus
deinen gesundt mit hertzlichen grossen freiden vernomen
hab dennach nit vnderlassen khinen dir wider zu schreiben
vnd lass dich wissen das es mir gott dem herrn sey lob vnd
danckh gesagt gar wol get der wölle mich vnd dich alle lange
in seiner göttlichen gnad erhalten mein hertzliebster bruder
Ich hab aus deinem schreiben verstanden das es der fräuen madlen
wölliches mir lang gar übel gangen ist im hertzen leid ist gott
der allmechtig wölle ir gedult verleichen vnd gnad geben
damit sie vnd ir herr wider in ainigkhaidt bracht werden ich
[illegible]

vor deinen wöckhziehen einmal schreiben den darnach wer ich gar lang khain schreiben von dier haben und wier dier nit schreiben khinen, von dem Hieronimus habe ich gar lang khain schreiben gehabt, glaub aber es gehe im wol, sein her ist jetzt schon hie pey uns, und hat in dieweil pei seinen sachen gelasen, den er hats alls under handen, hat gar vill zu thuen, aber wais nit wies sein nutz ist, wär leicht böser er wär an ain andern ort, der Sallinger ist neulich drinen in Padua gewöst in deinem und des Aspen losamnet, wer gar gern bei dier gewöst das er dir auch gesagt het wies mit dem Hieronymus stet, aber ich glaub ich wöl so vil zustand pringen das im der herr vatter wöckh nehmen wiert, ich hab dier vil von im zu schreiben, aber es khan nit recht sein ... in sein herr und jederman gar verächtlich hält und gleich fier ein narn, und hat vor nimant khainen schutz, wan das wenigst unrecht geschieht so mues er darumben die geisl khostn, das geschicht im tag ein 7 mal, er hat soln lernen auf der lauten zu schlagen und hats auch schon ziemlich khindt, aber sein herr last im nit vil darzue, er hat nuer einmal ein etlich zeiln gschrieben und hat sich gar oft khlagt, habs im aber nit glauben wöllen bis miers der Salinger selbs gesagt hat, sonst geht es gott lob alenhalben bey uns wol, alein her Siegmunt hat noch imerdar groses wehklagen seinen fues, es ist jetzt ein arzt bey uns gewöst, der meint er wölle im mit gottes hilf helffen, gott wölle das geschehe, weider weis ich dir mein gar herz liebster brueder dieser zeit nichts zu schreiben, sey von mir gar zu viel hunder tausent mal treulich gegriest, die frau muem last dich auch zu tausentmal griesn desgleichen auch unser ganzes frauenzimer und der Görg, bit dich du wöllest der frau auch einmal schreiben den es gefiel ir gar wol, hiemit bevilch ich dich sambt aller welt gott dem in sein seinen göttlichen sögen,

tatum Sprinznstein den 31 january im 82 jar
d.t.w.sch alzeit bis in tot
Helena Schallenbergerin

Übertragung in modernes Deutsch:

Mein freundlicher, gar herzallerliebster Bruder Christoph, für dich sei meine schwesterliche Liebe und Treue Zeit meines Lebens, und ich wünsche dir durch Gott den Allmächtigen eine glückselige, wohlergehende, gesunde Zeit und alles, was deiner Seele und deinem Körper gut tut. Herzlieber Bruder, ich habe am 29. Januar auch ein herzliebes Schreiben von dir empfangen und daraus mit herzlich großer Freude vernommen, dass du gesund bist. Daher habe ich es nicht unterlassen können, dir wieder zu schreiben, und lasse dich wissen, dass es mir (Gott dem Herrn sei Lob und Dank gesagt) sehr gut geht; wolle er uns nur allen noch länger seine göttliche Gnade erhalten, Amen. Herzlieber Bruder, ich habe aus deinem Schreiben verstanden, dass es der Frau Magdalena ganz übel geht, was mir ehrlich von Herzen leid tut. Gott der Allmächtige möge ihr Geduld verleihen und die Gnade haben, dass sie und ihr Herr wieder zusammengebracht werden. Ich kann mir schon denken, dass es der frommen Frau elend genug ist, nachdem sie so alleine in der Fremde ist und keinen einzigen Menschen der ihrigen mehr hat, der sich ihrer annähme. Ich habe ihre Brüder weiß Gott lange ernsthaft angehalten, ihr zu schreiben, aber ich habe nichts erreichen können.
Es bringt mein eigenes Herz in Not. Die Brüder wissen nicht, was sie tun; ich glaube, dass

sie verfeindet sind, anders kann ich mir das nicht erklären. Ich weiß wohl, dass es ihr dennoch eine große Freude wäre, wenn sie ein Schreiben von ihren Brüdern bekäme. Du hast es richtig gemacht, sie zu besuchen, ich glaube, sie hat sich von Herzen gefreut, weil du so überraschend gekommen bist und ihr die Briefe gebracht hast. Und da du dich eine Zeitlang nicht zu erkennen gegeben hast, ist ihre Freude noch größer geworden. Ich bitte dich, mein herzliebster Bruder, du mögest sie ganz oft besuchen, während du in Siena bist, denn ich weiß gut, dass du ein ganz lieber Gast bist und sie eine große Freude hat, wenn sie mit dir spricht und dir ihr Leid klagt, denn ihre Freunde sind zu selten da. Gebe Gott, dass ich sie vor meinem Tod auch noch einmal sehen könnte, aber darauf habe ich keine Hoffnung. Herzliebster Bruder, schreibe mir, wo du an Ostern sein willst, so es Gott will. Er sieht es in Wirklichkeit nicht gerne, wenn jemand eine weite Reise unternimmt. Es mag vielleicht dein Wille sein, aber ich fürchte eben, dass du dich zu weit vorwagst. Denn man sagt, es sei wegen der Piraten gefährlich, zur See zu fahren, und dass das Meer auch sonst sehr ungestüm ist. Ich bitte dich sehr, mein herzliebster Bruder, dass du auf dich achtest und dich nicht absichtlich in Gefahr begibst, bevor du zur Universität Leiden gehst. Gott möge dich davor behüten, in ein Unglück zu geraten. Ich bitte dich aufzupassen, damit du in eine gute Reisegesellschaft kommst, und das zu einer Zeit, da es auf dem Meer sicher und gut ist. Gott der himmlische Vater möge dir Glück und Heil verleihen und dir ein treuer Begleiter sein, damit du auf dieser Reise gut ankommst, und er möge dir wiederum mit Gesundheit und Freude aushelfen, Amen. Schau, vergiss nur seiner nicht, und habe, wie ich dich gebeten habe, Gott treu vor Augen, und begib dich nicht leichtsinnig in Gefahr. Denn dieses bedeutet, Gott zu versuchen, wenn jemand gar zu verwegen ist. Sieh zu, dass du fleißig und bereit für Leiden bist. Ich will bei Gott auch Fürbitten vorbringen und bitte dich, mir noch einmal zu schreiben, wenn du vor deiner Weiterreise noch Gelegenheit dafür hast. Denn danach werde ich lange Zeit kein Schreiben mehr von dir bekommen und dir nicht schreiben können. Von Hieronymus habe ich hier auch lange kein Schreiben mehr bekommen, aber ich glaube, es geht ihm gut. Sein Herr ist schon hier bei uns, und hat Hieronymus derweil bei seinen Sachen gelassen. Der hat alles im Griff und hat sehr viel zu tun, aber er weiß nicht, was er davon hat, an einem anderen Ort wäre es vielleicht schlimmer. Der Sallinger war neulich in Padua, in derselben Unterkunft wie du und Aspen. Er wäre gerne zu dir gekommen und hätte dir auch gesagt, wie es um den Hieronymus steht. Ich glaube, ich will so viel zustandebringen, was ihm der Herr Vater wegnehmen wird, ich habe dir viel von ihm zu schreiben, aber das ist nicht in Ordnung ... Er verachtet seinen Herren und jedermann und hält ihn für einen Idioten, und hat von niemandem Schutz. Wenn etwas Unrechtes passiert, muss er daher die Peitsche kosten, das passiert täglich sieben Mal. Er sollte das Lautespielen lernen und hat es auch schon ziemlich gut gekonnt, aber sein Herr lässt ihn nicht viel üben. Er hat nur einmal einige Zeilen geschrieben und hat sich sehr beklagt, ich habe es ihm aber nicht glauben wollen, bis es mir der Sallinger selbst bestätigt hat. Ansonsten geht es bei uns hier allenthalben gut, allein der Siegmund jammert noch immer wegen seiner Füße. Es war jetzt ein Arzt bei uns, der meinte, er wolle Gott um Hilfe bitten, denn Gottes Wille geschehe. Weiter weiß ich, mein gar herzlichster Bruder, derzeit nichts zu schreiben. Sei mir viele hunderttausendmal treulich gegrüßt. Die Frau Mama lässt dich auch tausendmal grüßen und auch der ganze

Frauentrakt und der Görg. Ich bitte dich, schreib der Frau auch einmal, denn das hat ihr gut gefallen. Hiermit befehle ich dich samt der ganzen Welt Gott und seinem göttlichen Segen.

Eine Familie in unruhigen Zeiten

Helena von Schallenberg (1560-1630) ist Hoffräulein. Sie stammt als einem alten Rittergeschlecht im österreichischen Mühlviertel. Die von Schallenbergs gehören nicht zum Hochadel, sind aber doch eine angesehene und einflussreiche Familie. Helena und ihre Schwester Tugendlieb lernen lesen und schreiben, ihre Brüder dürfen auf die „Kavalierstour" gehen, auch Grand Tour genannt. Diese große Reise soll aus adeligen Burschen Männer machen, Erfahrung bringen und ein wenig Spaß. Üblicherweise führt die Reise nach Italien, wenn dann noch Zeit und Geld bleibt, reist man auch nach Frankreich oder in die Niederlande. Für Frauen ist diese Bildungs- und Reifungsreise nicht vorgesehen – sie werden vor der Heirat Hofdamen, wie auch Helena von Schallenberg. Im Jahr 1582 befindet sie sich am Hof ihrer Tante Barbara Sprinzenstein auf deren Stammsitz Burg Sprinzenstein, ebenfalls im österreichischen Mühlviertel.

Am 31. Januar schreibt sie ihrem ein Jahr jüngeren Bruder Christoph einen Brief. Es geht darin um Magdalena, eine Freundin der Familie, die in Siena lebt und sich einsam fühlt. Helena sorgt sich um das Wohlergehen Magdalenas ebenso wie um das des reisenden Bruders in der Ferne, der sich in Gefahren begibt. Vor dem Meer (mör) warnt sie ihn besonders, weil sie Schauergeschichten von Piraten (mörräubern) gehört hat.

Christoph kehrt wohlbehalten aus Italien zurück, heiratet 1588 Margaretha (Marusch) von Lappitz und wird „Regent der Niederösterreichischen Lande". Er wird Dichter und Rat des Erzherzogs Matthias und hat vier Kinder. 1597 stirbt er im Alter von nur 36 Jahren in Wien. Seine Schwester Helena bleibt unverheiratet und kinderlos. Sie tritt 1595 in ein Franziskanerkloster ein und wird 1617 Äbtissin – was erstaunlich ist, da ihre Familie protestantisch ist. Vater Wolfgang ist nicht froh darüber, dass Helena ins Kloster geht, doch die Gegenreformation trifft auch das Haus Schallenberg, und fast alle Geschwister Helenas werden katholisch. ■

24. Juli 1628

Johannes Junius an Veronika Junius

Zue vil hundert tausent gueter nacht, hertz liebs dochter veronica. Vnschuldig bin ich in daß gefengnus kommen, vnschuldig bin ich gemarttert worden, vnschuldig muß ich sterben, dan wer in daß hauß kompt, der müß ein drutner werden oder wirdt so lang gemarttert, biß daß er etwas auß seinem kopff erdichten mus, vnd sich erst, daß got erbarms, vf etwas bedencke. Wil dir erzehlen, wie es mir ergangen ist. Alß ich daß erste mahl bin vfe die frag gefuret worden, war doct[or] Braun, doctor kötzendorffer vnd die zwen frembds doctor, dan der kraußhar da. Da fragt mich doctor Praun Im Abtswert: Schwager, wo kompt Ir daher? Ich antwort: Durch das walßet vngluck. Hort Ir, sagt er; Ir seyt ein druttner, wolt Ir es gutwillig gestehen; wo nit, so werdt man euch zeugen herstellen vnd den hencker an die seyten. Ich sage, ich bin feraden, ich hab ein reines gewißen in der sachen; wan gleich tausent zeugen weren, so besorg ich mich gar nihts, doch wil ich gern die zeugen hören. Nu wurdt mir des Cantzlers Sohn vorgestelt. So frag ich Ihn: Her doctor, was wißet Ir von mir? Ich hab die zeit meines lebens weeder in gueten noch boßen mit euch zu thun gehabt. So gab er mir die antwort: Herr collega, wegen des landtgerichts, Ich bit euch vmb verzeihen, In der hofhaltung hab ich euch gesehen; ja, wie aber, er wise niht. So bat ich die herrn Commißarios, man soll Ihn beeydigen vnd recht examiniren.Sagt doctor Braun, man werdts niht machen, wie Ihr es haben wolt, es ist gnueg, daß er euch gesehen hat. Gehet hin, her doctor. Ich sagt: Ir herrn, was ist daß fur ein zeug? Wan es also gehet, so seyt Ir so wenig sicher alß ich oder sonsten ein ander ehrlicher man. Da war kein gehor. Darnach kommt der Cantzler, sagt wie sein sohn: hette mich auch gesehen, hat mir aber niht vf die füse gesehen, wuste niht mer. Darnach die Hopffen-Elß: Sie hette mich Im haubtsmoor dantzen sehen. Ich frage sie mit weme. Sie sagt, sie wüste es niht. Ich bat die herren vmb gottes willen: Sie horten, daß es lautter falsche zeugen weren; man soltte sie doch beeydigen vnd recht examinieren. Es hat aber niht sein wollen, sondern gesagt, ich sollte es guttwillig bekennen oder der hencker soltte mich wohl zwingen. Ich gab zur antwort: ich hab got niemahlß verleugnet, so wolt ich es auch nicht thun, gott solle mich auch gnedig darfur behueten. Ich woltt eher darvber außstehen, was ich solt. Auf daß kam leider – gott erbarm es In hochsten himmel – der hencker vnd hat mir den daumenstock angelegt, bede hendt zusammengebunden, daß das blut zu den negeln heraußgangen vnd allenthalben, daß ich die hendt in 4 wochen niht brauchen konnen, wie du dan auß dem schreiben sehen kanst. Dann so hab ich mich Gott in sein heilige funff wunden befolen vnd gesagt: weyln es gottes er vnd name anlang, den ich nit verleugnet hab, so will ich mein vnschult vnd alle diese Mart[er] vnd Pein in seine 5 wunden legen, er wirt mir mein Schmertzen lindern daß ich solchen schmertzen ausstehen kann. Darnach hat man mich erst aufgezogen, die hendt vf den Ruck[en] gebunden vnd vf die hohe in der tortur gezogen. Da dachte ich, himmel vnd erden ging vnder, [sie] haben mich also vmb sechs mahl aufgezogen vnd wieder fallen laßen, daß ich ein vnselig schmertzen empfan[d]. N[ota]B[ene].

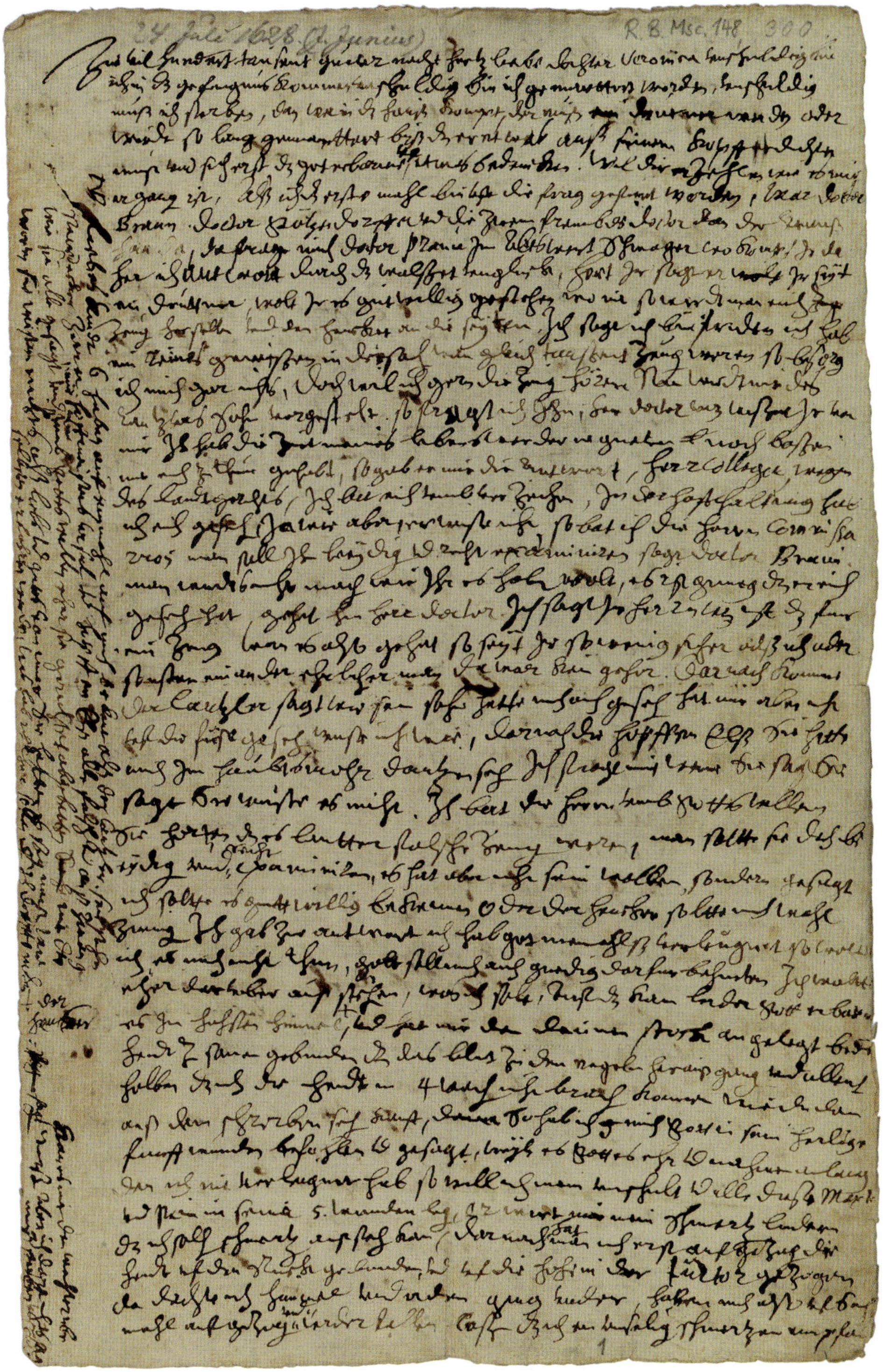
24. Juli 1628 (J. Junius)
R.B. Msc. 148 300

Liebes kindt. 6 haben auf einmahl auf mich bekannt alß der Cantzler, sein Sohn, Newdecker, Zerrer, Hoffmeisters Vrsel und Hopffen Elß, alle falsch vnd auß zwang, wie sie alle gesagt, aus vnd vmb gottes willen, eher sie gerichtet [würden], abgebetten mit den worten, sie wißen nichts alß liebs vnd gutes von mir. Sie hetten es sagen musen, wie [ich] selbsten erfahren werde. Was hab ich thun sollen, vnd ich dorffte nichts sagen.
Kann'es mit den wechtern beweißen, aber ich darff nihts sagen, muß sterben unschuldig. Vnd dieses ist alles faselnacket geschehen, dan Sie haben mich faselnacket ausziehen laßen, Alß mir nun vnser hergot geholffen, hab ich zu Ihnen gesagt: verzeihe euch got, daß ir ein ehrlichen man also vnschuldig angreifft, wollt Ihn niht allein vmb leib vnd seel, sondern vmb haab und guet bringen. Sagt doctor Braun: Du bist ein schelm. Ich sagt, [ich] bin kein schelm noch solcher man vnd bin so ehrlich alß Ir alle seyt. Allein, weyle es also zugehet, so wirdt kein ehrlicher man in Bamberg sicher sein vnd Ir so wenig als ich oder ein ander. Sagt doctor [Braun], er were niht vom Teüffel angefochten; ich sagt, ich auch niht, aber eüre falsche zeugen, daß sein die Teuffel vnd Euer scharffe Marter, dan Ir last kein hinaus vnd wan er gleich alle Marter außstehet. Vnd dieses ist den Freytag, den 30 Juny geschehen, hab ich mit gott die martter austehen mueßen, hab mich also die gantze zeit niht anziehen noch die hendt brauchen konnen, Ohne den andern schmertzen, den ich gantz vnschuldig leiden muß. Alß nun der hencker mich wider hinweg fuhrt in das gefengnus, sagt er zu mir: Herr, ich bit euch vmb gottes willen, bekennet etwaß, es sey gleich war oder nit, erdenket etwaß, dan Ir kondt die Marter niht außstehen, die man euch anthut; vnd wan Ir sie gleich alle außstehet, so kompt Ir doch niht hinaus, wan Ir gleich ein graff weret, sondern fengt ein Marter wider auf die andre ahn, biß ir saget, Ir seyt ein Truttner, vnd sagt [ihr] etwas, alß dan lest man Euch zufriden, wie dan auß Allen Iren vrtheylen zu sehen, daß eins wie die ander gehet. Darnach kam der Georg vnd sagt, die commisarii hetten gesagt, mein herr wolle ein solches exempel an mir statuiren, daß man darvon sagen solt; So hetten die hencker alleweyl zusamen gerufet vnd wollen mich wider Peinigen. Vnd botte mich vmb gottes willen, Ich soltte etwas erdencken, vnd wan ich gleich gantz vnschuldig were, So keme ich doch niht wider hinauß, so sagt mir es der candelgißer, Newdecker vnd andere. So hab ich gebetten, ich sey gar vbel auf, man solte mir einen tag bedenck zeit geben vnd ein Prister. Der Priester war mir abgeschlagen, aber die zeit zu bedencken war mir geben. Nun, hertzliebe dochter, was meinstu, in waß fur einer gefahr ich gestanden vnd stehe. Ich soltt sagen, Ich sey ein truttner vnd bin es niht, soll gott erst verleugnen vnd hab es zuvor niht gethan, hab tag vnd nacht mich hoch bekummert, entlichen kamme mir in der noth im bet vor, Ich soltte vnbekummert sein, weylen ich keinen Prister haben konnen, mit deme ich mich berahten konnen, soltte ich etwaß gedencken vnd es also sagen; es wer ja besser, ich sagte es nur mit dem Mauhl vnd worten, vnd hette es aber Im werck niht gethan, soltte es darnach beychten. Darauf ich dan den Pater Prior im Prediger Closter begert hab, Ihn aber niht bekommen konnen. Vnd ist dießes mein Außsag wie volgt, aber alle erlogen. Nun folgt, hertzliebes kindt, was ich hab außgesagt, daß ich der großen marter vnd harten tortur bin entgangen, welche mir vnmuglichen lenger also außzustehen geweßen were, Nemblich: Alß ich Anno 1624 oder 1625 ein Commission von Rottweyl gehab, hette ich dem doctor vnd vf die Commission in meiner Rottweilischen rechtfertigung vf die 600 fl haben mußen, Also daß ich vil ehrliche leut angesprochen, die mir außgeholffen. Daß ist alles, was itzunder volgt, mein Außsag mit

lauter lugen, die auß betrohung der noch großen Marter sagen mußen, vnd darauf sterben muß. Nach dießem sey Ich vf mein felt bey dem Fridrichs Prunnen gangen, gantz bekummert, hab mich daselbsten niddergesetzet. Do sey ein graßmedlein zu mir kommen vnd gesagt: herr, was macht Ir, wie seyt Ir so trawrig? Ich darauf gesagt, Ich wuste es niht; also hat sie sich neher zu mir gemacht vnd mich so weyt bracht, daß ich bey Ir gelegen bin. Sobalt solches geschehen, Ist Sie zu einem geißbock worden vnd zu mir gesagt: sihe, Itzunder siehestu, mit wem du zu thun hast, hette mir an die gurgel gegriffen vnd gesagt: du must mein sein oder ich will dir vmbbringen. Do hette ich gesagt, behuett mich got darfuhr. Also ist er verschwunden vnd balt wider kommen vnd [hat] zwey weyber vnd drey menner bracht. Ich [soll] gott verleignen. So hette ich es gethan: gott vnd d[as] himmelisch herr verleignet. Darauf hette er mich getaufft vnd waren die zwey weiber die taufdotten, hette mir ein ducaten eingebunden, war aber ein scherben geweßen. Nun vermeinte ich, Ich were gar fur vber, dastelt man mir erst den hencker an die seyten, wo ich vf danze geweßen. Da wust ich niht, wo auß oder ein, besonne mich, daß der Cantzler vnd sein sohn vnd die Hopffe-Elß Alte hofhaltung, Rahtstub vnd haubtsmohr genent hetten,vnd waß ich sonsten bey den vrteyl verleßen gehort hab, nennet ich solche Ort auch. Darnach soll ich sagen, waß ich fur leit alda gesehen hette. Ich sagt, Ich hette sie niht gekennet. Du alter Schelm, ich muß dir den hencker vbern halß schicken. Sag frey: ist der Cantzler niht da geweßen? So sagt ich ja. Wer mer? Ich hette nimandt gekannt. So sage, nehme ein gaß nach der ander, fahr erstlich den Marckt hinauß vnd wider hinrein. Da hab ich etliche persohn mußе Nennen; darnach die lang gassen: ich wuste niemandt, hab also 1 Person daselbsten mußen nennen, dornach den Zinckenwert, auch ein Persohn, darnach vf die ober Pruecken biß zum Bergthor vf beden seyten. Wuste auch niemandt. Ob ich nihts in der Burg wuste, es sey were es [sey], solle es ohne scheu sagen.Vnd so fort an haben sie mich vff alle gassen gefragt. So hab ich nihts mer sagen wollen noch konnen.So haben sie mich dem hencker geben, soll mich außziehen, die haar abschneiden vnd vf die tortur ziehen; der Schelm weiß ein [e person] vfm Marckt, gehet teglich mit Im Vmb vnd wiell ihn niht nennen. So haben Sie den Dietmeyer gemeint; also hab ich Ihn auch nennen mußen. Dornach solt ich sagen, w [as] ich fur Vbel gestifft hab. Ich sagt nihts. Hat mich wohl angesonnen, allein weylen ich es niht thun wollen, hat er mich geschlagen. Ziehet den schelmen auf. So hab ich gesagt, ich hette mein kinder vmbbringen sollen, so hette ich ein pferdt dargegen vmbracht. Es hat niht helfen wollen. Ich hatte auch ein hostien genohmen vnd die eingegraben. Wie dießes geredt, so haben Sie mich zu friden gelaßen. Nun, hertzliebes kindt, da hastu alle mein Außag vnd verlauf, darauf ich sterben muß, vnd seint lautter lugen vnd erdachte Sachen, so war mir gott helff,dan dießes hab ich alles auß forcht der ferner angetroeden marter vuber der schon zuvoren außgestandener Martter sagen mußen, dan sie laßen nicht mit dem Martern nach, biß einer etwas sagt, er sey so from alß er wolle, so muß er ein trudtner sein. Kompt auch keiner herauß, wan er gleich ein graf were, vnd wan gott kein Mittel schickt, daß die sach Recht an tag kompt, so wirdt die gantze Burgerschafft verbrendt, dan es muß ein Ides vf leut bekennen, wan man gleich niht von einem weiß, wie dan ich thuen muß. Nun weiß gott Im himmel, daß ich das geringste niht kan noch weyß, [ich] Sterbe also vnschuldig vnd wie ein Merterer. Hertzliebes kindt! Ich weiß, daß du so from bist alß ich, So hastu eben sovihl schon etliche stim, vnd wan ich dir rahten soll, so soltu dem Armedory von gelt vnd briefen, waß du hast, nehmen vnd dir etwa ein halb Jahr vf ein walfahrt begeben oder wo du dich ein zeit lang auß dem stiftt machen kanst, daß rahte ich dir, biß man siehet, wo es hin nauß [geht]. Dan mancher ehrlich man vnd ehrlich weib gehet zu Bamberg in die kirchen vnd in seinen anderen gescheftten, weiß niht böß, hat ein gut gewißen, wie ich auch biß hero, wie du weist, biß auf mein einfangen. Nihts destoweniger wirdt er in dem Trudenhauß angeben, wan er nun seine Stime hat, muß er fort, er sey gerecht oder nicht. Es hat der Newdecker, [der] Cantzler, Sein Sohn, der Candelgißer,wolfs hoffmeister dochter alle vf mich bekennet, vnd die Hopffe Elß, all vf ein mahl; ich hab warlich hinein gemust. Also gehet es gar vilen vnd wirdt noch vielen also ergehen, wo got kein Mittel schickt. Liebes kindt, dießes schreiben halt verborgen, damit es nicht vnder die leut kompt, sonsten wurdt ich dermaßen gemartert,daß es zu erbarmen, vnd es wurden die wechter gekopffet, also hoch ist es verbotten. Herr vetter Steinern kanstu es wohl doch vertrawen vnd weyters niht leßen laßen, bey Ime ist es verschwigen. Liebes kindt, verehr dießem man 1 R[eichs]thaler, er wirdt dir schon wider werden. Ich hab etliche tag an dem schreiben geschriben; es seint meine hendt alle lam, ich bin halter gar vbel zugericht. Ich bitte dich vmb daß jungste gerichts willen: halt daß schreiben in gutter hut Vnd bet fur mich als dein vatter fur ein rechten Merterir. Nach meinem todt thue, waß du will[st], Doch hutte dich, das du daß schreiben niht lautbar machest. Laß die Anna Maria auch fur mir bet[en]. Darfst kundlich fur mich schweren, daß ich kein trudtner, sonder ein merterer bin vnd sterb darmit. Zu tausent guter nacht, dan Dein vatter Johannes Junius siehet dich nimmermehr.

24. Julij anno 1628

Der Hexer muss brennen

Johannes Junius (1573-1628) ist ein angesehener Mann in seiner Heimatstadt Bamberg. Er ist kein alteingesessener Bamberger, hat aber eine Ratstochter geheiratet, wohnt in einem repräsentativen Bürgerhaus in der besten Gasse der Altstadt, verkehrt in den feinsten Kreisen. Er arbeitet als Verwaltungsbeamter für den Fürstbischof und macht Karriere, wechselt schließlich ans Landgericht. Er ist sehr wohlhabend, Mitglied des Stadtrats und wird 1625 von den anderen Ratsmitgliedern sogar zum Oberbürgermeister gewählt. Eine Traumkarriere.

Nicht jeder Bamberger gönnt sie ihm. Nicht jedem kann es Junius als Oberbürgermeister recht machen. Und dann passiert es: Helena, Junius' zweite Ehefrau, wird „besagt". Man bezichtigt sie, eine Hexe zu sein. Sie gesteht unter der Folter. Am 15. Februar 1628 wird sie auf dem Scheiterhaufen verbrannt.

In der Region grassiert der Hexenwahn. Die Wirren von Reformation und Gegenreformation und die Schrecken von Pest und 30-jährigem Krieg haben auch hier ihre Spuren hinterlassen, zumindest im Denken und Fühlen der Menschen. Dieses ist, wie fast überall in Mitteleuropa, zu Beginn des 17. Jahrhunderts von Unsicherheit geprägt, denn die gesellschaftlichen Umwälzungen sind gewaltig, und die Menschen fühlen sich davon schier überrollt. Die Angst vor dem Bösen ist mächtiger als die Vernunft. Und wenn Hexenprozesse einmal in Gang sind, werden die Beschuldigten meist so lange gefoltert, bis sie gestehen und weitere Menschen beschuldigen.

Gleich mehrere Personen beschuldigen Johannes Junius der Hexerei. Junius wird am 28. Juni 1628 verhaftet. Unter der Folter gesteht er Verbrechen, die er nie begangen hat. Wissend, dass er als Geständiger nie wieder aus dem Gefängnis kommen wird, schreibt er seiner Tochter Veronika am 24. Juli 1628 diesen berührenden Abschiedsbrief. Er zeigt aus der Sicht eines Opfers, mit welch perfiden Methoden die Hexenjäger arbeiteten, welche körperlichen und seelischen Qualen er als Angeklagter erlitt und wie unaufhaltsam die Maschine aus Besagung, Befragung und Hinrichtung funktionierte. Das Dokument ist deshalb so wertvoll, weil ein Großteil der Opfer der Hexenverfolgung nicht schreiben konnte und daher keine Quellen hinterlassen hat.

In Bamberg wütete der Hexenwahn besonders schlimm: Insgesamt wurden mehr als 1000 Bürger des Hochstifts hingerichtet. Besonders ist im Fall Bamberg, dass die Hexenprozesse gezielt als politische Säuberungsaktion eingesetzt wurden. Der amtierende Fürstbischof entledigte sich damit seiner politischen Gegner im Rat und missliebiger Beamter. Die bürgerliche Elite war daher von den Verfolgungen in Bamberg besonders betroffen; anderswo richtete sich die Verfolgung eher auf jene, die keine Lobby hatten und als Sündenböcke für die Wirren der Zeit, für Missernten, Kindersterblichkeit oder Viehkrankheiten herhalten mussten: Außenseiter, Arme, Sonderlinge, psychisch Kranke, besonders häufig auch Köhler und Hebammen.

Johannes Junius verwendet in seinem Brief die Bezeichnung „drutner" oder „truttner", Drudner. Es ist ein Synonym für Hexer. Er schreibt auch nicht vom Gefängnis, sondern von „diesem Haus", womit er das Bamberger „Drudenhaus" meint, das örtliche Hexengefängnis, auch „Malefizhaus" genannt (von „Malefikanten", „Übeltuern", wie Hexen auch genannt wurden).

In dem Brief beschreibt er, was geschieht, als er im Hexengefängnis ankommt. Er beteuert den beiden Verhörbeamten seine Unschuld: „Ich bin verraten, ich habe ein reines Gewissen in der Sache" (Junius' Worte sind hier in modernem Deutsch wiedergegeben). Zeugen werden vorgeführt, die gegen Junius aussagen, etwa, dass er im Hauptmoorswald vor den Toren Bambergs beim Hexentanz dabei war. Junius verlangt, dass die unglaubwürdigen Zeugen unter Eid gestellt (beeydigt) und anständig angehört werden, anstatt nur wilde Gerüchte zu verbreiten. Später gestehen ihm die Zeugen, dass sie tatsächlich falsch ausgesagt haben, aber das hilft ihm nichts.

Weil er nicht gesteht, wird Junius gefoltert. Er muss sich nackt ausziehen. Der Henker, der hier als Folterknecht dient, legt ihm Daumenschrauben an, die seine Hände zerquetschen. Danach wird Junius „aufgezogen", wie er schreibt. Bei dieser Foltermethode werden den Gefangenen die Hände auf den Rücken gebunden und ein Gewicht an die Beine gehängt. Danach werden sie an einem Seil, das an den Handgelenken befestigt ist, hochgezogen und aus der Höhe fallen gelassen. Junius betet. Er sagt zu seinen Anklägern: „Allein, weil es so zugeht, wird kein ehrlicher Mann in Bamberg sicher sein und Ihr so wenig als ich oder ein anderer."

Der Henker, der Junius in seine Zelle führt, rät dem Gefolterten, zu gestehen und damit nicht nur seine Qualen zu beenden, sondern auch zu verhindern, bei der nächsten Folter weitere Unschuldige zu bezichtigen. Junius bittet sich einen Tag Bedenkzeit aus. Die bekommt er, aber nicht den Priester als Gesprächspartner, den er sich ebenfalls wünscht. Junius schildert der Tochter seine Gedanken. „Nun, herzliebe Tochter, was meinst Du, in was für einer Gefahr ich war und bin. Ich sollte sagen, ich sei ein Drudner und bin es nicht, soll Gott verleugnen und habe es zuvor nicht getan." Er findet beim Nachdenken eine Lösung, bei der er nicht sich und andere, aber doch sein eigenes Seelenheil retten kann: „Ich sollte mir etwas ausdenken und es dann aussagen. Es ist ja besser, ich sage es nur mit dem Mund, mit Worten, und hätte es aber nicht mit Taten getan, und sollte es [diese Lüge] danach beichten."

Er schreibt seiner Tochter auch, was er sich ausgedacht und dann ausgesagt hat: Nachdem ihm der Teufel in Gestalt eines Geißbocks erschienen und ihn bedroht hat, hat er Gott abgeschworen und sich vom Teufel taufen lassen. Er stimmt den Aussagen seiner Belastungszeugen zu, will aber niemand anderen belasten. Der Ankläger geht mit ihm im Geiste die Gassen Bambergs durch und verlangt, dass Junius Leute benennt, die er beim Hexentanz gesehen hat. Man droht ihm mit Folter und sagt ihm Namen ein, die er nennen soll. Junius wird geschlagen. Als er die gewünschten Namen ge-

nannt und gestanden hat, geweihte Hostien vergraben zu haben, ist die Befragung vorbei und sein Todesurteil steht fest.
Junius' Resüme über die Prozessmethoden lautet: „Sie lassen nicht mit den Martern nach, bis einer etwas sagt. Es kann einer so fromm sein wie er will, er muss ein Drudner sein. Es kommt keiner heraus, auch wenn er ein Graf wäre, und wenn Gott kein Mittel schickt, dass hier das Recht an den Tag kommt, wird die ganze Bürgerschaft verbrannt, dann muss jeder Leute benennen, obwohl man von diesen gar nichts weiß. Ich sterbe also unschuldig und wie ein Märtyrer. [...] So geht es vielen und es wird noch vielen so gehen." Er rät seiner Tochter, die Stadt zu verlassen, warnt sie vor bestimmten Familien, die ebenfalls bereits in den Sog der Hevenverfolgung geraten sind und bittet, dass sie für ihn betet. Sein Brief endet mit den Worten: „Deinen Vater Johannes Junius siehst Du nimmermehr."
Anfang August 1628 wird Johannes Junius auf dem Scheiterhaufen verbrannt. ■

2. Oktober 1628

Johann T'Serclaes Graf von Tilly an Philipp Adolf von Ehrenberg

Hochwürdiger Fürst Genediger Herr (et cetera)

Eur F(ü)r(stlic)h. .Ge(naden). vnnder dato den .17. negsthin verflossenen Monnats 7bris gethanes beantwortungsschreiben, ist mir zuerecht vberlieffert worden, desen inhalt ich Lesendt wolvernom(m)en, auch die darinne der Lenge nach deducirte motiuen, vnnd beschwerungs Puncten der gepür ponderiert, vnnd erwogen.
Nun wolte Jch Eur F(ü)r(stlic)h. .Ge(naden). Landt, vnnd vnderthanen eben so vngehrn mit Einquartierung grauirena), allß vngehrn sie solches selbsten sehen, oder haben möchten, wofehrn man mir mit anderwertlicher assistenz, vnd beÿsteuer zu vnderhalt: vnnd außpringung dieser so hoch betrangten Soldatessca die hilffliche hanndt Effectiue, vnnd Fürderlichst darreichen würdt, Sonst aber, vnnd da solches vber zuuersicht verpleiben solte, vnnd man besagter Soldatessca in Jhrer bedürfftigkheit nicht Succurriren, sondern sie dieser endn in denen aussgeödeten verderbten Quartieren allso hilffloß steckhen Lassen wurde, Stehet wol zue besorgen, daß Sÿe endlich durch vngeduldt v̈bernom(m)en, vielleicht meiner ordinanz zum aufpruch nicht erwarten, sondern die marche selbst für die handt nem(m)en, vnnd Quartier suechen derffen. Solchen, vnnd dergleichen inconuenientien aber zeitlich zu Remedÿren, vnd vorzupiegen, ist Khein ander mittel, oder weeg zuefinden, dann daß Eur F(ü)r(stlic)h. .Ge(naden). sowol allß andere Cathollische BundsStände eine wol erkhleckhliche beÿsteuer, auf d(a)z dieser enden Ligendes Khriegs volckh vnverlengt verordnen, vnnd würckhlich beÿschaffen Lassen.
T.

Übertragung in modernes Deutsch:

Hochwürdiger Fürst, gnädiger Herr etc.

die Antwort, die Euer Fürstliche Gnaden am 17. des vergangenen Monats September geschrieben haben, ist mir korrekt übergeben worden. Den Inhalt habe ich beim Lesen gut verstanden, auch die darin in aller Länge und Breite dargelegten Gründe und Beschwerdepunkte habe ich überdacht und erwogen.
Nun möchte ich Euer Fürstlicher Gnaden Land und Untertanen ebenso ungern mit der Einquartierung belästigen, als sie das selbst ungern sehen oder haben wollen – sofern man mir anderweitige Unterstützung und Beihilfe zum Unterhalt sowie eine helfende, ausführende Hand bei der Verteilung dieser hochrangigen Soldateska gibt und auch weiterhin reicht. Ansonsten aber – sollte dieses unterbleiben und sollte man besagter Soldateska in ihren Bedürfnissen nicht nachkommen, sondern diese in den verödeten und verderbten Quartieren hilflos sitzen lassen, ist wohl zu befürchten, dass sie letztendlich von ihrer Ungeduld überkommen lassen und meinen Befehl zum Aufbruch nicht erwarten, sondern den Vormarsch selbst in die Hand

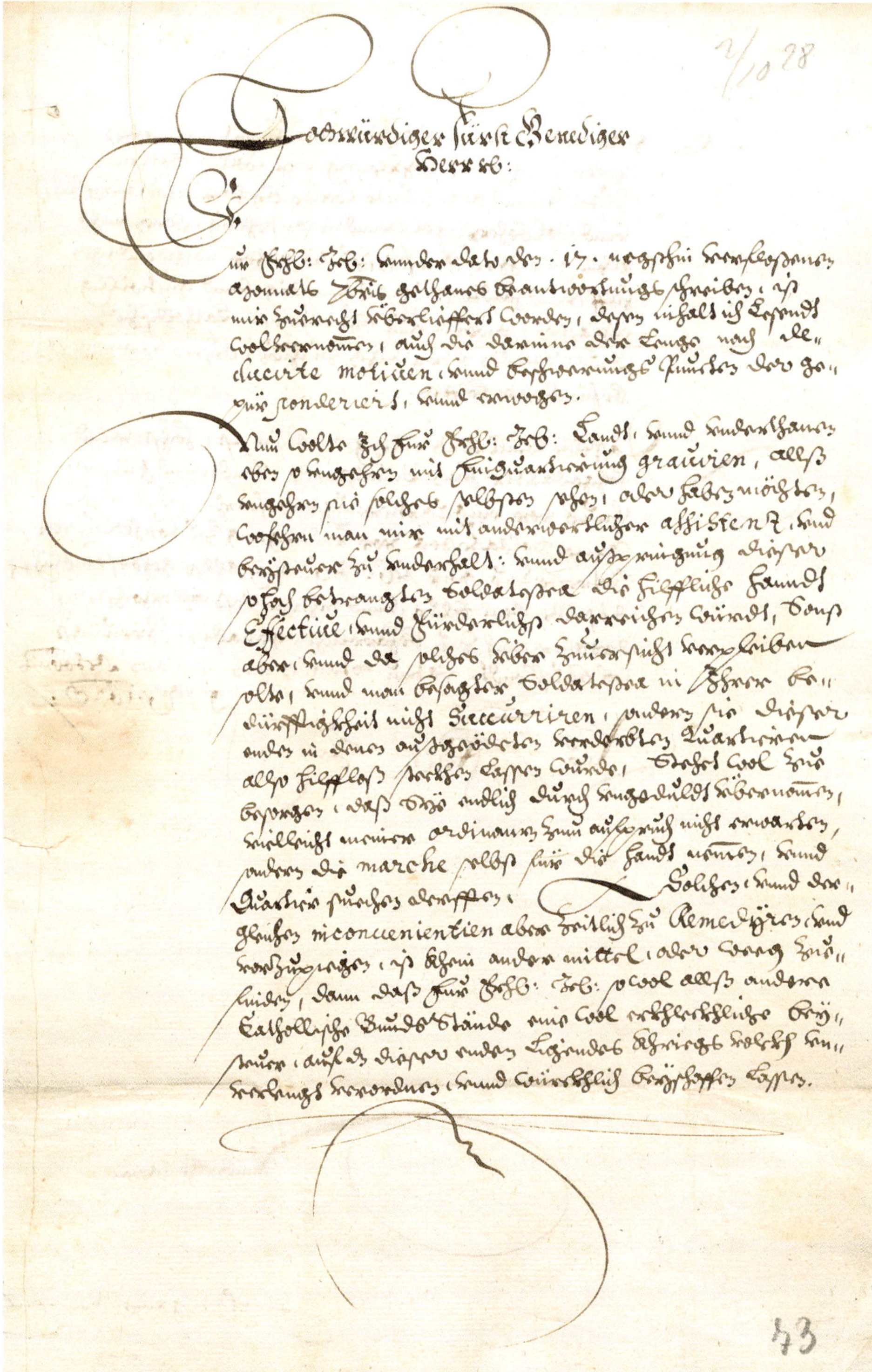
7/1028

Hochwürdiger Fürst Genediger Herr etc:

43

nehmen und sich Quartiere suchen. Um solche und ähnliche Unannehmlichkeiten zu verhindern oder zu beseitigen gibt es kein anderes Mittel und keinen anderen Weg, als dass Eure Fürstliche Gnaden und andere katholische Bündnispartner eine erkleckliche Steuer vom Volk eintreiben und unverlangt verordnen, und dann das Geld auch wirklich beschaffen lassen.

Selbstbedienung mit Ansage

1628. Die Welle der Reformation ist über Europa gerollt. Jetzt rollt die Welle der Gegenreformation. Denn die katholischen Landesherren wollen die Vormachtstellung über Europa behalten. Es geht nicht nur um den Glauben, es geht um Bündnisse und alte Konflikte. An der Reformation hat sich die Rivalität zwischen dem Habsburgerreich und Frankreich so weit entzündet, dass es zum Krieg gekommen ist: Die Katholische Liga, angeführt von den habsburgischen Großmächten Österreich und Spanien, kämpft gegen die Protestantische Union der Königreiche Frankreich, Niederlande, Dänemark und Schweden. 1619 beginnt der Krieg, der Europa fast zerreißt, Landstriche verwüstet und Millionen von Leben fordert.

Der oberste Heerführer der Katholischen Liga ist der aus Brabant (heute in Belgien) stammende Graf Johann T'Serclaes von Tilly (1559-1632). Er ist militärisch ausgesprochen erfolgreich, gewinnt eine Schlacht nach der anderen. Tilly und sein Vorgesetzter, der Oberbefehlshaber und Generalissimus Wallenstein, besiegen die Heere aus Dänemark und Schweden, die bis ins heutige Süddeutschland vorgedrungen sind. Sie werden dafür gefeiert, aber ihre Soldaten sind gefürchtet – nicht nur bei den Gegnern. Denn es sind vor allem Söldner, Krieger aus verschiedenen Regionen Europas, die auf ihren Feldzügen eine Spur der Verwüstung hinterlassen, ähnlich den Heeren der Protestantischen Union. Die Heere im 30-jährigen Krieg marschieren ohne Verpflegung und bauen meistens keine Heerlager. Sie werden bei der Bevölkerung einquartiert und versorgen sich, wenn ihnen nichts freiwillig geliefert wird, aus den Vorräten der Städte und Dörfer auf ihrem Weg. Oft leiden die Menschen dort selbst Hunger, denn der Krieg dauert schon eine Weile, und die Pest wütet in Europa, sodass ganze Dörfer entvölkert sind und viele Felder nicht bestellt werden.

Im Herbst 1628 zieht Tillys Heer auf Würzburg zu. Der Feldherr schreibt dem dortigen Herrscher, Fürstbischof Philipp Adolf von Ehrenberg (1583-1631), einen Brief. Darin fordert er den Bischof auf, etwas zu Verpflegung, Unterhalt und Unterbringung des Heeres beizutragen, auch wenn ihm das nicht recht sei. Denn die Soldaten bei der Bevölkerung unterzubringen sei schließlich von dieser nicht gern gesehen. Tilly macht eindeutig klar, dass er Leistungen vom Fürstbischof erwartet und, sollte der Fürst nicht kooperieren, sich eben nehmen wird, was er und die Soldaten brauchen.

Vorangegangen war dem Drohbrief der Versuch Bischof Philipps, den Generalissimus Wallenstein zu überreden, eine andere Marschroute als die durch Franken zu wählen. Der Bischof hatte in Würzburg genug zu tun, denn er hatte genau zu der Zeit eine große Hexenverfolgung angezettelt. Würzburg musste dennoch seinen Tribut an den Krieg zahlen und Geld wie auch Soldaten aufbringen.

Genutzt hat es den Würzburgern nichts: Am 18. Oktober 1631 eroberten die Schweden Stadt und Festung. 1635 eroberten bayerische Truppen die Stadt zurück, 1647 wurden wieder Soldaten einquartiert. Nach dem Krieg waren Stadt und Bistum komplett ausgeplündert und die Stadtbevölkerung hatte sich halbiert. ■

um 1650

Gott an die Menschheit

Copia oder Abschrift deß Brieffs

So Gott selbst geschrieben hat / und auff S. Michaels Berg in Britania / vor St. Michels-Bild hangt / und niemand weiß / woran Er hangt / und ist mit guldenen Buchstaben geschrieben / und von dem H. Engel S. Michael dahin gesandt worden / und wer disen Brieff will angreiffen / von dem weiche Er: Wer ihn aber will abschreiben / zu dem neigt Er sich / und thut sich gegen ihm auff.
Sehet an das Gebott Gottes / so Gott durch den heiligen Engel St. Michael gesandt hat.
Ich gebiete Euch / daß ihr an den Sonntagen nichts arbeitet / weder in euren Gärten noch Häusern / ohne sonderbare Erlaubnuß. Ihr solt zur Kirchen gehen / und mit Andacht beten / und solt vollbringen das / was ihr die ganze Wochen versaumt habt / und ihr solt nicht sonderbahrliche Ding würcken an dem Sonntag / und Euer Reichthumb mit armen Leuten theilen / Glaubendt daß der Brieff von meiner Göttlichen Hand geschrieben ist / von mir Jesu Christo außgesandt / daß ihr nicht thut als die unvernünftige Thier. Ich hab auch in der Woche aufgesetzt sechs Tag / zu vollbringen euer Arbeit / und den Sonntag zu feyren / ihr solt auch zur Kirchen gehen / sonderlich zu der H. Meß / Predigt und Gottes Wort höret / wo ihr das nicht thun werdet / so will ich euch straffen / durch / Pestilenz Krieg und Theurung. Ich gebiet euch / daß ihr am Sambstag nit spat arbeitet / von meiner Mutter wegen / und an dem Sontag zu Morgens früh / ein jeglicher Mensch / Jung und Alt / soll zur Kirchen gehen zu der H. Meß / und mit Andacht beten / für Eure Sünd / auff daß sie euch vergeben werden / begehrt nicht Silber oder Gold / in Boßheiten / schwöret nicht bey meinem Namen / fleischlicher Begierd / dann ich euch gemacht hab / und wieder zerstören will / keiner soll den Andern Tödten mit der Zungen hinder seinem Rucken. Nicht freiwet euch eurer Güter / oder Reichthum. Verschmächt nicht arme Leut / ehret Vatter und Mutter / habt lieb euren Nächsten / als euch selbst / und gebt nicht falsche Zeugnuß / so gib ich euch Gesundheit / und Freud / und wer den Glauben kan / und nicht recht hält / der ist verlohren. Wer an einem Zwölf Botten Tag arbeit / der ist verdammt / und das Erdreich wird sich auffthun und sie verschlingen. Ich sag euch durch den Mund meiner Mutter der Christlichen Kirchen / und durch das Haupt Johannes meines Tauffers / daß ich wahrer Jesus Christus / diesen Brieff mit meiner Göttlichen Hand geschrieben hab / und wer den Brieff hat und nicht offenbahret / der ist verbannt / von der heiligen Christlichen Kirchen / und verlassen von meiner Allmächtigkeit. Disen Brieff soll einer von dem andern abschreiben / und wer so viel Sünde gethan hätte / als Sand im Meer ist / und als so viel Laub und Gras auff Erdreich ist / und als viel Sternen am Himel seyn / wann er Beichtet und hat Reuh und Leyd / über seine Sünd / so wird er davon entbunden. Ich gebeut euch bey dem Bann / diese Beyspiel haltet / so habt Ihr Hülffe von mir / und glaubt gäntzlich / was der Brieff euch lehret / und wer das nicht glauben will / der wird umkommen und sterben in dem Blut / also daß er geplaget wird / und seine Kinder werden eines bösen Tods sterben.

COPIA

oder Abschrifft deß Brieffs/

So Gott selbst geschrieben hat/vnd auff S. Michaels Berg

in Britania/ vor S. Michels=Bild hangt/ vnd niemand weiß/ woran Er hangt/ vnd ist mit guldenen Buchstaben geschrieben/ vnd von dem H. Engel S. Michael dahin gesandt worden/ vnd wer disen Brieff will angreiffen/ von dem weicht Er: Wer ihn aber will abschreiben/ zu dem neigt Er sich/ vnd thut sich gegen ihm auff.

Sehet an das Gebott Gottes/ so Gott durch den Heiligen Engel St. Michael gesandt hat.

JCh gebiete euch/ daß ihr an den Sonntägen nichts arbeitet/ weder in ewren Gärten noch Häusern/ ohne sonderbare Erlaubnuß. Ihr solt zur Kirchen gehen/ und mit Andacht bet-ten/ und solt vollbringen das/ was ihr die gantze Wochen versaumt habt/ vnd ihr solt nicht sonderbahrliche Ding würcken an dem Sonntag/ vnd Ewer Reichthumb mit armen Leuten theilen/ Glaubent daß der Brieff von meiner Göttlichen Hand geschrie-ben ist/ von mir JEsu Christo außgesandt/ daß ihr nicht thut als die unvernünfftige Thier. Ich hab euch in der Woche auf-gesetzt sechs Tag/ zu vollbringen euer Arbeit/ vnd den Sonntag zu feyren/ ihr solt auch zur Kirchen gehen/ sonderlich zu der H. Meß/ Predigt vnd Gottes Wort höret/ wo ihr das nicht thun werdet/so will ich euch straffen/durch/Pestilentz Krieg und Theu-rung. Ich gebiet euch/daß ihr auff Sambstag nit spat arbeitet/ von meiner Mutter wegen/ vnd an dem Soñtag zu Morgens früh/ein jeglicher Mensch/ Jung vnd Alt/soll zur Kirchen gehen/ zu der H. Meß/ vnd mit Andacht beten/ für ewre Sünd/ auff daß sie euch vergeben werden/ begehrt nicht Silber oder Gold/ in Boßheiten/ schwöret nicht bey meinem Namen/ fleischlicher Begierd/ dann ich euch gemacht hab/ vnd wieder zerstören will/ keiner soll den Andern tödten mit der Zungen hinder seinen Rucken. Nicht frewet euch ewer Güter/ oder Reichthum. Verschmächt nicht arme Leut/ ehret Vatter vnd Mutter/ habt lieb ewren Nächsten/ als euch selbst/vnd gebt nicht falsche Zeug-nuß/so gib ich euch Gesundheit/vnd Frewd/vnd wer den Glau-ben kan/vnd nicht recht hält/der ist verlohren. Wer an einem Zwölff Botten Tag arbeit/der ist verdammt/vnd das Erdreich wird sich auffthun vnd sie verschlingen.. Ich sag euch durch den Mund meiner Mutter der Christlichen Kirchen/ vnd durch das Haupt Johannes meines Tauffers/ daß ich wahrer Jesus Christus/ diesen Brieff mit meiner Göttlichen Hand geschri-ben hab/ vnd wer den Brieff hat vnd nicht offenbahret/ der ist verbannt/ von der Heyligen Christlichen Kirchen/vnd verlassen von meiner Allmächtigkeit. Disen Brieff soll einer von dem andern abschreiben/ vnd wer so viel Sünde gethan hätte/ als Sand im Meer ist/ vnd als so viel Laub vnd Gras auff Erd-reich ist/vnd als viel Sternen am Hiñel seyn/wann er Beichtet vnd hat Rew vnd Leyd/ über seine Sünd/ so wird er davon ent-bunden. Ich gebeut euch bey dem Bann/diese Beyspiel haltet/ so habt ihr Hülffe von mir/ vnd glaubt gäntzlich/ was der Brieff euch lehret/ vnd wer das nicht glauben will/ der wird umkom-men vnd sterben in dem Blut/ also daß er geplaget wird/ vnd seine Kinder werden eines bösen Tods sterben. Bekehret euch/ oder ihr werdet Ewiglich gepeiniget werden in der Höll/ vnd Ich werde fragen am Jüngsten Tag/ vnd ihr werdet mir kein Antwort geben/ von ewer grossen Sünd wegen: Wer den Brieff in seinem Hauß hat/ oder bey ihm trägt/ der soll erhört werden von mir/ vnd kein Donner noch Wetter mag ihm scha-den. Auch soll er vor Fewer vnd Wasser behüt werden. Wel-che schwangere Fraw diesen Brieff bey ihr trägt/ die bringt ein liebliche Frucht/ vnd frölichen Anblick auff die Welt/ Haltet meine Gebott/ die Ich euch durch meinen H. Engel St. Michael gesandt/ vnd kund gethan hab/ Ich wahrer JEsus Christus/ Amen.

Bekehret euch / oder ihr werdet Ewiglich gepeiniget werden in der Höll / und Ich werde fragen am Jüngsten Tag / und ihr werdet mir kein Antwort geben / von einer grossen Sünd wegen: Wer den Brieff in seinem Hauß hat / oder bey ihm trägt / der soll erhört werden von mir / und kein Donner noch Wetter mag ihm schaden. Auch soll er vor Fewer und Wasser behüt werden. Welche schwangere Frau diesen Brieff bey ihr trägt / die bringt ein liebliche Frucht / und frölichen Anblick auff die Welt / Haltet meine Gebott / die Ich euch durch meinen H. Engel St. Michael gesandt / und kund gethan hab / Ich wahrer Jesus Christus / Amen.

Himmlisches Marketing

Ulrich Boas der Ältere hat Glück. Gott wird ihn erhören, kein Wetter und Donner wird ihm schaden, er ist vor Feuer und Wasser behütet und ihm sind seine Sünden vergeben. Warum? Er hat einen Kettenbrief abgeschrieben und weiterverbreitet. Der Künstler und Verleger von illustrierten Flugblättern hat ihn um 1650 unter die Leute gebracht. Wer eine Abschrift des Briefes kauft und bei sich trägt, dessen Gebete werden erhört, der ist geschützt und bekommt schöne, gesunde Kinder.

Der fast 500 Jahre alte Kettenbrief funktioniert genauso wie heutige Kettenbriefe in sozialen Medien: Wer ihn kopiert und weiterleitet, hat Glück, wer ihn nicht weiterleitet, dem droht Übles. In diesem Fall: Verbannung aus dem Reich Gottes und aus der katholischen Kirche, Verlassensein von Gottes Allmacht und damit auch Barmherzigkeit. Wer außerdem nicht glaubt, was in den Brief steht, dem drohen Tod im eigenen Blut, der Tod der eigenen Kinder und ewige Pein in der Hölle.

Eine Legende, die Ulrich über die Illustration geschrieben hat, soll die Echtheit des Briefes bezeugen: Man habe ihn in der Kirche auf dem Mont-Saint-Michel in der Bretagne gefunden, der Erzengel Michael habe dieses Schreiben aus Gottes Hand empfangen und dort hingebracht.

Was hat nun Gott persönlich so Wichtiges mitzuteilen? Man soll gläubig und gottesfürchtig sein, Vater und Mutter ehren, den Nächsten lieben wie sich selbst, keine Reichtümer begehren, nicht fluchen und nicht andere durch Lästereien schädigen. Vor allem aber, das betont der Brief mehrmals, soll niemand am Sonntag arbeiten. Auf die Gefahr hin, wegen Unglaubens ins ewige Feuer zu kommen, sei hier vermutet: Der Autor war mächtig frustriert darüber, nicht jeden Sonntag frei zu haben. Wenn es überhaupt einen anderen Autor als Ulrich Boas gab, denn der stellte um 1650 allerlei sensationelle Flugblätter her, um sie dann zu verkaufen. Flugblätter waren im barocken Deutschland ein gutes Geschäft, ein frühes Boulevardmedium, mit dessen Hilfe allerlei Erstaunliches und Erbauliches verbreitet wurde, manchmal auch Politisches und auch echte Nachrichten.

An die Wirksamkeit magischer Formeln, auf Papier geschrieben, glaubten die Menschen um 1650 ebenfalls noch. Es gab noch immer Hexenprozesse, und für schädigende „Buchstabenmagie" konnte man auf den Scheiterhaufen kommen. Der Glaube an Gott war genauso tief im kollektiven Bewusstsein verwurzelt wie der Glaube an Zauberei. Schaden, den ein nicht weitergegebener Kettenbrief verursachen konnte, war für die Menschen durchaus im Bereich des Möglichen.

Wie viele Briefe Gottes Ulrich Boas verkauft hat, ist nicht bekannt. Es ist aber ein anderes, mindestens genauso seriöses Flugblatt aus seiner Werkstatt erhalten: Das Bild eines Monsters, das man angeblich im November 1654 in Katalonien entdeckt hat, mit Ziegenfüßen, einem menschlichen Torso, sieben Armen und sieben Köpfen. „Die Bedeutung ist Gott bekannt", schrieb Boas als letzte Textzeile. Wer's glaubt ... ■

9. Oktober 1739

Maria von Raden an Catharina Bruns

Ich Margaretha Dorothea Maria von Raden Frau von der Däken Frau zum Sutholtz und Lehte, bekenne und bezeuge hiemit vor mich meinen Erben und an Erben das ich meine Leib Eigene Magdt Cathrina Bruns von gerdt Bruns zu Borbeck Ehelich gebohren auf ihr untterthäniges anhalten erlaßen haben thun das auch und erlaßen die selbe Krafft dieses also und dergestaldt das gemelte meine Leib Eigene Magdt Cathrina Bruns zu Borbeck micht mit der Leib Eingeschafft weitter nicht untter worffen, besondern davon gäntzlich befreyet, und ohne meinen Erben und an Erben behinderung nach ihrer guhten gelehgenheit in oder außerhalb Landen in Städten Flecken oder Dörffern sich niederlassen, handtieren und nahrung treiben auch gleich andern frey gebohrenen persohnen in ämbteren zünfften und gilden auff und angenohmen werden möge Dessen zur Uhrkundt habe ich dießen freybrieff unttergezeichnet und mit meinen angebohren adlichten pittschaft hier untter wießendtlich getrucket so geschen sutholtz den 9ten octobris anno 1739
Margaretha Dorothea Maria von Raden
Frau von der Däken

Eine freie Frau durch die Güte der Freifrau

Mit einem Freibrief kann man tun und lassen, was man mag, ohne Ärger zu bekommen. Wer jemandem einen Freibrief ausstellt, ob als Chef in der Arbeit, als Eltern oder als Trainer im Fußballverein, braucht sich nicht wundern, wenn der Inhaber diese Lizenz zur Selbstständigkeit bis zur Schmerzgrenze ausreizt. Dies zumindest steckt in der Redensart vom Freibrief.

Der lockere Spruch erinnert an eine Zeit, als es echte Freibriefe gab, für einzelne Menschen oder auch ganze Volksgruppen. Freibriefe stammen aus der Zeit, als es noch Leibeigene und Sklaven gab und Fürsten über ihr Volk verfügen konnten. Das klingt nach Mittelalter, aber die Leibeigenschaft wurde im Gebiet des heutigen Deutschland erst vor rund 200 Jahren abgeschafft. Zu dieser Zeit schrieben Goethe, Schiller und Kant ihre großen Werke. Sie waren freie Menschen – viele andere waren es nicht.

Die Magd Catharina Bruns lebt im 18. Jahrhundert und ist die Leibeigene der adeligen Gutsherrenfamilie Rahden vom Gut Südholz (früher: Südholte). Catharinas Familie wohnt im ammerländischen Dorf Borbeck und bewirtschaftet dort einen kleinen Hof. Die Bruns sind schon seit Jahrhunderten Leibeigene, gehören denen zu Südholz und müssen Frondienste leisen. Nur der Hoferbe kann sich durch eine Geldzahlung davon loskaufen.

Catharina, auch „Trine" genannt, arbeitet als Magd und heiratet 1736 Hinrich Hinrichs, der im Ort Wiefelstede eine kleine Kate besitzt, das „Hinnerhus". Wiefelstede liegt außerhalb des Herrschaftsbereichs derer zu Südholz, und damit die Behörden Catharina dort nicht als entlaufene Leibeigene behandeln, braucht sie einen Freibrief. Drei Jahre nach ihrer Hochzeit beantragt ihr Vater Gerdt daher den Freibrief bei der Herrschaft und kauft seine Tochter mit zwölf Reichstalern frei. Die Freifrau von Rhaden gewährt die Freiheit und bescheinigt Catharina das, was heute selbstverständlich scheint: das Recht, sich niederzulassen, wo sie möchte. Zu arbeiten oder

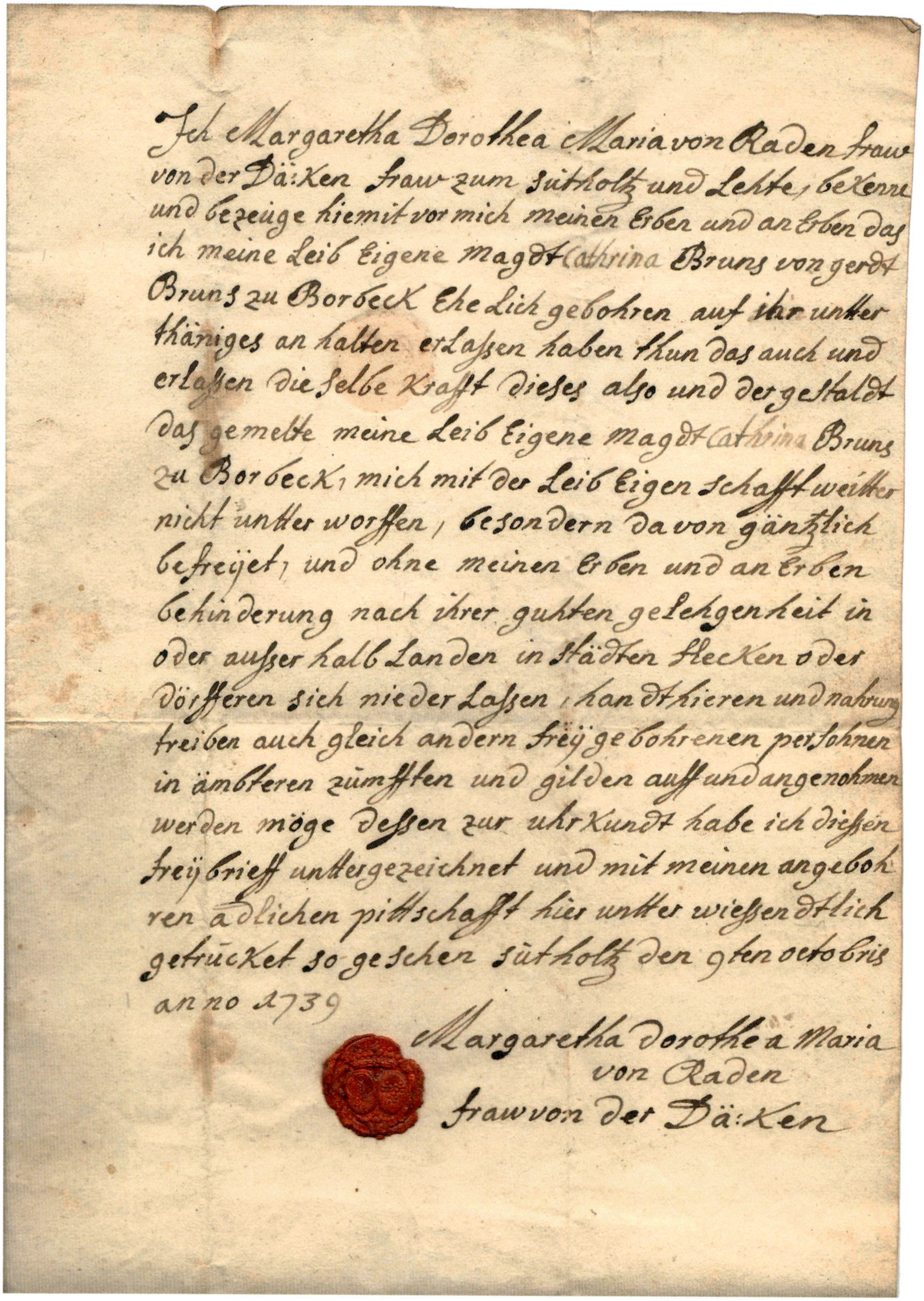

Ich Margaretha Dorothea Maria von Raden fraw
von der Dä:ken fraw zum sütholtz und Lehte, bekenne
und bezeüge hiemit vor mich meinen Erben und an Erben das
ich meine Leib Eigene magdt Cathrina Bruns von gerdt
Bruns zu Borbeck Ehe Lich gebohren auf ihr untter
thäniges an halten erlaßen haben thun das auch und
erlaßen die selbe Krafft dieses also und der gestaldt
das gemelte meine Leib Eigene magdt Cathrina Bruns
zu Borbeck, mich mit der Leib Eigen schafft weitter
nicht untter worffen, besondern da von gäntzlich
befreijet, und ohne meinen Erben und an Erben
behinderung nach ihrer guhten gelehgenheit in
oder außer halb Landen in Städten flecken oder
dörfferen sich nieder Laßen, handthieren und nahrung
treiben auch gleich andern freij gebohrenen persohnen
in ämbteren zümfften und gilden auff und angenohmen
werden möge dessen zur uhrkundt habe ich dießen
freijbrieff untter gezeichnet und mit meinen angeboh
ren adlichen pittschafft hier untter wießendtlich
getrucket so geschen sütholtz den 9ten octobris
anno 1739

Margaretha dorothea Maria
von Raden
fraw von der Dä:ken

ein Handwerk zu betreiben und Mitglied in Zünften und Gilden zu werden. Dass sie frei geborenen Menschen gleichgestellt ist, auch auf Ämtern. Das bedeutet, dass jetzt auch ihre Ehe gültig ist, denn eigentlich hätte Catharina als Leibeigene nicht ohne Zustimmung der Herrschaft heiraten dürfen. Die Herrin gewährt die Freiheit „Mit Brief und Siegel" – noch so eine Redensart, die aus vergangenen Jahrhunderten überlebt hat.

Catharina Bruns bekommt vier Kinder. Der Schriftsteller August Hinrichs (1879-1956) ist ihr direkter Nachfahre. Ihr Freibrief ist heute im Besitz des Heimatmuseums Wiefelstede im niedersächsischen Landkreis Ammerland (heimatmuseum-wiefelstede.de). Der Brief hat Catharina nicht nur die Freiheit geschenkt, er erinnert auch heute noch an ihr Leben, das ansonsten vermutlich längst vergessen wäre. ■

24. Dezember 1772

Werther an Lotte

Montags früh, den einundzwanzigsten Dezember, schrieb er folgenden Brief an Lotten, den man nach seinem Tode versiegelt auf seinem Schreibtische gefunden und ihr überbracht hat, und den ich absatzweise hier einrücken will, so wie aus den Umständen erhellet, daß er ihn geschrieben habe.

»Es ist beschlossen, Lotte, ich will sterben, und das schreibe ich dir ohne romantische Überspannung, gelassen, an dem Morgen des Tages, an dem ich dich zum letzten Male sehen werde. Wenn du dieses liesest, meine Beste, deckt schon das kühle Grab die erstarrten Reste des Unruhigen, Unglücklichen, der für die letzten Augenblicke seines Lebens keine größere Süßigkeit weiß, als sich mit dir zu unterhalten. Ich habe eine schreckliche Nacht gehabt und, ach, eine wohltätige Nacht. Sie ist es, die meinen Entschluß befestiget, bestimmt hat: ich will sterben! Wie ich mich gestern von dir riß, in der fürchterlichen Empörung meiner Sinne, wie sich alles das nach meinem Herzen drängte und mein hoffnungsloses, freudeloses Dasein neben dir in gräßlicher Kälte mich anpackte – ich erreichte kaum mein Zimmer, ich warf mich außer mir auf meine Knie, und o Gott! Du gewährtest mir das letzte Labsal der bittersten Tränen! Tausend Anschläge, tausend Aussichten wüteten durch meine Seele, und zuletzt stand er da, fest, ganz, der letzte, einzige Gedanke: ich will sterben! – ich legte mich nieder, und morgens, in der Ruhe des Erwachens, steht er noch fest, noch ganz stark in meinem Herzen: ich will sterben! – es ist nicht Verzweiflung, es ist Gewißheit, daß ich ausgetragen habe, und daß ich mich opfere für dich. Ja, Lotte! Warum sollte ich es verschweigen? Eins von uns dreien muß hinweg, und das will ich sein! O meine Beste! In diesem zerrissenen Herzen ist es wütend herumgeschlichen, oft – deinen Mann zu ermorden! – dich! – mich! – so sei es denn! – wenn du hinaufsteigst auf den Berg, an einem schönen Sommerabende, dann erinnere dich meiner, wie ich so oft das Tal heraufkam, und dann blicke nach dem Kirchhofe hinüber nach meinem Grabe, wie der Wind das hohe Gras im Scheine der sinkenden Sonne hin und her wiegt. – ich war ruhig, da ich anfing, nun, nun weine ich wie ein Kind, da alles das so lebhaft um mich wird.–

[...]

Du erwartest mich nicht! Du glaubst, ich würde gehorchen und erst Weihnachtsabend dich wieder sehn. O Lotte! Heut oder nie mehr. Weihnachtsabend hältst du dieses Papier in deiner Hand, zitterst und benetzest es mit deinen lieben Tränen. Ich will, ich muß! O wie wohl ist es mir, daß ich entschlossen bin.

[...]

Zum letztenmale denn, zum letztenmale schlage ich diese Augen auf. Sie sollen, ach, die Sonne nicht mehr sehn, ein trüber, neblichter Tag hält sie bedeckt. So traure denn, Natur! Dein Sohn, dein Freund, dein Geliebter naht sich seinem Ende. Lotte, das ist ein Gefühl ohnegleichen, und doch kommt es dem dämmernden Traum am nächsten, zu sich zu sagen: das ist der

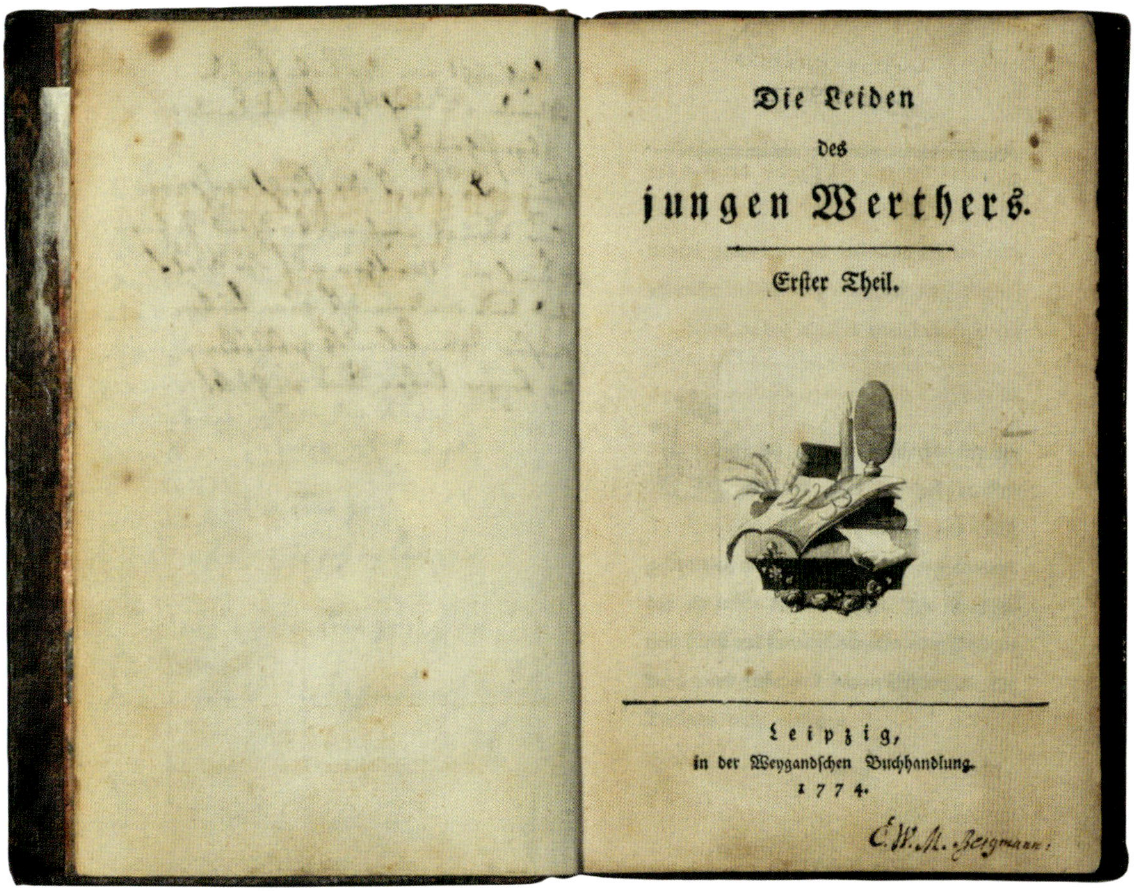

Erstausgabe von Johann Wolfgang von Goethes Briefroman „Die Leiden des jungen Werthers", 1174 in Leipzig erschienen.

letzte Morgen. Der letzte! Lotte, ich habe keinen Sinn für das Wort: der letzte! Stehe ich nicht da in meiner ganzen Kraft, und morgen liege ich ausgestreckt und schlaff am Boden. Sterben! Was heißt das? Siehe, wir träumen, wenn wir vom Tode reden. Ich habe manchen sterben sehen; aber so eingeschränkt ist die Menschheit, daß sie für ihres Daseins Anfang und Ende keinen Sinn hat. Jetzt noch mein, dein! Dein, o Geliebte! Und einen Augenblick – getrennt, geschieden – vielleicht auf ewig? – nein, Lotte, nein – wie kann ich vergehen? Wie kannst du vergehen? Wir sind ja! – vergehen! – was heißt das? Das ist wieder ein Wort, ein leerer Schall, ohne Gefühl für mein Herz. – tot, Lotte! Eingescharrt der kalten Erde, so eng! So finster! – ich hatte eine Freundin, die mein alles war meiner hülflosen Jugend; sie starb, und ich folgte ihrer Leiche und stand an dem Grabe, wie sie den Sarg hinunterließen und die Seile schnurrend unter ihm weg und wieder herauf schnellten, dann die erste Schaufel hinunterschollerte, und die ängstliche Lade einen dumpfen Ton wiedergab, und dumpfer und immer dumpfer, und endlich bedeckt war! – ich stürzte neben das Grab hin – ergriffen, erschüttert, geängstet, zerrissen mein Innerstes, aber ich wußte nicht, wie mir geschah – wie mir geschehen wird – Sterben! Grab! Ich verstehe die Worte nicht!

O vergib mir! Vergib mir! Gestern! Es hätte der letzte Augenblick meines Lebens sein sollen. O du Engel! Zum ersten Male, zum ersten Male ganz ohne Zweifel durch mein innig Innerstes durchglühte mich das Wonnegefühl: sie liebt mich! Sie liebt mich! Es brennt noch auf meinen Lippen das heilige Feuer, das von den deinigen strömte, neue, warme Wonne ist in meinem Herzen. Vergib mir! Vergib mir!

Ach, ich wußte, daß du mich liebtest, wußte es an den ersten seelenvollen Blicken, an dem ersten Händedruck, und doch, wenn ich wieder weg war, wenn ich Alberten an deiner Seite sah, verzagte ich wieder in fieberhaften Zweifeln.

Erinnerst du dich der Blumen, die du mir schicktest, als du in jener fatalen Gesellschaft mir kein Wort sagen, keine Hand reichen konntest? O, ich habe die halbe Nacht davor gekniet, und sie versiegelten mir deine Liebe. Aber ach! Diese Eindrücke gingen vorüber, wie das Gefühl der Gnade seines Gottes allmählich wieder aus der Seele des Gläubigen weicht, die ihm mit ganzer Himmelsfülle in heiligen, sichtbaren Zeichen gereicht ward.

Alles das ist vergänglich, aber keine Ewigkeit soll das glühende Leben auslöschen, das ich gestern auf deinen Lippen genoß, das ich in mir fühle! Sie liebt mich! Dieser Arm hat sie umfaßt, diese Lippen haben auf ihren Lippen gezittert, dieser Mund hat an dem ihrigen gestammelt. Sie ist mein! Du bist mein! Ja, Lotte, auf ewig.

Und was ist das, daß Albert dein Mann ist? Mann! Das wäre denn für diese Welt – und für diese Welt Sünde, daß ich dich liebe, daß ich dich aus seinen Armen in die meinigen reißen möchte? Sünde? Gut, und ich strafe mich dafür; ich habe sie in ihrer ganzen Himmelswonne geschmeckt, diese Sünde, habe Lebensbalsam und Kraft in mein Herz gesaugt. Du bist von diesem Augenblicke mein! Mein, o Lotte! Ich gehe voran! Gehe zu meinem Vater, zu deinem Vater. Dem will ich's klagen, und er wird mich trösten, bis du kommst, und ich fliege dir entgegen und fasse dich und bleibe bei dir vor dem Angesichte des Unendlichen in ewigen Umarmungen.

Ich träume nicht, ich wähne nicht! Nahe am Grabe wird mir es heller. Wir werden sein! Wir werden uns wieder sehen! Deine Mutter sehen! Ich werde sie sehen, werde sie finden, ach, und vor ihr mein ganzes Herz ausschütten! Deine Mutter, dein Ebenbild.

Alles ist so still um mich her, und so ruhig meine Seele. Ich danke dir, Gott, der du diesen letzten Augenblicken diese Wärme, diese Kraft schenkest.
Ich trete an das Fenster, meine Beste, und sehe, und sehe noch durch die stürmenden, vorüberfliehenden Wolken einzelne Sterne des ewigen Himmels! Nein, ihr werdet nicht fallen! Der Ewige trägt euch an seinem Herzen, und mich. Ich sehe die Deichselsterne des Wagens, des liebsten unter allen Gestirnen. Wenn ich nachts von dir ging, wie ich aus deinem Tore trat, stand er gegen mir über. Mit welcher Trunkenheit habe ich ihn oft angesehen, oft mit aufgehabenen Händen ihn zum Zeichen, zum heiligen Merksteine meiner gegenwärtigen Seligkeit gemacht! Und noch – o Lotte, was erinnert mich nicht an dich! Umgibst du mich nicht! Und habe ich nicht, gleich einem Kinde, ungenügsam allerlei Kleinigkeiten zu mir gerissen, die du Heilige berührt hattest!
Liebes Schattenbild! Ich vermache dir es zurück, Lotte, und bitte dich, es zu ehren. Tausend, tausend Küsse habe ich darauf gedrückt, tausend Grüße ihm zugewinkt, wenn ich ausging oder nach Hause kam. Ich habe deinen Vater in einem Zettelchen gebeten, meine Leiche zu schützen. Auf dem Kirchhofe sind zwei Lindenbäume, hinten in der Ecke nach dem Felde zu; dort wünsche ich zu ruhen. Er kann, er wird das für seinen Freund tun. Bitte ihn auch. Ich will frommen Christen nicht zumuten, ihren Körper neben einen armen Unglücklichen zu legen. Ach, ich wollte, ihr begrübt mich am Wege, oder im einsamen Tale, daß Priester und Levit vor dem bezeichneten Steine sich segnend vorübergingen und der Samariter eine Träne weinte.
Hier, Lotte! Ich schaudre nicht, den kalten, schrecklichen Kelch zu fassen, aus dem ich den Taumel des Todes trinken soll! Du reichtest mir ihn, und zage nicht. All! All! So sind alle die Wünsche und Hoffnungen meines Lebens erfüllt! So kalt, so starr an der ehernen Pforte des Todes anzuklopfen.
Daß ich des Glückes hätte teilhaftig werden können, für dich zu sterben! Lotte, für dich mich hinzugeben! Ich wollte mutig, ich wollte freudig sterben, wenn ich dir die Ruhe, die Wonne deines Lebens wiederschaffen könnte. Aber ach! Das ward nur wenigen Edeln gegeben, ihr Blut für die Ihrigen zu vergießen und durch ihren Tod ein neues, hundertfältiges Leben ihren Freunden anzufachen.
In diesen Kleidern, Lotte, will ich begraben sein, du hast sie berührt, geheiligt; ich habe auch deinen Vater darum gebeten. Meine Seele schwebt über dem Sarge. Man soll meine Taschen nicht aussuchen. Diese blaßrote Schleife, die du am Busen hattest, als ich dich zum ersten Male unter deinen Kindern fand – o küsse sie tausendmal und erzähle ihnen das Schicksal ihres unglücklichen Freundes. Die Lieben! Sie wimmeln um mich. Ach wie ich mich an dich schloß! Seit dem ersten Augenblicke dich nicht lassen konnte! – diese Schleife soll mit mir begraben werden. An meinem Geburtstage schenktest du sie mir! Wie ich das alles verschlang! – ach, ich dachte nicht, daß mich der Weg hierher führen sollte! – sei ruhig! Ich bitte dich, sei ruhig!
– Sie sind geladen – es schlägt zwölfe! So sei es denn! – Lotte! Lotte, lebe wohl! Lebe wohl!

Bitte nicht nachmachen!

Der Briefroman „Die Leiden des jungen Werthers" von Johann Wolfgang von Goethe (1749–1832), erschienen 1774, erzählt von einer unglücklichen Liebesgeschichte. Werther, ein Rechtspraktikant, ist verliebt in Lotte, die aber mit einem anderen Mann verlobt ist – Albert. All dies erfahren die Leser aus Briefen, die Werther an seinen Freund Wilhelm schreibt, und aus den Kommentaren eines ebenso fiktiven Herausgebers. Beim Lesen scheint es, als stecke man mitten in einer wahren Geschichte, erfahre intime Erlebnisse eines echten Menschen. Der artige Albert ist der Konservative in dem Dreieck, der brave Bürgerliche der alten Zeit. Werther dagegen ist Sturm und Drang, lässt sich von wilden Gefühlen leiten, sich verbrennen, verzehren. Er ist der Geist der neuen Zeit, der großen Empfindungen, dem Idealbild der romantischen, leidenschaftlichen Liebe und der Liebesheirat, die zu dieser Zeit noch eher exotisch ist. Werther will nicht nur im Kopf und im Herzen, sondern umfassend die Liebe leben und erleben, will knutschen und Sex haben. Seine Liebe ist jedoch aussichtslos. Werther schreibt Lotte einen dramatischen Abschiedsbrief und erschießt sich an Heiligabend mit Alberts Pistole.

Das Kapitel über Selbstmord und Abschied zieht sich über viele Seiten. Der Abschiedsbrief ist durch Einschübe unterbrochen, denn Werther beginnt schon am 21. Dezember, drei Tage vor seinem Tod, ihn zu schreiben. Hier ist nur der Brief abgedruckt – der vermutlich berühmteste Abschiedsbrief aller Zeiten.

Goethes Roman wird 1774 ein Bestseller, besonders die jungen Leser sind begeistert. Endlich ein Roman, der ihr Lebensgefühl ausdrückt, eine Geschichte über die Leiden des Erwachsenwerdens, über Leidenschaften und das Elend, wenn man mit all seinem Sehnen und Wollen an die Konventionen stößt und sich dabei eine blutige Nase holt. Jeder, der schon einmal unglücklich verliebt war, kennt die Qualen, die Werther leidet. Und jeder, der im Jahr 1774 jung ist und alles anders machen will als seine Eltern, erkennt sich in dem Buch wieder. Der „Werther" ist so hip, dass sich die Fans kleiden wie die Figur aus dem Buch. Man trägt als stilbewusster Wertherfan die „Werther-Tracht", einen dunkelblauen Frack, gelbe Weste und gelbe Kniebundhosen (am besten aus Leder), dazu Stulpenstiefel und einen grauen Filzhut.

Auch Goethe selbst stolziert in diesem Hipster-Outfit herum, denn auch er ist ein junger Wilder und unglücklich und aussichtslos verliebt. Sehr viel Goethe steckt im Werther, doch anders als seine Romanfigur nimmt sich Goethe nicht das Leben, sondern macht aus Zitronen Limonade.

Andere identifizieren sich so sehr mit Werther und dessen in die Hoffnungslosigkeit abgleitende Liebesraserei und Weltschmerz, dass sie sich tatsächlich umbringen. Ob die Suizidrate unter jungen Menschen nach der Veröffentlichung des „Werther" tatsächlich stieg oder dies nur so wahrgenommen wurde, ist heute umstritten. Das Phänomen der Nachahmungstaten bei Selbstmorden heißt allerdings bis heute „Werther-Effekt". ■

5. November 1777

Wolfgang Amadeus Mozart an Maria Anna Thekla Mozart

Allerliebstes bäsle häsle!

Ich habe dero mir so werthes schreiben richtig erhalten falten, und daraus ersehen drehen, daß der h: vetter retter, die fr: baaß has, und sie wie, recht wohl auf sind hind; wir sind auch Gott lob und danck recht gesund hund. ich habe heüt den brief schief, von meinem Papa haha, auch richtig in meine klauen bekommen strommen. Ich hoffe sie werden auch meinen brief trief, welchen ich ihnen aus Mannheim geschrieben, erhalten haben schaben. desto besser, besser desto! Nun aber etwas gescheüdes. mir ist sehr leid, daß der h: Prælat Salat schon wieder vom schlag getrofen worden ist fist. doch hoffe ich, mit der hülfe Gottes spottes, wird es von keinen folgen seÿn schwein. sie schreiben mir stier, daß sie ihr verbrechen, welches sie mir vor meiner abreise von ogspurg voran haben, halten werden, und das bald kalt; Nu, daß wird mich gewiß reüen. sie schreiben noch ferners, ja, sie lassen sich heraus, sie geben sich blos, sie lassen sich verlauten, sie machen mir zu wissen, sie erklären sich, sie deüten mir an, sie benachrichtigen mir, sie machen mir kund, sie geben deütlich am tage, sie verlangen, sie begehren, sie wünschen, sie wollen, sie mögen, sie befehlen, daß ich ihnen auch mein Portrait schicken soll schroll. Eh bien, ich werde es ihnen gewis schicken schlicken. oui, par ma la foi, ich scheiss dir auf d' nasen, so rinds dir auf d'koi. appropós. haben sie den spuni cuni fait auch? – – – was? – – ob sie mich noch immer lieb haben — das glaub ich! desto besser, besser desto! Ja, so geht es auf dieser welt, der eine hat den beutel, der andere hat das geld; mit wem halten sie es? – – mit mir, nicht wahr? – – das glaub ich! iezt ists noch ärger. appropós. möchten sie nicht bald wieder zum h: Gold=schmid gehen? – – – – – – – – – – – aber was thun dort? – – was? – – nichts! – – um den Spuni Cuni fait fragen halt, sonst weiter nichts. sonst nichts? – – – Nu Nu; schon recht. Es leben alle die, die – die – – die – – – wie heist es weiter? – – iezt wünsch ich eine gute nacht, scheissen sie ins beet daß es kracht; schlafens gesund, reckens den arsch zum mund; ich gehe izt nach schlaraffen, und thue ein wenig schlaffen. Morgen werden wir uns gescheüt sprechen brechen. ich sage ihnen eine sache menge zu haben, sie glauben es nicht gar können; aber hören sie morgen es schon werden. leben sie wohl unterdessen, ach Mein arsch brennt mich wie feüer! was muß das nicht bedeüten! – – vielleicht will dreck heraus? – ja ja, dreck, ich kenne dich, sehe dich, und schmecke dich – – und – – was ist das? – – ists möglich! – – ihr götter! – – Mein ohr, betrügst du mich nicht? – – Nein, es ist schon so – – welch langer, trauriger ton! – – heüt den schreiben fünfte ich dieses. Gestern habe ich mit der gestrengen fr: Churfürstin gesprochen, und Morgen als den 6:ten werde ich in der grossen galla=accademie spiellen; und dann werde ich extra in Cabinet, wie mir die fürstin=chur selbst gesagt hat, wieder spiellen. Nun was recht gescheütes!
1: es wird ein brief, oder es werden briefe an mich in ihre hände kommen, wo ich sie bitte daß – – was? – – ja, kein fuchs ist kein haaß, ja das – – Nun, wo bin ich den geblieben? – – ja, recht, beÿm kommen; – – ja ja, sie werden kommen – – ja, wer? – wer wird kommen – – ja,

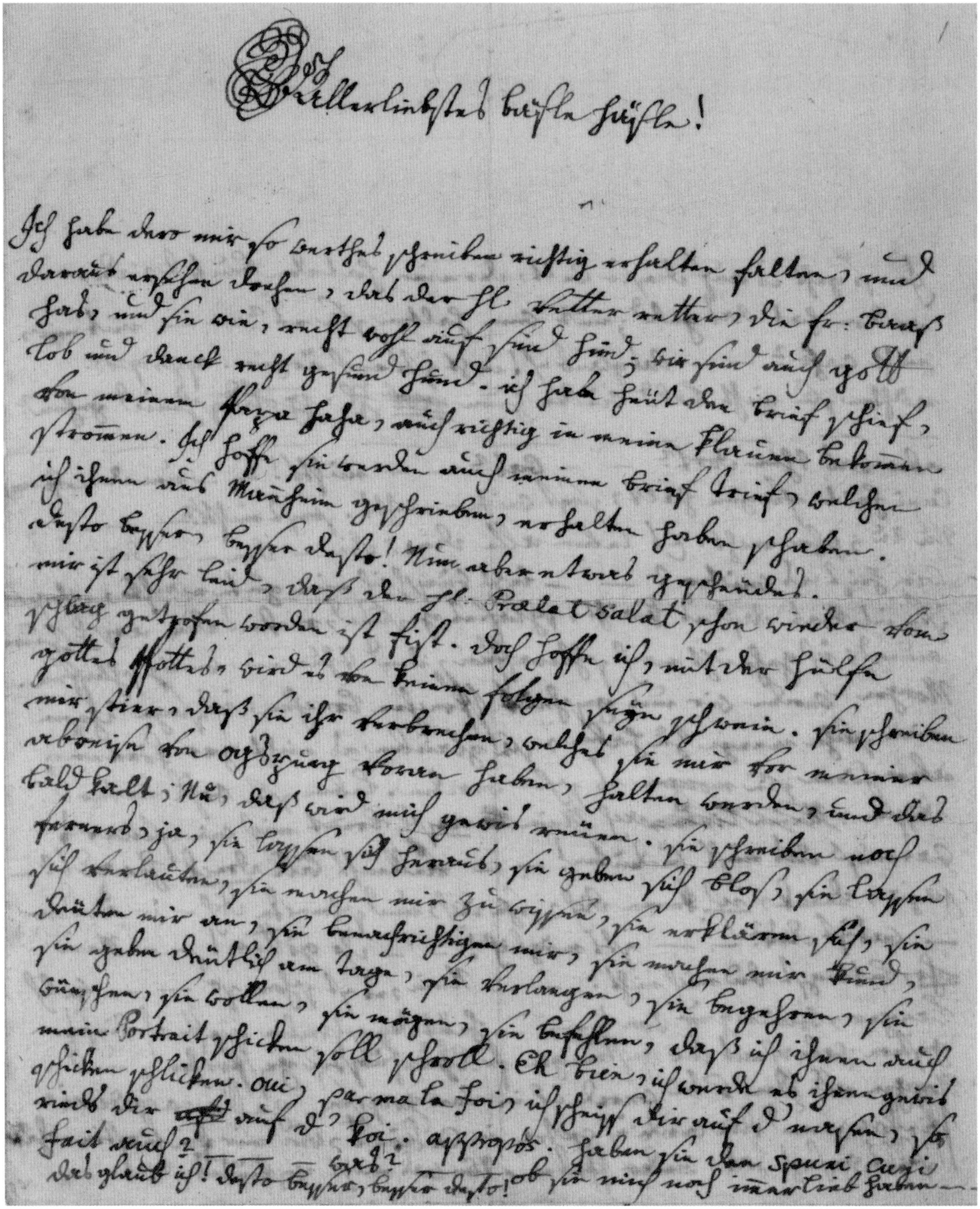

Allerliebstes bäsle häsle!

Ich habe dero mir so werthes schreiben richtig erhalten falten, und daraus ersehen drehen, daß der H: vetter retter, die fr: baas has, und sie wie, recht wohl auf sind hind; wir sind auch gott lob und danck recht gesund hund. ich habe heüt den brief schief, von meinem papa haha, auch richtig in meine klauen bekommen strommen. Ich hoffe sie werden auch meinen brief trief, welchen ich ihnen aus Mannheim geschrieben, erhalten haben schaben. desto besser, besser desto! Nun aber etwas gescheüdes. mir ist sehr leid, daß der H: Prälat Salat schon wieder vom schlag getroffen worden ist fist. doch hoffe ich, mit der hülfe gottes spottes, wird es von keinen folgen seyn schwein. sie schreiben stier, daß sie ihr versprechen, welches sie mir vor meiner abreise von augspurg gemacht haben, halten werden, und das bald kalt; Nu, das wird mich gewis reüen. sie schreiben noch ferners, ja, sie lassen sich heraus, sie geben sich bloß, sie lassen sich verlauten, sie machen mir zu wissen, sie erklären sich, sie deüten mir an, sie benachrichtigen mir, sie machen mir kund, sie geben deütlich am tage, sie verlangen, sie begehren, sie wünschen, sie wollen, sie mögen, sie befehlen, daß ich ihnen auch mein Portrait schicken soll scholl. Eh bien, ich werde es ihnen gewis schicken schlicken. Oui, par ma foi, ich schiss dir auf d' nasen, so rinds dir auf d' kinn. apropos. haben sie den spuni cuni fait auch? — was? — ob sie mich noch immer lieb haben — das glaube ich! desto besser, besser desto!

izt fällts mir ein. briefe, briefe werden kommen – – aber was für briefe? – – je nu, briefe an mich halt, die bitte ich mir gewis zu schicken; ich werde ihnen schon nachricht geben wo ich von Mannheim weiters hin gehe, iezt Numero 2. ich bitte sie, warum nicht? – ich bitte sie, allerliebster fex, warum nicht? – – daß wenn sie ohnedem an die Mad: Tavernier nach München schreiben, ein Compliment von mir an die 2 Mad:selles freÿsinger schreiben, warum nicht? – – Curios! warum nicht? – – und die Jüngere, nämlich die frl: Josepha bitte ich halt recht um verzeÿhung, warum nicht? – warum sollte ich sie nicht um verzeÿhung bitten? – – Curios! – ich wüste nicht warum nicht? – – ich bitte sie halt recht sehr um verzeÿhung, daß ich ihr bishero die versprochene sonata noch nicht geschickt habe, aber ich werde sie, so bald es möglich ist übersenden. warum nicht? – – was – – warum nicht? – – warum soll ich sie nicht schicken? – warum soll ich sie nicht übersenden? – – warum nicht? – – Curios! ich wüste nicht warum nicht? – – Nu, also, diesen gefallen werden sie mir thun; – – warum nicht? – – warum sollen sie mirs nicht thun? – – warum nicht, Curios! ich thue ihnens ja auch, wenn sie wollen, warum nicht? – – warum solle ich es ihnen nicht thun? – – Curios! warum nicht? – – ich wüste nicht warum nicht? – – vergessen sie auch nicht von mir ein Compliment an Papa und Mama von die 2 frl: zu entrichten, denn das ist grob gefehlt, wenn man vatter und Mutter vergessen thut seÿn müssen lassen haben. ich werde hernach wenn die Sonata fertig ist, selbe ihnen zuschicken, und einen brief darzu; und sie werden die güte haben, selben nach München zu schicken. Nun muß ich schliessen, und das thut mich verdriessen. herr vetter, gehen wir geschwind zum hl: kreüz, und schauen wir ob noch wer auf ist? – – wir halten uns nicht auf, nichts als anleiten, sonst nichts. iezt muß ich ihnen eine trauerige geschichte erzehlen, die sich jezt den augenblick erreignet hat. wie ich an besten an dem brief schreibe, so höre ich etwas auf der gasse. ich höre auf zu schreiben – – stehe auf, gehe zum fenster – – und – höre nichts mehr – – ich seze mich wieder, fange abermahl an zu schreiben – – ich schreibe kaum 10 worte so höre ich wieder etwas – – ich stehe wieder auf – – wie ich aufstehe, so höre ich nur noch etwas ganz schwach – – aber ich schmecke so was angebrandtes – – wo ich hingehe, so stinckt es. wenn ich zum fenster hinaus sehe so verliert sich der geruch, sehe ich wieder herein, so nimmt der geruch wieder zu – – endlich sagt Meine Mama zu mir: was wette ich, du hast einen gehen lassen? –

Mozarts Wortspiele – nicht immer Musik in den Ohren

Spätestens seit dem Film „Amadeus" wissen es alle: Der Komponist Wolfgang Amadeus Mozart (1756-1791) war ein lebensfroher Sinnesmensch mit viel Humor und viel Freude am Derben. Das Wunderkind am Klavier, der Herr Hofkapellmeister mit gepuderter Perücke, der erhabene Künstler, das sind Facetten von ihm. Seine menschliche Natur, seine Lust am Wortspiel und auch an Furzwitzen hat er sich zeitlebens erhalten.

Besonders menschlich sind die Briefe, die er an seine Cousine Maria Anna Thekla Mozart (1758-1841) schreibt. Er nennt sie das „Bäsle", in diesem Brief sogar das »Bäsle Häsle«, gerufen wurde sie Marianne. Sie lernen sich im Herbst 1777 in Augsburg kennen, wo Marianne mit ihrer Familie lebt. Mozart und seine Mutter klappern in diesem Herbst verschiedene Höfe und Städte Europas ab, weil der junge Mozart eine neue Stelle sucht, als Hofkapellmeister vielleicht, als Komponist oder Musiker. Von Salzburg aus sind die Mozarts erst an den bayerischen Kurfürstenhof gereist, dann weiter nach Augsburg mit dem Ziel Mannheim. Wolfgang, 21, und Marianne, 19, verstehen sich prächtig und beginnen, sich Briefe zu schreiben. Zehn Briefe von Wolfgang an Marianne sind erhalten geblieben und werden in der British Library verwahrt.

Der Ton, den er darin anschlägt, ist selbst für Mozart-Biografen nicht ganz erklärlich. Der Brief vom 5. November 1777 ist mit Sprachranken aus albernen Reimen verziert und überraschend inhaltsarm. Ein wenig Klatsch steht darin, vor allem aber Unfug. Der zweite Teil ist ein Monolog, den Mozart offenbar einfach so hingeschrieben hat, wie er ihm in den Sinn kam. Eine Gedankenkette, die vom Briefeschreiben zum Sex führt und dann wieder zu den Eltern Mozarts. Schließlich endet der Brief mit einem deftigen Furzwitz. Ob die Base Marianne ihrem Wolfgang nur Artiges zurückgeschrieben hat, darf stark bezweifelt werden. Ein Paar werden die beiden dennoch nicht; schon in Mannheim lernt Mozart eine andere junge Frau kennen, die Sängerin Aloisia Weber. Danach bricht der enge Briefkontakt zu Marianne ab. Mozart verliebt sich Hals über Kopf in Aloisia, muss aber nach einem knapen halben Jahr weiter nach Paris, dann geht es 1779 wieder nach Salzburg. Aloisia Weber will da von Mozart schon nichts mehr wissen.

Marianne kommt 1779 für zehn Wochen zu den Mozarts zu Besuch, aber der Funke springt nicht mehr über. Nur noch einmal sehen sie sich wieder, als Wolfgang 1781 in Augsburg vorbeikommt. Wolfgang Amadeus Mozart heiratet 1782 Constanze Weber, die Schwester der einst so heiß begehrten Aloisia. Marianne Mozart bleibt unverheiratet und bekommt 1784 eine Tochter von ihrem Lebensgefährten, einem adeligen Domkapitular. ■

11. Juli 1785

Friedrich Schiller an Christian Gottfried Körner

am 11. Julius (Montag) 85.

Du hast recht, lieber Körner, wenn Du mich wegen der Bedenklichkeit tadelst, die ich hatte, Dir meine Verlegenheit zu gestehen. Ich fühle es mit Beschämung, daß ich unsere Freundschaft herabseze, wenn ich neben ihr Deine Gefälligkeit noch in Anschlag bringen kann. Mir hat das Schiksal nur die Anlage und den Willen gegeben, edel zu handeln, Dir gab es auch noch die Macht zu können. Du bist also ja nur glüklicher gefahren als ich – und doch war ich Alltagsmensch genug, durch meine Zurükhaltung stillschweigend einzuräumen, daß Deine Ueberlegenheit im Glüke meinen Stolz empfindlicher schmerzt, als die Harmonie unserer Herzen ihm wohlthut. Ich hätte ja zu mir selbst sagen können: Dein Freund kann unmöglich einen größeren Werth in seine Glüksgüter sezen, als in sein Herz, und sein Herz gab er Dir ja schon. Ich hätte mir selbst sagen sollen, derjenige Mensch, der gegen Deine Fehler und Schwächen so duldend war, wird es noch mehr gegen Dein Schiksal seyn. Warum sollte er Dir Blößen von dieser Art zum Verbrechen machen, da er Dir jene vergab?
Verzeih mirs, bester Freund. Frühe Vorurtheile der Erziehung, und die immer und ewig zurükkehrende Erfahrung haben mein besseres Wissen überstimmt. Meine Philosophie kann für die Schaamröthe nicht, die mein Gesicht unwillkührlich färbte.
Ueber Glüksgüter werden wir wohl beide von einerlei Meinung seyn. Süße Empfindung ist es dem edlen Manne, sie zum Wohl eines Freundes anzuwenden, Ihre Aufopferung ist das Werk einer schönen Seele, aber ich hoffe, daß es noch eine größere Tugend und eine süßere Wollust, als diese, gibt. Siehst Du mein theuerster, ich, dem diese Quelle schöner Thaten verstopft ist, ich muß so denken; zu meiner Beruhigung muß ich den Werth Deiner Großmut heruntersezen, muß ich Vorzüge und Genüsse des Geists und des Herzens auf Unkosten jener erheben, ich muß das thun, weil diese, aber nicht jene, in meiner Gewalt sind. Je höher meine Verbindlichkeit gegen Dich steigt, desto höher muß ich Dir meine Freundschaft anrechnen; und ich kenne Dich zu gut, als daß ich nicht voraus überzeugt seyn solte. Du würdest viel lieber den Werth dieser lezteren übertreiben, als mir die erstere schwer machen.
Für Dein schönes und edles Anerbieten habe ich nur einen einzigen Dank, dieser ist die Freimütigkeit und Freude, womit ich es annehme. Niemals hab ich die Antwort gebilligt, womit der große Roußeau den Brief des Grafen Orlov abfertigte, der aus freiwilligen Enthousiasmus dem flüchtigen Dichter eine Freistätte anbot. In eben dem Maaße, als ich mich gegen Roußeau kleiner fühle, will ich hier größer handeln, wie er. Deine Freundschaft und Güte bereitet mir ein Elisium. Durch Dich, theurer Körner, kann ich vielleicht noch werden, was ich je zu werden verzagte. Meine Glükseligkeit wird steigen mit der Vollkommenheit meiner Kräfte und bei Dir, und durch Dich getraue ich mir, diese zu bilden. Die Tränen, die ich hier an der Schwelle meiner neuen Laufbahn, Dir zum Danke, zur Verherrlichung vergieße, diese Tränen

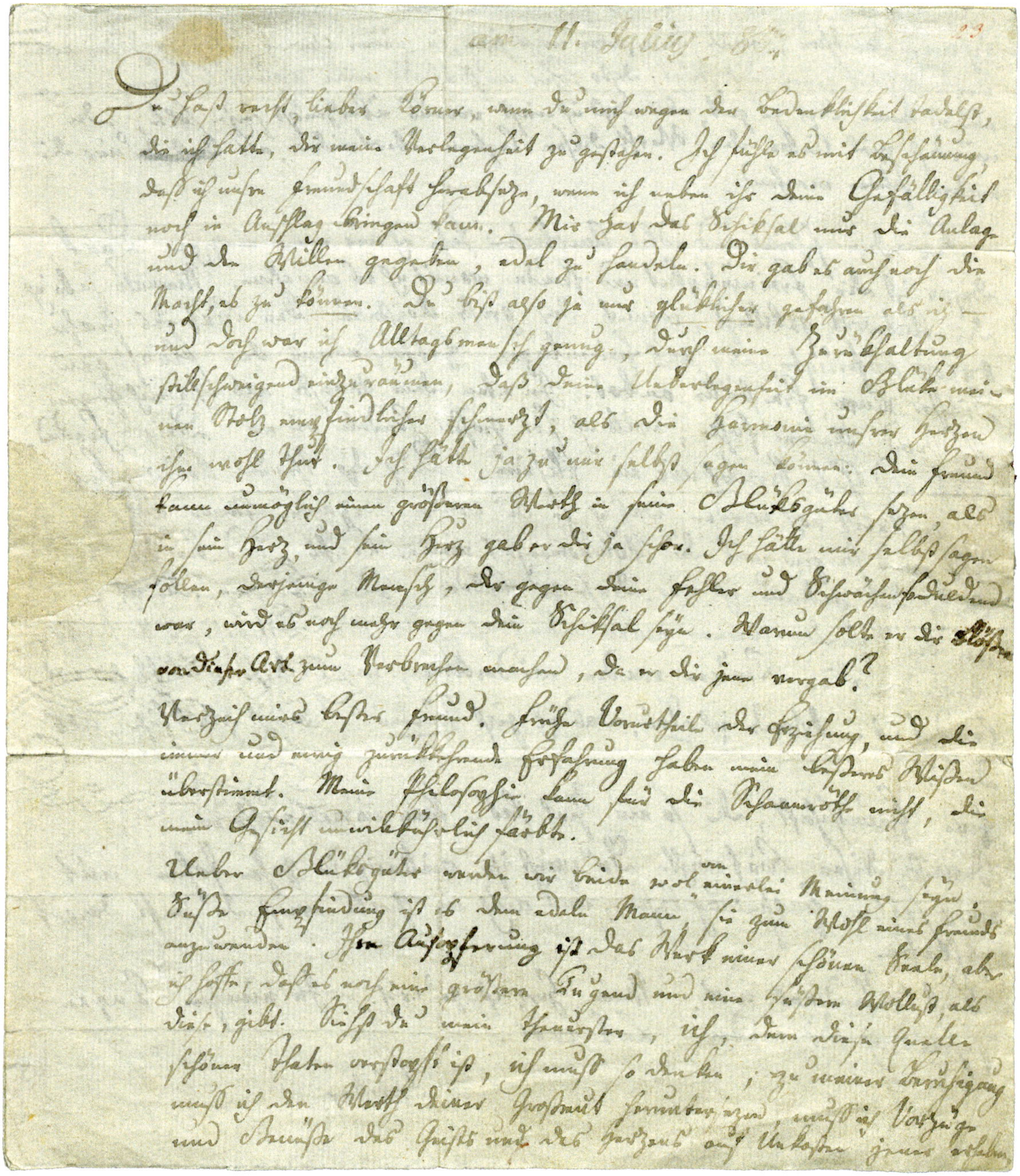
am 11. Julius 85.

23

Du hast recht, lieber Körner, wenn du mich wegen der Bedenklichkeit tadelst, die ich hatte, dir meine Verlegenheit zu gestehen. Ich fühle es mit Beschämung daß ich unsre Freundschaft herabseze, wenn ich neben ihr deine Gefälligkeit noch in Anschlag bringen kann. Mir hat das Schiksal nur die Anlage und den Willen gegeben, edel zu handeln. Dir gab es auch noch die Macht, es zu können. Du bist also ja nur glüklicher gefahren als ich — und doch war ich Alltagsmensch genug, durch meine Zurükhaltung stillschweigend einzuräumen, daß deine Ueberlegenheit im Glük meinen Stolz empfindlicher schmerzt, als die Harmonie unsrer Herzen ihm wohl thut. Ich hätte ja zu mir selbst sagen können: dein Freund kann unmöglich einen grössern Werth in seine Glüksgüter sezen, als in sein Herz, und sein Herz gab er dir ja schon. Ich hätte mir selbst sagen sollen, derjenige Mensch, der gegen deine Fehler und Schwächen duldend war, wird es noch mehr gegen dein Schiksal seyn. Warum sollte er die Blösse von dieser Art zum Verbrechen machen, da er dir jene vergab?

Verzeih mir, bester Freund. Frühe Vorurtheile der Erziehung, und die immer und ewig zurükkehrende Erfahrung haben mein besseres Wissen überstimmt. Meine Philosophie kann für die Schamröthe nicht, die mein Gesicht unwillkührlich färbte.

Ueber Glüksgüter werden wir beide wol einerlei Meinung seyn. Diese Empfindung ist es dem edeln Mann sie zum Wohl eines Freunds anzuwenden. Ihre Aufopferung ist das Werk einer schönen Seele, aber ich hoffe, daß es noch eine grössere Tugend und eine süssere Wollust, als diese, gibt. Siehst du mein theuerster, ich, dem diese Quelle schöner Thaten verstopft ist, ich muß so denken; zu meiner Beruhigung muß ich den Werth deiner Großmut heruntersezen und muß ich Vorzüge und Künste des Geists und des Herzens auf Unkosten jener erheben.

1400 1450 1500 1550 1600 1650 1700 1750 1800 1850 1900 1950 2000

werden wiederkommen, wenn diese Laufbahn vollendet ist. Werde ich das, was ich jezt träume – wer ist glüklicher, als Du?
Eine Freundschaft, die so ein Ziel hat – kann niemals aufhören.
Zerreisse diesen Brief nicht. Du wirst ihn vielleicht in zehen Jahren mit einer seltnen Empfindung lesen, und auch im Grabe wirst Du sanft darauf schlafen.
Leb tausendmal wol. Mein Herz ist zu weich. In einigen Tagen schreib ich Dir wieder.
Lebe wol.

Schiller.

Eine Ode an das Glück

Wem der große Wurf gelungen
eines Freundes Freund zu seyn;
wer ein holdes Weib errungen,
mische seinen Jubel ein!
Ja – wer auch nur eine Seele
sein nennt auf dem Erdenrund!
Und wer's nie gekonnt, der stehle
weinend sich aus diesem Bund!

Der Dichter und Dramatiker Friedrich Schiller, der 1785 diese Zeilen in seine „Ode an die Freude" schreibt, weiß, wovon er spricht. Er ist eng und innig befreundet mit Christian Gottfried Körner. Die beiden wohnen nicht in derselben Stadt, haben ganz unterschiedliche Leben und Lebensentwürfe, und doch sind sie sich zutiefst verbunden.
1784 ist Körner (1756-1831) in Leipzig und Dresden Jurist mit ebenso großem Sinn für Karriere wie für Kunst. Friedrich Schiller (1759-1805) lebt in Mannheim und ist ein desertierter Militär-Arzt, der mit den „Räubern" und „Kabale und Liebe" schon Erfolge als Schriftsteller gefeiert hat. Darüber wird Körner auf ihn aufmerksam und schreibt Schiller gemeinsam mit Freunden im Juni 1784 einen ersten Brief, in dem alle ihre Bewunderung für Schillers Stücke kundtun.
Schiller, geplagt von Existenzangst und Sorgen, freut sich, antwortet aber erst mit deutlicher Verspätung. Eine Brieffreundschaft entsteht. Die Männer sind sich sympathisch, tauschen Gedanken und Ideen aus. Schiller ist jedoch pleite und fürchtet immer noch, als Deserteur verfolgt zu werden. Im Frühjahr 1785 flüchtet er zu den neuen Freunden nach Leipzig und lernt sie jetzt auch persönlich kennen. Sie verstehen sich ausgezeichnet. Körner beschafft Schiller eine Wohnung und führt ihn in die Gesellschaft ein. Der Schöngeist Körner schreibt selbst nur rechtswissenschaftliche Texte, interessiert sich aber auch für Ästhetik und die gesellschaftlichen Veränderungen, die jetzt in der Zeit des Sturm und Drang heraufdämmern. Körner und Schiller schreiben sich weiterhin Briefe; Schiller zeigt sich immer wieder tief dankbar für Körners aufrichtige Freundschaft und Unterstützung.
Der wohlhabende Jurist Körner entscheidet sich, auch motiviert durch Schiller, eine nicht „standesgemäße" Frau zu heiraten, die Handwerkerstochter Minna. Wenige Wochen vor der Hochzeit schreibt ihm Schiller diesen Brief über Glück und elysische Gefühle. Er arbeitet zu diesem Zeitpunkt bereits am Gedicht „Ode an die Freude"; die berühmten Zeilen sind aus der Freundschaft und dem Austausch mit Körner entstanden. Die „Ode an die Freude", die

Körner eigentlich als Ode für seine Freimaurerloge haben wollte, ist Schillers Hochzeitsgeschenk an den Freund. Schiller und Körner bleiben lebenslang befreundet. Seinen letzten Brief an den Freund schreibt Schiller, inzwischen in Weimar ein angesehener Autor, nur wenige Tage vor seinem Tod. „Die beßre Jahreszeit läßt sich endlich auch bei uns fühlen, und bringt wieder Muth und Stimmung; aber ich werde Mühe haben, die harten Stöße seit neun Monaten zu verwinden, und ich fürchte, daß doch etwas davon zurückbleibt; die Natur hilft sich zwischen 40 und 50 nicht mehr so, als im 30sten Jahre. Indessen will ich mich ganz zufrieden geben, wenn mir nur Leben und leidliche Gesundheit bis zum 50. Jahre aushält", schreibt Schiller. Körner antwortet, dass er nun beruhigt sei. Wenige Tage später stirbt Schiller.

Körner setzt dem Freund ein editorisches Denkmal und gibt zwischen 1812 und 1850 die erste Gesamtausgabe von Schillers Werken heraus. ■

16. März 1795

Immanuel Kant an Dietrich Ludwig Gustav Karsten

16. März 1795.

Wohlgebohrner Hochzuverehrender Herr Bergrath.

Mit einem Schreiben von Ew. Wohlgeb. beehrt zu werden, dadurch mit Ihnen in einige Bekanndschaft zu kommen, um vielleicht gelegentlich die ausgebreiteten Kentnisse in Ihrem Fache der Wissenschaften, die doch alle vermittelst der Philosophie in Verwandtschaft stehen, zu benutzen, ist mir sehr angenehm gewesen: so unangenehm mir auch die Ursache ist, welche dieses veranlaßt hat.
Ich habe wirklich, etwa im Iahre 1790, vom Herrn Grafen v. Windischgrätz eine Menge Kleiner Schrifften erhalten z. B. Histoire metaphysique de l'Organisation animale , 2 Theile die ich vor mir liegen habe, vornehmlich eine auf Politik und Grundsätze der bürgerlichen Constitution bezogene, sehr gründliche und (was ich mich wohl erinnere, weil es auf mich besonderen Eindruck gemacht hat,) gleichsam aus einer Divinationsgabe geflossene Schrifft: „von dem, was die Regenten zu thun haben, wenn sie nicht wollen, daß es das Volk selber thue" die einige Iahre vor dem wirklichen Eräugnis des Letzteren herausgegeben war, die ich aber jetzt (so wie die zwey ersten Theile der Histoire; metaphysique de l'Organisation animale) wegen einer gewissen Unordnung darin mein sonst nicht großer Büchervorrath gerathen ist, nicht vorfinden kann, um sie zu specifizieren. Ob ich dem Herren Grafen dieserhalb meinen Dank schriftlich abgestattet habe, kann ich mich nicht mit Gewißheit erinnern, wohl aber, daß ich durch meinen Verleger, dem Buchhändler Delagarde in Berlin, meine damals herausgegebene Schrifft „Critik der Urtheilskraft" von der Leipziger Messe aus an hochgedachten Hrn. Grafen zu übermachen aufgetragen habe.
Nun bitte ich ergebenst den Hrn Delagarde, einen sonst zuverlässigen und wohldenkenden Mann, zu befragen: wie es zugegangen, daß jene Bestellung ihren Zweck nicht erreicht hat, die Antwort desselben dem Hrn. Grafen bekannt zu machen, wie auch denselben in meinem Nahmen um Verzeihung zu bitten, wegen meiner nicht aus Fahrlässigkeit unterlassenen Erwiederung der mir bezeigten Aufmerksamkeit sondern aus einem, wegen einander drängender Beschäftigungen, oft schweer zu vermeidenden und so zufälligerweise bis zum Vergessen hinausgehenden Aufschub, dessen Schuld mein ziemlich hoch angewachsenes Alter auch zum Theil mag tragen helfen.
Was Ew. Wohlgeb. betrifft, so bin ich nicht so tief in Metaphysik versunken, daß ich nicht an Ihrer glücklichen Erweiterung der Wissenschaften im Felde der Erfahrung, so fern diese Stufen des Aufsteigens zur Philosophie legt, wenigstens als Dilettante, Antheil nehmen sollte: zumal die Reformation unserer Begriffe in der Achäologie der Natur von dem praktischen Bergkundigen, der zugleich Philosoph ist, erwartet werden muß.
Mit der vollkommensten Hochachtung bin ich jederzeit

Ew. Wohlgeboren

Königsberg
d. 16. Mart. 1795

ergebenster treuer Diener
I. Kant

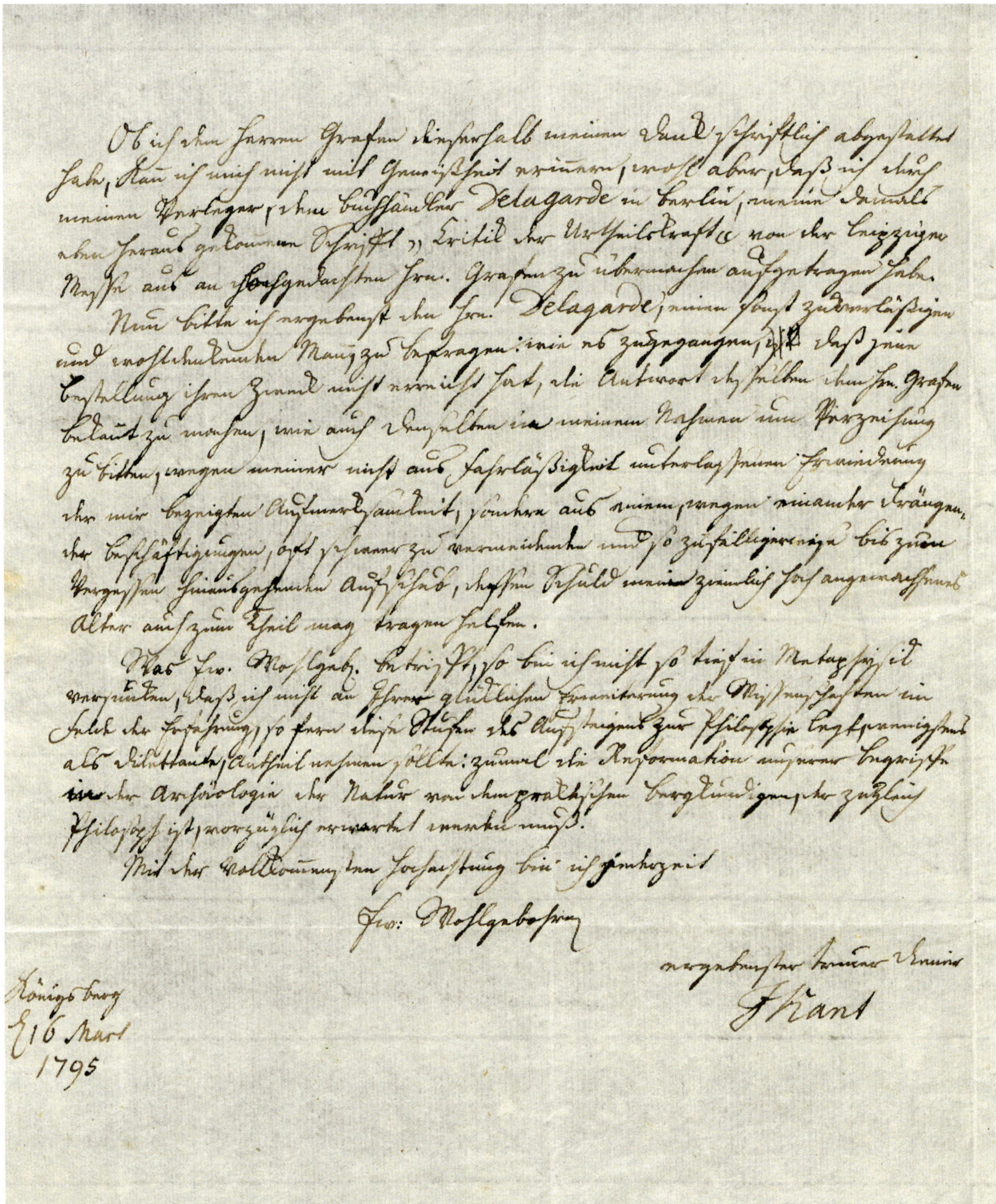
Ob ich dem Herrn Grafen innerhalb meinem Dank schriftlich abgestattet habe, kan ich mich nicht mit Gewisheit erinnern, wohl aber, daß ich durch meinen Verleger, den Buchhändler Delagarde in Berlin, meine damals eben heraus gekommene Schrift „Critik der Urtheilskraft" von der Leipziger Messe aus an hochgedachten Hrn. Grafen zu übermachen aufgetragen habe.

Nun bitte ich ergebenst den Hrn. Delagarde, einen sonst zuverläßigen und rechtschaffenen Mann zu befragen: wie es zugegangen, daß jene Bestellung ihren Zweck nicht erreicht hat, die Antwort desselben dem Hrn. Grafen bekannt zu machen, wie auch denselben in meinem Nahmen um Verzeihung zu bitten, wegen meiner nicht aus Fahrläßigkeit unterlassenen Erwiederung der mir bezeigten Aufmerksamkeit, sondern aus einem, wegen einander drängender Beschäftigungen, oft schwer zu vermeidenden und so zufälligerweise bis zum Vergessen hinausgeschobenen Aufschub, dessen Schuld mein ziemlich hoch angewachsenes Alter auch zum Theil mag tragen helfen.

Was Ew. Wohlgeb. betrifft, so bin ich nicht so tief in Metaphysik versunken, daß ich nicht an Ihrer glücklichen Erweiterung der Wissenschaften im Felde der Erfahrung, so fern diese Stufen als Aufsteigung zur Philosophie [illegible] als Dilettant, Antheil nehmen sollte: zumal die Reformation unserer Begriffe in der Archäologie der Natur von dem practischen Bergkundigen der zugleich Philosoph ist, vorzüglich erwartet werden muß.

Mit der vollkommensten Hochachtung bin ich jederzeit

Ew: Wohlgebohren

ergebenster treuer Diener
I Kant

Königsberg
d 16 Mart
1795

Ich habe heute leider keinen Brief für dich

Wer mit Immanuel Kant (1724-1804), einem der großen Denker seiner Zeit, Kontakt haben wollte, der musste ihm schreiben oder ihn besuchen – denn Kant verließ seine Heimatstadt Königsberg so gut wie nie. Die meisten Gelehrten jedoch schrieben ihm nicht Lob und Anregung, sondern schickten ihm Briefe in der Hoffnung, mit dem großen Kant einen Dialog beginnen zu können. Mancher legte eigene Werke und Schriften bei, hoffend, damit wohlwollendes Feedback zu ernten.

Welchen der Bewunderer antworten, wen ignorieren, mit wem in einen Briefwechsel treten? Kant und anderen Angehörigen der „res publica literaria", der durch Briefe vernetzten Gelehrtenrepublik Europas, fiel es nicht immer leicht, Fanpost von Freundschaftsbriefen, Interessantes von Banalem zu trennen. Die „res publica literaria" war Gelehrten vorbehalten, der Club der gegenseitigen Besuche und Korrespondenzen war nicht offen für jedermann, und nicht jedermann bekam einen Brief von Kant zurück.

Joseph-Niklas zu Windisch-Grätz (1744-1802) war einer von denen, die es nicht in den Club schafften. Der Diplomat und Kammerherr der österreichischen Erzherzogin Marie Antoinette (Gattin des französischen Königs Ludwig XVI.) hatte sich Gedanken zum Staatswesen und zur Politik gemacht und sie niedergeschrieben. Und er sandte Kant seine philosophischen Schriften zu. Als Mann von Hofe wusste er, dass er dem großen Philosophen nicht direkt schreiben sollte, sein Brief und seine Schriften wären sicher nicht gelesen worden. Er bat daher den Philosophen und Kant-Korrespondenten Friedrich Heinrich Jacobi, ihn bei dem Königsberger Schwergewicht brieflich zu empfehlen. In der Tat schickte Jacobi die philosophisch-politischen Schriften mit Empfehlung an Kant. Der antwortete Jacobi am 30.8.1789: „Ich erbitte diesem Herren gelegentlich meinen ergebensten Dank, zugleich aber auch die größte Hochachtung für sein Talent als Philosoph, in Verbindung mit der edelsten Denkungsart eines Weltbürgers, zu versichern. – In der letztgenannten Schrift ist es mir sehr erfreulich, den Hrn. Grafen von selbst u. zu gleichr Zeit, was ich auf eine schulgerechte Art zu bewirken suchte, mit der Klarheit u. Annehmlichkeit des Vortrages, die den Mann von der großen Welt auszeichnet, bearbeitet zu sehen; nämlich die edlere Triebfedern in der menschl. Natur, die solege mit den physischen vermischt, oder gar verwechselt (wurden), (...) in ihrer Reinheit herzustellen; (...) eine Unternehmung, die ich mit größter Sehnsucht vollendet zu sehen wünsche..." Das ist ein gutes Zeugnis für den Kammerherrn, der im selben Terrain philosophiert wie Kant selbst. Kant widmet Windisch-Grätz ein Autorenexemplar seines Werks „Kritik der Urteilskraft", das 1790 erscheint, kurz nachdem Kant die Schriften des Grafen erhalten hat. Der Verleger wird angewiesen, das Buch zuzuschicken. Um einen direkten Schriftwechsel aufzunehmen, dafür ist Kants Interesse an Windisch-Grätz nicht groß genug. Die Tür zur Gelehrtenrepublik bleibt verschlossen.

Kant stopft die Schrifen irgendwo zwischen andere unverlangt eingesandte Werke in seine Bibliothek. Damit ist die Sache für ihn erledigt. Es kommen täglich neue Briefe von neuen Fremden und Bekannten.

Fünf Jahre später erinnert der Mineraloge Dietrich Ludwig Gustav Karsten den Philosophen an den österreichischen Grafen. Karsten ist Bergrat, ein Experte für Berg- und Hüttenwesen in Preußen, er ist Professor und Gelehrter. Dieser hat Kant nun schriftlich ausgerichtet, dass Windisch-Grätz keine persönliche Antwort von Kant erhalten hat und auch das Exemplar der „Kritik der Urteilskraft" nicht angekommen ist.

Einem anderen Gelehrten kann der Königsberger die Antwort nicht abschlagen, das ist unüblich in der Republik der Briefe. Daher kramt Kant in seiner Bibliothek herum und findet einige, wenn auch nicht alle der ihm zugesandten Schriften aus Österreich. Er entschuldigt sich – nicht bei Windisch-Grätz, sondern bei Karsten, für seine Unordnung und für seinen Verleger, der den Band offenbar nicht korrekt ausgeliefert hat. Er lobt auch ein weiteres Mal den Kammerherren Marie Antoinettes für dessen „Divinationsgabe" (hellseherische Fähigkeit). Marie Antoinette ist im Jahr 1795 bereits eineinhalb Jahre tot, hingerichtet während der Französischen Revolution – dieses „Eräugnis" ist es, das Kant meint. In seiner Schrift über die Staatsklugheit hatte Windisch-Grätz vorhergesagt, dass sich das Volk grausam für Gräueltaten ihrer Regenten rächen könnte. Damit ist die Sache für Kant einmal mehr erledigt – fast. In einer Fußnote seines Werks „Zum ewigen Frieden – ein philosophischer Entwurf", erschienen 1795, erwähnt er Windisch-Grätz in einer Fußnote und lobt ihn als einen „eben so weisen als scharfsinnigen Herrn".

Für eine Mitgliedschaft im Club der toten Philosophen hat es für den Grafen zu Lebzeiten nicht gereicht. Wie bedeutend die Erwähnung in zwei Briefen und in einer Fußnote des Alterswerks sind, weiß damals noch niemand. Doch die Briefe und sogar die Fußnoten Kants werden später bis ins kleinste Detail studiert und ausgewertet. So traurig Windisch-Grätz gewesen sein mag, dass ihm die Augenhöhe und Korrespondenz verwehrt wurden, Kant hat den philosophischen Außenseiter allein duch dessen Erwähnung unsterblich gemacht. ■

1799

Matthias Claudius an Johannes Claudius

An meinen Sohn Johannes, 1799

Gold und Silber habe ich nicht; was ich aber habe, gebe ich dir.

Lieber Johannes!

Die Zeit kömmt allgemach heran, dass ich den Weg gehen muss, den man nicht wieder kömmt. Ich kann dich nicht mitnehmen und lasse dich in einer Welt zurück, wo guter Rat nicht überflüssig ist.
Niemand ist weise von Mutterleibe an; Zeit und Erfahrung lehren hier und fegen die Tenne.
Ich habe die Welt länger gesehen als du.
Es ist nicht alles Gold, lieber Sohn, was glänzet, und ich habe manchen Stern vorn Himmel fallen und manchen Stab, auf den man sich verließ, brechen sehen.
Darum will ich dir einigen Rat geben und dir sagen, was ich funden habe und was die Zeit mich gelehret hat.
Es ist nichts groß, was nicht gut ist; und nichts wahr, was nicht bestehet.
Der Mensch ist hier nicht zu Hause, und er geht hier nicht von ungefähr in dem schlechten Rock umher. Denn siehe nur, alle andre Dinge hier mit und neben ihm sind und gehen dahin, ohne es zu wissen; der Mensch ist sich bewusst und wie eine hohe bleibende Wand, an der die Schatten vorüber gehen. Alle Dinge mit und neben ihm gehen dahin, einer fremden Willkür und Macht unterworfen, er ist sich selbst anvertraut und trägt sein Leben in seiner Hand.
Und es ist nicht für ihn gleichgültig, ob er rechts oder links gehe.
Lass dir nicht weismachen, dass er sich raten könne und selbst seinen Weg wisse.
Diese Welt ist für ihn zu wenig, und die unsichtbare siehet er nicht und kennet sie nicht.
Spare dir denn vergebliche Mühe, und dir kein Leid, und besinne dich dein.
Halte dich zu gut, Böses zu tun.
Hänge dein Herz an kein vergänglich Ding.
Die Wahrheit richtet sich nicht nach uns, lieber Sohn, sondern wir müssen uns nach ihr richten.
Was du sehen kannst, das siehe, und brauche deine Augen, und über das Unsichtbare und Ewige halte dich an Gottes Wort.
Bleibe der Religion deiner Väter getreu und hasse die theologischen Kannengießer.
Scheue niemand so viel als dich selbst. Inwendig in uns wohnet der Richter, der nicht trügt, und an dessen Stimme uns mehr gelegen ist als an dem Beifall der. ganzen Welt und der Weisheit der Griechen und Ägypter. Nimm es dir vor, Sohn, nicht wider seine Stimme zu tun; und was du sinnest und vorhast, schlage zuvor an deine Stirne und frage ihn um Rat. Er spricht anfangs nur leise und stammelt wie ein unschuldiges Kind doch wenn du seine Unschuld ehrst, löset er gemach seine Zunge und wird dir vernehmlicher sprechen.

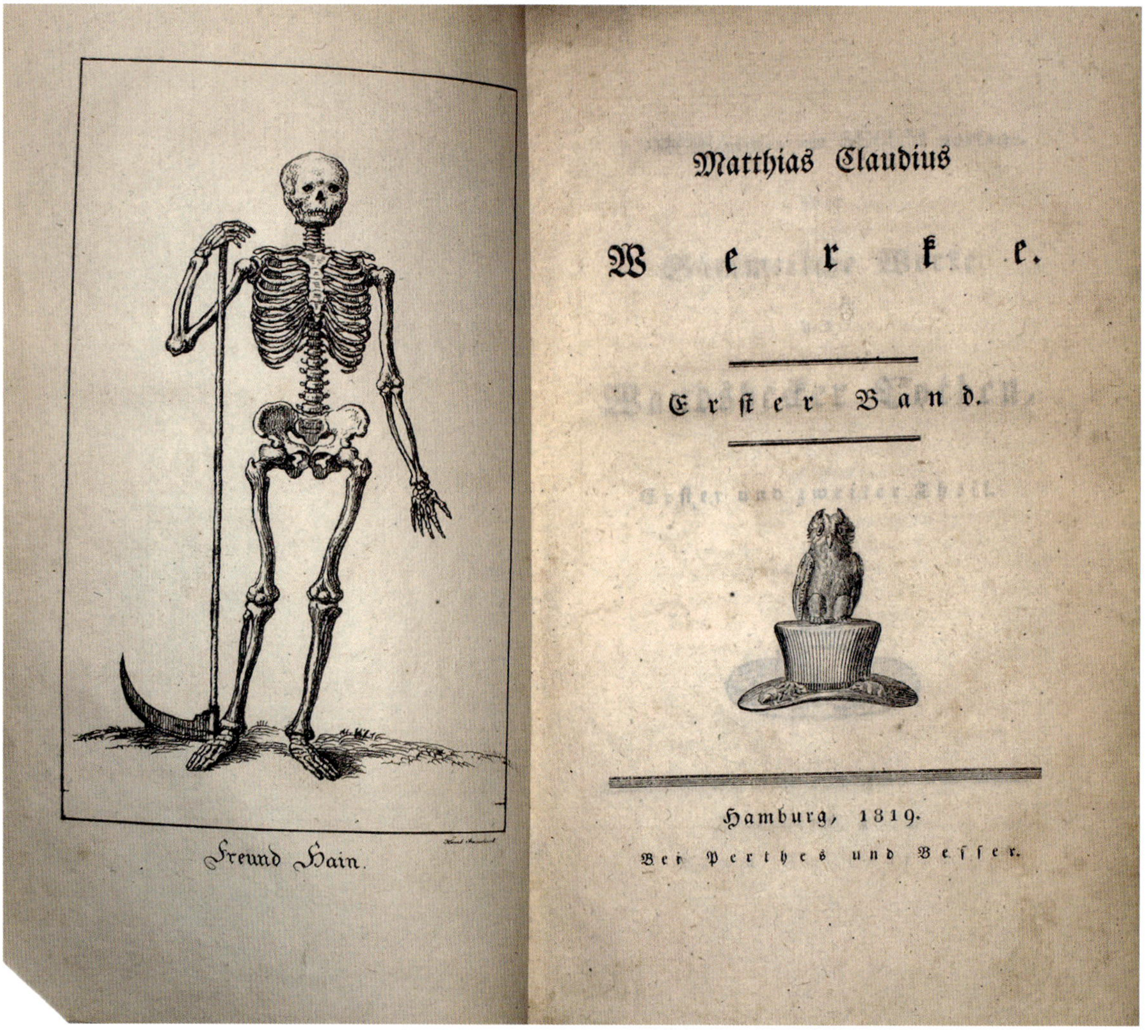

„Freund Hain“, ein Skelett mit Sense als Symbol von Tod und Vergänglichkeit, ziert die erste Seite dieser Matthias-Claudius-Gesamtausgabe von 1819. Vergänglichkeit ist eines der großen Themen in Claudius' Werk.

Lerne gerne von andern, und wo von Weisheit, Menschenglück, Licht, Freiheit, Tugend etc. geredet wird, da höre fleißig zu. Doch traue nicht flugs und allerdings, denn die Wolken haben nicht alle Wasser, und es gibt mancherlei Weise. Sie meinen auch, dass sie die Sache hätten, wenn sie davon reden können und davon reden. Das ist aber nicht, Sohn. Man hat darum die Sache nicht, dass man davon reden kann und davon redet. Worte sind nur Worte, und wo sie so gar leicht und behände dahin fahren, da sei auf deiner Hut, denn die Pferde, die den Wagen mit Gütern hinter sich haben, gehen langsameren Schritts.
Erwarte nichts vom Treiben und den Treibern; und wo Geräusch auf der Gassen ist, da gehe fürbass.
Wenn dich jemand will Weisheit lehren, da siehe in sein Angesicht. Dünket er sich noch, und sei er noch so gelehrt und noch so berühmt, lass ihn und gehe seiner Kundschaft müßig. Was einer nicht hat, das kann er auch nicht geben. Und der ist nicht frei, der da will tun können, was er will, sondern der ist frei, der da wollen kann, was er tun soll. Und der ist nicht weise, der sich dünket, dass er wisse; sondern der ist weise, der seiner Unwissenheit inne geworden und durch die Sache des Dünkels genesen ist.
Was im Hirn ist, das ist im Hirn; und Existenz ist die erste aller Eigenschaften.
Wenn es dir um Weisheit zu tun ist, so suche sie und nicht das deine, und brich deinen Willen und erwarte geduldig die Folgen.
Denke oft an heilige Dinge und sei gewiss, dass es nicht ohne Vorteil für dich abgehe und der Sauerteig den ganzen Teig durchsäuere.
Verachte keine Religion, denn sie ist dem Geist gemeint, und du weißt nicht, was unter unansehnlichen Bildern verborgen sein könne.
Es ist leicht zu verachten, Sohn; und verstehen ist viel besser.
Lehre nicht andre, bis du selbst gelehrt bist.
Nimm dich der Wahrheit an, wenn du kannst und lass dich gerne ihretwegen hassen; doch wisse, dass deine Sache nicht die Sache der Wahrheit ist, und hüte, dass sie nicht ineinander fließen, sonst hast du deinen Lohn dahin. Tue das Gute vor dich hin, und bekümmre dich nicht, was daraus werden wird.
Wolle nur einerlei, und das wolle von Herzen.
Sorge für Deinen Leib, doch nicht so, als wenn er deine Seele wäre.
Gehorche der Obrigkeit, und lass die andern über sie streiten.
Sei rechtschaffen gegen jedermann, doch vertraue dich schwerlich.
Mische dich nicht in fremde Dinge, aber die deinigen tue mit Fleiß.
Schmeichle niemand, und lass dir nicht schmeicheln. Ehre einen jeden nach seinem Stande, und lass ihn sich schämen, wenn er's nicht verdient.
Werde niemand nichts schuldig; doch sei zuvorkommend, als ob sie alle deine Gläubiger wären.
Wolle nicht immer großmütig sein, aber gerecht sei immer.
Mache niemand graue Haare, doch wenn du Recht tust, hast du um die Haare nicht zu sorgen.
Misstraue der Gestikulation, und gebärde dich schlecht und recht.
Hilf und gib gerne, wenn du hast, und dünke dir darum nicht mehr; und wenn du nicht hast, so habe den Trunk kalten Wassers zur Hand, und dünke dir darum nicht weniger.

Tue keinem Mädchen Leides und denke, dass deine Mutter auch ein Mädchen gewesen ist.
Sage nicht alles, was du weißt, aber wisse immer, was du sagest.
Hänge dich an keinen Großen.
Sitze nicht, wo die Spötter sitzen, denn sie sind die elendesten unter allen Kreaturen.
Nicht die frömmelnden, aber die frommen Menschen achte und gehe ihnen nach. Ein Mensch, der wahre Gottesfurcht im Herzen hat, ist wie die Sonne, die da scheinet und wärmt, wenn sie auch nicht redet.
Tue was des Lohnes wert ist, und begehre keinen. Wenn du Not hast, so klage sie dir und keinem andern.
Habe immer etwas Gutes im Sinn.
Wenn ich gestorben bin, so drücke mir die Augen zu und beweine mich nicht.
Stehe deiner Mutter bei und ehre sie so lange sie lebt und begrabe sie neben mir.
Und sinne täglich nach über Tod und Leben, ob du es finden möchtest, und habe einen freudigen Mut; und gehe nicht aus der Welt, ohne deine Liebe und Ehrfurcht für den Stifter des Christentums durch irgendetwas öffentlich bezeuget zu haben.

Dein treuer Vater.

Mahnende Worte für die Ewigkeit

Was ist wichtig im Leben? Geld, Ansehen, Erfolg, Schöne Dinge? Natürlich nicht. Und das ist auch nichts Neues. Neu ist im Jahr 1799, wie der Autor Matthias Claudius über die wirklich wichtigen Dinge im Leben schreibt: mit einfachen Worten, starken Bildern und viel Weisheit. Der „Brief an meinen Sohn Johannes" ist ein Brief voller wunderbar klarer und trotzdem poetisch formulierter Lebensweisheiten, die zeitlos gültig sind.
Matthias Claudius ist fast 60 Jahre alt und zwölffacher Vater, als er diese Zeilen schreibt. Johannes ist sein ältester Sohn, 16 Jahre alt, als der Brief geschrieben wird. Der jüngste Sohn Franziskus ist gerade erst fünf. Drei Kinder, zwei Söhne und eine Tochter, haben Claudius und seine Frau Anna Rebekka bereits begraben müssen. Kindersterblichkeit ist nichts Ungewöhnliches im 18. Jahrhundert, gerade bei ärmeren Leuten wie der Familie Claudius. Vater Matthias Claudius ist mit 60 schon ein betagter Mann, der nicht damit rechnen kann, noch viel älter zu werden. Er beginnt seinen Brief mit Gedanken an die eigene Vergänglichkeit, doch nicht er als Person ist das Zentrum dieses Vermächtnisses in Briefform, sondern das, was er seinem Sohn mit auf den Weg geben möchte: Aufrichtigkeit, Menschenkenntnis, zeitlose Werte.
Matthias Claudius ist Dichter und Journalist, er ist streng religiös und stellt die Familie ins Zentrum seines Lebens im Ort Wandsbek, heute ein Hamburger Stadtteil. Er schreibt für Zeitungen, und die dänische Königsfamilie, die seine Schriften mag, schustert ihm Geld und Aufträge zu, damit Claudius mit seiner Großfamilie über die Runden kommt. Er schreibt das Lied „Der Mond ist aufgegangen", das den Kindern besonders gut gefällt, und das Gedicht „Der Tod und das Mädchen", in dem es ebenfalls um Vergänglichkeit geht: „Vorüber! Ach vorüber! Geh wilder Knochenmann!", fleht das Mädchen den Tod darin an.
Nach dem „Brief an meinen Sohn Johannes" lebt Matthias Claudius noch mehr als 15 Jahre. Er muss in dieser Zeit kein weiteres Kind mehr begraben. Sein Sohn Johannes wird evangelischer Pfarrer. ■

1. Januar 1802

Friedrich Schiller an Johann Wolfgang von Goethe

Lassen Sie uns das neue Jahr mit den alten Gesinnungen und mit guter Hoffnung eröffnen. Es that mir sehr leid, daß ich den gestrigen Abend versäumen mußte; aber so kurz mein neulicher Anfall von Fieber und Cholera war, so hart hat er mich angegriffen, und die Schwäche die er zurückließ hat alle meine Krämpfe wieder rege gemacht.
Doch geht es jetzt viel besser und ich hoffe, der morgenden Vorstellung beiwohnen zu können. Haben Sie die Güte mir den Euripides, wenn Sie ihn jetzt nicht brauchen, wenigstens den Band, welcher Jon enthält, zu schicken. Er wird mir, da ich heute nichts anders unternehmen kann, eine angenehme Beschäftigung geben, und mir das morgende Stück geläufiger machen.

Zwei Theaterliebhaber

Friedrich Schiller hat es geschafft! Er muss nicht mehr von den Almosen seines Freundes Körner (siehe Seite 57–60) leben, er hat ein holdes Weib errungen und eine Familie gegründet, ist mit den wichtigsten Autoren seiner Zeit in engem Kontakt und hat sich als Autor und Intellektueller etabliert. Mit Johann Wolfgang von Goethe ist er sogar befreundet. Wie Goethe leben die Schillers jetzt in Weimar, sie haben ein schmuckes Bürgerhaus. Alles könnte so schön sein – Freude, schöner Götterfunke?
Fast. Schiller ist gesundheitlich angeschlagen, fängt sich immer wieder Infektionen ein. Malaria, eine Rippenfell- und Lungenentzünding hat er überstanden, obwohl es noch keine Antibiotika gibt. Lunge und Herz bleiben nachhaltig geschädigt. Er hat eine Entzündung im Bauchraum, die immer wieder aufflammt und ihn quält, wie Ärzte lang nach seinem Tod anhand seiner Briefe und des Obduktionsbefunds diagnostizieren. Besonders die privaten Notizen an Goethe geben wichtige Anhaltspunkte für die Diagnose. Immer wieder schildert Schiller seine Symptome
Den Silvesterabend 1801 will Schiller eigentlich mit Goethe verbringen, aber es geht ihm einmal mehr miserabel. Am nächsten Tag schreibt er Goethe von Fieber, Cholera und Krämpfen. Heute würde man einen Freund einfach anrufen, schlimmstenfalls auch nur eine Textnachricht schicken, aber 1802 muss ein Brief persönlich per Bote oder Laufbursche überbracht werden.
Schiller und Goethe gehen nicht nur gerne ins Theater, sie sind Theaterprofis. Goethe ist Betreiber des Weimarer Hoftheaters, Schiller ist Dramatiker und führt in seinen Stücken selbst Regie. Das Theater ist Schillers und Goethes Weimarer Lebensmittelpunkt. Trotz seiner desolaten Gesundheit am Neujahrsmorgen ist sich Schiller sicher, am 2. Januar die Vorstellung im Hoftheater besuchen zu können. Es ist eine Premiere: „Ion“ des griechischen Dichters Euripides steht auf dem Spielplan – nicht im griechischen Original, sondern in einer Übersetzung von August Wilhelm Schlegel. Schiller will den Tag im Bett nutzen, um das griechische Original noch einmal zu lesen, eine Geschichte über den Waisen Ion, der auf der Suche nach seinen Wurzeln ist.
Goethe antwortet noch am selben Tag mit einer kurzen Notiz und gibt dem Boten gleich das Buch mit. Er schreibt: „Wir haben Sie gestern sehr vermißt und um so mehr Ihre Abwesenheit bedauert, da wir denken mußten, daß Sie sich nicht ganz wohl befinden. Ich wünsche daß Sie morgen der Vorstellung beywohnen können. Hier schicke ich den verlangten Theil des Euripides. Es ist

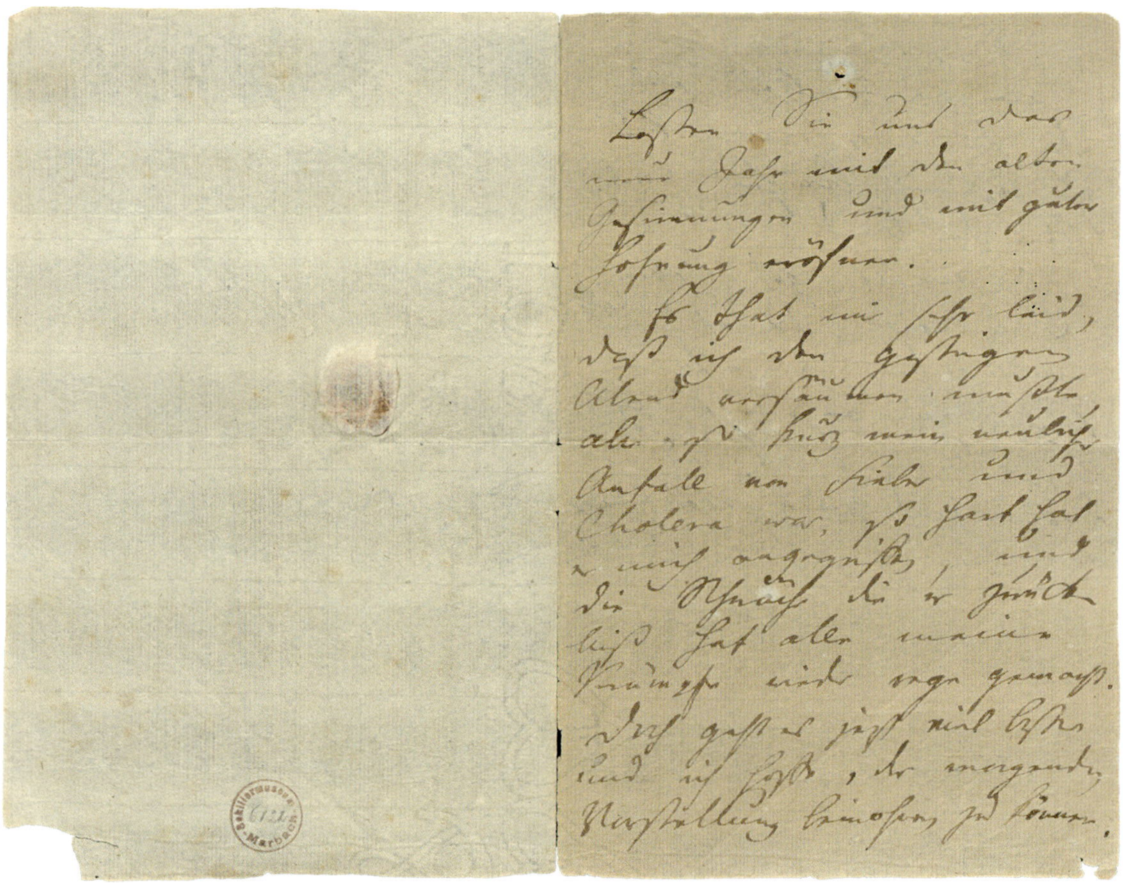
lassen Sie und das
neue Jahr mit den alten
Gesinnungen und mit guter
Hofnung anfangen.
Es that mir sehr leid,
daß ich den gestrigen
Abend versäumen mußte
aber es kam mir ein ähnlicher
Anfall von Fieber und
Cholera war, so hart hat
er mich angegriffen, und
die Schwäche die er zurück
ließ hat alle meine
Krämpfe wieder rege gemacht.
Doch geht es jetzt viel besser
und ich hoffe, der morgenden
Vorstellung beiwohnen zu können.

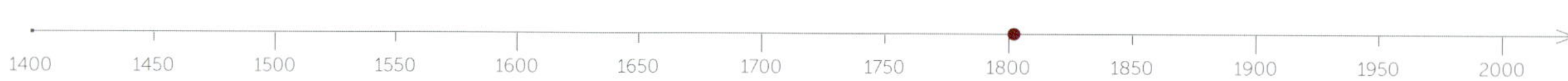

recht gut daß Sie das Original lesen, ich habe es dießmal noch nicht angesehen, ich hoffe die Vergleichung soll uns manche Betrachtung gewähren. Mit Freuden werde ich Sie auch im neuen Jahre bald wieder mündlich begrüßen und die Fortdauer unseres Verhältnisses zur guten Stunde feyern. Ich lege auch die Umrisse der Preisstücke bey, die ganz leidlich gerathen sind."

Es wird ein gutes Jahr, sowohl für Schiller als auch für Goethe. Die Freundschaft blüht, und sie ist von Ehrlichkeit geprägt, nicht von Angeberei oder Machotum. Goethe und Schiller können, das verraten die Briefe, zusammen arbeiten, feiern, diskutieren, lachen und – jammern. Am 2. Februar schreibt Goethe etwa an Schiller: „Da mir der Kopf von einer schlecht zugebrachten Nacht verwüstet ist, so ist heute nichts mehr mit mir anzufangen, und ich werde mich bald zur Ruhe begeben." Hangover, Weimar classic edition.

Schiller machen seine Krankheiten weiterhin zu schaffen. Er infiziert sich mit Tuberkulose. Am 1. Mai 1805 trifft er Goethe zum letzten Mal. Abends bricht er im Theater während der Vorstellung ohnmächtig zusammen. Am 9. Mai stirbt er. Goethe überlebt ihn um 27 Jahre und veröffentlicht den Briefwechsel zwischen ihm und seinem Freund noch zu seinen Lebzeiten. ■

15. Mai 1807

Königin Luise von Preußen an Herzog Karl zu Mecklenburg-Strelitz

Geliebter Vater!

Die Abreise des Generals Blücher giebt mir gottlob einmal eine sichere Gelegenheit, offenherzig mit Ihnen zu reden. Gott, wie lange entbehrte ich dieses Glück, und wie viel habe ich Ihnen zu sagen! Bis zur dritten Woche meines Krankenlagers war jeder Tag durch neues Unglück bezeichnet.
Die Sendung des vortrefflichen Blücher nach Pommern; der Patriotismus, der jetzt in jeder Brust sich regt, und von welchem die Reserve-Bataillons, die erst seit Monaten organisirt sind und theils schon vorgehen, theils schon gut gefochten haben, ein neuer Beweis sind – alles dies belebt mit neuen Hoffnungen. Ja; bester Vater, ich bin es überzeugt, es wird noch einmal Alles gut gehen, und wir werden uns noch einmal glücklich wiedersehen. Die Belagerung von Danzig geht gut, die Einwohner benehmen sich außerordentlich; sie erleichtern den Soldaten die großen Lasten, indem sie ihnen Wein, und Fleisch in Ueberfluß reichen, sie wollen von keiner Uebergabe sprechen hören; sie wollen lieber unter Schutt begraben werden, als untreu an dem König handeln; ebenso halten sich Colberg und Graudenz. Wäre es mit allen Festungen so gewesen! - - - - Doch genug von den vergangenen Uebeln; wenden wir unsre Blicke zu Gott, zu ihm, der unsre Schicksale lenkt, der uns nie verläßt, wenn wir Ihn nicht verlassen!
Der König ist mit dem Kaiser Alexander bei der Armee. Er bleibt bei derselben, so lange der Kaiser bleibt. Diese herrliche Einigkeit, durch unerschütterliche Standhaftigkeit im Unglück begründet, giebt die schönste Hoffnung zur Ausdauer; nur durch Beharrlichkeit wird man siegen, früh oder spät, davon bin ich überzeugt.

Luise.

Der Stoff, aus dem die Legenden sind

1807: Im Vierten Koalitionskrieg steht Frankreich mit seinen Verbündeten Preußen und Russland gegenüber. Die Truppen Napoleons haben bereits große Siege errungen und Berlin erobert. Ein Großteil des preußischen Königreichs ist verloren. Aber es geht nicht nur um die Zukunft Preußens, sondern Europas, das wissen alle Kriegsparteien.
Gerade das junge Königspaar Preußens war für diesen Krieg: Friedrich Wilhelm III. (1770-1840) und seine Frau Luise Herzogin zu Mecklenburg (1776-1810). Die kriegsbegeisterte Luise ist ein Popstar des Königreichs Preußen. Sie ist hübsch, leutselig, kommt bei Bürgern wie Adeligen gut an. Ihr Patriotismus begeistert die Bürger, ihr unermüdlich scheinender Kampf für Preußens gefährdetes Gloria bringt ihr nahezu kultische Verehrung ein.
Anfang des Jahres 1807 zeichnet sich ab, dass das Kräftemessen zugunsten Frankreichs ausgehen wird. Das

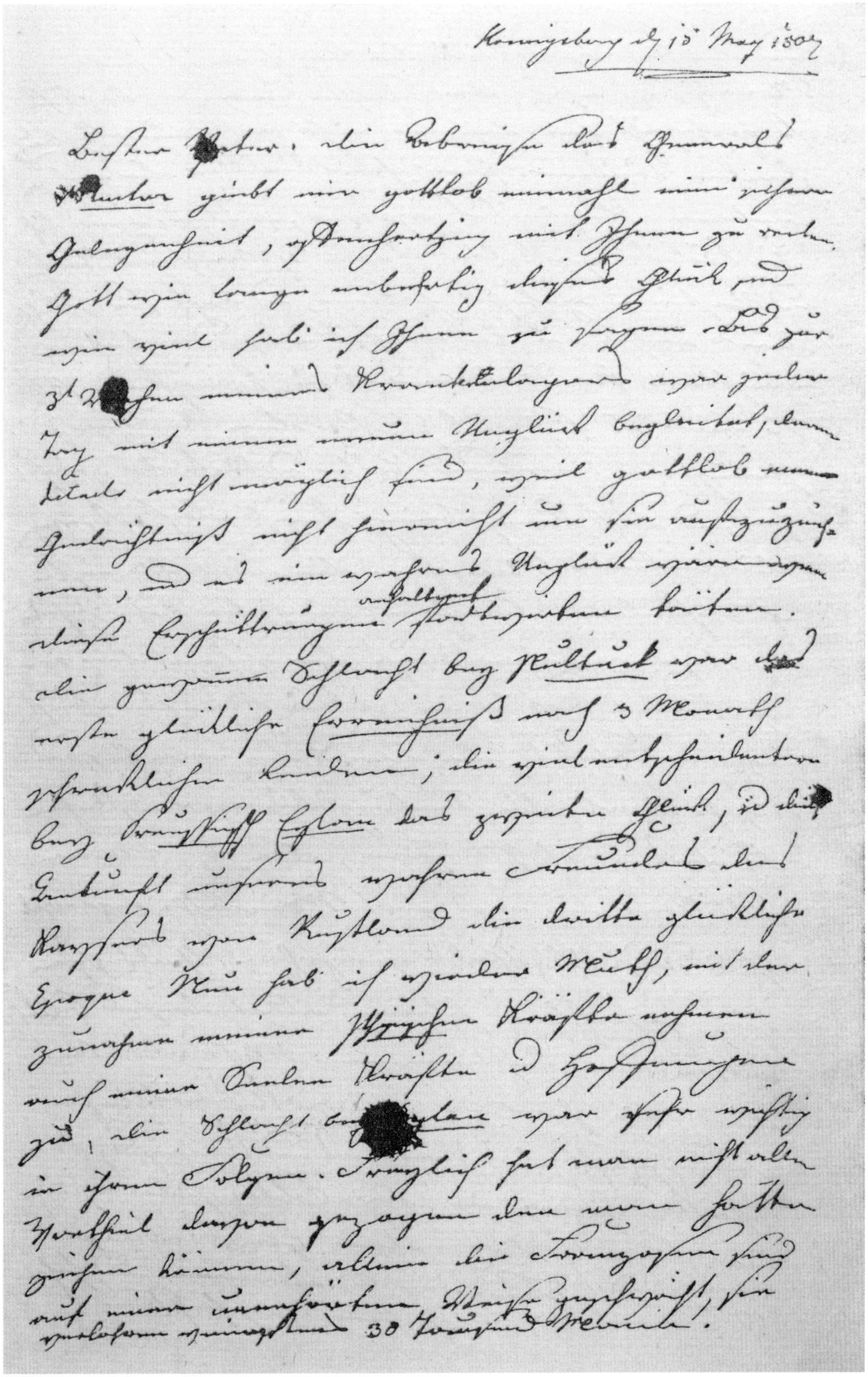

Königspaar und der Hofstaat sind aus der Hauptstadt geflohen. Die Königin hält sich im ostpreußischen Königsberg (heute Kaliningrad, Russland) auf. Die Festungen der ostpreußischen Orte Brieg, Schweidnitz und Breslau fallen. Luise erkrankt schwer an Typhus. Die französischen Truppen rücken auf Königsberg vor, die Schwerkranke weiß, dass sie wieder wird fliehen müssen. Am 5. Februar, bei eisigem Winterwetter, entkommt sie mit dem verbleibenden Hofstaat, in einer Kutsche liegend, über die Kurische Nehrung, eine Landzunge nördlich von Königsberg, in die Stadt Memel (heute Klaipeda, Litauen).

Luise schreibt vom Krankenlager in Memel Briefe an ihren Vater Herzog Karl zu Mecklenburg-Strelitz. Das Pikante ist, dass Herzog Karl dem Rheinbund beigetreten und damit ein Verbündeter Frankreichs ist, dem Kriegsgegner Preußens. Luise stört das nicht. Sie schreibt trotzdem nahezu nichts Privates oder Persönliches, sondern sie schreibt über den Krieg. Ihre lebensbedrohliche Krankheit ist ihr nur eine beiläufige Erwähnung wert. Sie gibt sich siegessicher, lobt die Armeen und die Bürger und die Städte, die sich trotz Belagerung nicht ergeben, und den Patriotismus. Hoffnungen setzt sie in den Generalfeldmarschall Gebhard Leberecht von Blücher – obwohl auch dieser schon Schlachten und Städte im Krieg hat verloren geben müssen.

In einem weiteren Brief ein paar Tage später hat Luise eine realistischere Einschätzung der Lage, und schreibt nach Hause: „Noch einmal, bester Vater, wir gehen unter mit Ehren, geachtet von Nationen, und werden ewig Freunde haben, weil wir sie verdienen. Wie beruhigend dieser Gedanke ist, läßt sich nicht sagen. Ich ertrage Alles mit einer solchen Ruhe und Gelassenheit, die nur Ruhe des Gewissens und reine Zuversicht geben kann. Deswegen sein Sie überzeugt, bester Vater, daß wir nie ganz unglücklich sein können, und daß Mancher, mit Kronen und Glück bedrückt, nicht so froh ist, als wir es sind. Gott schenke jedem Guten den Frieden in seiner Brust, und er wird noch immer Ursach zur Freude haben. Noch Eins zu Ihrem Trost, daß nie Etwas von unserer Seite geschehen wird, das nicht mit der strengsten Ehre verträglich ist, und was mit dem Ganzen gehet. Denken Sie nicht an einzelne Erbärmlichkeiten. Auch Sie wird das trösten, das weiß ich, so wie Alle, die mir angehören."

Am 14. Juni 1807 erringt Napoleon den entscheidenden Sieg gegen Preußen und Russland. Luise wird zu den Friedensverhandlungen nach Tilsit (heute Sowetsk, Russland) geschickt. Mit ihrer Schönheit und Sanftheit soll sie den grimmigen Kriegsherren besänftigen. Beim Monarchentreffen in Tilsit am 6. Juli 1807 macht sie wie erwartet eine gute Figur. 45 Minuten lang spricht sie mit Napoleon und setzt sich für ihr Land ein. Auch beim abendlichen Dinner versucht sie, die Friedensverhandlungen mit weiblichem Charme und Schlagfertigkeit zu beeinflussen. Aber – es funktioniert nicht. Unbeeindruckt und genervt von der jungen, politisch engagierten Königin diktiert Napoleon seine Bedingungen für den Frieden. Der preußische Hofstaat bleibt bis Ende 1809 in Königsberg. Luise erhält für ihr patriotisches Engagement viel Ehre und Respekt. Ihre Gesundheit aber leidet weiter. 1809 geht es zurück nach Berlin, 1810 sieht Luise ihren Vater wieder. Am 19. Juni 1810 stirbt sie, trotz ihrer langen Krankheitsgeschichte überraschend, auf Schloss Hohenzieritz, der Sommerresidenz ihres geliebten Vaters. ■

4. September 1809

Andreas Hofer an Simon Kapferer

An Ihro Hochwürden Herrn Pfarrer zu Kaltern Simon Kapferer!

Ich habe Eüer Hochwürden hiemit zu bedeiten dass Euer Wagen Wein welcher von einer Frau zu Innsbruck hötte sollen hinaus gefuert werden Ganz von die Landes Vertheidigungs Manschaft verbraucht worden! Dahero ist an selbige Frau keine Forderung zu machen. Wohl aber werde dies zu seiner zeit zu einer allfälligen Verguetung Jour b[ene].b[ene].H[eiligen].E[vangelisten]. Johann anzeigen.
indeßen geharre unter Höfl. empf mit gebührender Hochachtung
Eüer Hochwürden Ergebenster
Andreas Hofer obercomandant in dirolh

Sigel: Bozen den 4ten September 1809

Mit ihm das Land Tirol

Die Tiroler Bauern haben die Nase voll. Sie stellen im Jahr 1809 neun Zehntel der Bevölkerung Tirols, sie sind freie Menschen und Grundbesitzer, sie sind in Schützenverbänden organisiert und haben in Kriegen gekämpft. Sie sind emanzipiert, heimatverbunden, katholisch. Seit 1806 gehört Tirol zum Königreich Bayern. Dort hat Napoleon Bonaparte einen modernen Staat errichtet, dessen Verwaltungsfinger sich jetzt auch nach der Bergregion und den Alpenpässen ausstrecken. Alte Verbindungen der Region zum Habsburgerhof in Wien werden von München aus zerschlagen, der Tiroler Adel wird entmachtet, traditionelle Strukturen werden aufgelöst. Napoleons Kontinentalsperre trocknet die einst so wichtige Handelsstadt Innsbruck aus. Die Tiroler empfinden dies als Terror und Fremdherrschaft. Tiroler Männer werden für die Bayerische Armee zwangsrekrutiert. Das bringt das Fass der Unzufriedenheit zum Überlaufen.
Die Tiroler wehren sich mit einem Volkaufsaufstand, unterstützt vom Habsburgerreich. Einer der Anführer ist der Gastwirt und Viehhändler Andreas Hofer (1767-1810). Im April 1809 beginnen die Kämpfe. Im August 1809 ist ein Teil Tirols frei von französischer Herrschaft; mit Unterstützung Österreichs übernimmt Andreas Hofer im autonomen Gebiet die Selbstverwaltung. Es gibt eine eigene Währung und eine eigene Armee. Geld kommt unter anderem von den Innsbrucker Kaufleuten. Einer davon ist Josef Simon Kapferer, einer der reichsten und angesehensten Bürger der Stadt, der sein Geld mit Erzhandel und Hüttenwesen gemacht hat. Und wie einst die Fugger betätigt sich Kapferer jetzt als Bankier – für Andreas Hofer. Auch andere Männer aus der Familie Kapferer spielen eine Rolle im Tiroler Volksaufstand: Josef Kapferer, vermutlich der Vater des Kaufmanns Simon, dient 1809 als Schutzkommissar und Schützenmajor in Hofers Truppe und hat die Aufgabe, die Gegend um Scharnitz in Nordtirol zu halten.
Und dann gibt es noch den Pfarrer Simon Kapferer aus Kaltern in Südtirol, an den Hofers Brief gerichtet ist. Der Pfarrer hält nicht viel vom Volksaufstand und will ihn

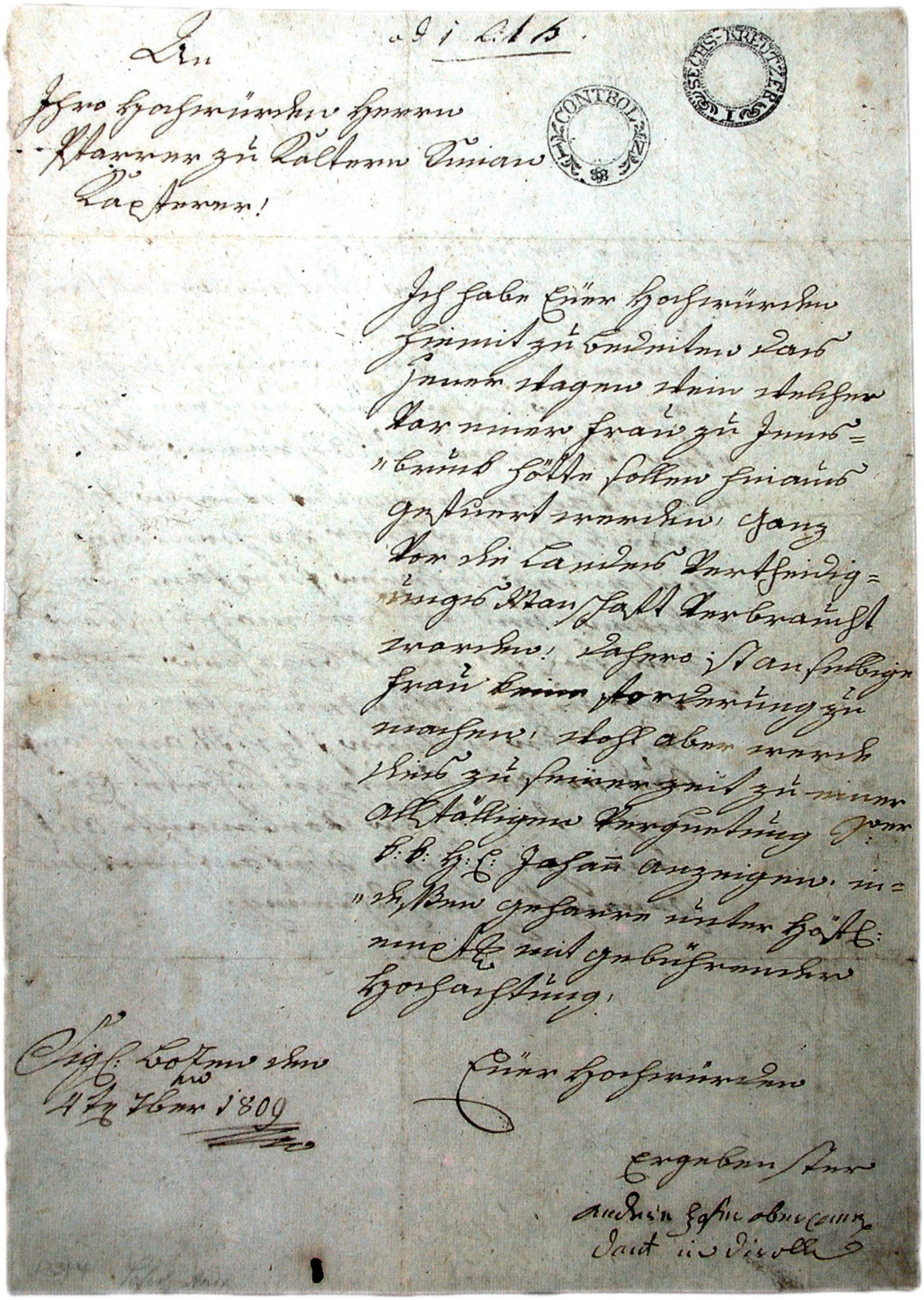
SECHS KREUTZER
CONTROL
1809

weder moralisch noch sonstwie unterstützen. Er tut es trotzdem – unfreiwillig. Denn eine Wagenladung guten Südtiroler Weines, die der Pfarrer nach Innsbruck schickt, kommt nicht am Ziel an, sondern wird von den Aufständischen konfisziert und ausgetrunken. Dies schreibt Hofer jedenfalls an den Pfarrer, damit dieser der Frau, die für die Lieferung zuständig war, keinen Vorwurf macht.

Nur ein paar Wochen später ist es vorbei mit der Unabhängigkeit. Der Habsburgerkaiser Franz II. verzichtet auf Tirol und gibt damit auch die Unterstützung für die Aufständischen auf. Französische Truppen marschieren in Tirol ein; im Winter werden die letzten Schlachten geschlagen. Der Freiheitskämpfer Hofer versteckt sich, wird aber verraten, verhaftet und am 20. Februar 1810 hingerichtet. ■

6. und 7. Juli 1812

Ludwig van Beethoven an die „Unsterbliche Geliebte"

6./7. Juli
am 6ten Juli, Morgends.

Mein Engel, mein alles, mein Ich. - nur einige Worte heute, und zwar mit Bleystift - (mit deinem) - erst bis morgen ist meine Wohnung sicher bestimt, welcher Nichtswürdige Zeitverderb in d.g [in dergleichen]. - warum dieser tiefe Gram, wo die Nothwendigkeit spricht -
Kann unsre Liebe anders bestehn als durch Aufopferungen, durch nicht alles verlangen, kannst du es ändern, daß du nicht ganz mein, ich nicht ganz dein bin - Ach Gott blick in die schöne Natur und beruhige dein Gemüth über das müßende - die Liebe fordert alles und gantz mit recht, so ist es mir mit dir, dir mit mir - nur vergißt du so leicht, daß ich für mich und für dich leben muß, wären wir gantz vereinigt, du würdest dieses schmerzliche eben so wenig als ich empfinden - meine Reise war schrecklich ich kam erst Morgens 4 Uhr gestern hier an, da es an Pferde mangelte, wählte die Post eine andere Reiseroute, aber welch schrecklicher Weg, auf der vorlezten Station warnte man mich bej nacht zu fahren, machte mir einen Wald fürchten, aber das Reizte mich nur - und ich hatte Unrecht, der Wagen musste bej dem schrecklichen Wege brechen, grundloß, bloßer Landweg, ohne 2 solche Postillione, wie ich hatte, wäre ich liegengeblieben
Unterwegs - Esterhazi hatte auf dem andern gewöhnlichen Wege hirhin dasselbe schicksal mit 8 Pferden, was ich mit vier. - jedoch hatte ich zum Theil wieder Vergnügen, wie imer, wenn ich was glücklich überstehe. - nun geschwind zum innern zum aüßern, wir werden unß wohl bald sehn, auch heute kann ich dir meine Bemerkungen nicht mittheilen, welche ich während dieser einigen Tage über mein Leben machte - wären unser Herzen imer dicht an einander, ich machte wohl d.g. die Brust ist voll dir viel zu sagen - Ach - Es gibt Momente, wo ich finde daß die sprache noch gar nichts ist - erheitre dich - bleibe mein treuer eintziger schaz, mein alles, wie ich dir das übrige müßen die Götter schicken, was für unß sejn muß und sejn soll.
dein treuer ludwig.

Abends Montags am 6ten Juli
Du leidest du mein theuerstes Wesen - eben jezt nehme ich wahr daß die Briefe in aller Frühe aufgegeben werden müßen. Montags Donnerstags - die eintzigen Täge wo die Post von hier nach K. [Karlsbad] geht - du leidest - Ach, wo bin ich, bist du mit mir, mit mir und dir werde ich machen daß ich mit dir leben kann, welches Leben!!!! so!!!! ohne dich - Verfolgt von der Güte der Menschen hier und da, die ich mejne - eben so wenig verdienen zu wollen, als sie zu verdienen - Demuth des Menschen gegen den Menschen - sie schmerzt mich und wenn ich mich im zusamenhang des Universums betrachte, was bin ich und was ist der - den man den größten nennt - und doch - ist wieder hierin das Göttliche des Menschen - ich weine wenn ich denke daß du erst wahrscheinlich Sonnabends die erste Nachricht von mir erhältst - wie du

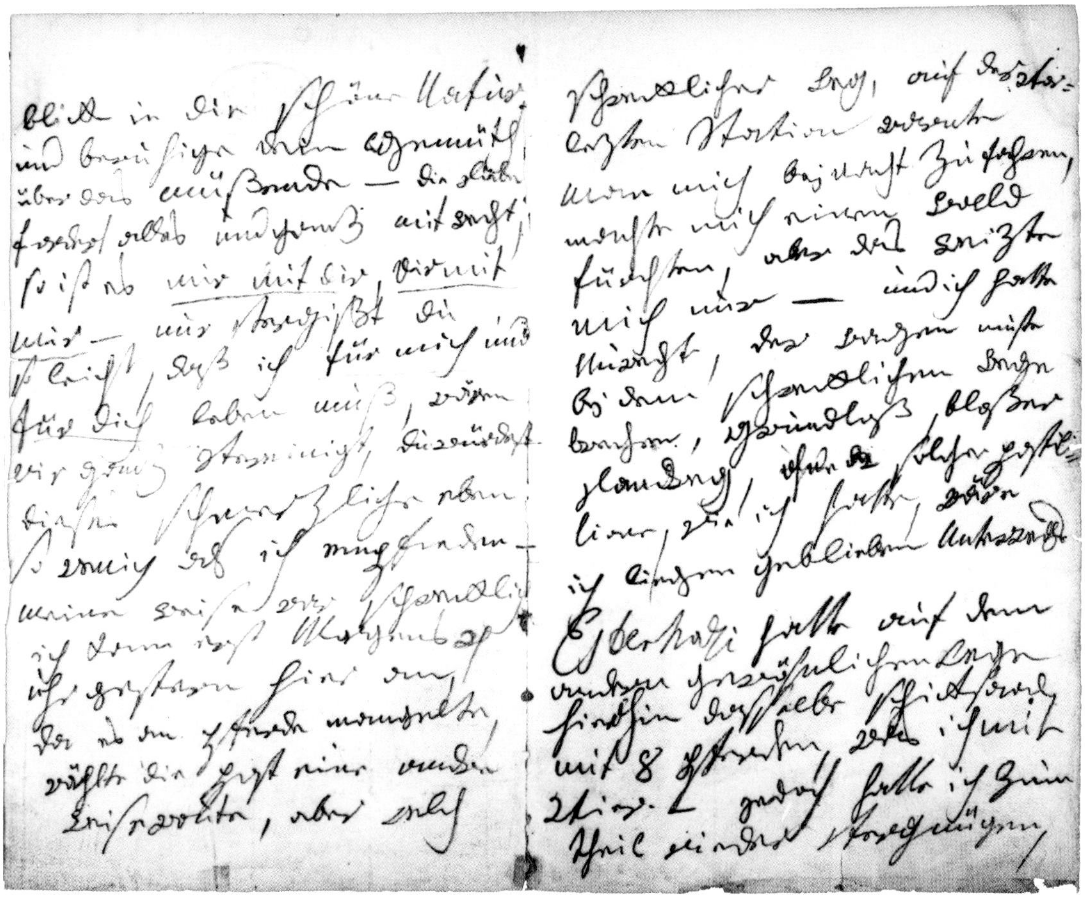

blick in der schönen Natur
und beruhigen sie dein Gemüth
über das müssende — die Liebe
fordert alles und ganz mit recht,
so ist es mir mit dir, dir mit
mir — nur vergißt du
so leicht, daß ich für mich und
für dich leben muß, wären
wir ganz vereinigt, du würdest
dieses schmerzliche eben
so wenig als ich empfinden —
meine Reise war schrecklich
ich kam erst Morgens 4
uhr gestern hier an,
da es an Pferden mangelte,
wählte die Post eine andere
Reiseroute, aber welch

schrecklicher Weg, auf der vor-
letzten Station warnte
man mich bey Nacht zu fahren,
machte mich einen Wald
fürchten, aber das reizte
mich nur — und ich hatte
unrecht, der Wagen mußte
bey dem schrecklichen Wege
brechen, grundloß, bloßer
Landweg, ohne solche Postil-
lione, wie ich hatte, wäre
ich liegen geblieben unterwegs
Esterhazi hatte auf dem
andern gewöhnlichen Wege
hierhin dasselbe Schicksaal
mit 8 Pferden, was ich mit
vier — jedoch hatte ich zum
Theil wieder Vergnügen,

mich auch liebst - stärker liebe ich dich doch - doch nie verberge dich vor mir - Gute Nacht - als Badender muß ich schlafen gehn - Ach GOTT - so nah! so weit! ist es nicht ein wahres Himels-Gebäude unsre Liebe - aber auch so fest, wie die Veste des Himels.

guten Morgen am 7ten Juli -
schon im Bette drängen sich die Ideen zu dir meine Unsterbliche Geliebte, hier und da freudig, dann wieder traurig. Vom Schicksaale abwartend, ob es unß erhört - leben kann ich entweder nur gantz mit dir oder gar nicht, ja ich habe beschlossen in der Ferne so lange herum zu irren, bis ich in deine Arme fliegen kann, und mich ganz heimathlich bei dir nennen kann, meine Seele von dir umgeben ins Reich der Geister schicken kann - ja leider muß es sejn - du wirst dich fassen um so mehr, da du meine Treue gegen dich kennst, nie eine andre kann mein Herz besizen, nie - nie -
O GOTT warum sich entfernen müßen, was man so liebt und doch ist mein Leben in V. so wie jezt ein kümerliches Leben -
Deine Liebe macht mich zum glücklichsten und zum unglücklichsten zugleich in meinen Jahren jezt bedürfte ich einiger Einförmigkeit Gleichheit des Lebens - kann diese bej unserm Verhältniße bestehen? -
Engel, eben erfahre ich, daß die Post alle Tage abgeht - und ich muß daher schließen, damit du den B. gleich erhälst - sej ruhig, nur durch Ruhiges beschauen unsres Dasejns können wir unsern Zweck zusamen zu leben erreichen -
sej ruhig - liebe mich - heute - gestern - Welche Sehnsucht mit Thränen nach dir - dir - dir - mein Leben mein alles - leb wohl - o liebe mich fort - verken nie das treuste Herz
deines Geliebten
L.
ewig dein
ewig mein
ewig unß

Romantisches Rätsel

Zur Liebe gehören immer zwei. Einer von zweien einer heißen Affäre des Jahres 1812 ist bekannt: der Komponist Ludwig van Beethoven (1770-1827). Die Frau, der er in dem Liebesbrief vom 6. und 7. Juli seine ganz große Liebe gesteht, ist bis heute nicht sicher identifiziert – sogar das Jahr, in dem Beethoven den Brief geschrieben hat, wurde erst rekonstruiert und bewiesen durch eine Analyse des Wasserzeichens auf dem Papier. Die Unbekannte ist als „Unsterbliche Geliebte" in die Musikgeschichte eingegangen. Beethovens Brief an sie gilt als bedeutendstes persönliches Dokument seines Nachlasses; außer in seiner Musik hat er nie so tief in seine Seele blicken lassen. Er, der nie verheiratet war und eine Affäre nach der anderen hatte, war zumindest einmal bis in die Haarspitzen verliebt.
Mit kriminalistischer Genauigkeit lief und läuft die Suche nach der Frau, die Beethovens Herz so entflammt hat. Die Affäre muss, so der aktuelle Forschungsstand, am 3. Juli 1812 in Prag ihren Anfang genommen haben. Beethoven reiste dann mit der Postkutsche weiter nach Teplitz, wo er zur Kur ging. Mit 42 Jahren war er kein Jungspund,

und Kuren waren ausgesprochen angesagt. Auch die Unsterbliche Geliebte fuhr auf Kur – nach Karlsbad (heute Karlovy Vary, Tschechien). Zur selben Zeit kurte dort auch Goethe.

Einige Frauen kommen als die Unsterbliche Geliebte in Frage. Historiker und Musikwissenschaftler stöberten im Nachlass und den Biografien all dieser Frauen und fanden bei keiner einen sicheren Nachweis dafür, dass sie Beethovens Herzblatt war. Eine wahrscheinliche Kandidatin ist Josephine Stackelberg, geborene Brunsvick. Beethoven und sie kannten sich seit 1804, da war Josephine gerade frisch verwitet. Beethoven gab ihr in Wien Musikunterricht und schrieb der gebürtigen Ungarin zahlreiche Liebesbriefe. Ihre Familie war jedoch gegen die Beziehung. Sogar bei einer verwitweten vierfachen Mutter hatte im Jahr 1812 die Familie mitzureden, mit wem sie eine Beziehung einging. Josephine heiratete nicht Beethoven, sondern einen Baron Stackelberg. Auch der war der Familie nicht gut genug, da er Protestant war, doch in die Hochzeit mussten sie einwilligen – Josephine war wieder schwanger. Die Ehe zerbrach schon 1812. Stackelberg verließ seine Frau und die zwei gemeinsamen Kinder. Im Sommer 1812 plante sie eine Reise nach Prag, dann gibt es Lücken in ihrem Tagebuch. War sie es, die sich in Prag mit Beethoven getroffen hat? Wollte sie die alte Beziehung wieder aufleben lassen? Es ist nicht klar. Klar ist nur, dass sie kein Paar wurden. Und dass Josephine genau neun Monate später eine Tochter zur Welt brachte.

Aber war es wirklich Josephine, die Beethoven fast die Sinne raubte? Oder war es gar ihre Schwester Therese? Die Dichterin und Goethe-Freundin Bettina von Arnim? Oder Beethovens langjährige Muse und Freundin Antonie Brentano? Oder eine ganz andere Frau, die unbekannt geblieben ist? Gerade diese Rätsel sind es, die Beethovens Liebesbrief so romantisch erscheinen lassen. ■

22. Mai 1821

E.T.A. Hoffmann an Theodor Gottlieb von Hippel d.J.

So eben erhalte ich die Eintrittskarte zum neuen Theater für sechs Personen, so daß für Dich, Frau und Tochter nebst dem RR Drense gesorgt ist und ich mich mit meiner Frau anschließen kann. Ist es Dir daher gefällig, mich um 11½ Uhr abzurufen, so werde ich sogleich mit meiner Frau aus der Höhe hinabhüpfen und Dich nach dem Theatrum et Odeum geleiten.
Den freundlichsten gut Morgen

D. 22. May 1821

Freundschaftsdienste

Ein Society-Event steht bevor: In Berlin wird das neue Schauspielhaus am Gendarmenmarkt eröffnet. Der angesagteste Architekt der Stadt, Karl Friedrich Schinkel, hat den neuen Musentempel entworfen, und der Bau ist schon vor der ersten Vorstellung Stadtgespräch. Die Premierenvorstellung ist für den 26. Mai 1821 geplant, mit einem Stück des angesagtesten deutschsprachigen Dichters Johann Wolfgang von Goethe: „Iphigenie auf Tauris". Der Bau ist ganz dem Klassizismus verpflichtet und zitiert antike Tempel, passenderweise spielt auch das Eröffnungsstück in der Antike. Auf dem Portal weist eine lateinische Inschrift den Bau als „Theatrum et Odeum" (Schauspiel- und Konzerthaus) aus.
Doch schon vor dem Gala-Abend mit König und Adeligen zieht das Haus Besucher an: Es darf ab dem 23. Mai besichtigt werden. Nicht jeder bekommt Zutritt, man muss sich im Voraus ein Ticket besorgen. Das ist nicht ganz leicht, zumal für alle, die nicht in Berlin sind, als die Tickets verteilt werden, wie der Politiker Theodor Gottlieb von Hippel (1775-1843). Aber wohl dem, der gute Freunde hat wie den Schriftsteller, Dirigenten und Kammergerichtsrat E.T.A. Hoffmann (1776-1822). Hoffman besorgte nicht nur Tickets für sie beide, sondern auch für ihre Ehefrauen, eine Tochter Hippels und einen weiteren Freund, einen Regierungsrat Drense. Obwohl Hippel so etwas wie ein Polit-Promi ist und Hoffman ein armer Schlucker, gehen Hoffmanns und Hippels ungezwungen miteinander um. Hippels sollen einfach „abrufen" (unten an der Tür klingeln), dann würden Hoffmanns herunterkommen.
Hoffmann und Hippel kennen sich seit ihrer Jugend, 1803 zeichnete Hoffmann sie beide als die römischen Zwillinge Castor und Pollux. Fast 30 Jahre später unterzeichnet er die Notiz an den Freund nicht mit seinem Namen, sondern mit einer Zeichnung seines Profils. Beide sind Juristen in Preußen und unterstützen sich gegenseitig – bei Kleinigkeiten wie Eintrittskarten oder auch bei der Jobsuche, denn Hippel schanzt Hoffmann 1814 eine gut bezahlte Stelle zu. Er hält auch zu Hoffmann, als der nicht lange nach dem Theaterbesuch wegen eines satirischen Textes in Schwierigkeiten gerät und vor Gericht gestellt werden soll. Es gelingt Hippel durch seinen Einfluss, die Gerichtsverhandlung hinauszuzögern, denn er weiß: Hoffmann ist dem Tod geweiht, hat Syphilis im Endstadium. Am 25. Juni 1822 stirbt Hoffmann. Hippel, sein Seelenzwilling, wacht am Totenbett. ■

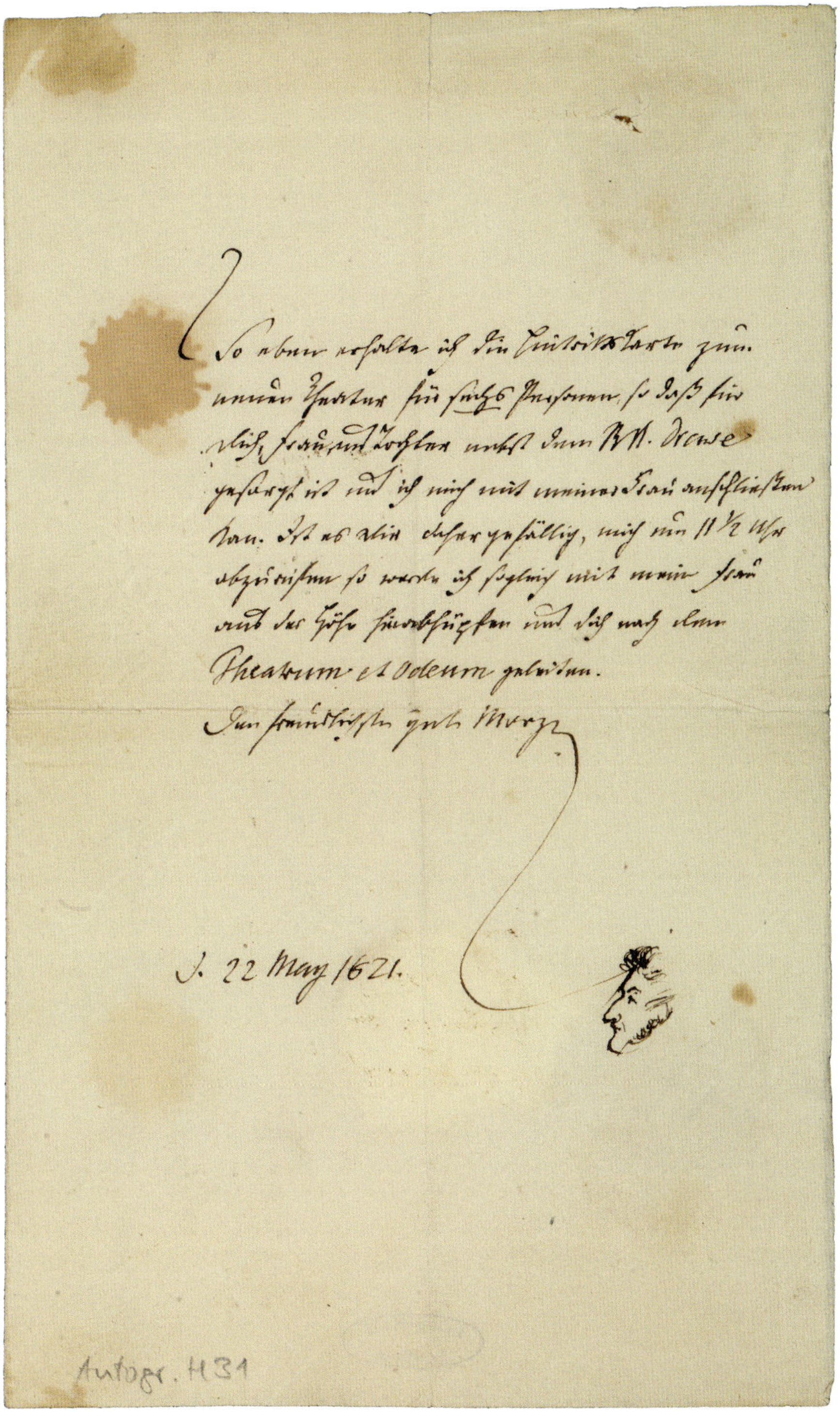

So eben erhalte ich die Zutrittskarte zum
neuen Theater für sechs Personen, so daß für
dich, Frau und Tochter nebst dem KR. Drewse
gesorgt ist und ich mich mit meiner Frau anschließen
kann. Ist es also dir daher gefällig, mich um 11 1/2 Uhr
abzurufen so werde ich sogleich mit meiner Frau
aus der Höhe herabsteigen und dich nach dem
Theatrum et Odeum geleiten.
Den freundschaftlichsten guten Morgen

d. 22 May 1821.

12. Juli 1823

Ludwig van Beethoven an Franz Anton Stockhausen

Hezendorf am 12ten Jul. 1823 auf'm Lande

Euer Wohlgebohrn!

Indem sie mich beehren mit einem schreiben, sage ich ihnen, daß mir ihr schreiben ihren Guten willen für mich gezeigt hat, ich wünschte nur all dieses wirklich zu verdienen, was sie glauben von mir sagen zu können – die gute Aufnahme von <von>des <C.>S[chlösser] bei Cherubini erfreut mich, ich wünschte nur Cherub. So sehr als es mir möglich immer meine Achtung zu bezeigen, aber – Vita brevis, Ars longa – übermäßige Beschäftigungen – hindern öfter das wünschenswertheste – meine Meße betreffend, so hatte man mir gerathen eine Subscript.[ion] dazu zu eröfnen, bis hierher ward sie nur im Manus. ausgegeben; auf diese weise haben der König in Frankreich, der Kaiser in Rusland etc noch einige ander Souver. subscribirt; bis sie im Stich erscheint, dies wird noch lange dauren; ich habe ihnen <zu diesem Ende> einen Subscript. Bogen mitgetheilt, sollten sich noch welche finden so würde es mir lieb seyn # jedoch keine Verleger, welche Natürlich nur Mißbrauch davon machen würden – #, indem ich zum Theil auch wegen meinen Umständen eine solche Subs. eröfnet habe, da mein Gehalt hier ohne Gehalt ist, u. ich s[chon] 4te halb Jahre immer kränklich bin, ich habe obendrein jetzt seit 4te halb Monathen eine Augenkrankheit. Ich bitte sie doch nachzuforschen oder gar in die pettites Affiches einrücken zu laßen, ob sich nicht ein großer liebhaber der Musick in Paris befinde, welcher Dentiste (Zahnarzt[)] ist, <der> ich erhielt von diesem Manne vergangenen Sommer einen Brief, welcher wirklich mit sachkenntniß u. liebe Für die Kunst geschrieben war, ein unglücklicher Zufall raubte mir einen ziemlichen theil meiner Papire dieses Semesters, worunter auch der Brief von diesem Zahnarzte (Dentiste) leider von Paris, leider ist sein Nahme mir ganz aus dem Gedächtniß entwichen, u. so bin ich nicht einmal im Stande diesen so herzlich gutgemeynt[en] Brief zu beantworten, vielleicht finden sie e[ine] spur davon, u. hoffe von ihrer Güte mich da[rü]ber z[u] benachrichtigen.
Vi-de # dieser M[.onsieur] Dentiste scheint mehr Instrumental als Vokal Liebhaber zu seyn – von der Sonate in A [–] dies heißt aus Miniatur FrescoMahler[ey] machen, senden sie selbe nur immerhin auf dem Postwagen, u. ich werde dann schon sehen, <was> wie weit es <sich> mit einer solchen Metamorphose kommen könne – ich empfehle mich bestens ihrer Sängerin der Adelaide u. allen meinen Hr. Brüdern – ich danke ihnen für die Unverdiente Liebe, welche sie mir zeigen, u. bin herzlich
Ihr Ergebener Diener
Beethoven

alle Briefe an mich brauchen gar nichts als „an l. v. Beethoven in Vien" wo ich alle richtig erhalte

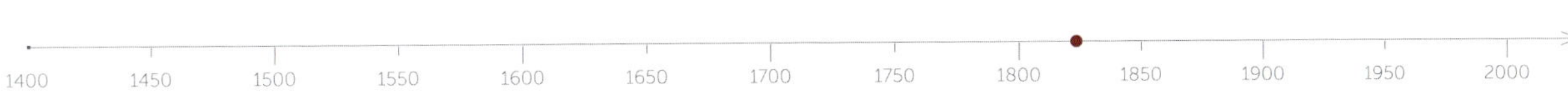
1400
1450
1500
1550
1600
1650
1700
1750
1800
1850
1900
1950
2000

[Einlageblatt, Seite 1] Nachschrift.
Ich kann wohl denken, daß <sie gar keinen> der Preiß zu hoch ist, um subscrib. oder prenumeranten zu finden – allein sie würden mich verbinden, mir zu schreiben, ob <man> sie wohl einen verleger in Paris finden würden, der die Meße erst in anderthalb Jahren für ein Honorar für 1000 c.m. (im Französisch.[en] Geld weiß ich nicht wieviel) heraus geben würde in Partitur, so viel war mir vorher, ehe ich die Subscription eröfnete, in Deutschland, gebothen, <im>oder im Falle man Eine prenumeration auf <die gestochene> eine zu stechende Partitur eröfnen wolle, man wohl in Paris dazu prenumeranten finden würde, es versteht sich, daß alsdenn ein ganz anderer viel geringerer Preiß gesetzt werde, vielleicht ließ sich beydes vereinigen nemlich: daß man für eine große Anzahl von Prenumeranten vom verleger um einen viel bedeutenden geringern [Preis] so viel Exemplare erhielt als man für die prenumeranten nöthig hätte – wie schwer fallen mir d.g. Speculation. allein mein geringer Gehalt meine Kränklichk. erfordern Anstrengung ein beßres Looß zu erhalten, zudem lebe ich nicht eigennüzig für mich allein, ich sorge für meines Bruders hinterlaßene waise, die Erziehung ist hier sehr kostspielig, u. noch oben drein gehindert durch Anstalten, da mein lieber angenommener sohn gänzlich den wissenschaften ergeben ist, so hat er selbst auch nach meinem Tode Unterstützung nöthig, wofür denn auch gesorgt werden muß – H.[errn] Schlößer sagen sie nichts von diesen Projekten, Es ist beßer über vieles zu schweigen, denn was man heraussagt gehört einem nicht mehr zu – doch grüßen sie Herrn S.[chlösser] von mir – Behutsamkeit ist überhaupt in ansehung meiner nöthig, da ich so sehr dem Neide u. der Verfolgung ausgesetzt bin.

[Adressenseite]
A Monsieur Monsieur François Stockhaarn Musicien cèlebre a Paris (en France) Rue Paradis Poisonniére No. 18.
[Vermerk von fremder Hand:] arrive on Cet Etat au 13 aut.
[links unten] an Schlößer nächstens.

Musikalische Erbstücke

Anfang des Jahres 2012 feiert das Brahms-Institut an der Musikhochschule Lübeck: Die Forschungsstelle hat den Nachlass der Musikpädagogin Renate Wirth (1920-2011) geerbt. Darin befindet sich auch ein Brief des Komponisten Ludwig van Beethoven (1770–1827), der bisher im Original nicht für die Forschung zugänglich war und verschollen galt.
Doch alle, die in dem so lange verwahrten Schreiben einen Hinweis auf die rätselhafte Unsterbliche Geliebte erwarten, werden enttäuscht: Es geht in dem Brief in keinem Wort um die Amouren Beethovens. Der Brief ist eher traurig. Denn Beethoven, 53 Jahre alt, ist knapp bei Kasse und kränkelt, als er 1823 an einen Musikerfreund nach Paris schreibt und ihn bittet, Kunden zu akquirieren. Beethoven arbeitet an einer Messe, seiner „Missa Solemnis", die er selbst für sein bedeutendstes Werk hält, und wird das Notenmaterial bei einem Musikverlag herausbringen. Er verdient mehr und die Auflage steigt, wenn er „Subscribenden" findet, Kunden, die das Stück schon vorab bestellen und auch bezahlen. Franz Anton Stockhausen (1789-1868), Komponist und Harfenist, soll seine Kontakte in Paris nutzen, um Werbung für Beethovens

Messe zu machen. Beethoven klagt, dass das Marketing schwerfällt und er wenig verdient, aber dafür krank ist. Er erwähnt eine Augenkrankheit; tatsächlich ist Beethoven zu dieser Zeit schon fast völlig taub und leidet an einer chronischen Leber-Erkrankung. Von seinem Bruder, einem Wiener Apotheker, hat er sich schon Geld geliehen, doch es reicht nicht, er sucht neue Mäzene.

Beethoven faltet den Brief zusammen und versiegelt ihn mit rotem Wachs. Doch dann entscheidet er sich anders, bricht das Siegel nochmals auf und legt einen zusätzlichen Zettel in den Brief. Darin bittet er Stockhausen, er solle sich in Paris nach einem Verleger erkundigen, der günstigere Preise anbietet als das aktuelle Angebot, das Beethoven vorliegt. Er schreibt auch, warum er wirklich Geld braucht: Sein Neffe braucht eine Ausbildung. Beethoven ist unverheiratet und kinderlos, die Vormundschaft für den Neffen Karl hat er sich von seiner Schwägerin erstritten. Auch für Karl also, nicht nur für die eigenen Arztrechnungen, braucht Beethoven also Subskribenden und ein gutes Verlagsangebot. Er versiegelt den Brief ein weiteres Mal und schickt ihn ab.

Die „Missa Solemnis" wird erst ein Jahr später in Teilen uraufgeführt. Beethoven, bereits taub, hört sie nie klingen. Erst 1830 wird die Messe erstmals in einer Kirche gespielt – da ist Beethoven bereits verstorben. Karl van Beethoven geht zum Militär und lebt später vom Erbe seines Onkels. Franz Stockhausens berühmtester Sohn Julius wird Sänger und Dirigent (siehe Seite 119). Die Stockhausens bleiben eine musikalische Familie. Den Brief von Beethoven geben sie von Generation zu Generation weiter, bis die direkte Nachfahrin Renate Wirth ihn mitsamt ihrem Nachlass, in dem sich auch Julius Stockhausens Dirigentenstab befindet, an das Lübecker Institut vermacht. Der Marktwert des Briefs, in dem Beethoven seine Geldnot offenbarte, wird heute auf etwa 150000 Euro geschätzt. ■

Mai 1826

Das Mägdelein an den Rittmeister des 4. Eskadron des 6. Chevauxlers-Regiment in Nürnberg

Das Kind ist schon getauft/ sie Heist Kasper in Schreib/ name misen sie im selber/ geben das Kind möchten/ Sie auf Zihen sein Vater/ ist ein Schwolische gewesen/ wen er 17 Jahr alt ist so/ schicken sie im nach Nirnbe-/ rg zu 6ten Schwolische/ Begiment da ist auch sein/ Vater gewesen ich bitte um/ die erzikung bis 17 Jahre/ gebohren ist er im 30 Aperil/ 1812 im Jaher ich bin ein/ armes Mägdlein ich kan/ das Kind nicht ernehren/ sein Vater ist gestorben

Geleitbrief
Von der Bäiernschen Gränz Daß Orte ist unbenant 1828.

Hochwohlgebohner Hr. Rittmeister!

Ich schicke ihnen ein Knaben der möchte seinen König getreu dienen verlangte Er, dieser Knabe ist mir gelegt worden, 1812 den 7 Ocktober, und ich selber ein armer Taglöhner, ich habe auch selber 10 Kinder, ich habe selber genug zu tun das ich mich fortbringe, und seine Mutter hat nur um die erziehung daß Kind gelegt, aber ich habe sein Mutter nicht erfragen Könen, jetz habe ich auch nichts gesagt, daß mir der Knabe gelegt ist worden, auf den Land-gericht. Ich habe mir gedacht ich müsste ihm für mein Sohn haben, ich habe ihm Christlichen Erzogen, und habe ihm Zeit 1812 Keinen Schrit weit aus den Haus gelaßen daß Kein Mensch nicht weiß davon wo Er auf erzogen ist worden, und Er selber weiß nichts wie mein Hauß Heißt und daß ort weiß er auch nicht, sie dürfen ihm schon fragen er kan es aber nicht sagen, daß lessen und schreiben Habe ich ihm schon gelehrte er kann auch mein Schrift schreiben wie ich schreibe, und wan wir ihm fragen was er werde so sagte er will auch ein Schwolische werden waß sein Vater gewessen ist, Will er auch werden, wen er Eltern hatten wie er keine hatte wer er ein gelehrter bursche worden. Sie dürfen im nur was zeigen so kann er es schon. Ich habe im nur bis Neumark geweißt da hat er selber zu ihnen hingehen müßen ich habe zu ihm gesagt wen er einmal ein Soldat ist, kome ich gleich und suche ihm Heim sonst häte ich mich von mein Hals gebracht
Bester Hr. Rittmeister sie dürfen ihm gar nicht tragtiren er weiß mein Orte nicht wo ich bin, ich habe im mitten bey der nacht fort gefurth er weiß nicht mehr zu Hauß,
Ich empfehle mich gehorsam Ich mache mein Namen nicht Kuntbar den ich könnte bestraft werden,
Und er hat Kein Kreuzer geld nicht bey ihm weil ich selber nichts habe wen Sie im nicht Kal-ten [behalten] so müssen Sie im abschlagen oder in Raufang aufhänggen

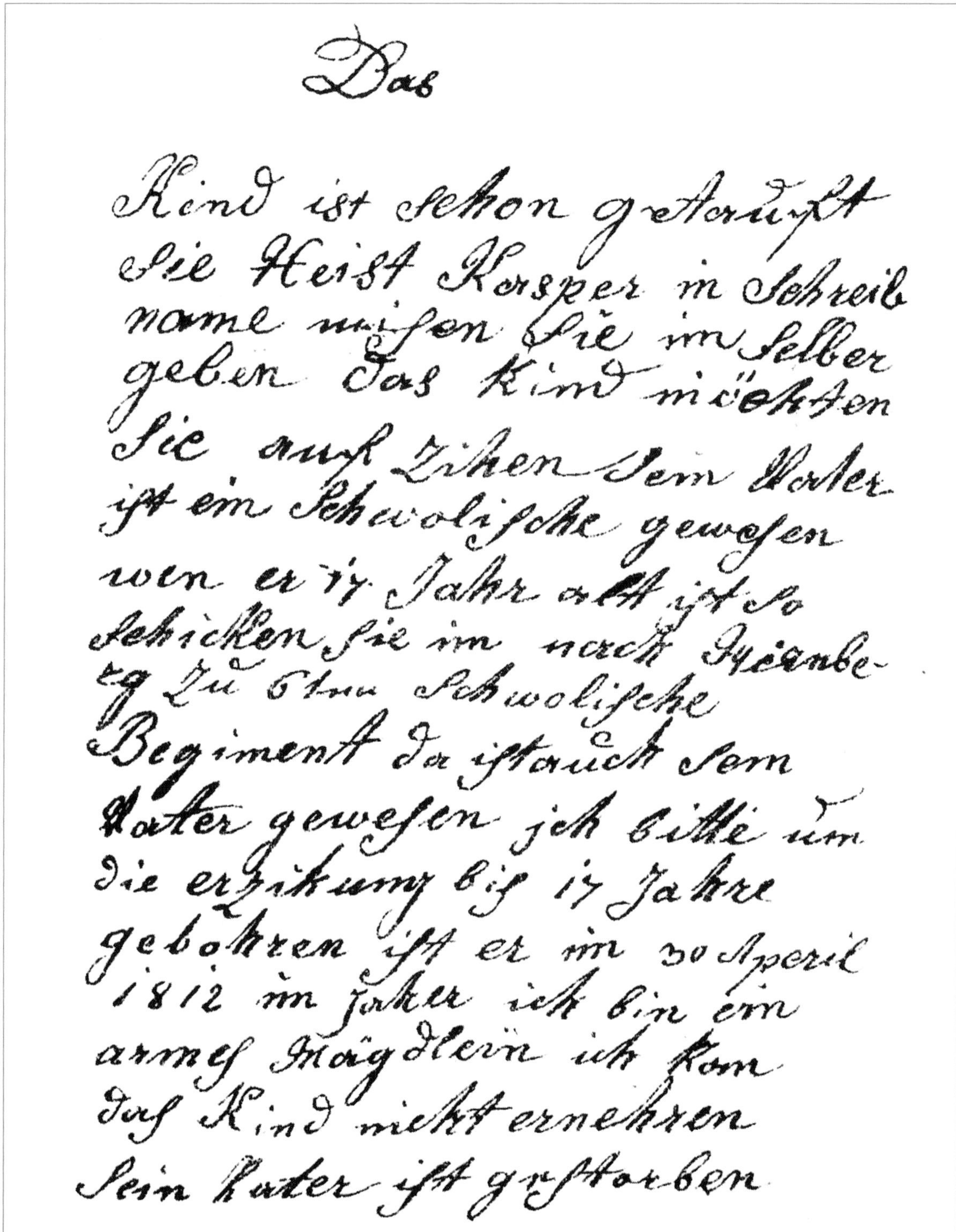

Das

Kind ist schon getauft
Sie Heist Kasper in Schreib
name müßen Sie im selber
geben das Kind möchten
Sie auf Ziehen sein Vater
ist ein Schwolische gewesen
wen er 17 Jahr alt ist so
schicken Sie im nach Nürnbe-
rg zu 6ten Schwolische
Regiment da ist auch sein
Vater gewesen ich bitte um
die erzikung biß 17 Jahre
gebohren ist er im 30 Aperil
1812 im Jaher ich bin ein
armes Mägdlein ich kan
das Kind nicht ernehren
Sein Vater ist gestorben

Rätsel seiner Zeit – und darüber hinaus

Ein Jugendlicher taumelt über einen der Nürnberger Marktplätze, den Unschlittplatz. Es ist Pfingstmontag, der 26. Mai 1826. Der junge Mann hat die Haare in die Stirn gekämmt und trägt eine Kniebundhose und Stiefel, wie es gerade Mode ist. Aber etwas ist anders an ihm. Seine Beine sind mager, er geht unsicher, ist offensichtlich ein Fremder. Ist er betrunken? Oder geistig behindert? An einer Ecke spricht er den Nürnberger Schuhmachermeister Weickmann an. „He Bue!", lallt er unbeholfen. Er hat Schwierigkeiten beim Sprechen und zeigt einen Brief vor, adressiert an den Rittmeister des 4. Eskadron des 6. Chevauxlers-Regiment in Nürnberg. Weickmann spricht kurz mit dem Sonderling. Der sagt noch: „A söchtener Reuter möcht i wern, wie mein Voater gwen is" (Ein solcher Reiter möchte ich werden, wie mein Vater gewesen ist.).

Der amtierende Rittmeister kennt den Jugendlichen nicht und übergibt ihn in die Obhut der Polizei. Auf der Wache schreibt der wundersame Findling den Namen „Kaspar Hauser" auf einen Zettel. Zwei handgeschriebene Briefe hat er dabei: den „Mägdeleinbrief" und den „Geleitbrief". Beide weisen den Jugendlichen als 1812 geborenen Sohn einer einfachen Frau aus, dem „Mägdelein" aus dem ersten Brief, der daher auch „Mägdeleinbrief" heißt. Im ersten Brief ist der Vater ein verstorbener Soldat, im zweiten gibt sich ein Tagelöhner als sein unfreiwilliger Ziehvater aus. Beide Briefe geben ihn in die Obhut des Rittmeisters und damit der Öffentlichkeit, beide versuchen, Herkunft und Wurzeln des Jungen zu verschleiern. Der Jugendliche kann nicht selbst beschreiben, wer er ist, wo er herkommt, wie er nach Nürnberg gelangt ist.

Bald wird der Findling zur Sensation. Die Nürnberger strömen herbei und begaffen ihn wie ein Zootier. Ein Gerücht entsteht, dieser zahme Wilde sei in Wirklichkeit der Erbprinz des Hauses Baden. Seine Widersacher hätten ihn verschwinden lassen wollen, in einen Kerker gesteckt und dann einfach ausgesetzt. Andere halten ihn für geistig behindert, wieder andere für einen eitlen Angeber, der süchtig nach Aufmerksamkeit ist. Wieder andere halten ihn für psychisch krank. Und einige denken, dass der geistig zurückgebliebene Jugendliche nach Nürnberg kam, um Soldat zu werden, dass seine beiden Briefe die Wahrheit erzählen und er Opfer einer sensationslüsternen Öffentlichkeit wurde, die viel zu viel in ihn hineingeheimniste und ihm Unsinn einredete. Der Jugendliche selbst erzählt stets, er sei jahrelang allein in einem Verlies gefangen gehalten worden.

Kaspar kommt in verschiedene Pflegefamilien und findet schließlich bei der Lehrersfamilie Meyer in Ansbach ein Zuhause. Kaspar Hauser bleibt verhaltensauffällig und hat kognitive Defizite, aber ein Talent zum Schreiben und Zeichnen. Am 14. Dezember 1833 sticht ihn jemand im Ansbacher Hofgarten nieder. Hauser sagt, der Mann habe ihm einen Beutel geben wollen. In einem tatsächlich im Hofgarten liegenden Damenbeutel findet sich ein Zettel, auf dem steht: „Hauser wird es euch ganz genau erzählen können, wie ich aussehe, und wo her ich bin. Den Hauser die Mühe zu ersparen will ich es euch selber sagen, woher ich komme _ _ Ich komme von von _ _ _ der Baierischen Gränze _ _ Am Fluße _ _ _ _ _ Ich will euch sogar noch den Namen sagen: M. L. Ö." Drei Tage später, am 17. Dezember 1833, stirbt Kaspar Hauser, ohne dass seine Herkunft geklärt werden konnte.

Für alle, die auch heute noch miträtseln wollen: Das Markgrafenmuseum Ansbach hat eine große Kaspar-Hauser-Sammlung. In der Dauerausstellung ist unter anderem Hausers Taschenuhr zu sehen, Zeichnungen aus seiner Hand, der Anzug, den er bei seiner Ermordung getragen hat – und ein Faksimile des auch hier gezeigten „Mägdeleinbriefs". ■

20. Februar 1829

Alexander von Humboldt an Christian Gottfried Ehrenberg

Eine der größten Freuden meines Lebens würde sein einmal ein 5-6 Monathe mit Ihnen, an Ihrer Seite, unter Ihrer Belehrung reisen zu können. Süßwassermuscheln, Fische, Bergpflanzen Rußlands sind wenig bekannt. Erst seit gestern hat das Ruß[ische] Gouvernement meine Reise freilich nur nach dem Ural u[nd] Tobolsk am Irtysch auf das großartigste genehmigt.
Ich bin abwesend vom 1 Mai bis October. Wäre es möglich theurer Professor, daß Sie diese Zeit Ihre wichtigen Arbeiten unterbrächen, mit anderen wichtigen vertauschten u[nd] mich mit Ihrer Begleitung beglükken. Wir wären Deutsche drei, Sie, Gustav Rose u[nd] ich. Denken Sie darüber nach. Ich komme heute morgen zu Ihnen. Die Reise wird Ihren Vermögenszustand nur in so fern afficiren, als Sie während der ganzen Abwesenheit nichts von dem Ihrigen auszugeben haben. Ich hoffe daß das Russ[ische] Gouvernement darein willigt u[nd] würde morgen deshalb Schritte thun.
Sie würden dabei das terrain sondiren, da man Ihnen ja selbst schon Anerbietungen gemacht, die ich billigte.
Ihr
Sie herzl[ich] achtender u[nd] verehrender AHumboldt

Freitags
Königsberg, Dorpat, Petersburg(Ladogasee)Perm, CasanEkatherinburg (Gebirgsfische, des Ural) vielleicht zurük über Orenburg, Moskau u[nd] wieder Petersburg... Überall die größte Bequemlichkeit auf Kosten der Krone.

Entdeckungsreisen in den wilden Osten

Das 19. Jahrhundert war für die Europäer ein Jahrhundert der wissenschaftlichen Entdeckungsreisen, der Expeditionen in unkartierte Regionen der Erde. Einigen dieser Reisenden ging es ums Abenteuer, andere wollten für ihre Könige neue Kolonien erschließen und in Besitz nehmen, und wieder andere interessierten sich für Geografie, Flora und Fauna der fremden Gegenden, manche sogar für die Menschen, die dort lebten, und deren Kultur.
Der Berliner Wissenschaftler Alexander von Humboldt (1769-1859) begründete durch seine Forschungsreisen die Wissenschaft der Geografie, wie sie heute besteht, mit. Humboldt interessierte sich für alle Fächer der modernen Naturwissenschaft. Er arbeitete zunächst im Staatsdienst als Beamter für Bergbau, in seiner Freizeit experimentierte und forschte er.
Als er nach dem Tod seiner Mutter ein beträchtliches Vermögen erbte, hielt ihn nichts mehr auf seinem Beamtensessel. Humboldt wollte hinaus in die Welt. Fünf Jahre lang bereiste er Süd-, Mittel- und Nordamerika. Er befuhr den Orinoco-Fluss, überquerte die Anden und lebte ein Jahr lang in Mexiko. 30 Bände umfasst seine Dokumentation, in der es um Tiere, Pflanzen und Geografie ebenso geht wie um die Kolonialpolitik. Zahlreiche Tier- und Pflanzenarten, die den Europäern unbekannt sind,

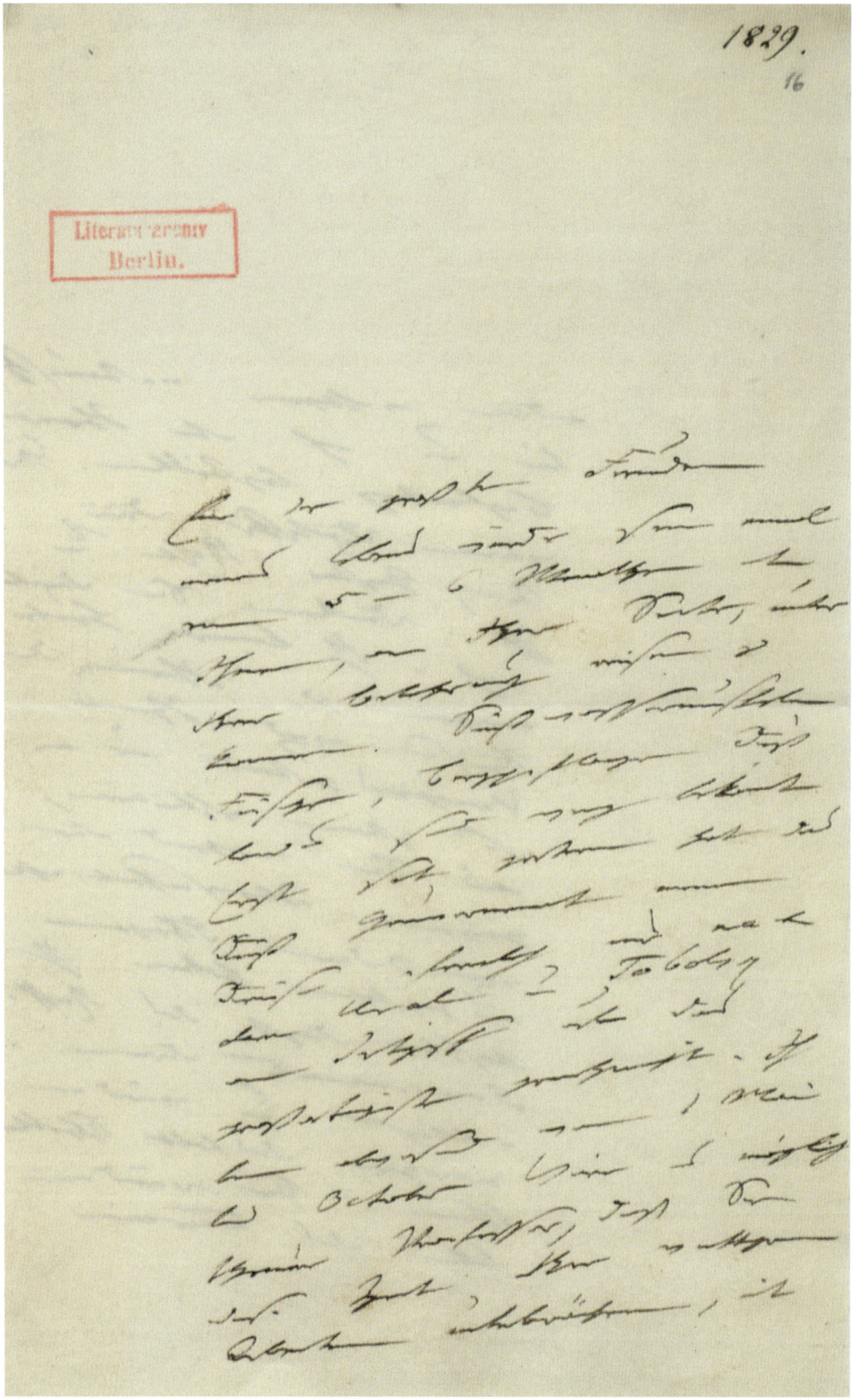
1829.
16
Berlin.

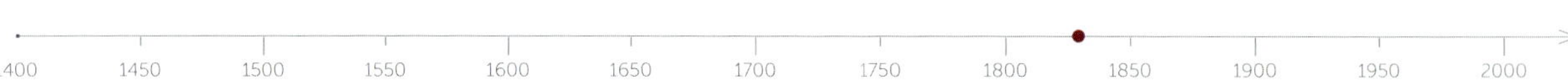
1400
1450
1500
1550
1600
1650
1700
1750
1800
1850
1900
1950
2000

beschreibt er in seinen Berichten, etwa einen Pinguin an der Küste Perus, der heute den Namen Humboldt-Pinguin trägt, oder eine Lilie, die heute Humboldt-Lilie heißt. Die Liste der Geschöpfe und Regionen, die den Namen des Forschers tragen, ist lang. Die Wissenschaftsgemeinde verschlang diese Bände förmlich.

Kaum fertig, plante Alexander von Humboldt eine neue Reise: diesmal in die andere Richtung, nach Osten, nach Russland. Weil Humboldt für eine solche Expedition nicht mehr der Jüngste war, suchte er sich Mitstreiter; Wissenschaftler, die ebenso von Neugierde, Reisefieber und Fernweh gepackt waren wie er selbst und die Teile der Forschungsarbeit übernehmen würden. Er gewann den Berliner Mineralogen Gustav Rose für das Projekt und hatte einen ganz bestimmten Zoologen im Sinn: den Berliner Professor Christian Gottfried Ehrenberg (1795-1876), einen expeditionserfahrenen Kollegen, der ebenfalls schon fünf Jahre auf Forschungsreise verbracht hatte.

Doch Humboldt musste Überzeugungsarbeit leisten. Er kannte Ehrenberg schon aus den Berliner Universitätskreisen, aber er hatte von ihm noch keine Zusage, als er die Genehmigung für die Reise bei der russischen Regierung beantragte. Erst, als die Genehmigung vorlag, schrieb er Ehrenberg einen kurzen, aber leidenschaftlichen Brief, warum dieser unbedingt bei der Russland-Expedition dabei sein sollte und wie er sich die Zusammenarbeit vorstellte. Er umreißt kurz die Route, versichert, dass die Expedition Ehrenberg nichts kosten wird, da der Zar (die Krone, wie er im Brief schreibt) die Expedition finanziert. Er schwärmt auch von unentdeckten Tier- und Pflanzenarten. Für denselben Tag kündigt Humboldt einen Besuch bei Ehrenberg an.

Die Überzeugungstaktik Humboldts ging auf: Ehrenberg sagte zu. Von Mai bis November 1829 reiste das Trio, unterstützt von einem Diener und einem Koch, durch Russland bis ans Kaspische Meer. Alle Expeditionsteilnehmer kamen gesund nach Hause.

Alexander von Humboldt wurde 90 Jahre alt; er gilt als einer der größten Wissenschaftler seines Jahrhunderts, da er die Welt nicht nur vermessen, sondern den Blick der europäischen Wissenschaft auf die Welt verändert, geschärft und vertieft hat. Seine Korrespondenz wird heute in der Berlin-Brandenburgischen Akademie der Wissenschaften verwahrt. ■

1854

Zur Feier der Vermählung

Seiner k.k. Apostolischem Majestät Franz Josef I.
mit Ihrer kön. Hoheit Herzoginn in Baiern Elisabeth

Es schwingt Sich auf ein Aar vom Habsburgthrone.
Noch jugendlich, jedoch voll Kraft und Geist;
Die Augen flammen, eine Doppelsonne
Am Himmelzelt, das mächtig Er durchkreist;
In neuem Umschwung Östreich zu gestalten,
Es fest in jedem Sturme zu erhalten.

Daß sich's vollende, was der Lenz begonnen,
Zum Heil des Reiches noch in später Zeit,
Die Saat zur Ernte reif' den Nationen,
Der Thron erglänz' in neuer Herrlichkeit,
Hat Sich ein Herz von gleichem edlen Wesen.
Das Herz des jugendlichen Aars erlesen.

Heil Dir, Elisabeth, von Ihm erkoren!
Du Rose, hold, vom Garten Wittelsbach!
Zum Heil' des mächt'gen Kaiserreich's geboren,
O weile Lang! Denn Dir sieht strahlend nach.
Ein reines Tagsgestirn für Millionen
Getreuer, segnend Dich in allen Zonen!

Dein Name flammt im ruhmvoller Geschichte
Der Vorzeit, die den Geist mit Macht erhebt,
Karl strahlt für Böhmen im Erinn'rungslichte,
Wie in dem Herzen noch des Volkes lebt
Elisabeth glorreicher, schöner Sproße,
Maria Theresias, die Hohe, Große.

Der Gott der Liebe spende seinen Segen
Auch Dir, zu uns uns'rem Heil. Elisabeth!
Beseliget auf allen Euren Wegen,
O bleibet stets von Himmelsduft umweht!
Du schöne Rose, Die den Stamm umschlungen,
Bleib' lang' Sein. Schmuck, durch keinen Sturm entrungen.

Es mögen, Lyra, Deine schlichten Klänge
In jeder treuen Österreicherbrust
Zu Gott erwecken segnende Gesänge,
Daß es weiterhin ertön in frommer Lust:
„O Herr der Herren, ew'ger Quell der Gnade.
„Gieß Segen aus auf jedem Ihrer Pfad'e!!!

(Braun von Braunthal)

Der Alptraum der Traumprinzessin

Diese Vermählungsanzeige – ein Traum. Genau wie die Hochzeit. Die Prinzessin Elisabeth Amalie Eugenie Herzogin in Bayern (1837–1898), Sisi genannt, hat Franz Joseph I. Kaiser von Österreich (1830–1916) geheiratet. Nach der Hochzeit am 24. April 1854 verteilt der Hof in Wien die aufwendig gestalteten Karten mit der Vermählungsanzeige, ein sogenanntes „Billett". Die Billetts werden verschickt, aber auch an die Bevölkerung verteilt. Eine Rosenknospe und eine halb aufgeblühte Rose auf der Außenseite symbolisieren die „Rose aus Bayern", die tatsächlich erst noch aufblühen muss, denn bei der Hochzeit ist Elisabeth erst 16 Jahre alt. Im Inneren der Karte ist ein Porträt Elisabeths mit Hermelin zu sehen, ein Stahlstich des österreichischen Künstlers Josef Axmann nach einer Lithografie von Friedrich Hohe. Die Hymne preist Elisabeth als holde Rose vom Garten Wittelsbach, Anmerkungen auf der Rückseite erklären den Österreichern, wer sich hinter den Eigennamen im Gedicht verbirgt. Der Dichter, Karl Johann Braun von Braunthal (1802-1866), ist ein mäßig erfolgreicher Poet in der k. u. k.-Monarchie, der aber mit seinem Rosengedicht genau den gewünschten Ton getroffen hat.

Die junge Kaiserin und die rauschende Traumhochzeit begeistern die Wiener. Erinnerungs- und Gedenkblätter zu Ehren des kaiserlichen Paares werden gedruckt, Gedenkmedaillen aufgelegt. Sisi lächelt, Sisi strahlt, Sisi führt prächtige Roben aus. Doch Sisi hat arges Heimweh. Sie schreibt schon in den Flittterwochen in Laxenburg ein Gedicht, das im Nachhinein die Rosen-Romantik welken lässt:

Es kehrt der junge Frühling wieder
Und schmückt den Baum mit frischen Grün,
Und lehrt den Vögeln neue Lieder
Und macht die Blumen schöner blühn.

Doch was ist mir die Frühlingswonne
Hier in dem fernen, fremden Land?
Ich sehn mich nach der Heimat Sonne,
Ich sehn' mich nach der Isar Strand.

Ich sehn' mich nach den dunklen Bäumen,
Ich sehn' mich nach dem grünen Fluß,
Der leis in meinen Abendträumen
Gemurmelt meinen Abschiedsgruß.

Elisabeth bleibt bis zu ihrem Tod am 10. September 1898 mit Franz Josef verheiratet. Sie bekommen vier Kinder: Sophie, Gisela, Rudolf und Marie. Gisela stirbt noch im Kindesalter, auch Rudolf stirbt vor seiner Mutter (siehe Seite 123). Weder die Ehe noch Elisabeth selbst waren besonders glücklich. Zur silbernen Hochzeit des Kaiserpaares wurden erneut Billets und Gedenkblätter gedruckt. Eine Hofdame, Marie von Wallersee, notierte über die Feier zur silbernen Hochzeit: „Die Kaiserin machte beim Fest meist eine Miene wie eine indische Witwe, die verbrannt werden soll, und als ich ihr dies in einem unbelauschten Augenblick sagte, lachte sie zwar, meinte aber, es sei schon genug, fünfundzwanzig Jahre verheiratet zu sein, aber deshalb Feste zu feiern, wäre unnötig." ■

7. April 1858

Richard Wagner an Mathilde Wesendonck

Soeben aus dem Bett.-
Morgenbeichte.

ach, nein! Nein! Nicht den De Sanctis hasse ich, sondern mich, dass ich mein armes Herz immer wieder in solcher Schwäche überraschte. – Soll ich mich mit meinem Unwohlsein, meiner daraus' genährten Empfindlichkeit und Gereiztheit entschuldigen? Wollen versuchen, wie es geht. Vorgestern Mittag trat ein Engel zu mir, segnete und labte mich; das machte mich so wohl und heiter, dass ich am Abend ein herzliches Bedürfniß nach Freunden empfand, um ihnen an meinem inneren Glücke Antheil zu gönnen; ich wußte, ich wäre recht lieb und freundlich gewesen. Da hörte ich, daß man in Deinem Hause meinen Brief sich nicht an Dich abzugeben getraute, weil De Sanctis bei Dir sei. Dein Mann blieb der selben Ansicht. Ich wartete vergebens, und hatte endlich das Vergnügen, Herrn v. Marschall zu empfangen, der sich den Abend bei uns niederließ, und mich durch jedes seiner Worte mit einem schrecklichen Haß auf alle De Sanctis der Welt erfüllte. Der Glückliche – der hat sie jetzt mir fern gehalten! Und durch welche Gabe? Nur durch ihre Geduld. Ich konnt' es ihm nicht verdenken, es mit Dir so ernst zu nehmen; ein jeder nimmt es ja so ernst, der mit Dir zu thun hat! Wie ernst nehm ich's doch: bis zur Qual für Dich! Aber warum pflegt sie diese pedantische Fessel? Was bedeutet ihr das Italienische? Nun, darauf konnt' ich mir bald antworten. Aber je besser ich's konnte, desto verdrießlicher ward ich auf den Lästigen; er verschwamm mir im Traum mit Marschall, und hieraus bildete sich für mich eine Gestalt, in der ich alles Elend der Welt für mich erkannte. – So ging's die Nacht fort. Am Morgen ward ich nun wieder vernünftig, und konnte recht herzinnig zu meinem Engel beten; und dies Gebet ist Liebe! Liebe! Tiefste Seelenfreude an dieser Liebe, der Quelle meiner Erlösung!
Nun kam der Tag mit seinem üblen Wetter; die Freude auf Deinen Garten war mir versagt; mit der Arbeit wollt' es noch nicht gehen. So war mein ganzer Tag ein Kampf zwischen Mißmuth und Sehnsucht nach Dir; und wenn ich mich so recht herzlich nach Dir sehnte, kam mir immer unser langweiliger Pedant dazwischen, der Dich mir raubte, und ich konnte mir nichts anders gestehen, als daß ich ihn haßte. Ach, ich Armer! Ich mußt' es Dir sagen; das ging nun einmal nicht anders. Aber recht kleinlich war es doch, und ich verdiente dafür eine gehörige Strafe. Welche soll es sein?
Was fasle ich da für dummes Zeug! Ist's die Lust, allein zu reden, oder die Freude, zu Dir zu reden? –
Ja, zu Dir! Aber sehe ich Dein Auge, dann kann ich doch nicht mehr reden; dann wird doch alles nichtig, was ich sagen könnte! Sieh, dann ist mir alles so unbestreitbar wahr, dann bin ich meiner so sicher, wenn dieses wunderbare, heilige Auge auf mir ruht, und ich mich hinein versenke! Dann giebt es eben kein Object und kein Subject mehr; da ist alles Eines und Einig, tiefe, unermeßliche Harmonie! O, da ist Ruhe, und in der Ruhe höchstes, vollendetes Leben!

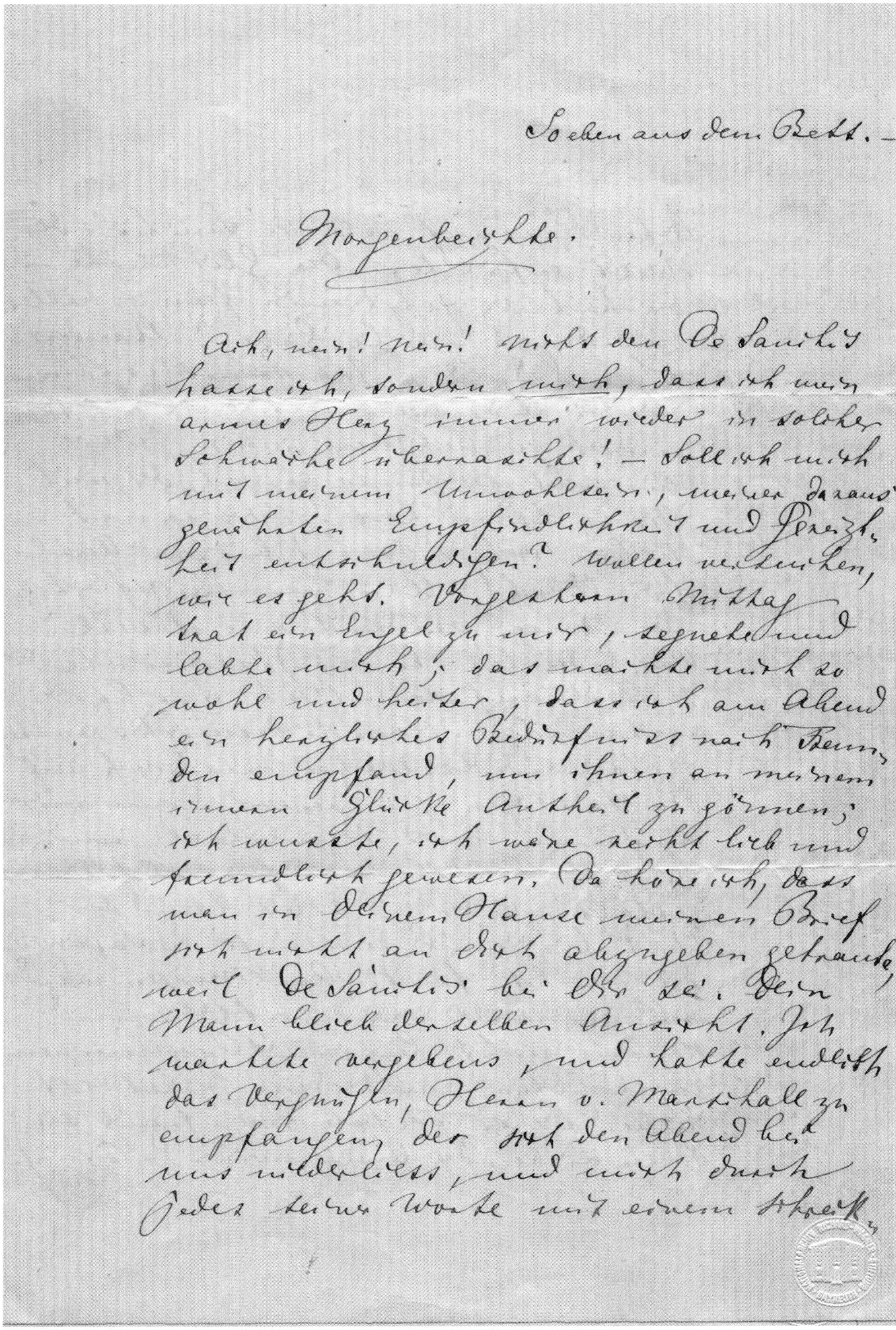

Soeben aus dem Bett. –

Morgenbeichte.

Ach, nein! nein! nicht den De Sanctis hasse ich, sondern mich, dass ich mein armes Herz immer wieder in solcher Schwäche überrasche! – Soll ich mich mit meinem Unwohlsein, meiner daraus gewachsenen Empfindlichkeit und Gereiztheit entschuldigen? Wollen versuchen, wie es geht. Vorgestern Mittag trat ein Engel zu mir, segnete und labte mich; das machte mich so wohl und heiter, dass ich am Abend ein herzliches Bedürfniss nach Freunden empfand, um ihnen an meinem innern Glücke Antheil zu gönnen; ich wusste, ich wäre recht lieb und freundlich gewesen. Da höre ich, dass man in Deinem Hause meinen Brief sich nicht an Dich abzugeben getraute, weil De Sanctis bei Dir sei. Dein Mann blieb derselben Ansicht. Ich wartete vergebens, und hatte endlich das Vergnügen, Herrn v. Marschall zu empfangen, der sich den Abend bei uns niederliess, und mich durch jedes seiner Worte mit einem Schreck,

O Thor, wer sich die Welt und Ruhe von da draußen gewinnen wollte! Der Blinde, so hätte er Dein Auge nicht erkannt, und seine Seele nicht in ihm gefunden! Nur Innen, im Innern, nur in der Tiefe wohnt das Heil!
Sprechen und mich erklären kann ich auch gegen Dich nur noch, wenn ich Dich nicht sehe, oder Dich nicht sehen – darf.-
Sei mir gut, und vergieb mir mein kindisches Wesen von gestern:
Du hast es ganz richtig so genannt! –
Das Wetter scheint mild. Heut' komm ich in den Garten; sobald ich Dich sehe, hoffe ich einen Augenblick Dich ungestört zu finden! – Nimm meine ganze Seele zum Morgengruße! - -

Ein verhängnisvolles Bekenntnis

Richard Wagner muss etwas beichten. Er ist verliebt. Und er ist eifersüchtig. Sein Herz brennt. Eigentlich ist das ein wunderbarer Zustand, zumal für einen Komponisten, der gerade an einer Dramatisierung und Vertonung einer großen Liebesgeschichte sitzt: „Tristan und Isolde". Doch die Sache hat einen Haken. Richard Wagner (1813-1883) ist bereits verheiratet, und die Heißbegehrte ist nicht seine Ehefrau Minna, sondern seine Nachbarin Mathilde Wesendonck (1828-1902). Diese ist ebenfalls verheiratet. Welch ein Schlamassel. Und Richard Wagners Liebesbekenntnis vom 7. April 1858, die „Morgenbeichte", macht alles nur noch schlimmer. Es ist ein Brief an Mathilde, der in eine Bleistiftskizze des Vorspiels zur Oper „Tristan und Isolde" gewickelt ist.

Die Wesendoncks leben in Zürich, sind ausgesprochen wohlhabend und genießen das Society-Leben. Lesungen, Konzerte, Opernbesuche, Bälle, Empfänge, das gefällt dem Ehepaar. 1852 besuchen sie einmal mehr ein Konzert. Es dirigiert ein gewisser Richard Wagner aus Leipzig, unter Musikfreunden mehr als ein Geheimtipp – ein echter Künstler, der bereits Opern geschrieben hat und von dem man sich noch viel erwartet.

Die Wesendoncks gefallen sich als Förderer der Kunst und bieten Wagners, die sich in der Schweiz im Exil befinden (Wagner hat sich 1849 in Dresden an revolutionären Aufständen beteiligt und wird in Deutschland polizeilich gesucht, außerdem hat er da und dort auch allerlei Schulden hinterlassen), gönnerhaft an, mietfrei im Gartenhaus ihres Anwesens zu wohnen. „Das Asyl" nennt Wagner diese unerwartete Bleibe. Oft kommt Besuch, etwa das befreundete Ehepaar Hans und Cosima von Bülow. Wagner dirigiert Konzerte in der Halle der Villa Wesendonck und arbeitet an vielen Projekten zugleich: An seinem „Ring des Nibelungen", an „Tristan und Isolde" und an den „Wesendonck-Liedern", in denen er fünf von Mathildes Gedichten vertont.

Dass Mathilde Wagners Muse ist, dass sie ihn mit ihrem Wesen und ihrem Geist inspiriert, bleibt niemandem verborgen. Auch nicht, dass die beiden sich bestens verstehen und viele Gespräche über Kunst und Musik führen. Dass sie sich jedoch auch heimlich unter vier Augen treffen und sich geheime Briefe schreiben, weiß niemand. Dass sie wild verliebt sind, merken sie selbst erst durch die Kunst – und leben ihre Liebe auch nur dort aus. Die Beziehung zwischen Richard und Mathilde bleibt platonisch, so schreiben die Wagner-Forscher einstimmig. Die vor allem körperlich unerfüllte Liebe und die Dreiecksbeziehung zwischen einem reichen Gönner, dessen Verlobter und dem Mann, der beiden auf verschiedene Arten treu ergeben ist, der beide liebt, ist auch die Grundkonstellation von Tristan und Isolde: Tristan, der waidwunde Held, will seinem väterlichen Freund Marke eine Braut zuführen, aber die Liebe (entfacht durch einen Trank) bringt Tristan in einen Loyalitätskonflikt. In einem Garten gönnen sich Tristan und Isolde eine Nacht der Liebe, zu der das Orchester orgiastische Töne spielt.

Egal, was Richard Wagner und Mathilde Wesendonck jemals im Garten oder sonstwo getan haben – am Morgen des 7. April 1858 ist es damit vorbei. Denn der Brief mit der „Morgenbeichte" kommt nicht bei Mathilde an, sondern gerät Minna Wagner in die Hände. Minna tobt. Wagner schweigt. Minna stellt Mathilde zur Rede und droht ihr, zu ihrem Mann zu gehen. Jetzt ist auch Mathilde stinksauer. Sie beichtet die Geschichte ihrem Mann selbst.

Mit der „Morgenbeichte" hat Wagner ganze Arbeit geleistet. Die eigene Ehe ist in der schlimmsten Krise seit Jahren. Den Gönner Otto Wesendonck hat er ausgenutzt, dessen Ehre und auch die Ehre seiner Frau Mathilde beschmutzt, auch wenn Wagner die „Reinheit der Beziehung" beteuert. Nebenbei hat er noch den Literaturhistoriker und Italienischlehrer Mathildes und Freund der Wesendoncks, Francesco de Santis, als Langweiler beleidigt.

Das Verhältnis lässt sich nicht mehr kitten. Wagners Freund Hans von Bülow redet Wagner ins Gewissen und begleitet ihn, als er sich am 16. August von Mathilde verabschiedet. Richard Wagner steigt am 17. August in einen Zug nach Venedig; Minna verkauft via Zeitungsannonce den gemeinsamen Hausstand und zieht zurück zu ihren Verwandten nach Dresden. Die Eheleute sehen sich nur noch einmal wieder, 1860 für ein paar Tage in Paris. Minna stirbt 1866 in Dresden; da hat Richard Wagner schon wieder eine neue Freundin – Cosima von Bülow, die Frau seines engsten Freundes Hans. ■

22. April 1863

Karl Marx an Josef Valentin Weber

Lieber Weber, Willst Du als Bürge für mich bei einer loan society agiren? (für 15-30 Pfund) Ich würde Dich nicht mit dieser Angelegenheit belästigen, wenn 1) nicht die Sache rein formell u. ohne alle Gefahr für Dich wäre, da ich Anfang Juli 200 Pfund von Haus erhalte; 2) wenn nicht Pfänder, der sonst mein zweiter Bürge gewesen, plötzlich für mehrere Wochen hätte nach Manchester abrücken müssen.
Außer den Krankheitsfällen in meinem Hause, hab ich selbst seit vielen Wochen an meiner periodischen Leberkrankheit laborirt, sodaß ich wörtlich unfähig war eine Zeile zu schreiben. Daher der Aufschub der Arbeit für den Verein, der mir viel fataler war als dem Verein selbst.

Salut D KMarx

Kapital fürs „Kapital"

Karl Marx (1818–1883) hat kein Geld mehr – obwohl er arbeitet. Seit er mit seiner Frau Jenny und den Kindern in London im Exil lebt, ist er notorisch klamm. Verwandte unterstützen die Marxens, auch Friedrich Engels, der ebenfalls in London lebt, steckt ihnen Geld zu. Marxens lassen in Läden anschreiben. Der Sohn Edgar, genannt „Musch", stirbt – auch wegen der schlechten Ernährung der Familie. Karl Marx selbst ist leberkrank.
Doch er hat große Pläne und arbeitet, so viel er kann. Der Lesesaal der British Library in London ist sein Arbeitszimmer. Er schreibt sein großes Werk „Das Kapital", eine kritische Darstellung der kapitalistischen Produktionsweise, außerdem ist er journalistisch tätig. Er ist im Arbeiterbildungsverein engagiert und im Bund der Kommunisten. Im Frühjahr 1863 ist er dabei, den Arbeiterführer Ferdinand Lassalle bei der Grünung des Allgemeinen Deutschen Arbeiterverein (ADAV) zu unterstützen. Aus dem ADAV wird später die Sozialistische Arbeiterpartei Deutschlands hervorgehen, die Vorgängerpartei der Sozialdemokratischen Partei Deutschlands (SPD).
Doch seine vielen Tätigkeiten bringen zu wenig Geld ein. Karl Marx spürt am eigenen Leib, wie die kapitalistische Gesellschaft des 19. Jahrhunderts funktioniert – wer nicht produziert, wer nichts verdient, der kann auch nichts ausgeben.
Marx muss sich bei einem Darlehensverein (loan society) Geld pumpen, und dazu braucht er einen Bürgen. Üblicherweise bürgt sein Freund und Genosse, der ebenfalls in London lebende Carl Heinrich Pfänder (1819-1876), für ihn. Weil der aber verreist ist und Marx sofort Geld braucht, wendet er sich mit diesem Brief an Josef Valentin Weber, Delegat des Deutschen Arbeiterbildungsvereins in London und ebenfalls Sozialist. Ob Weber wohl für ihn bürgen würde? Mit Engelszunge verspricht er, dass keine Gefahr für den Bürgen bestehe. Ob Weber nicht wusste, wie knapp es bei den Marxens war?
1867 ist die Durststrecke überstanden: Marx veröffentlicht den ersten Band von „Das Kapital – Kritik der politischen Ökonomie. Der Produktionsprozess des Kapitals". Es wird eines der einflussreichsten Sachbücher der Geschichte. ■

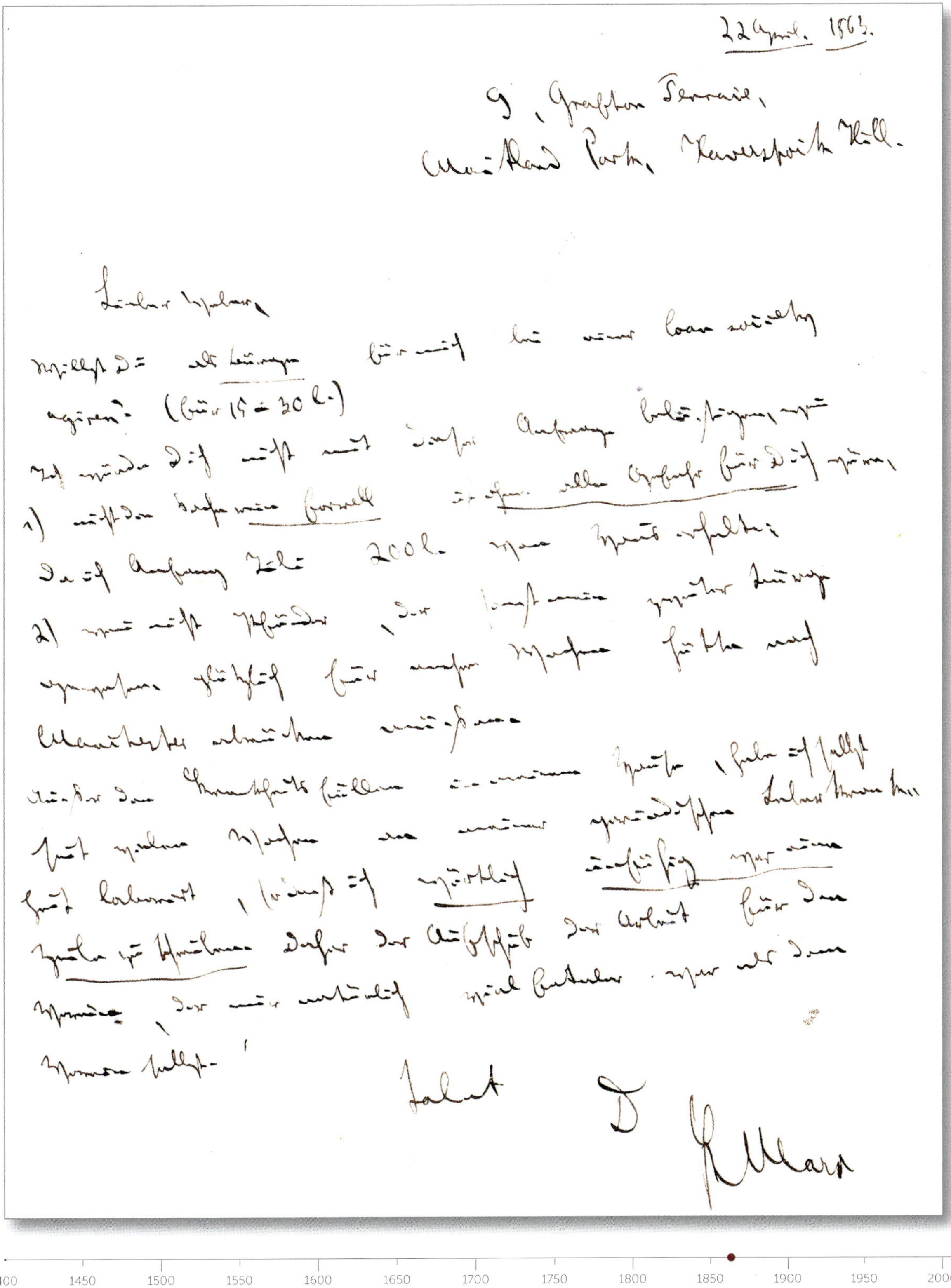

22 April. 1863.

9, Grafton Terrace,
Maitland Park, Haverstock Hill.

Lieber Weber,

Willst Du als Bürge für mich bei einer loan society agiren? (für 15–20 l.)
Ich würde Dich nicht mit dieser Anfrage belästigen, wenn
1) nicht die Sache rein formell und ohne alle Gefahr für Dich wäre, da ich Anfang Juli 200 l. von Haus erhalte;
2) wenn nicht Pfänder, der sonst mein regulärer Bürge [illegible] vorgestern zufällig für einige Wochen hätte nach Manchester abreisen müssen.
Außer den Krankheitsfällen in meinem Hause, habe ich selbst seit zwölf Wochen an meiner gewöhnlichen Leberkrankheit [illegible] laborirt, [illegible] ich [illegible] [illegible] [illegible] [illegible] für den [illegible] [illegible] daher der Aufschub der Arbeit für den [illegible], der mir natürlich viel [illegible], [illegible] [illegible] [illegible] [illegible] sollte.

Salut

D. K Marx

14. Juli 1864

Georg von Neumayer an den unbekannten Finder

This bottle was thrown overboard on the 14th of July 1864
at h. m.
In Latitude 56.40.South
Longitude 66.16 West of Greenwich,
by G. Neumayer, on board the Ship Norfolk Captain Jonkin
from Melbourne to London

Whoever finds this slip is requested to send it to Hamburgh Observatory,
addressed G. NEUMAYER Esq., after having filled up the following:

Finder's name and other particulars: Michael O'Donohue, Labourer
Date of finding: 9th June 1867
Exact time: 12 noon
Locality where found:
Lat. 38°.19'.45" S
Long. 142°.10'35" E about

Note - State under what circumstances

Zusatzblatt:
Lat 38°.25'45"
Lon 142°2'35
I hope you will direct your Consul in Melbourne to defray my expenses for this day.
I have the honor to be
Sir

Yours tr. M. O'Donohue

Übersetzung:
Diese Flasche wurde am 14. Juli 1864 über Bord geworfen
Breitengrad 56.40.Süd
Längengrad 56.16 West
von G. Neumayer, an Bord des Schiffs Norfolk, Kapitän Jonkin, von Melbourne nach London.

Wer immer diesen Zettel findet, wird gebeten, ihn an das Hamburger Observatorium zu schicken, adressiert an den wohlgeborenen G. Neumayer, nachdem er das Folgende ausgefüllt hat:

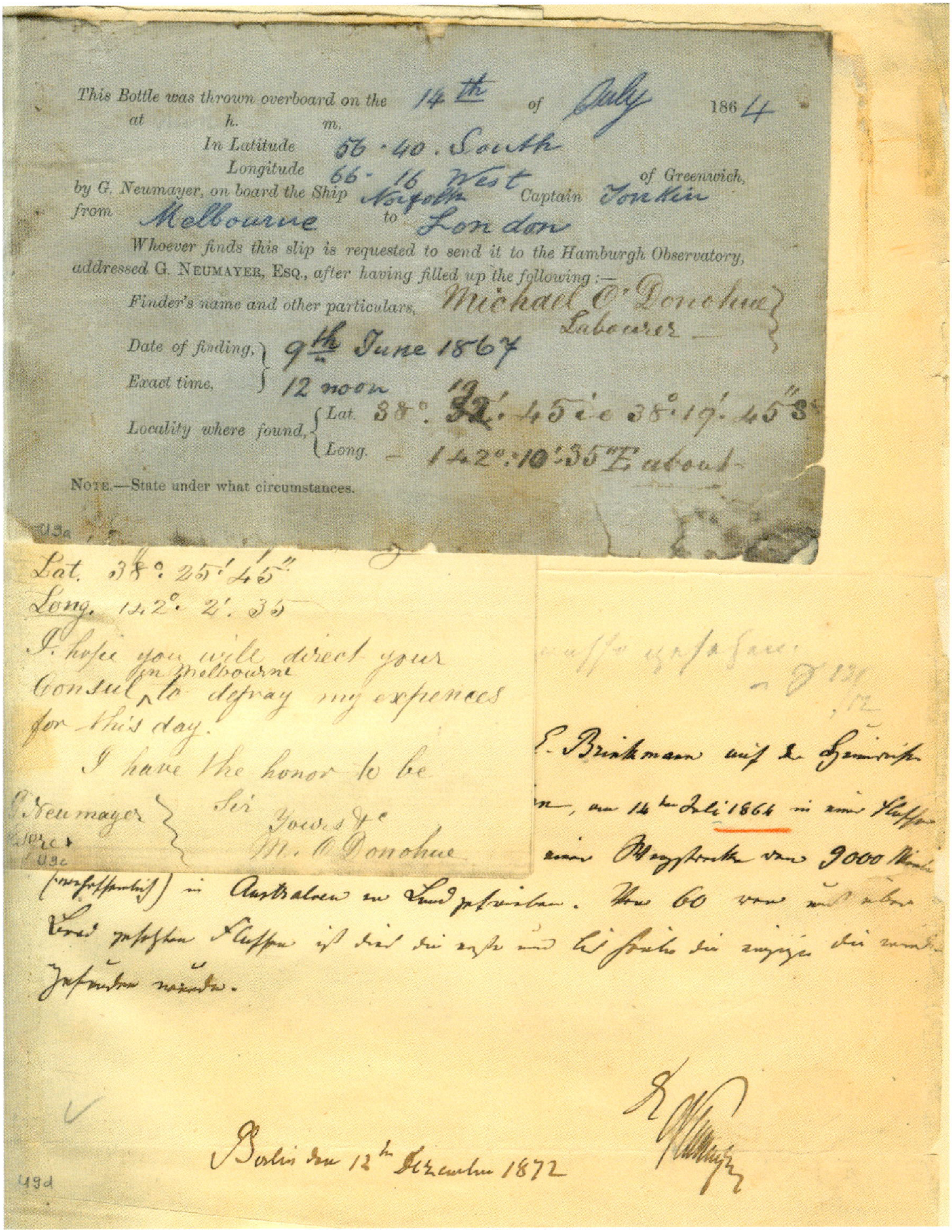
This Bottle was thrown overboard on the 14th of July 1864
at h. m.
In Latitude 56.40. South
Longitude 66.16 West of Greenwich,
by G. Neumayer, on board the Ship Norfolk Captain Tonkin
from Melbourne to London
Whoever finds this slip is requested to send it to the Hamburgh Observatory, addressed G. NEUMAYER, ESQ., after having filled up the following:—
Finder's name and other particulars, Michael O'Donohue Labourer
Date of finding, 9th June 1867
Exact time, 12 noon
Locality where found, Lat. 38°. 1?'. 45 i.e. 38°. 19'. 45"
Long. — 142°. 10'. 35" E about
NOTE.—State under what circumstances.

Lat. 38°. 25'. 45"
Long. 142°. 2'. 35
I hope you will direct your Consul in Melbourne to defray my expences for this day.
I have the honor to be
Sir
Yours &c
M. O'Donohue

Berlin den 12ten December 1872
Neumayer

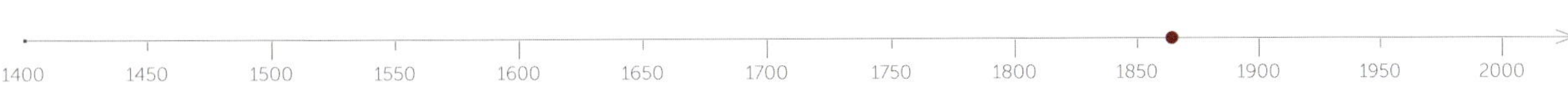

Name des Finders und andere Angaben: Michael O'Donohue, Arbeiter
Datum des Fundes: 9. Juni 1867
Genaue Zeit: 12 Mittags
Fundort:
Breite 38°.19'.45" S
Länge 142°.10'35" O ungefähr

Anmerkung – geben Sie die genauen Umstände an

Zusatzblatt:
Breite 38°.25'.45"
Länge 142°.2'35"
Ich hoffe, Sie weisen Ihren Konsul in Melbourne an, mir meine Auslagen für diesen Tag zu bezahlen.
Ich habe die Ehre, für Sie, mein Herr, zu sein

Ihr getreuer M, O. Donohue

Sie haben Post!

Ein Seebär und Weltenbummler aus der Pfalz machte sich im 19. Jahrhundert auf, die entlegensten Winkel der Erde zu erforschen. Georg von Neumayer (1826-1909) segelte nach Südamerika und Südaustralien, verdiente sich Geld als Seemann, Lehrer auf den Goldfeldern Australiens und Geograf. Er war Geophysiker und brachte die Polarforschung voran, obwohl er selbst nie bis in die Antarktis reiste. Ein Teil seiner Forschungsarbeit war es, Flaschenpost über Bord zu werfen. Ende des 19. Jahrhunderts gab die Deutsche Seewarte in Hamburg Kapitänen von Handelsschiffen und Forschungsreisenden Vordrucke mit, auf denen die Seeleute den Zeitpunkt sowie die exakte Position notieren sollten, an dem und der sie die Flasche ins Meer warfen. Man wollte damit mehr über die Meeresströmung erfahren.
Die Botschaft und Bitte an die Finder lautete, Ort und Datum des Fundes zu notieren und den Zettel wieder an die Seewarte zurückzusenden. Die älteste noch erhaltene dieser zurückgesandten Botschaften wurde von Neumayer selbst zu Wasser gelassen – am 14. Juli 1864 von Bord des Schiffs Norfolk, das auf dem Weg nach London war, aber noch eine weite Strecke vor sich hatte. Denn die Position, die Neumayer notierte, befindet sich in der Drakestraße im Südpolarmeer, etwa auf der Höhe von Kap Hoorn, wo das Schiff vom Pazifik in den Atlantik segelte.
Neumayers Rumflasche trieb zurück in den Pazifik, zurück nach Australien, an die Südküste von Portland (New South Wales). Dort fand sie am 9. Juni 1867 der Arbeiter Michael O'Donohue. Die Rumflasche war mit einer Tagesgeschwindigkeit von acht Seemeilen insgesamt 8532 Seemeilen (15800 Kilometer) durch den Ozean getrieben.
Georg von Neumayer wurde 1875 Direktor der Deutschen Seewarte und setzte es durch, dass das Mitnehmen und Aussetzen von Postflaschen für deutsche Handelsschiffe verpflichtend wurde. Etwa jede zehnte ausgesetzte Flaschenpost wurde gefunden und lieferte den Wissenschaftlern wichtige Erkenntnisse zu den Strömungsmechanismen der Weltmeere.

Mehr als 600 Karten aus aller Welt, die an die Seewarte zurückgeschickt wurden, sind heute noch erhalten und werden im Archiv des Bundesamts für Seeschifffahrt und Hydrografie, wie die Seewarte jetzt heißt, aufbewahrt. Und noch immer dümpelt Treibgut im Dienst der Wissenschaft durch die Meere. Diese moderne „Flaschenpost" besteht aus Bojen mit Mess- und Funkgeräten an Bord, die zwar steuerlos im Meer treiben, aber außer ihrem Reiseverlauf auch andere Daten aufzeichnen, etwa zu Salzgehalt und Temperatur des Meeres sowie Wetterdaten. Ihre Post senden sie dann digital an Satelliten, die immer ein waches Auge auf die kostbaren Bojen haben. Einige dieser Treibbojen können sogar selbstständig bis zu zwei Kilometer tief tauchen. Das Projekt läuft schon seit 2009 – und immer noch sind die Weltmeere voller Rätsel und Überraschungen. ■

27. August 1864

König Ludwig II. an Richard Wagner

Ein und All!
Über Alles geliebter Freund!
Es drängt mich Ihnen aus voller Seele meinen wärmsten Dank auszuprechen für Ihren theuren Brief und das herrliche Geschenk! Rheingold! Rheingold! o Entzücken, Jubel meines Herzens! – Ich kann Ihnen gar nicht beschreiben, mit welch jauchzender Freude mich Ihre Gabe erfüllt! – Von des Herrlichen eigener Hand geschrieben! – Vollkommen weiß ich ihn zu schätzen, den Werth dieses himmlischen Geschenks! – Auch von Ihrer Freundin, von Fr. von Bülow. erhielt ich ein mir theures sinnvolles Geschenk, das mir im Augenblicke jedes Ihrer hehren Werke verzaubert! Nun wollen wir, Ihre Freunde, rüstig arbeiten und fördern, während der Geliebte, der göttliche Freund, gänzlich der Erdenwelt entzogen werden soll, um einzig in Seinen wonnigen Reichen zu träumen, zu schaffen. Die neue Kunstschule muß bald in das Leben treten, Bülow an ihre Spitze gestellt werden, das verspreche ich Ihnen; doch muß ich langsam und vorsichtig dabei zu Werk gehen; – ich muß! – doch verzagen Sie darum nicht! – Ihr Wille wird geschehen! – Wie schmerzlich war mir die Kunde von neuen Leiden meines Freundes; Gott gebe, daß Ihre theure Gesundheit sich bald vollkommen wieder kräftige! –
Wie hätte ich mich gefreut, meinen Geliebten auf dem Hochkopfe besuchen zu können; ich wäre nach der Riß geritten, etwas Anfangs September, um dort einige Tage zu verweilen; von dort aus hätte ich so gerne den Freund in seiner Bergeswohnung aufgesucht; welche schöne Stunden hätten wir dort verlebt! – Doch es sollte nicht sein – Ich gebe die Hoffnung nicht auf: schöne Zeiten werden uns noch blühen; ich weiß, wozu wir bestimmt sind; der kühnste Traum wird verwirklicht werden; wir werden nicht umsonst gelebt haben.
Die treffliche Darstellerin der Isolde ist Uns genommen worden; für den großen Zweck, den wir im Auge haben, ist sie Uns unumgänglich nothwendig, mit Vorsicht muß ich zu Werke gehen! glauben Sie mir, wir siegen! – Doch nun: „Siegfried", der selig frohlockende Held! Fühlt er sich frei im wonnigen Weben des Waldes?
Im Geiste bin ich immer bei Ihnen! – Wie entzückt mich Ihr Geschenk; ich muß es Ihnen wiederholen! –
Fürchten Sie nichts, wir wachen! –
Schlumm're sanft in Siegfried's Welt, führen Sie ihn zum hohen Felsen, den Feuer umloder, hin zur heiligen Braut! –
Heil Dir Sonne ! --- Heil Dir Licht! ----------
Ich muß schließen – Leben Sie wohl, Urquell des Lebenslichtes; wir handeln, verlassen Sie sich drauf.
Bis in den Tod.
Hohenschwangau
den 27. August
Ihr getreuer König

Heil Dir, Sonne!

König Ludwig II. von Bayern (1845-1886) ist besessen. Vom Komponisten Richard Wagner (1813-1883), von dessen Musik und dessen Aura. Wagner, notorisch klamm, lernt den exzentrischen „Märchenkönig" am 4. Mai 1864 kennen. Der König ist versessen auf Sagen, Mythen, romantische Liebesgeschichten, große Gefühle. All das findet er in Wagners Werken wieder, und einiges projiziert er auch in die Person Richard Wagner.

Wagner schreibt am selben Tag an seine alte Freundin Elisabeth Wille über seinen Eindruck vom Treffen mit dem jungen Herrscher: „Er ist leider so schön und geistvoll, seelenvoll und herrlich, daß ich fürchte, sein Leben müsse wie ein flüchtiger Göttertraum in dieser gemeinen Welt zerrinnen. Er liebt mich mit der Innigkeit und Glut der ersten Liebe: er kennt und weiß alles von mir, und versteht mich wie meine Seele. Ich will, ich soll unmittelbar bei ihm bleiben, arbeiten, ausruhen, meine Werke aufführen; er will mir alles geben, was ich dazu brauche; ich soll die Nibelungen fertig machen, und er will sie aufführen. (...) Mein Glück ist so groß, dass ich ganz zerschmettert davon bin."

Ludwig will den Komponisten an sich und Bayern binden. Er stellt ihm Wohnraum zur Verfügung, erst am Starnberger See, später in München. Er gibt Wagner Geld, damit der seine Schulden begleichen kann, und stattet ihn mit einem fürstlichen Gehalt aus. Wagner komponiert und bekommt vom König für jedes fertige Werk erneut Geld.

Der Dirigent Hans von Bülow und dessen Frau Cosima ziehen zu Wagner an den Starnberger See, aber Cosima hat nur noch Augen für Wagner. Die beiden werden ein Paar, Bülow muss zusehen.

Im Sommer 1964 schickt Wagner Ludwig „Das Rheingold" mit Widmung in dessen Schloss Hohenschwangau – Ludwigs überschwängliche Antwort an den Komponisten, der sich in der Sommerfrische in einer königlichen Jagdhütte aufhält, ist hier zu lesen. Der König schreibt in seinem Antwortbrief schwärmerisch, dass er gerne dort gewesen wäre, bejubelt aber vor allem Wagners Werk. Das Zitat „Heil Dir, Sonne! Heil Dir, Licht!" etwa stammt aus der Oper „Siegfried".

In Ludwig hat Wagner endlich den glühenden Verehrer und Mäzen gefunden, den er so lange gesucht hat. 1865 wird „Tristan und Isolde" am Königlichen Hof- und Nationaltheater (heute: Bayerische Staatsoper) in München uraufgeführt; Hans von Bülow dirigiert. Ein Wagner-Festspielhaus in München ist in Planung. Doch Wagner macht die Rechnung ohne den Hofstaat und die Münchner. Denen ist Wagner schlichtweg zu teuer. Auf Druck der Politik muss Ludwig seinen Lieblingskomponisten schon Ende 1865 wieder aus München wegschicken. Doch der König bleibt Wagner treu, schickt Geld und besucht ihn sogar im Schweizer Exil in Tribschen.

Das Festspielhaus wird auf Kosten der Krone dann tatsächlich gebaut, allerdings nicht in München, sondern in Bayreuth. Wagners Bayreuther Villa „Wahnfried" wird ebenfalls vom König bezuschusst; bis heute steht vor dem Eingang eine doppelt lebensgroße Büste des Regenten. ■

13. Juli 1870

Otto von Bismarck an die Presse

„Nachdem die Nachrichten von der Entsagung des Erbprinzen von Hohenzollern der Kaiserlich Französischen Regierung von der Königlich Spanischen amtlich mitgeteilt worden sind, hat der Französische Botschafter in Ems an S. Maj. den König noch die Forderung gestellt, ihn zu autorisieren, dass er nach Paris telegraphiere, dass S. Maj. der König sich für alle Zukunft verpflichte, niemals wieder seine Zustimmung zu geben, wenn die Hohenzollern auf ihre Kandidatur wieder zurückkommen sollten. Seine Maj. der König hat es darauf abgelehnt, den Franz. Botschafter nochmals zu empfangen, und demselben durch den Adjutanten vom Dienst sagen lassen, dass S. Majestät dem Botschafter nichts weiter mitzuteilen habe.“

Telegramm Heinrich Abekens an Otto von Bismarck am 13. Juli 1870

Seine Majestät der König schreibt mir:
Graf Benedetti fing mich auf der Promenade ab, um auf zuletzt sehr zudringliche Art von mir zu verlangen, ich sollte ihn autorisiren, sofort zu telegraphiren, dass ich für alle Zukunft mich verpflichtete, niemals wieder meine Zustimmung zu geben, wenn die Hohenzollern auf ihre Candidatur zurückkämen.
Ich wies ihn zuletzt, etwas ernst, zurück, da man à tout jamais dergleichen Engagements nicht nehmen dürfe noch könne.
Natürlich sagte ich ihm, dass ich noch nichts erhalten hätte und da er über Paris und Madrid früher benachrichtigt sei als ich, er wohl einsähe, dass mein Gouvernement wiederum außer Spiel sei.
Seine Majestät hat seitdem ein Schreiben des Fürsten bekommen.
Da Seine Majestät dem Grafen Benedetti gesagt, dass er Nachricht vom Fürsten erwarte, hat Allerhöchstderselbe, mit Rücksicht auf die obige Zumuthung, auf des Grafen Eulenburg und meinen Vortrag, beschlossen, den Grafen Benedetti nicht mehr zu empfangen, sondern ihm nur durch einen Adjutanten sagen zu lassen: dass Seine Majestät jetzt vom Fürsten die Bestätigung der Nachricht erhalten, die Benedetti aus Paris schon gehabt, und dem Botschafter nichts weiter zu sagen habe.
Seine Majestät stellt Eurer Excellenz anheim, ob nicht die neue Forderung Benedettis und ihre Zurückweisung sogleich, sowohl unsern Gesandten, als in der Presse mitgeteilt werden sollte.

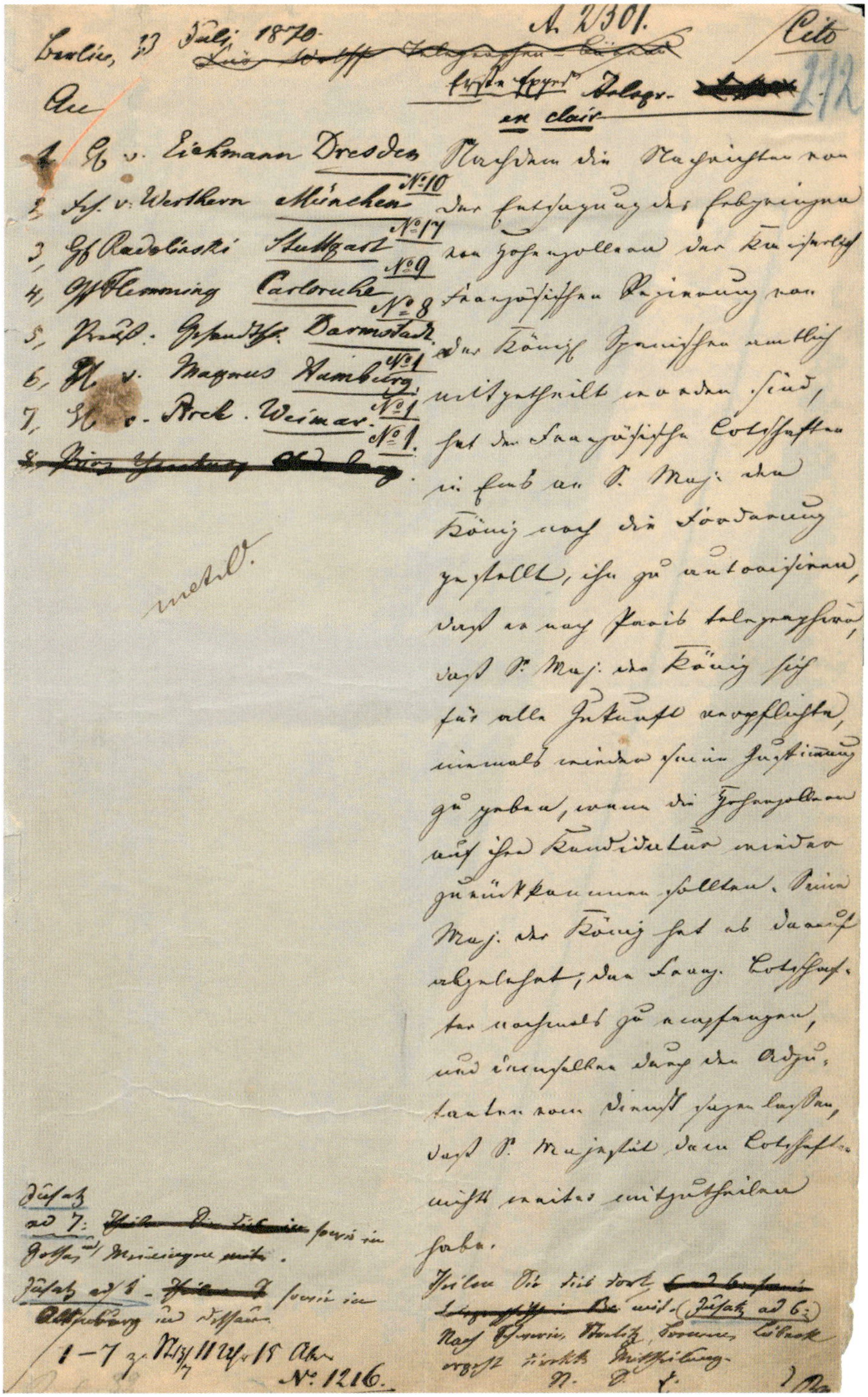

Berlin, 13 Juli 1870. A. 2301. Cito

en clair

An

1. G. v. Eichmann Dresden

2. Ges. v. Werthern München No 10

3. Gf Radolinski Stuttgart No 17

4. Gf Flemming Carlsruhe No 9

5. Preuß. Gesandtsch. Darmstadt No 8

6. H. v. Magnus Hamburg No 1

7. H. v. Arck. Weimar No 1

Nachdem die Nachrichten von der Entsagung des Erbprinzen von Hohenzollern der kaiserlich französischen Regierung von der Königl. Spanischen amtlich mitgetheilt worden sind, hat der französische Botschafter in Ems an S. Maj. den König noch die Forderung gestellt, ihn zu autorisiren, daß er nach Paris telegraphire, daß S. Maj. der König sich für alle Zukunft verpflichte, niemals wieder seine Zustimmung zu geben, wenn die Hohenzollern auf ihre Kandidatur wieder zurückkommen sollten. Seine Maj. der König hat es darauf abgelehnt, den franz. Botschafter nochmals zu empfangen, und demselben durch den Adjutanten vom Dienst sagen lassen, daß S. Majestät dem Botschafter nichts weiter mitzutheilen habe.

1–7 z. 13/7 11 Uhr 15 Abr. No 1216.

Der redigierte Depeschentext

1400 1450 1500 1550 1600 1650 1700 1750 1800 1850 1900 1950 2000

Empört Euch!

Die Presse zu manipulieren, um einen Krieg vom Zaun zu brechen – das klingt nach einem ziemlich neuen Mittel der Politik, und es klingt auch nach Verschwörungstheorien. Im Jahr 1870 ist dies jedoch genau so geschehen: Otto von Bismarck (1815–1898), Ministerpräsident Preußens, gab eine inhaltlich manipulierte Meldung an die Presse, die zuerst in Deutschland abgedruckt wurde, danach auch in Frankreich. Die Empörung über den Inhalt war in beiden Ländern so groß, dass es zum Deutsch-Französischen Krieg kam. Die Meldung ging als „Emser Depesche" in die Weltgeschichte ein. Abgebildet ist hier der handschriftliche Entwurf Otto von Bismarcks für die verschärfte Meldung. Die eigentliche Depesche, ein Telegramm des Diplomaten Heinrich Abeken, ging in der Nacht zum 13. Juli an Bismarck nach Berlin (zweiter Text).

Was war in Bad Ems, einem Heilbad im heutigen Rheinland-Pfalz, geschehen? Preußens König Wilhelm I. traf sich dort mit dem französischen Botschafter Vincent Graf Benedetti (1817-1900). Dieser hatte vom französischen Kaiser Napoleon eine Forderung an das Haus Hohenzollern zu überbringen, jenem Adelsgeschlecht, zu dem auch die preußischen Könige gehörten: Die Hohenzollern und damit Preußen sollten für alle Zeiten auf jegliche Kandidaturen für den spanischen Thron verzichten. Leopold, der mögliche Anwärter, sollte seine Kandidatur wegen des politischen Gegenwindes wieder zurückziehen und wollte dies auch tun; die Nachricht war aber noch nicht bestätigt. Doch das genügte Napoleon nicht. Er wollte einen Generalverzicht auf den Thronanspruch haben, und zwar vom preußischen König persönlich und in aller Öffentlichkeit bekräftigt. Benedetti passte den König in der Sommerfrische am Vormittag des 13. Juli auf der Kurpromenade von Bad Ems ab und konfrontierte ihn mit den französischen Forderungen.

Wilhelm wiegelte ab. Er wollte erst noch die schriftliche Bestätigung haben, ob der Hohenzollern-Kandidat wirklich zurückzog, und sich schon gar nicht für die Zukunft festlegen. Die Nachricht vom Rücktritt des Kandidaten traf tatsächlich am selben Tag ein, und der König ließ Benedetti ausrichten, dass der Verzicht nun offiziell sei. Benedetti bat um eine weitere Audienz, aber Wilhelm lehnte ab. Eine General-Absage kam für Preußen nicht in Frage. Damit war für Wilhelm I. die Angelegenheit gegessen – für diesen Tag.

Otto von Bismarck erhielt das Telegramm von Heinrich Abeken während eines Essens mit Preußens Generalfeldmarschallen Albrecht von Roon und Helmuth von Moltke d.Ä. In ihrer Gegenwart kürzte und redigierte Bismarck die Meldung, sodass sie sich las, als hätte Benedetti erst nach dem Eintreffen der Verzichtnachricht seine Forderung gestellt. Es steht auch nicht in der Meldung, dass Wilhelm I. und Benedetti ein Gespräch hatten. Benedetti und damit Frankreich werden als unverschämt und undiplomatisch dargestellt, die Forderung als solche erschien 1870 ohnehin als unverschämt. Das Verweigern der Zusage und auch einer Audienz würde Frankreich als unverschämt empfinden und müsste darauf reagieren, so war Bismarcks Taktik. Frankreich würde den Krieg erklären und stünde als Angreifer da.

Genau so geschah es. Die französische wie die deutsche Öffentlichkeit war empört. Am 19. Juli 1870 erklärte Frankreich den Preußen und dem von Preußen angeführten Norddeutschen Bund den Krieg. Bayern, Baden-Württemberg, Baden und Hessen-Darmstadt schlossen sich dem Norddeutschen Bund als Verbündete an. Frankreich verlor den Krieg, die süddeutschen Staaten traten dem Norddeutschen Bund bei, der ab 1. Januar 1871 „Deutsches Reich" hieß. Der Präsident des Bundes, Preußens König Wilhelm I., wurde zum „Deutschen Kaiser" ausgerufen.

In Bad Ems erinnert ein kleines Denkmal an die kurze, folgenschwere Audienz. Oberhalb von Rüdesheim am Rhein erinnert das monumentale Niederwalddenkmal an den Krieg und die Reichsgründung. ■

3. Juli 1878

Johanna an Carl

Hamburg, den 3. Juli [1878]

Lieber Carl,

ich hatte so lange keine Gelegenheit, Dir zu schreiben, dass ich mich sorge, Du könntest an meiner Freundschaft und Anhänglichkeit zu zweifeln [beginnen und] das mich veranlasst, Dir diesen Brief zu schreiben. Dein letzter Brief hat mich so gefreut. Das ich einen so gehorsamen „Sohn" habe!
Und mein sehnlichster Wunsch ist [es], ein freundliches Gestirn möge über Deinem Schicksal leuchten und sein Licht stets auf das Lieblichste fallen, das ich in meinem Herzen für Dich fühle.
Es hat mich auch sehr gefreut, dass Du wieder mit den Deinen vergnügt bist und Dich Pfingsten amüsiert hast. Ich wäre gern ein unsichtbarer Gast gewesen. Am 22. Juni war Gröbels Silberhochzeit, wo ich mich reichlich amüsiert habe, denn ich war da zum Kuchen- und Ente[essen]. [Es gab] ein allgemeines Lob. Elise, Lilli und Finni führten ein Theaterstück auf, wobei ich auch behilflich war. Es ging recht lustig zu. Ich war dort von einem Morgen, 6 Uhr bis [zum] anderen Morgen, 5 Uhr. Ich habe mich aber so erkältet, dass ich die ganze Zeit Zahnschmerzen hatte und deshalb Deinen lieben Brief nicht beanwortet habe. Am Donnerstag, dem 6. Juli, habe ich wieder eine silberne Hochzeit und so geht es jetzt immerzu. Ich war noch nicht einmal auf dem Lieblingsplatz, dem Kirchhof, wo ich so gerne weile.
Lieber Carl, eine Bitte habe ich noch an Dich. Es ist um Deiner selbst willen. Sei vorsichtig und beherrsche Deine Leidenschaft. Etwas, von dem ich Dir berichten will. Es war auf Gröbels Hochzeit ein Mädchen, welches mir mithelfen sollte. Es sah aber jeden Augenblick seiner Niederkunft entgegen. Die vielen Tränen haben mich ganz missgestimmt. Ich tröstete es so sehr ich konnte, aber diese Verwünschungen und Flüche können [für] den Mann nie gute Folgen haben. Deshalb, lieber Carl, hüte Dich. Der Himmel hat schützend seine Hand über uns gehalten. Ich dachte so viel an die beste ... Stunde.
Du bist noch so jung und Dein ganzes Leben würde zerstört sein. Denn das ist für den Einen so schlimm wie für den Anderen. Auch bitte ich Dich, Lieber Carl, dem Freud, dem Du noch oft schreibst, nichts von uns zu schreiben, da ich [ihm gegenüber] Misstrauen hege. Die Domstraße ist recht hübsch. Aber
Du sollst nicht so viel Geld dafür ausgeben.
Lieber Carl, ich bete immer für Dich und bitte den lieben Gott, er möge Dich beschützen. Vergiss Gott auch nicht!

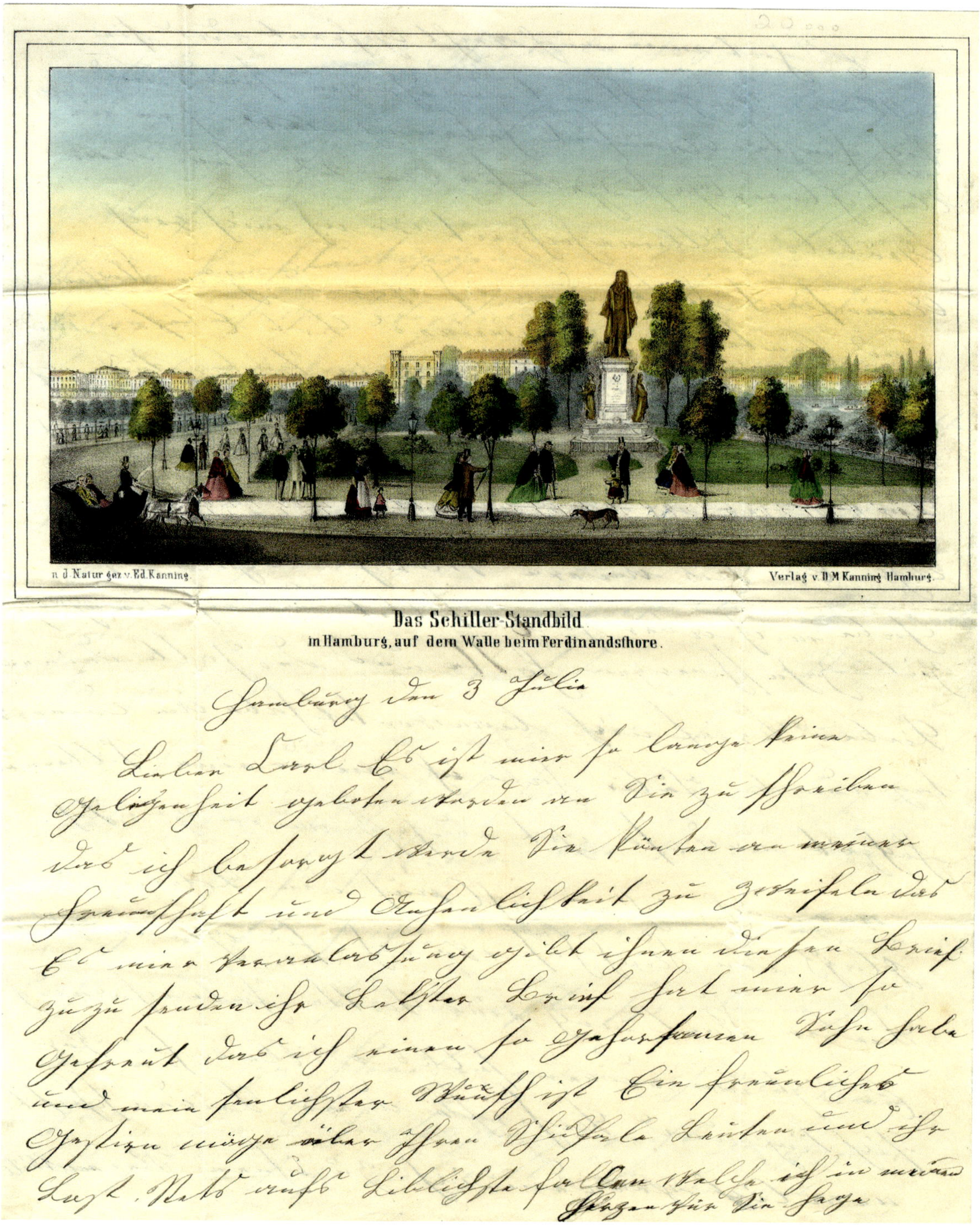
n. d. Natur gez. v. Ed. Kanning
Verlag v. D. M. Kanning Hamburg
Das Schiller-Standbild
in Hamburg, auf dem Walle beim Ferdinandsthore.
Hamburg den 3 Julie

1400
1450
1500
1550
1600
1650
1700
1750
1800
1850
1900
1950
2000

Ich will kein Pfand aus deinen Händen.
Denn deiner Lieb ich mag vertraun.
Nicht Eide, die dich mir verpfänden,
Nicht Blicke, die mich süß beschaun.
Will nur die Hand aufs Haupt dir falten
Und deine Seele nur befragen,
Wie sie es mit den Herrn will halten.
Dies Eine soll mir alles sagen.

Will wieder an die Arbeit gehen,
Mit freudigem Sinn und frommem Mut.
Dort droben gibts ein Wiedersehn
Und hier steh ich in Gottes Hut.

Das höchste Glück hat keine Lieder,
der tiefste Schmerz hat keinen Laut.
Sie spiegeln beide still sich wider
im Tropfen, der vom Auge taut.

Nun will ich schließen, denn ich bin sehr müde.
Lebwohl und sei herzlich gegrüßt und ...

von Johanna.

Schreib bald wieder. Ich glaubte [schon], Du hättest mein Schreiben nicht bekommen. Nun Gute Nacht

Die beste Stunde

Hamburg, im Sommer 1878. Johanna liebt Carl, aber nur heimlich. Sehen können sich die beiden auch nicht oft – Carl ist schon im Frühjahr aus Hamburg abgereist. Sie können nicht telefonieren oder SMS schicken, also schreiben sie sich. Inzwischen schon seit Monaten.

Hamburg ist in dieser Epoche eine blühende Stadt. Sie gehört zum Deutschen Reich, die Bevölkerung wächst. Die Stadt ist weltoffen, die Gründerzeit beginnt gerade. Waren aus aller Welt treffen im Hafen ein. Die Bevölkerung Hamburgs wächst, zugleich drängen sich Auswanderer auf den Kais, die ihr Glück in Übersee versuchen wollen.

Dennoch spielt sich das Familienleben noch in den engen Strukturen des 19. Jahrhunderts ab. Johanna geht zu Familienfeiern, hilft bei deren Organisation, steht mit in der Küche. Eine ungewollte Schwangerschaft ist eine Katastrophe. Johanna und Carl hatten beim Sex, ihrer „besten Stunde", Glück; ein Mädchen aus Johannas Umfeld nicht. Da sich beide seit dem Frühjahr nicht gesehen haben, kann Johanna sicher sein, dass sie nicht schwanger ist.

Ob Johanna und Carl nicht nur ein heimliches, sondern ein offizielles Paar wurden, ist nicht bekannt. Auch nicht, wer sie waren und wie sie lebten. Der Brief ist in der Sammlung der Museumsstiftung Post erhalten geblieben, ebenso wie ein anderer Brief von Johanna an Carl vom 8. April desselben Jahres.

Das schöne Briefpapier mit dem Schillerdenkmal stammt von Martin Kanning (1806-1884), haben die Experten des Museums herausgefunden. Diese „Kanningschen Briefbogen" mit kolorierten Lithografien Hamburger Motive waren bekannt und beliebt. Ob das Schillerdenkmal, es stand damals am Ferdinandstor zwischen Binnen- und Außenalster, etwas mit der besten Stunde des Paares Johanna und Carl zu tun hatte, bleibt wie fast alles rund um diese Liebesgeschichte ein Geheimnis. ■

zwischen dem 3. und 18. Februar 1879

Johannes Brahms an Clara Schumann

Liebe Clara,

Wenn Du Umstehendes recht langsam spielst, sagt es Dir vielleicht deutlicher als ich es sonst könnte wie herzlich ich an Dich u. Felix denke – selbst an seine Geige, die aber wohl ruht.
Für Deinen Brief danke ich von Herzen; und ich mochte u. mag nur nicht darum bitten aber es drängt mich immer sehr von Felix zu hören.
Hier in Joachims Concerten habe ich nicht gespielt – weil ich eben nicht mochte. Diese schlechte Gastfreundschaft etwas gut zu machen war auch der Grund weshalb ich ihm mein Concert gab, das ich sonst wohl einstweilen hätte liegen laßen. Jetzt hat es mir u. Anderen aber ganz wohl gefallen u. ich wünsche nur J.würde zum Frühling darauf nach Frankfurt oder Wiesbaden eingeladen damit Du es hörtest. Vielleicht kannst Du irgend einer Prinzeß einen Wink geben? J. spielte aber die Zeit herrlich; so frisch u. ganz vorzüglich daß Du außer Dir gewesen wärst! Falls u. Wenn ich einen Clavierauszug mache sollst Du ihn gleich haben.
Inliegenden Zeitungswisch gieb doch gelegentlich an Stockhausen. Was denkst Du u. wohin den Somer?
Oder läßt Felix wohl weiter nicht denken?

Euch alle ganz von Herzen grüßend
Dein Johannes

Wenn Dir der inlieg.[ende] kleine Stich nicht ganz besonderes Plaisir macht bitte ich ihn gelegentlich zurückzuschicken oder mir aufzubewahren.

Freunde auch in schwierigsten Zeiten

Clara Schumann (1819-1896) ist eine begnadete Pianistin. Sie ist mit dem Komponisten Robert Schumann verheiratet und hat sieben Kinder mit ihm, dennoch ist sie viel mehr als Ehefrau und Mutter. Sie gibt Konzerte in ganz Europa, komponiert eigene Werke für Klavier, ist hoch gebildet und hat viele Bewunderer und Verehrer. Robert Schumann ist weniger erfolgreich und steht im Schatten seiner Frau, auch verdient er deutlich weniger als sie.
1853 lernen die Schumanns in Düsseldorf den Komponisten Johannes Brahms (1833-1897) kennen. Er ist 14 Jahre jünger als Clara Schumann, bewundert sie aber dennoch als Künstlerin wie als Frau. Sie schreiben sich Briefe. 1854 wird Robert Schumann so schwer psychisch krank, dass er einen Selbstmordversuch begeht und in eine geschlossene Anstalt eingewiesen wird. Clara ist zu dieser Zeit mit ihrem jüngsten Sohn Felix schwanger. Wenig später wohnt Brahms zeitweise in der Düsseldorfer Wohnung der Schumanns.
Robert Schumann stirbt 1856. Ob die Verehrung, Freundschaft und Liebe zwischen Clara und Johannes rein pla-

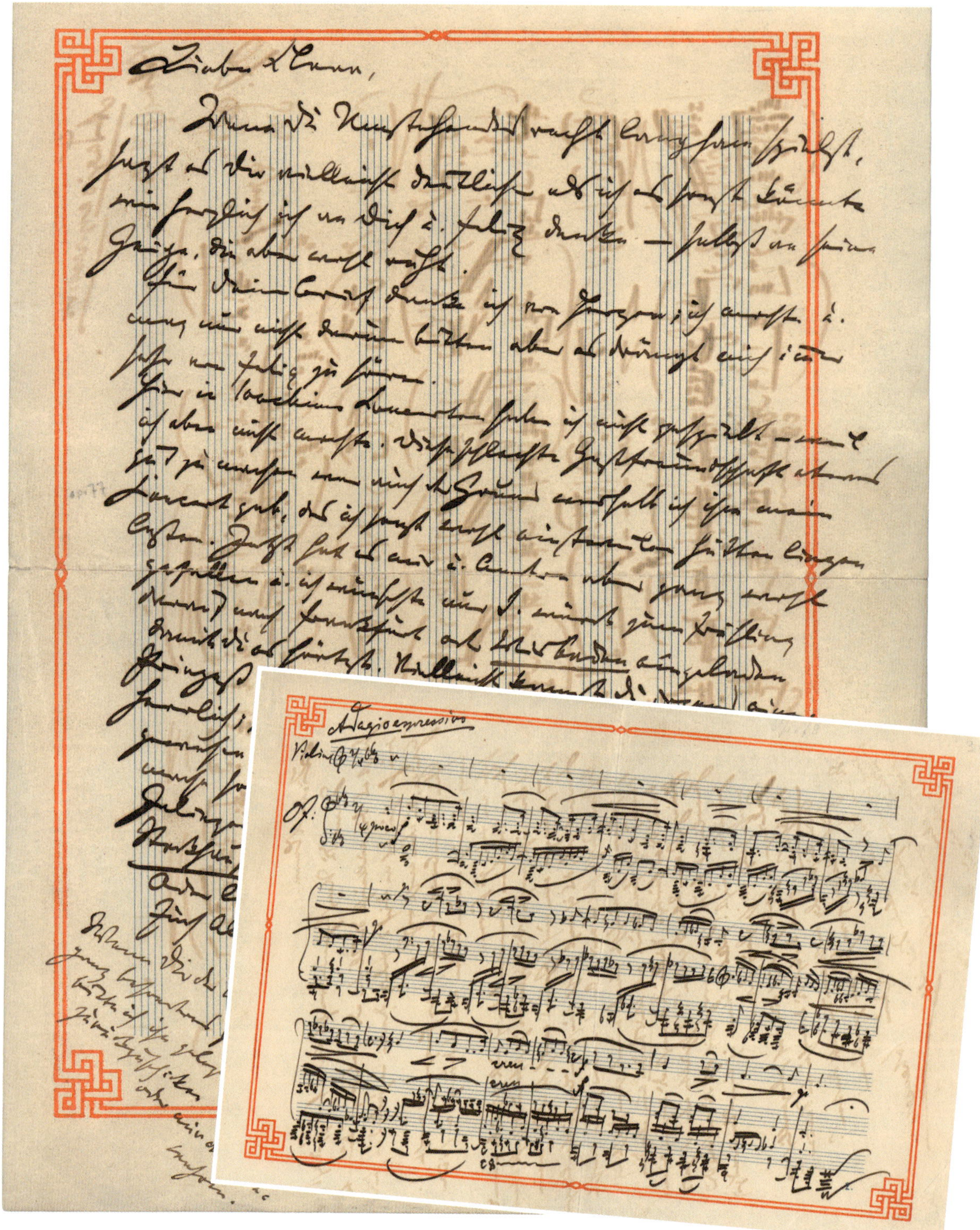

1400 1450 1500 1550 1600 1650 1700 1750 1800 1850 1900 1950 2000

tonisch ist oder darüber hinausgeht, wird für immer das Geheimnis der beiden bleiben. Sie vernichten fast alle Briefe, die sie einander in dieser Zeit geschrieben haben. Sie werden kein offizielles Paar. Clara Schumann bleibt jedoch mit Johannes Brahms stets in Kontakt, und stets sind die Briefe warmherzig und liebevoll. Zumindest die Liebe zur Musik verbindet die beiden lebenslang.

1879 ist ein Schicksalsjahr für Clara Schumann. Sohn Felix leidet schon länger an Tuberkulose, ist inzwischen so krank, dass er wieder bei der Mutter lebt. Sie wohnt inzwischen in Frankfurt und pflegt den Sohn. Brahms, der Felix schon als Baby kannte, macht sich Sorgen. Er lebt in Wien und ist mit dem Geiger Joseph Joachim (1831–1907) befreundet, der auch ein Freund der Schumanns ist. Brahms hat für ihn das Violinkonzert in D-Dur komponiert und im Januar 1879 uraufgeführt. Er hält viel von dem engagierten Solisten und hofft, dass auch Clara eins seiner Konzerte wird hören können. Brahms erwähnt in dem Brief auch einen weiteren Musikerfreund: den Sänger Julius Stockhausen (1826–1906). Es ist der Sohn des Harfenisten und Komponisten Franz Stockhausen, den Beethoven per Brief um Hilfe bat (siehe Seite 84–87). Seinen Brief an Clara schreibt Brahms auf einem Blatt mit Notenlinien, auf der Rückseite hat er Klaviermusik geschrieben. Doch die Musik steht im Februar 1879 im Leben der Clara Schumann nicht an erster Stelle. Ihr Sohn Felix liegt im Sterben. Am 18. Februar wird er begraben.

Clara Schumann arbeitet als Klavierlehrerin am Konservatorium und gibt bis 1891 Konzerte. Johannes Brahms bleibt in Wien. Er heiratet nie und bekommt keine Kinder. Er schreibt kein weiteres Violinkonzert, aber dutzende Werke für Klavier. Er stirbt nur ein Jahr nach Clara Schumann. ■

27. Juni 1882

Sigmund Freud an Martha Bernays

Dienstag, 27. Juni 1882 vormittags im Laboratorium

Mein süßes Madchen

Ich habe einige Blätter aus meinem Arbeitsbuch herausgerissen, um Dir während mein Versuch vor sich geht, zu schreiben. Die Feder ist von Professors Arbeitstisch gestohlen, die Leute um mich glauben, daß ich meine Analysen ausrechne; eben war einer bei mir, der mich zehn Minuten lang aufgehalten. Neben mir untersucht ein dummer Armenarzt eine noch dümmere Salbe, ob sie nichts Gesundheitsschädliches enthält; vor mir kocht es in meinem Apparat und brodeln die Gasblasen, die ich einleiten muß. Das Ganze predigt wieder Entsagung, Warten; die Chemie besteht zu zwei Dritteilen aus Warten, das Leben wahrscheinlich ebenso, und das Schönste ist, was man sich verstohlen gönnt, wie ich es jetzt mache. Dein süßes Briefchen kam so unerwartet, darum doppelt willkommen, und ich freute mich der hohen Bäume und des schönen Gartens, sowie der reizenden Verwirrung in Deinen lieben Sätzen. Gib acht, Mädchen, die Schiebladen kommen wieder alle in Ordnung, in eine neue Ordnung hoffe ich aber – – – ich wollte noch etwas sagen, aber ein urdummer Nachbar hat mich in eine Unterhaltung über ein Quecksilbersalz gezogen. Gott verdamme ihn dafür.
Dein Briefchen also wiegt das heutige schlechte Wetter auf, in mir ist Sonnenschein und blauer Himmel, draußen neblig und rieselig. Warum meinst Du, die Adresse, die Du diesmal benützt hast, sei auffällig? Hier ist sie die bequemste, meinst Du vielleicht in Wandsbek auffällig? Dein Briefchen (ich will nicht mehr ‚süß' sagen, ich werde bei der Berliner Akademie um Vermehrung der zärtlichen Adjektive einkommen – ich leide solchen Mangel daran) trug den Poststempel Hamburg. Ist Wandsbek so nahe? Hast Du das Meer schon gesehen? Richte ihm einen schönen Gruß von mir aus – und wir kommen noch zusammen. Land und Meer sollen zusammenwirken, mein Mädchen blühend zu erhalten und ihr die Ferne angenehm zu machen. Ich bin so eitel, daß ich sie nicht mehr als Heimat gelten lassen will. Wie keck wird man, wenn man sich geliebt weiß!
Die arme Minna hat einen fünf Seiten langen Brief aus dem Stegreife erfinden müssen. Was für gefährliche Dinge hat ihr Marthchen geschrieben? Laß mich doch wissen, was Eli über mich schreibt. Es muß recht lustig ausfallen.
Du machst mich jetzt auch faul, Marthchen. Ich arbeite zwar tagsüber, aber am Abend bin ich ganz unfähig, ein Buch anzusehen. Dichtungen mag ich nicht; ich weiß eine schöne Dichtung, die ich selbst erlebt, und der hohen Wissenschaft mache ich ein tiefes Kompliment und sage dazu: »Hohe Wissenschaft, ich bleibe Euer untertänigster Diener, Euch in Ehrfurcht ergeben, aber nehmt mir's nicht übel; Ihr habt mich nie freundlich angeblickt, mir nie ein trostreiches Wort gesagt; Ihr antwortet nicht, wenn ich schreibe, Ihr hört nicht, wenn ich spreche, ich weiß eine andere Dame, der ich mehr wert bin als Euch, die mir jeden Dienst hundertfach vergilt,

die auch nur einen Diener hat, nicht Tausende wie Ihr. Ihr werdet es verstehen, wenn ich mich jetzt der anderen, so anspruchslosen und gnädigen Dame widme. Behaltet mich in gutem Angedenken bis ich wiederkomme. Ich muß an Martha schreiben.«
Das wird wohl anders werden, wenn ich Marthchen täglich sehen und sprechen kann. Die beiden Damen werden sich dann friedlich vertragen, und die stolze, unnahbare wird sich's gefallen lassen müssen, für die liebreiche, bescheidene zu zinsen und zu steuern.
Gestern war ich bei meinem Freund Ernst von Fleischl, den ich bisher, solange ich nicht Marthchen kannte, in allen Stücken beneidet habe. Jetzt habe ich doch etwas voraus. Er ist, glaube ich, seit zehn oder zwölf Jahren mit einem Mädchen verlobt, das ihm gleichaltrig ist, unbestimmt lange auf ihn warten wollte und mit dem er aus mir unbekannten Gründen zerfallen ist. Er ist ein ganz ausgezeichneter Mensch, an dem Natur und Erziehung ihr Bestes getan haben. Reich, in allen Leibesübungen ausgebildet, mit dem Stempel des Genies in seinen energischen Zügen, schön, feinsinnig, mit allen Talenten begabt und fähig, in den allermeisten Dingen ein originelles Urteil zu schöpfen, war er immer mein Ideal, und ich war erst ruhig, als wir Freunde wurden und ich an seinem Können und Gelten eine reine Freude haben durfte. Ich brachte ihm diesmal ein Urteil über eine Streitschrift von ihm, er lehrte mich das japanische Spiel ‚Go' und überraschte mich mit der Nachricht, daß er Sanskrit lerne. Ich mußte versprechen, es geheimzuhalten, aber ich wußte sofort, für Martha gelte dieses Geheimnis sowenig wie andere und wichtigere. Dann sah ich mich im Zimmer um, dachte an meinen überlegenen Freund, und der Gedanke kam über mich, was er mit einem Mädchen wie Martha machen könnte, welche Fassung er dem Kleinod geben würde, wie Martha, die schon unser ärmlicher Kahlenberg entzückt, die Alpen bewundern würde, die Wasserstraßen von Venedig, die Pracht von St. Peter in Rom; wie wohl es ihr tun müßte, an der Geltung und dem Einfluß des Geliebten teilzunehmen, wie die neun Jahre, die jener Mann vor mir voraus hat, ebensoviel beispiellos glückliche Jahre ihres Lebens bedeuten würden gegen neun armselige in Verborgenheit und fast Hilflosigkeit verbrachte Jahre, die ich erwarten darf. Ich mußte mir zur Pein ausmalen, wie leicht es möglich sei, daß er, der jedes Jahr zwei Monate in München verbringt, dort in der erlesensten Gesellschaft verkehrt, Martha bei ihrem Onkel sehen könnte. Ich wurde neugierig, wie ihm Martha gefallen könnte. Dann brach ich plötzlich das Traumgebilde ab; es war mir klar, daß ich die Geliebte nicht abtreten kann, auch wenn sie bei mir nicht den richtigen Platz gefunden hat. Einen Teil des Glücks, auf das Martha in der Stunde unserer Verlobung verzichtet hat, holen wir später nach. Mädchen muß versprechen, recht lange jung und frisch zu bleiben, sich auch nach neun Jahren so liebreizend über Neues und Schönes zu wundern, wie sie es jetzt kann. Martha wird doch nicht in den Hausstandssorgen aufgehen, Martha ist keine Lisette. Soll ich nicht auch einmal etwas Besseres haben, als ich verdiene? Martha bleibt mein Eigen.

Der Teuren einen herzlichen Gruß von
Sigmund

Das Warten hat sich gelohnt

Dass Studenten ihre Gedanken überall haben außer bei ihrem Studienfach, kommt vor. Da ist der junge Wiener Arzt Sigmund Freud (1856-1939) in bester Gesellschaft. Im Sommer 1882 sitzt er im Labor, schreibt aber nicht seine Forschungsergebnisse auf, sondern einen Brief an seine neue Freundin Martha Bernays in Hamburg. Freud ist bereits promovierter Mediziner, er führt jetzt Studien im Fach Neurophysiologie durch. Martha und Sigmund haben sich in Wien kennengelernt und heimlich verlobt, inzwischen musste Martha aber mit ihrer Mutter und ihrer Schwester Minna nach Hamburg ziehen. Sie leben bei ihrem Onkel Elias in Wandsbek, Marthas Bruder Eli bleibt in Wien. Die Sehnsucht frisst Sigmund fast auf, aber er muss noch vier Jahre warten, bis sich sein Traum von Martha erfüllt.

Sigmund und Martha heiraten am 13. September 1886. Sie bekommen sechs Kinder. Sigmund Freud wird einer der bedeutendsten Gelehrten seiner Zeit und begründet die Psychoanalyse. Martha und Sigmund bleiben zusammen, bis der Tod sie scheidet – ihre Beziehung dauert 57 Jahre lang. ■

29. Januar 1889

Mary Vetsera an ihre Mutter, ihren Bruder Feri und ihre Schwester Hanna

Liebe Mutter –
Verzeih mir was ich gethan. –
Ich konnte der Liebe nicht wiederstehen. In Übereinstimmung mit Ihm will ich neben Ihm im Friedhof von Alland begraben sein. –
Ich bin glücklicher im Tod als im Leben. Deine
Mary

Mein lieber Feri –
Leider konnte ich Dich nicht mehr sehen. Leb wohl, ich werde von der – anderen Welt über Dich wachen weil ich Dich sehr lieb habe. –
Deine treue Schwester
Mary

Meine liebe Hanna –
Wenige Stunden vor meinen Tod will ich dir adieu sagen. Wir gehen beide selig in dass ungewisse Jenseits. Denk hie und da an mich Sei glücklich, und heirathe nur aus Liebe. Ich konnte es nicht thun und da ich der Liebe nicht wiederstehen konnte so gehe ich mit Ihm
Deine Mary

P.S. Vergiss nicht den Starl den Ring zu senden, ich lasse ihn grüssen und denke sein in treuer Freundschaft. Der Bratfisch hat uns gestern ideal vorgejodelt, ich habe ihm meine Uhr und Mondstein Ring geschenkt. Die Familie Hulka ist ganz unschuldig, ich habe alles aus freiem Willen und ohne Hilfe gethan. –
Sag dem Eder dass ich nicht singen kann nächsten Samstag. –
Meinen Schmuck vertheile ungefähr so wie du es am besten findest. –
Weine nicht um mich ich gehe fidel hinüber –
Den monsieur D. lass ich grüssen und lasse mich bei den Spatenbräu Rendezvous entschuldigen. – Es ist wunderschön hier draussen man denkt an Schwarzau. Der Philipp Coburg jagt heute hier leider ist die schöne Louise nicht mit. Denk an die Lebenslinie in meiner Hand! Jetzt nochmals leb wohl! Richtig lass die Tobisslin grüssen. Vergiss nicht alle Jahre am 13 Jänner und am Jahrestag eine Gardenia auf mein Grab zu senden und zu oder zu bringen Als letzten Wunsch einer Sterbenden bitte ich die mama für die Familie Hulka auch fernerhin zu sorgen, damit sie nicht durch meine Schuld leiden.
Mary Vetsera

Schloss Mayerling

Liebe Mutter –
Verzeih mir was ich
gethan. – Ich
konnte der Liebe
nicht wiederstehen.
In Übereinstimmung
mit Ihm will ich
neben Ihm im Fried
hof von Alland begra
ben sein. –
Ich bin glücklicher
im Tod als im
Leben. Deine

Mary

Eine tödliche Affaire

Kronprinz Rudolf (1858–1889), der einzige Sohn des Kaiserpaares Elisabeth „Sisi" (siehe Seite 94–97) und Franz Josef I. von Österreich, soll einmal Kaiser werden. Er ist nicht einfach eine gute Partie, er ist die beste Partie Österreichs, ein echter Traumprinz. Die Klatschpresse berichtet über ihn, die jungen Mädchen schwärmen für den schlanken jungen Mann mit den sanften Augen.

Dieser wird von frühester Kindheit an auf seine zukünftige Rolle als Kaiser vorbereitet. Er lernt die Gesellschaft und das Hofzeremoniell kennen, darf durch Europa reisen und leistet Militärdienst. In Prag hat er eine Freundin, eine Bürgerliche, mit der er sich offiziell natürlich nicht blicken lassen darf. Überhaupt hat der Erzherzog keinerlei Wahlmöglichkeiten, was seinen Lebensweg angeht, und am Hof auch keinerlei Selbstbestimmungsrecht. Was er möchte oder wen er liebt, was ihn interessiert oder was er aus sich machen möchte, spielt keine Rolle, seine persönliche Entwicklung muss hinter der Staatsräson zurückstehen.

1981 verheiratet das Kaiserpaar den Sohn mit der belgischen Prinzessin Stephanie. Auch sie kann über ihr Leben nicht selbst entscheiden. Rudolfs Freundin wird ins Exil geschickt und stirbt. Stephanie bekommt ein Kind. Es gibt dynastische Pflichten.

1888 lernt Rudolf bei einem Pferderennen eine seiner zahlreichen jugendlichen Verehrerinnen kennen: Marie Alexandrine Freiin von Vetsera, genannt Mary. Sie ist 13 Jahre jünger als Rudolf und ein absoluter Fan des Thronfolgers, obwohl dieser schon verheiratet ist. Rudolf wird auch ein Fan von Mary. Sie werden ein heimliches Paar und treffen sich in der Wiener Hofburg und auf Rudolfs Jagdschloss in Mayerling. Mary ist nicht die einzige Geliebte des Kronprinzen, der seine Beliebtheit bei den Frauen durchaus genießt. Aber für echte Gefühle oder individuelles Glück gibt es am Habsburgerhof keine Chance. Ob Mary und Rudolf tatsächlich beide verzweifelt sind und beide meinen, nicht ohne den anderen leben zu können, ist bis heute nicht klar. Klar ist nur, dass beide am Morgen des 30. Januar 1889 tot in Schloss Mayerling gefunden werden. Sie haben sich erschossen.

Rudolf hinterlässt Abschiedsbriefe; nur der an seine Frau Stephanie ist im Original erhalten geblieben und wird heute in der Österreichischen Nationalbibliothek verwahrt.

Mary hinterlässt auf dem Briefpapier von Schloss Mayerling drei handgeschriebene Abschiedsbriefe: an ihre Mutter Helene, ihren Bruder Feri und ihre Schwester Hanna. Diese werden 1926 zusammen mit Fotos und anderen Dokumenten in einem Safe der Schoellerbank, einer österreichischen Privatbank, deponiert – und dort vergessen. Bis sie, wie die Österreichischen Nationalbibliothek und die Schoellerbank im Sommer 2015 melden, bei einer Archivrevision in einer braunen Ledermappe wiederentdeckt und der Forschung zur Verfügung gestellt werden. Die Umstände der Beziehung und auch des Todes von Mary und Rudolf bleiben weiterhin rätselhaft. ■

7. November 1893

Otto von Bismarck an unbekannt

Friedrichsruh, 7. November 1983

Die Sendung Seefische, welche Sie die Freundlichkeit hatten hierher zu richten, hat mir besonders Vergnügen gemacht, zumal ich Knurrhahn und Roche in der Schüssel bisher nicht kannte. Ich finde Knurrhahn einen der feinsten Fische und werde diese Bekanntschaft weiter cultiviren. Roche ist wie ich glaube der als „raie“ an der Ostender und Kanalküste häufige Fisch, ein etwas weichlicher und geschwänzter turbot.
Ich bitte Sie für Ihre freundlichen Zeilen und Gabe meinen verbindlichsten Dank entgegenehmen zu wollen.

Bismarck

Das Leben ist ein Fischteich

Auch der emsigste Politiker braucht einmal eine Pause und eine Leckerei. Für Otto von Bismarck (1815-1898) war Fisch eine solche Schlemmerei. Legendär ist seine Vorliebe für in Essig eingelegte Heringsfilets, die bis heute den Namen „Bismarckhering“ tragen. Bismarck soll gesagt haben: „Wenn Heringe genauso teuer wären wie Kaviar, würden ihn die Leute weitaus mehr schätzen.“ Nicht mit Kaviar, auch nicht mit Schokolade oder Schnaps konnte man ihn begeistern, wohl aber mit den Schätzen des Meeres. Frischen Seefisch bekam er wohl selten auf den Tisch, denn 1893 bedankte er sich handschriftlich und detailliert für eine Sendung Seefische, die man ihm geschickt hatte. Er war in dem Jahr schon nicht mehr Kanzler des Deutschen Reichs, aber bei Weitem nicht im Ruhestand, sondern mischte aus dem Hintergrund in der Politik mit, zum Missfallen Kaiser Wilhelms II. Er lebte auf Schloss Friedrichsruh bei Hamburg, nicht weit von der See entfernt, jedoch weit genug, um noch nie Knurrhahn oder Raie gegessen zu haben. „Raie“ ist das französische Wort für Rochen, „turbot“ ist ein Steinbutt. Die beiden Arten sind biologisch nicht verwandt, sehen aber, zumindest tot auf dem Fischmarkt, ähnlich aus. Bismarcks Interesse galt offensichtlich mehr der Feinschmeckerei als der Natur. Eigentlich, so sagte Bismarck im Ruhestand, sei das ganze Leben wie ein Fischteich voller Forellen: „Eine frisst die andere auf, bis nur mehr eine dicke alte Forelle übrig bleibt. Bei mir hat im Laufe der Zeit die Leidenschaft zur Politik alle anderen Leidenschaften aufgefressen.“ ■

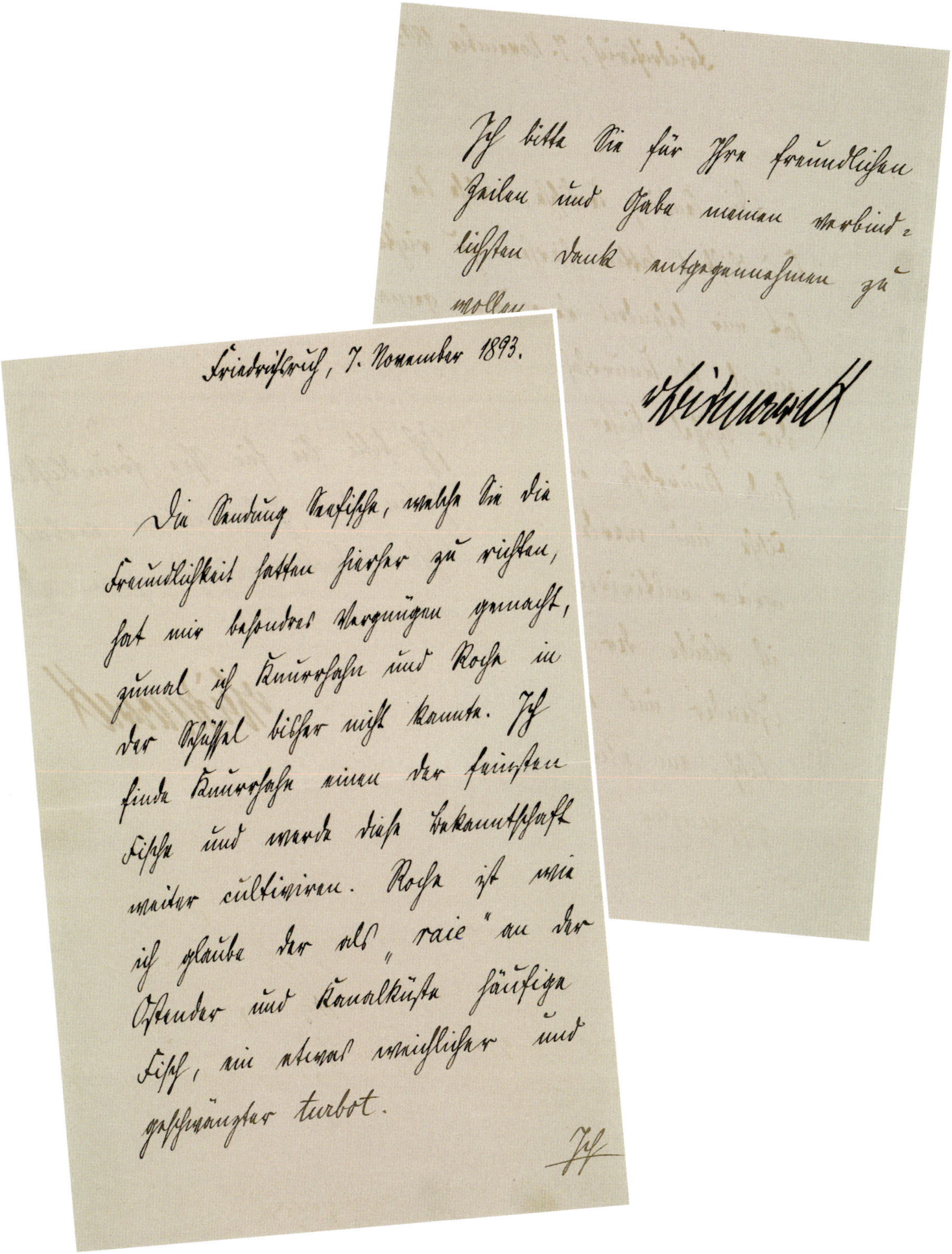

Friedrichsruh, 7. November 1893.

Die Sendung Seefische, welche Sie die Freundlichkeit hatten hierher zu richten, hat mir besonderes Vergnügen gemacht, zumal ich Knurrhahn und Roche in der Schüssel bisher nicht kannte. Ich finde Knurrhahn einen der feinsten Fische und werde diese Bekanntschaft weiter cultiviren. Roche ist wie ich glaube der als „raie" an der Ostender und Kanalküste häufige Fisch, ein etwas weicherer und geschwänzter turbot.

Ich

Ich bitte Sie für Ihre freundlichen Zeilen und Gabe meinen verbindlichsten Dank entgegennehmen zu wollen.

vBismarck

21. Dezember 1902

Kaiser Wilhelm II. an Houston Stuart Chamberlain

Neues Palais, 21. XII. 1902.

Lieber Mr. Chamberlain.

Auf die Gefahr hin, in den Verdacht der Aufdringlichkeit zu kommen und in Ihre Arbeit über das Kantbuch störend einzugreifen, bitte ich Sie, mir diese Antwortzeilen zu vergeben. Wir Könige stehen ja bekanntlich leider in dem Rufe, meist in nur losem Konnex mit der Göttin der Dankbarkeit zu stehen, und da muß ich doch das Meine dazu tun, daß ich Ihnen gegenüber nicht in solchem Lichte erscheine! — Innigen und herzlichen Dank für Ihren Brief und die Beilage. Ich habe beide sorgfältig und öfters durchstudiert und darüber nachgedacht. Die Hauptpunkte, unsere Zukunft, ihre Aufgaben betreffend, habe ich als Programm in Görlitz „point blanc“, wie der Brite sagt, unter die Zuhörer gefeuert. Ich war ja so froh, daß Sie dem, was ich innerlich fühlte und was in mir rang, in so lapidarischer Weise Form und Worte verliehen hatten. Ich beobachtete die Gesichter, gespannte Aufmerksamkeit und Staunen war da zu lesen. Es war ganz etwas anderes, als sie erwartet hatten, und es war etwas Neues! Zu meinem Erstaunen habe ich bald erfahren und gesehen, daß im Lande die Aufnahme eine günstige war. Von den Universitäten und Professoren war das natürlich, und von dort klang es hell und dankbar zurück. Aber auch „Nichtfachleute“ hatte es gepackt. Nur die Orthodoxie von rechts und links grollte! Sie hat einen argen Schreck über die „Weiterbildung unserer Religion“ bekommen und kaut seitdem an dem Ausdruck herum, ohne ihn verstehen zu wollen oder zu können. Möge das Samenkorn Frucht bringen! Ihre vier Essays — exklusive Rasse — habe ich im Kreise der Meinen vorgelesen und haben wir herzhaft diskutiert und verhandelt. Ja das Alte Testament! Und gar die Genesis! Ei! Ei! Das waren doch gar überraschende Dinge, die Sie daraus mitteilten, und ungern läßt man vom Althergebrachten. Aber ich habe den Eindruck, daß doch allmählich es klar wird, worauf es dabei ankommt, und das habe ich bei den Kontroversen stets betont. Wir haben den Heiland, und der muß für uns die Hauptsache sein und voranstehen, und mit dem muß man sich völlig beschäftigen. Von dem aus kann man auf das Alte Testament „rückwärts konstruieren“! He is a fact! Zumal für uns; was vor ihm war, ist eine Erläuterung, soweit sie nachweisbar ist, ein Hinweis auf Ihn! Aber für uns jetzt muß absolut das „Ich aber sage euch“ des Herrn Jesus Christus gelten. —

Wie richtig und zugleich wundervoll sagen Sie, daß für den Menschen es unmöglich ist, für transzendentale Dinge sich Form oder Begriff zu machen — i. e. von Gott —, daß aber wir ja in der glücklichen Lage sind, einen Anhaltspunkt, einen Hinweis zu haben: denn „Christus ist ja Gott“, Er hat sich in ihm offenbart! — Das schlug vollkommen durch, und nachdem die nötige Menge von Broschüren aus München nachbestellt waren — in Berlin waren keine mehr zu haben —, gehen jetzt alle unsere Damen mit Ihrem Vorwort unter dem Arm umher und fallen ahnungslose Geistliche an, die es zu lesen bekommen.

„The Germans to the front": Postkarte nach einem Gemälde von Carl Röchling (1855-1920). Es zeigt deutsche Soldaten während des Boxeraufstands in China, 1900.

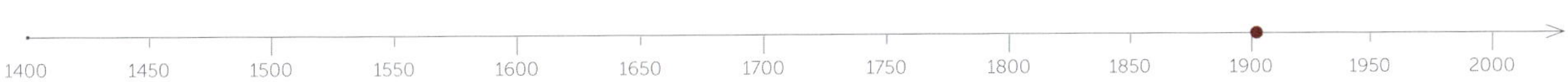

Ich habe die Broschüre an viele Freunde, Geistliche, auch katholische Damen gesandt. Habe überall reges Interesse gefunden, wobei mir zu meiner großen Freude ein älterer Stabsoffizier sagte, daß diese Schrift unsere Leutnants sehr interessieren werde, da fast jeder junge Offizier des Gardekorps die „Grundlagen" studiere und bespräche! Nun noch ein Wort von Delitzsch. In Ihrer Behandlung des Vortrages von Bibel und Babel gehen Sie von der Ansicht aus, daß er im semitischen Sinne und Interesse gearbeitet habe. Wir alle, die den Vortrag hörten, haben diesen Eindruck nicht gehabt. Er war von seiner Materie sehr erfüllt und begeistert und ging doch auch dem Alten Testament zu Leibe, insofern er die Ansicht zum erstenmal öffentlich aussprach, daß in der Genesis hauptsächlich Mythen und Überlieferungen seien. Das erregte damals schon einen ganz ungeheueren Sturm unter Damen und Pastoren, daß er ganz fürchterlich mitgenommen wurde und nur wenig Verteidiger fand. Bei den Diskussionen verschwand das „Semitische" völlig, und es blieb nur das Assyriologische oder rein Religiöse übrig, je nach dem Standpunkt des Betreffenden. Aber ich habe nicht den Eindruck gehabt, daß er uns „semitisch" hat „einspinnen" wollen, dazu ist es ein zu einfacher und ehrlicher Mensch. Er ist eben von einem mehrmonatigen Ausflug nach Babylon heimgekehrt und wird Anfang nächsten Monats einen neuen Vortrag halten, bei dem er auch Ihren Aufsatz widerlegen will. — Neulich erzählte uns ein Landgeistlicher aus einem Dorf an der russischen Grenze, dem ich Ihre „Grundlagen" geschenkt hatte, daß er das Kapitel über die Erscheinung Christi einem aus seiner Kirche ausgetretenen Atheisten zu lesen gegeben. Derselbe habe es ihm tief erschüttert zurückgebracht und habe unter Tränen um Wiederaufnahme in die Gemeinde und die Sakramente gebeten und sei ein frommer Christ geworden! — Sie haben eine Seele gerettet, das herrlichste, was ein Mensch vollbringen kann, mögen Sie unser deutsches Volk, unser Germanentum retten, dem zum Helfer und getreuen Eckhardt Gott Sie gesandt hat! — Zur Weihnachtsgabe sende ich Ihnen ein Bild, einen historischen Moment darstellend, an welchem aus britischem Munde ein gewaltiges Wort fiel, auf das wir stolz sind! Nun a merry Christmas and a happy New Year mit Gottes reichstem Segen wünscht herzlich in treuer Freundschaft

Ihr
Wilhelm
I. R.

Dunkeldeutschland

„Und da Rasse nicht bloss ein Wort ist, sondern ein organisches lebendiges Wesen, so folgt ohne Weiteres, dass sie nie stehen bleibt: sie veredelt sich, oder sie entartet, sie entwickelt sich nach dieser oder jener Richtung und lässt andere Anlagen verkümmern. Das ist ein Gesetz alles individuellen Lebens. Der feste nationale Verband ist aber das sicherste Schutzmittel gegen Verirrung: er bedeutet gemeinsame Erinnerung, gemeinsame Hoffnung, gemeinsame geistige Nahrung; er festet das bestehende Blutband und treibt an, es immer enger zu schliessen."[1] Diese Worte des britischen Autors Houston Stewart

1 Houston Stewart Chamberlain: Die Grundlagen des neunzehnten Jahrhunderts, 10. Auflage, F. Bruckmann A.-G., München 1912.

Chamberlain (1855-1927) waren Musik in den Ohren des deutschen Kaisers Wilhelm II. (1859–1941). Chamberlain schrieb sie in seinem 1899 erschienenen Buch „Grundlagen des neunzehnten Jahrhunderts". Das Werk im Stil einer historischen Forschungsarbeit ist durchtränkt von Nationalismus und Rassismus. Es war genau das, was viele Menschen in dieser Zeit hören und lesen wollten. Die „Germanen" werden darin in allen Lebensbereichen und in allen historischen Epochen als überlegene Rasse dargestellt, Slawen und vor allem Juden als minderwertig, andersartig, feindlich. Es ist ein rhetorisch brillantes und daher besonders gefährliches Werk, da es den giftigen Samen des Antisemitismus und Rassismus auch in akademischen Kreisen weiter verbreitete.

Kaiser Wilhelm II. war nicht nur von diesem Buch, sondern auch von den Essays Chamberlains zu religiösen Themen begeistert. Anbiedernd schreibt der Kaiser dies nach London. Es geht um den „Babel-Bibel-Streit", der zu dieser Zeit in akademischen Kreisen ausgetragen wurde. Der angesehene Assyriologe Friedrich Delitzsch (1850-1922) trug 1902 in einem Vortrag, bei dem Kaiser Wilhelm II. anwesend war, eine neue These vor: Das Alte Testament und das Judentum hätten ihre Quellen im antiken Babylon. Das Christentum sei also gar nicht aus dem Judentum hervorgegangen, sei nicht semitisch, sondern in der Wurzel babylonisch; noch eine These, die den Antisemiten in die Hände spielte. Chamberlain kritisierte Delitzsch zwar als „Judenfreund", hieb aber mit seinen Schriften, etwa „Worte Christi" von 1902, in dieselbe Kerbe. Wilhelm ließ sich, so berichtet er, von Chamberlains Werken zur religiösen und religionspolitischen „Görlitzer Rede" vom 19. November 1902 inspirieren, die den Titel „Freiheit in der Weiterbildung der Religion" trug. Wilhelm legte dem Brief das Bild „The Germans to the Front" des Malers Carl Röchling bei. Es zeigt das deutsche Truppenkontingent bei der Erstürmung des Forts Hsiku bei der Niederschlagung des Boxeraufstandes in China im Jahr 1900.

Chamberlain publizierte auch zu Richard Wagner, suchte engen Kontakt nach Bayreuth und heiratete 1908 Wagners Tochter Eva. Seine „Grundlagen des neunzehnten Jahrhunderts" wurden auch zu Grundlagen von Ideologie und Rassenwahn des Nationalsozialismus. ■

25. September 1910

Emil „Bär" Orlik an seine Liebste in Wien

Liebe ich! Ja, Ja! Wie der Frühlingswind (der starke, späte) in den Löwenzahn hineinbläst und die weißen Federchen auf allen Seiten auseinanderstoben: das sah' ich heute auf einem schönen grünen Felde in Karlsbad: Da fiel mir ihr „weggeblasen * futsch" im letzten Briefchen ein! Meine Liebe! das hab ich mir gedacht! Sie sind allzusehr Wiener Blut, als daß Wiener Luft sie wieder ganz erfüllen würde. Und wenn Sie noch oft Vergleichsmomente haben werden - auf ewig: mir san mir!!
Und Sie haben recht: Wundervoller Lebensgeist, der das Leben zum Leben macht!! Liebes, herziges, gefühlvolles, schlampettes Österreicherthum.
Prof. Max Liebermann mit dem ich täglich zusammen bin sagte auch neulich, trotzdem er ganz unfehlbar Berliner ist: Wissen Sie Kultur haben Sie in Österreich und die Leute leben mehr ihr Leben als bei uns in Berlin! ... er ganz in meinem Namen ruft. - Nach dieser volkstümlichen Begründung und Erklärung Ihrer absoluten Rückfaller ins Wienerthum komm ich auch nicht umhin zu hoffen, dass wenigstens hie und da (wenn auch sehr auf mäßige, bescheidene!) Erinnerungen an Berlin kommen!! oder ist alles futsch, weg, ganz und gar!! Und der Bär??
Er ist sehr fleissig, braver Kurgast in Karlsbad, trinkt jeden Tag seinen Brunnen, steht um 6 Uhr auf und geht um 10 Uhr schlafen und legt sich Moorumschlag auf das nicht erfrierende (?) Bäuchlein. Aber es geht ihm zusehends besser; er sieht gut aus, das dass ihm die Leute gar nicht glauben, dass er zur Kur da ist: mit den Haferln muss man aber ... hier sehr aufpassen, da das K.K oft überraschend flüssig, schnellstens kommt! Ich habe gestern etwas sehr heiteres in dieser Beziehung mit einer Dame erlebt (nebenbei: schön und jung!).
So viel von mir: also nichts bedeutendes. Ich bleibe wohl noch 8-10 Tage hier!
Sie meine Liebe, spielen, haben aber auch frei, da der Mercadet gegeben wird, wie ich las.
Und das Gänsehäufl und der Prater und die Wiener Bergbahn: Ach Gott! Wie schön ist das alles: natürlich die Jagdausstellung nicht zu vergessen! So ist dort was schöner für uns Erdenkinder, daß die Vernunft da ist: „denn das Unzulängliche ist das Productivste" sagt 'mal Goethe: so schafft hier einmal wortgetreu aufgefasst, das nicht zu erlangende die Gedanken und Wünsche; die Vernunft: viele, viele Grüße schreiben bald u. viel ihrem Bären.

Karlsbad, Haus Mozart

10

Liebe Ich! Ja, Ja! wie der
Frühlingswind, (der starke,
spitze) in den Löwenzahn
hineinbläst und die weissen
Federchen auf allen Seiten
auseinanderstoben : das sah' ich
heute auf einer schönen grünen

Liebesgruß

Emil Orlik (1870–1932) hat Bauchgrimmen. Daher ist er im böhmischen Kurort Karlsbad – dort gibt es mineralhaltige Quellen und wohltuende Moorbäder. Der Künstler Orlik stammt aus Prag und lebt 1904 ein Jahr lang in Wien – eine Stadt, die er ins Herz schließt. 1905 geht er nach Berlin, wo er an der Kunsthochschule unterrichtet. Er ist mit dem Maler Max Liebermann befreundet, der zur gleichen Zeit in Karlsbad kurt wie Orlik. Beide sind Mitglied in der Künstlervereinigung „Berliner Secession". Vor allem durch Grafiken und Holzschnitte im japanischen Stil hat sich Orlik einen Namen gemacht. Seine heute berühmteste Arbeit ist das Plakat zur Aufführung von Gerhard Hauptmanns Drama „Die Weber" im Großen Schauspielhaus Berlin 1897.

1910 ist er ein wenig verliebt – in eine Wienerin. Oder sind die beiden doch nur gute Freunde? Ihr schreibt er von Karlsbad aus einen Brief, den er liebevoll mit einer Pusteblume verziert. Er gehört zum Genre der Künstlerautografen: Schreiben von Künstlern, die diese mit eigenen Werken verzieren. Wer die Angebetete war, hat man noch nicht herausfinden können. Sie hat Orlik jedenfalls schon in Wien besucht und ist vermutlich Schauspielerin, Tänzerin oder Musikerin, denn wenn in Wien das Stück „Der Macher" von Honoré der Balzac, auch als „Mercadet" bekannt, gegeben wird, hat sie frei, wie Orlik schreibt, und kann das Strandband Gänsehäufel auf der gleichnamigen Donauinsel besuchen, oder den Prater, ein Park mit Vergnügungen.

Orliks Künstlerbrief und andere Schriftstücke aus seinem Nachlass werden in der Bayerischen Staatsbibliothek in München aufbewahrt und warten auf Wissenschaftler, die die darin schlummernden Geheimnisse ans Tageslicht bringen. ■

1909

Josef Filser an den Oekonom Jakob Absreiter

Lieber Freind

Indem du mich aufgevodert hast, wil ich mich hinsetzen und Dir unsere Bolidik beschreiben. Sie get immer sehr spät an, weil mir erst um zehn Uhr anfangen, aber ich steh schon um siebn Uhr auf, das ich gar nicht weiß, was ich anfangen sol und ich geh in der Schtadt herum und schau die Leute zum arbeiten zu, aber um acht Uhr geh ich zum Donisl, wo es am fidöllsten ist und es gibt gute Weiswürschte.
Dan fergeht die Zeit bis ich langsam ins Barlamend gehe und die Auslagen anschaue mit ihre Bildeln. Da tätst schaugn alter Schpezi, was man da alles siecht, das einem gleich das Wasser im Maul zsammlauft, so fiele nackerte Weibsbilder. D' Hauptsach siecht man nicht, liber Freind und Schpezi, aber das Milchzeug siecht man schon ganz frei oder ein Hinderkwartier, das nicht schlecht ist.
Gestern wie ich dortgestanden bin und schauge durch das Fenster auf ein blizsauberes Madel, das die eine Hand vorhald, du weist schon wo, und die anderne Hand for ihrem Milchzeug, komt auf einmal der Lerno und schaugt auch hinein und schbeibt for lauter Entriestung aus. Er hat gesagt, fui!
Liber Schpezi, das Madel war gans sauber, aber leider es ist unmorallisch.
Um zehn Uhr get die Bolidik an und mir gehen in das Barlamend hinein in den Sahl. Auf der einen Seit und in der Mitt sizen mir und machen beinah alles voll, denn mir sind die Mehreren, dan komen die lüberalen freimaurer und dan komen die Sozi. Oben auf siezt der Orterer und giebt Obacht auf ins, das nichts bassiert und bal einer die fotzen recht aufreist, schwengelt er mit seiner Glocken.
Es gibt sogenante Generalredner und Schpezialredner. Die Generalredner sind der Daller und der Pichler, weil sie es am besten wiesen und immer dran komen.
Liber Freind, Du hast mir geschriben, ich soll es im Barlamend forbringen, das Dich der Schandarm aufgeschrieben hat, weils Du an einen öffendlichen Weg Deine Notdurft gemacht hast.
Liber Freind, ich bringe es schon for, aber der Pichler hat gesagt, das gehört ins Minisderium des Innern, aber jetzt hamm wir die Justits in der Arbeit. Ich glaube schon, das mir dem Schandarm eine Suppen einbrocken und das ihm der Minisder einen Deuter gibt, denn sieziddern schon, wenn mir blos mit die Augn blinseln.
Es ist schad, das die Notdurft nicht zum Kuldusbidschö geheert, denn er ist inser bester Freind und zidderd noch mehrere wie die andern.
Ueberhaupts, liber Schpezi, wen Du wiesen thetest, was fir einen Reschpekt die Großkobfeden for uns haben, mechtest Du schaugn und keine Angst nicht mer haben zwegn Deiner Notdurft. Jetzt missen wir bald gegen den Blazed kembfen.
Liber Freind, du weist nicht, wer der Blazed ist; ich weis es auch noch nicht, aber der Daller

sagt, wir missen ihm den Garaus machen. Es mus Einer sein, den wo die geischtlingen Herrn auf dem Strich haben, den beim Bögnerwirt legen sie oft die Karten hin und schimbfen auf ihm und der Pichler hat vorgestern seine Eichelaß verschunden und gar nicht mehr gewißt, daß der Eichelzehner schon geschmiert war von seinem Freind, weil er bloß auf den Blazed denkt hat. Wir missen ihn mit aller Kraft bekembfen, sahgt der Daller, so geht es nicht mer. Mir ist es gans wurscht, aber ich kembfe schon gegen ihn.
Die Hauptsach ist, das mir eine Eisenbahn nach Mingharting krigen und ich will schon meinen ganzen Einflus ferwenden und nachschieben, das die Großkopfeden nicht wieder darauf fergessen.
Also brauchst keine Angst nicht haben. Deine Notdurft bring ich schon beim Minisderium des Innern for, und lase überhaupts nicht nach fier die Inderessen meines Wallgreis einzutreten, und lebe woll fon

Deinem Freind
Jozef Filser, Landagsabgeorneder

Gelibte Leser …

Der Landwirt Josef Filser ist in den bayerischen Landtag gewählt worden und darf sich jetzt stolz „königlicher Abgeordneter" nennen. Er schreibt Briefe nach Hause nach Mingharting und berichtet, wie es ihm in der großen Stadt so geht. Er schreibt genauso, wie er spricht: bairisch. Nicht nach Rechtschreibregeln, sondern nach dem Gehör. Daher sind seine Briefe am besten zu verstehen, wenn man sie laut liest. Sie erinnern damit an die älteren Briefe in diesem Band, etwa die von Albrecht Dürer, Helena Schallenberg oder Johannes Junius. Auch diese Menschen schreiben so, wie ihre Sprache klingt. Aber sie tun es deshalb, weil es zu ihrer Zeit noch kein „Deutsches Wörterbuch" und keinen Duden gab. Josef Filser könnte es besser machen, aber das würde nicht zu ihm passen, schließlich ist er Bayer durch und durch; er denkt, fühlt, handelt und analysiert alles auf bayerische Art. Und genau das macht seinen Charme aus. In seinen Briefen entlarvt Filser die bayerische Politik und Gesellschaft – auf seine ganz eigene Art und Weise.
Erfunden hat den Filser der bayerische Autor Ludwig Thoma (1887-1921). Sein satirischer Briefroman „Jozef Filsers Briefwexel" erschien 1912 als Buch, nachdem die einzelnen Briefe bereits in der Münchner Zeitschrift „Simplicissimus" erschienen waren. Mit dem „Filserbrief" begründete Thoma ein Genre und gab diesem auch gleich einen Namen: Briefe voller bewusster Rechtschreibfehler und Stilblüten, die dennoch viel mehr Wahrheit enthalten als ein glattgebügelter Standardbrief – egal, ob der Schreiber die Fehler absichtlich oder unfreiwillig eingestreut hat. ■

8. Oktober 1914

Richard Degener an Gretel Degener

Allamont, 8.10.14

Mein liebes Gretel!

9/ - 5 Wochen vor seinem Tod – [andere Handschrift]
Gestern abend schon erhielt ich die Nachricht von der Geburt unseres Kindes, unserer Lorle. Ich bin so froh, daß alles gut vorbei, Du wie es scheint, verhältnismäßig wohl und ich nun über die Ungewißheit hinaus bin.
Recht großen Dank, mein Lieb, daß Du gleich auf Deinem Schmerzenslager mir die frohe Kunde selbst mitgeteilt hast. Ich war sehr gerührt beim Lesen Deines Briefes. Mein heißester Wunsch ist nun der, daß Du und unser Kind recht gedeihen möget, damit wir bei meinem hoffentlich recht baldigen Nach hause kommen ein volles Glück finden. Wenns nur schon so weit wäre, daß ich an Heimkehr denken könnte. Nun mache Dir aber ja keine Gedanken um mich, denke nur an unser kleines Lorle. Daß ich nicht dabei sein kann wie es sich in den ersten Tagen entwickelt und daß ich mich mit Dir nicht dessen freuen kann! Ich habe heute nacht vor Aufregung gar nicht schlafen können, mußte immer an Dich denken.
Wie mir scheint, ist die Entbindung besser vor sich gegangen, als ich geglaubt habe. Gott sei Dank. Grüße Herrn Dr. Huber u. Schwester Louise recht herzlich von mir u. sage Ihnen meinen besten Dank. Denke immer nur an unser Kleines und an sein Wohlgedeihen. Ich werde schon tun, was ich kann, um heil zu meiner Familie zurück zu kommen. Es wär mir recht lieb, wenn Du mir immer mal ein Bild von Euch schicken könntest. Du glaubst nicht, was mir das für Freude machte. Aufs Geld solls da nicht ankommen, in keiner Weise, vor allem was Dein & unserer Kinder Wohlergehen anbelangt & für Klinik & Arzt laß Dir gleich das Geld vom Geschäft geben. Abrechnen tu ich bei meiner Rückkunft. Ich habe diesen Monat kein Geld weggeschickt, da ich doch lieber ein paar hundert Mark bei mir behalten will. Im allgemeinen habe ich wenig Gelegenheit Geld auszugeben, doch kommt mal ein Markendenten[?] oder befinden wir uns in einem Ort, so geht viel drauf, da alles furchtbar teuer ist.
Dein Vater hat mir auch geschrieben. Sage ihm meinen herzlichsten Dank. Hast Du eigentlich meine Telegramme vom 4. u. 6.10 erhalten und wann. Teile es mir bitte nächstens mit, damit ich weiß, ob es Zweck hat zu telegraphieren. Ich habe diese Telegramme nicht selbst aufgegeben sondern durch einen Radfahrer auf der nächsten Feldpost (ca 20 km). Wenn geht telegraphiere ich so oft als möglich. Wir haben nun heute tatsächlich noch Ruhetag. Es ist allerdings erst 9 Uhr vorm. Man weiß nie, was dazwischen kommt. Vorgesehen als Ruhetag sind noch Freitag & Sonnabend. Dann gehts wieder raus aus dem Quartier. Bis jetzt hatte ich noch keinen Ruhetag seit 10.9. Es kommt einem recht putzig vor. Die Mannschaften habens aber nötig. Von unseren Quartieren könnt Ihr Euch in Deutschland allerdings keinen Begriff machen. Der Schmutz hier, selbst wenn ein Dorf noch nicht beschossen ist, darüber später.

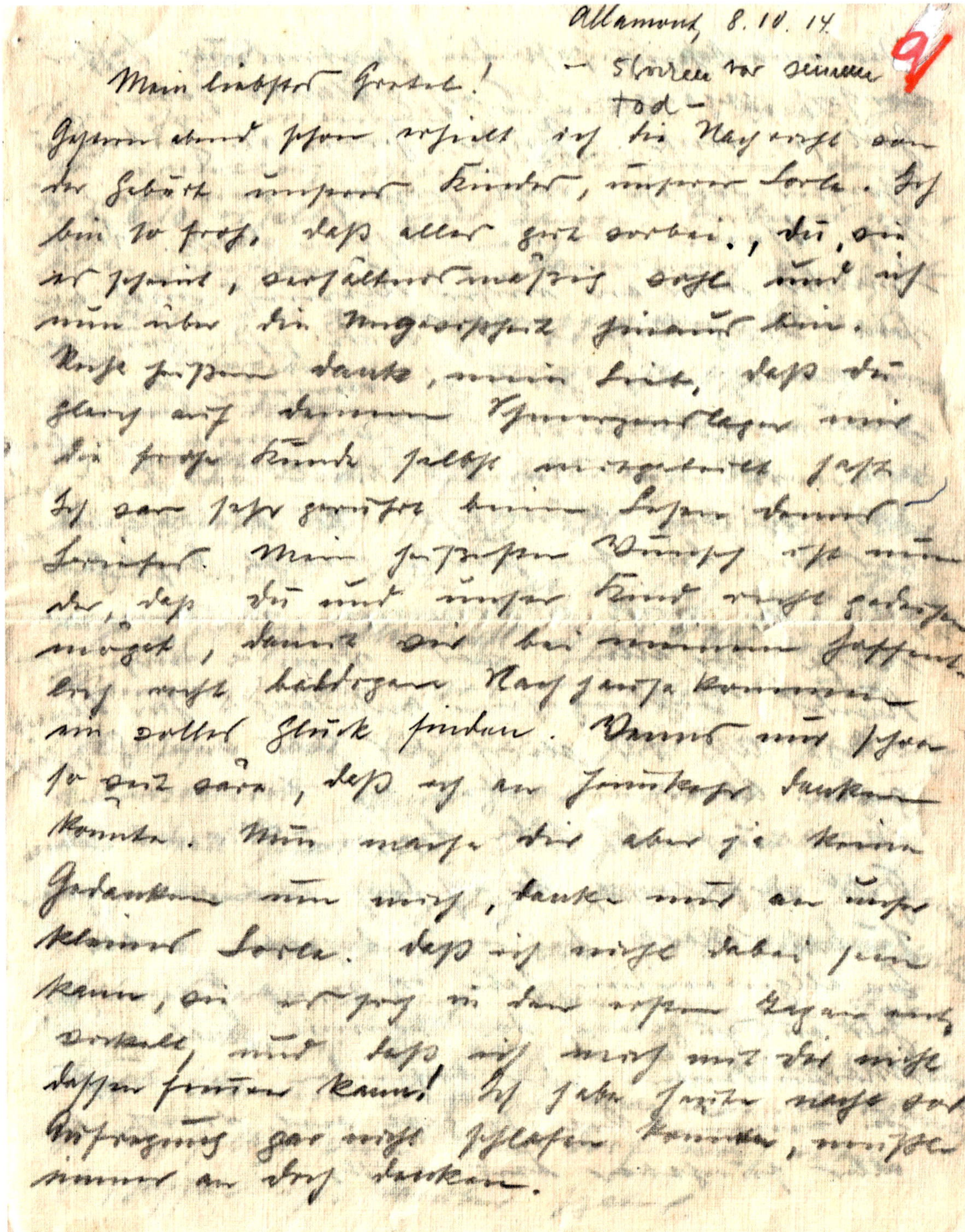

Allamont, 8. 10. 14.

– 5 Wochen vor seinem Tod –

Mein liebstes Gretel!

Gestern abend schon erhielt ich die Nachricht von
der Geburt unseres Kindes, unserer Lore. Ich
bin so froh, daß alles gut vorbei, und du, wie
es scheint, verhältnismäßig wohl und ich
nun über die Sorgenzeit hinaus bin.
Recht herzlichen Dank, mein Lieb, daß du
gleich auf deinem Schmerzenslager mir
die frohe Kunde selbst mitgeteilt hast.
Ich war sehr gerührt beim Lesen deiner
Zeilen. Mein heißester Wunsch ist nun
der, daß du und unser Kind recht gedeihen
möget, damit wir bei meiner hoffent-
lich recht baldigen Nachhausekommen
ein volles Glück finden. Damals war schon
so gut wie, daß ich an Heimkehr denken
konnte. Nun mache dir aber ja keine
Gedanken um mich, denke nur an unsere
kleine Lore. Daß ich nicht dabei sein
kann, wie es sich in den ersten Tagen ent-
wickelt, und daß ich mich mit dir nicht
darüber freuen kann! Ich habe heute nacht vor
Aufregung gar nicht schlafen können, mußte
immer an dich denken.

Mein liebstes Gretel! Wir haben nun das langersehnte Kind. Freuen wir uns auch unter den gegebenen Verhältnissen desselben. Unser beider Wunsch, uns wieder zu haben, wird schon in Erfüllung gehen. Nur die Hoffnung nicht verloren! Küsse unser Lorle für mich recht innig und verwende Deine ganze Liebe für mich an unser Kind, bis wir wieder vereint sind und ich selbst Dich wie unser Kind in meine Arme nehmen kann. Wird das eine Freude geben. Nun leb wohl, mein Liebstes. Es grüßt & küßte Dich sowie das Lorle recht innig
Euer Richard
Grüße Deine & meine Eltern, Mitlg. alle bekommen. Ich werde noch einige Karten schreiben, da ich nicht weiß, wann ich wieder so viel zeit zum Schreiben habe. Nochmals innige Grüße & alles Gute

Dein Richard

Tod in Flandern

Richard Degener muss in den Krieg. Der Leipziger ist im Herbst 1914 einer der Ersten, die an die Front nach Frankreich und Flandern müssen. Seine hochschwangere Frau Gretel bleibt zurück. Degener will nicht kämpfen, will nicht in den Krieg, er will nach Hause zu seiner Familie. Von der Geburt seiner Tochter Lorle erfährt er nur per Feldpost. Sein Schicksal steht für das von Millionen Soldaten aller Länder, die in den Ersten Weltkrieg geschickt wurden.

Einen Tag vor seinem Tod schreibt Degener seinen letzten Brief. Darin steht: „Es wird aber wohl bald die Entscheidung fallen." Und „Ich kann Dir nur immer wieder sagen, es gibt keinen, der nicht sehnlichst das Ende des Krieges herbeisehnte. Keiner mehr als ich. Wir reden immer von der Möglichkeit eines Friedens und glauben selbst nicht recht daran." Er freut sich auf Zuhause, die Zeit als Familie zu dritt und darauf, endlich seine Tochter in die Arme zu schließen. Stattdessen kämpft er in den Schützengräben bei Ypern in der Ersten Flandernschlacht.

Er wird sein Kind niemals sehen, nicht einmal auf einem Foto. Am 17. November 1914 wird Richard Degener als gefallen gemeldet. Carl Johann Bauer, der Urgroßvater der Herausgeberin Felicia Englmann, fällt in derselben Schlacht, am selben Ort, nur einen Tag vorher. Auch er hinterlässt eine erst wenige Monate alte Tochter. Die Erste Flandernschlacht endet am 18. November 1914. Mehr als 100000 Soldaten haben dort ihr Leben gelassen. Der Erste Weltkrieg dauert noch weitere vier Jahre. ■

23. Juni 1915

Franz Marc an Maria Marc

23. VI [19]15.

Liebste, heut kam Dein Brief vom 20. Sei unbesorgt: ich lege gar keine besondere Wichtigkeit in diese Beförderungsfrage, auch finanziell nicht; mich langweilt nur mein ewiger Unteroff. Gehalt, wenn ein so hoher Offiz. Gehalt meiner Dienstzeit gewissermaßen zusteht; [...] Ich setze mein Leben und mein Werk, an das ich glaube, nicht leichtfertig ein für eine Sache wie diesen Krieg, die mich nur äußerlich interessiert. Ich kann ja immer noch nicht über den Krieg schimpfen u. ihn hassen wie Du, – als ob die Menschen vor dem Kriege u. nach dem Kriege und je besser gewesen wären. Was ist denn der Krieg andres als der bisherige Friedenszustand in anderer, eigentlich ehrlicherer Form; statt Konkurrenz gibt es jetzt Krieg. Ob die Menschen auf Schlachtfeldern sterben oder durch Stubenluft u. in Bergwerken, ist kein wesentlicher Unterschied; der Tod selbst u. die Wunden verderben die Seele nicht. Den Tod als Zerstörung erkenne ich überhaupt nicht an. Der Tod Deines Vaters war mir doch noch furchtbarer u. erschütternder als der Tod Wilhelms; ich weiß nicht ob Du das verstehst. Faß es jedenfalls nicht auf, als ob ich jetzt abgestumpft wäre oder den Kriegstarantelstich hätte wie Du schreibst; ich fühle mich hierin wie ich immer gefühlt; vielleicht erinnerst Du Dich, wie ich schon immer früher über den Tod sprach; er ist absolut Erlösung. Dazu braucht man kein Pessimist sein, nicht einmal Buddhist, höchstens Christ. „Tod wo ist dein Stachel"? – Es ist nicht einmal wahr, daß ich mich „an den Krieg gewöhne", wie Du annimmst; aber ich taste immer ehrlicher an die Wurzel von dem allem, auch an die Wurzel der Friedenszeiten. Ich glaube nicht an die „menschenwürdigeren Zeiten", von denen Du so viel sprichst; sie sind nur latent, übertüncht, - aber immer, im Frieden und im Kriege, gibt es noch ein anderes Leben, das kein Tod, kein Mord und kein Sterben, keine Wunden und keine Krankheiten bezwingt u. das von Weltverböserung sowenig als von Weltverbesserung beeinflußt werden kann. „Mein Nerv wurde hart in mancher roten, schöpferischen Stunde", – vielleicht ist es das; denn ich bin sonst, als Mensch, nicht grausamer, hartherziger geworden; Du kennst mich ja. Aber wenn ich im Leben was thue, meinem Nächsten oder auch dem Nächstbesten christliche Liebe erweise, will ich es immer so thun, daß meine rechte Hand nicht weiß was die linke thut, – nicht aber als Programm, als Welttendenz u. um was zu bessern. Ich dachte auch viel über Livingstone nach; er ist verehrungswürdig wie Franz von Assisi, Pascal und Christus; aber liegt ein Erbfehler nicht auch in seiner Organisation der Mission? was wurde heute daraus? Denkst Du heute über Heidenmission auch schon anders? Ich nicht. Gibt es heute weniger Sklaven? Werden die Menschen heute nicht mehr verkauft? Die Formen ändern sich, sonst nichts. Es gibt nur einen Segen u. Erlösung: den Tod; die Zerstörung der Form, damit die Seele frei wird. Du mußt nicht denken, daß ich die Bibel „poetisch" lese; ich lese sie als Wahrheit, wie ich Bach als Wahrheit höre u. reine Kunst als Wahrheit sehe.

Klare Linien, nur ein winziger Hauch von Farbe: Das ist Franz Marcs Aquarell "Abstrakte Zeichnung" von 1914. In diesem Stil zeichnete Marc in sein Notizbuch im Feld

Kannst Du mich verstehen? Ach könntest Du doch! á propos: zum „Leben“ zurück: [...] Ja, das Leben! und die Menschen! Sie können einem sehr leid thun; aber man kann sie nicht bessern. Wir müssen auf ein anderes Leben warten. Für manche brennt das läuternde Fegefeuer schon hienieden – hoffentlich gehören wir 2 unter diese – manche – u. die meisten leider – spüren hienieden davon noch gar nichts. Wirst Du mich verstehen? Das frag ich mich jetzt so oft! Dich glaub ich schon zu verstehen; Du meinst ganz das Richtige, nur drückst Du es anders aus als ich; scheinbar einfacher, ohne Scheu vor den Enttäuschungen; ich liebe Dich darum nicht weniger; aber ich möchte sie Deinem guten Herzen ersparen u. Dich gleich zum Wesentlichen wenden.
Vieles in meinen Aphorismen kommt mir jetzt wieder in den Sinn, als ob ich´s erst heute verstünde, was ich damals, meist sehr unklar gestammelt. Mit lieben Grüßen Kuß Dein Frz.

Tod, wo ist dein Stachel?

Der „Geist von 1914" wehte durch Europa und begeisterte viele Menschen für den Krieg. Er würde nicht lange dauern, es würde ein völlig neues Europa entstehen, in dem das Deutsche Reich die zentrale Rolle spielen würde. Als der Krieg im Sommer 1914 begann, meldeten sich Männer zu Hunderttausenden freiwillig für den Kriegsdienst. Es waren nicht nur junge Heißsporne, sondern auch ältere Männer und Familienväter, die mit lautem „Hurra!" in den Krieg zogen. Unter ihnen war der Münchner Maler Franz Marc (1880–1916).
Marc ist 34 Jahre alt, verheiratet und erfolgreich. Gemälde mit blauen Pferden sind sein Markenzeichen, die gelbe Kuh, der rote Stier und der kantige Tiger gehören heute ebenfalls zu seinen bekanntesten Werken. Marc hat zusammen mit Freunden die Künstlervereinigung „Der Blaue Reiter" gegründet. Sie organisieren Ausstellungen und geben ein viel beachtetes Kunstjahrbuch heraus. Es läuft gut für ihn, doch er will sich künstlerisch weiterentwickeln, experimentiert mit neuen, kubistischen Formen, zeichnet abstrakte Formen, und doch immer wieder Tiere.
Sofort bei Kriegsausbruch 1914 meldet er sich freiwillig für den Kriegsdienst. Am 6. August 1914 wird er eingezogen; er kommt an die Westfront, nach Frankreich. Wie alle Soldaten schickt er Briefe nach Hause, fast täglich schreibt er seiner Frau Maria. Seine „Briefe aus dem Feld" (unter diesem Titel auch als Buch erschienen, herausgegeben von Elisabeth Tworek, München, 2014) berichten von Schlachten und Natureindrücken, seinen Gedanken an eine neue Weltordnung und dem Sinn des Krieges. Denn den erkennt er tatsächlich. Marc ist durchdrungen vom „Geist von 1914", schreibt dazu Essays. Viele Künstler in dieser Zeit distanzieren sich nicht vom Krieg, sondern lassen sich davon absorbieren, begeistern, auch inspirieren. Marc teilt die Hoffnung, die viele junge Menschen empfinden, und bleibt erstaunlich unkritisch dem Krieg gegenüber. Den Stachel des Todes scheint er kaum zu spüren. Seine Briefe sind ein weiteres Dokument des zerstörerischen „Geistes von 1914". Im Feld kann er nicht malen, aber er zeichnet. Sein Skizzenbuch ist erhalten geblieben und wird im Franz Marc Museum im bayerischen Kochel am See aufbewahrt. Seinen letzten Brief an Maria schreibt er am Morgen des 4. März 1916 von der Front in Verdun. An dessen Ende steht: „Sorg dich nicht, ich komm schon durch, auch gesundheitlich. Ich fühl mich gut u. geb sehr acht auf mich. Dank viel, vielmal für den lieben Geburtstagsbrief! Küsse Dein Fz." Um 16 Uhr desselben Tages fällt Franz Marc. ■

2. Juni 1924

Franz Kafka an Julie und Hermann Kafka

Kierling bei Wien, Sanatorium Dr. Hoffmann, 2. Juni 1924

Liebste Eltern, also die Besuche, von denen Ihr manchmal schreibt. Ich überlege es jeden Tag, denn es ist für mich eine sehr wichtige Sache. So schön wäre es, so lange waren wir schon nicht beisammen, das Prager Beisammensein rechne ich nicht, das war eine Wohnungsstörung, aber friedlich paar Tage beisammenzusein, in einer schönen Gegend, allein, ich erinnere mich gar nicht, wann das eigentlich war, einmal paar Stunden in Franzensbad. Und dann »ein gutes Glas Bier« zusammentrinken, wie Ihr schreibt, woraus ich sehe, dass der Vater vom Heurigen nicht viel hält, worin ich ihm hinsichtlich des Bieres auch zustimme. Übrigens sind wir, wie ich mich jetzt während der Hitzen öfters erinnere, schon einmal regelmässig gemeinsame Biertrinker gewesen, vor vielen Jahren, wenn der Vater auf die Civilschwimmschule mich mitnahm.
Das und vieles andere spricht für den Besuch, aber zu viel spricht dagegen. Nun erstens wird ja wahrscheinlich der Vater wegen der Passschwierigkeiten nicht kommen können. Das nimmt natürlich dem Besuch einen grossen Teil seines Sinnes, vor allem aber wird dadurch die Mutter, von wem immer sie auch sonst begleitet sei, allzusehr auf mich hingeleitet sein, auf mich verwiesen sein und ich bin noch immer nicht sehr schön, gar nicht sehenswert. Die Schwierigkeiten der ersten Zeit hier um und in Wien kennt Ihr, sie haben mich etwas heruntergebracht; sie verhinderten ein schnelles Hinuntergehn des Fiebers, das an meiner weitern Schwächung arbeitete; die Überraschung der Kehlkopfsache schwächte in der ersten Zeit mehr, als sachlich ihr zukam – erst jetzt arbeite ich mich mit der in der Ferne völlig unvorstellbaren Hilfe von Dora und Robert (was wäre ich ohne sie!) aus allen diesen Schwächungen hinaus. Störungen gibt es auch jetzt, so z.B. ein noch nicht ganz überwundener Darmkathar aus den letzten Tagen. Das alles wirkt zusammen, dass ich trotz meiner wunderbaren Helfer, trotz guter Luft und Kost, fast täglichen Luftbades noch immer nicht recht erholt bin, ja im Ganzen nicht einmal so imstande, wie etwa letzthin in Prag. Rechnet Ihr noch hinzu, dass ich nur flüsternd sprechen darf und auch dies nicht zu oft, Ihr werdet gern auch den Besuch verschieben. Alles ist in den besten Anfängen – letzthin konstatierte ein Professor eine wesentliche Besserung des Kehlkopfes und wenn ich auch gerade diesem sehr liebenswürdigen und uneigennützigen Mann – er kommt wöchentlich einmal mit eigenem Automobil heraus und verlangt dafür fast nichts, so waren mir seine Worte doch ein grosser Trost – alles ist wie gesagt in den besten Anfängen, aber noch die besten Anfänge sind nichts; wenn man dem Besuch – und gar einem Besuch, wie Ihr es wäret – nicht grosse unleugbare, mit Laienaugen messbare Fortschritte zeigen kann, soll man es lieber bleiben lassen. Sollen wir es nicht also vorläufig bleiben lassen, meine lieben Eltern?
Dass Ihr etwa meine Behandlung hier verbessern oder bereichern könntet, müsst Ihr nicht glauben. Zwar ist der Besitzer des Sanatoriums ein alter kranker Herr, der sich mit der Sache

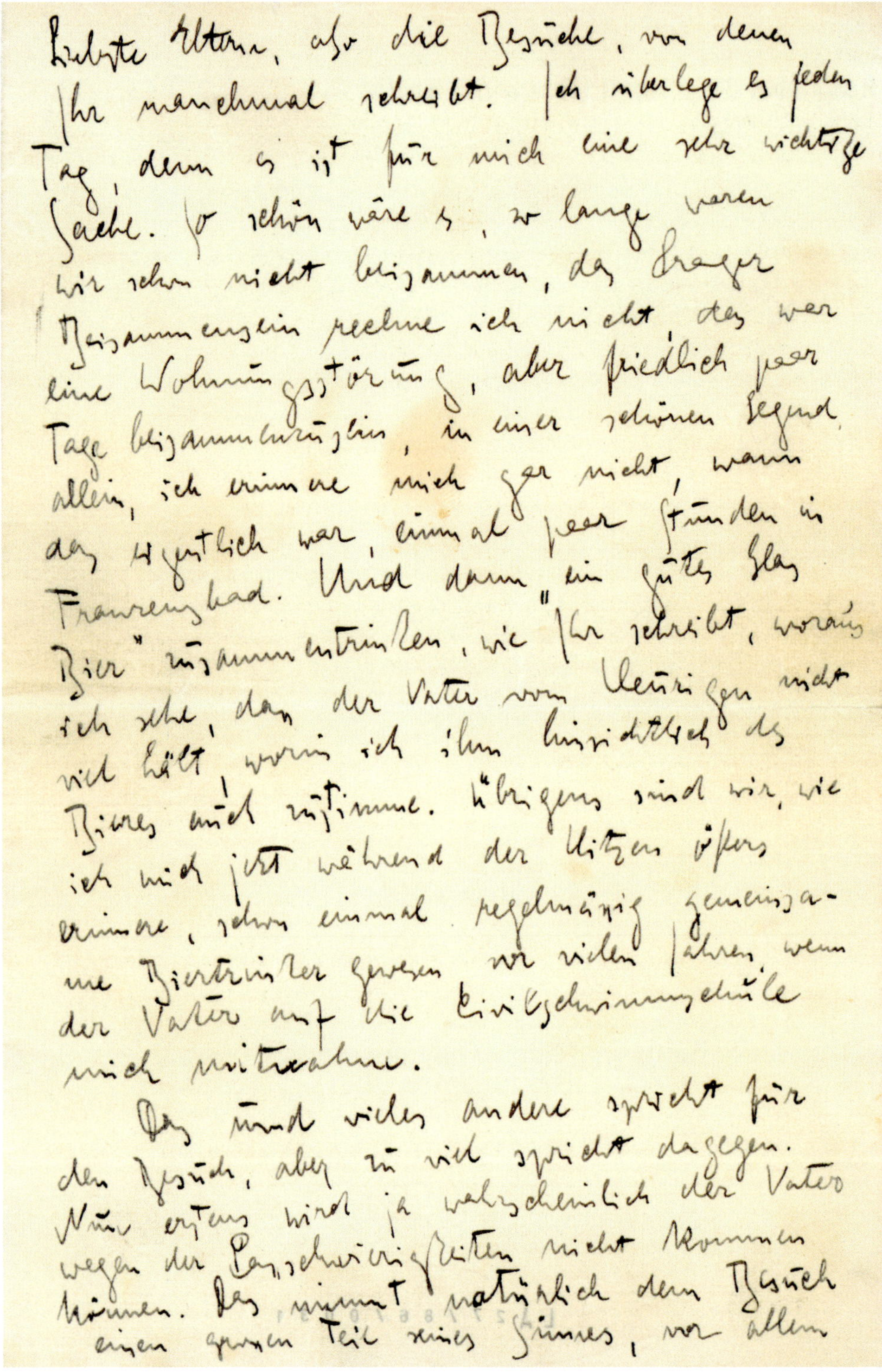

liebste Eltern, also die Besuche, von denen Ihr manchmal schreibt. Ich überlege es jeden Tag, denn es ist für mich eine sehr wichtige Sache. So schön wäre es, so lange waren wir schon nicht beisammen, das Prager Beisammensein rechne ich nicht, das war eine Wohnungsstörung, aber friedlich paar Tage beisammenzusein, in einer schönen Gegend, allein, ich erinnere mich gar nicht, wann das eigentlich war, einmal paar Stunden in Franzensbad. Und dann „ein gutes Glas Bier" zusammentrinken, wie Ihr schreibt, woraus ich sehe, daß der Vater vom Heurigen nicht viel hält, worin ich ihm hinsichtlich des Bieres auch zustimme. Übrigens sind wir, wie ich mich jetzt während der Hitzen öfters erinnere, schon einmal regelmäßig gemeinsame Biertrinker gewesen, vor vielen Jahren, wenn der Vater auf die Civilschwimmschule mich mitnahm.

Das und vieles andere spricht für den Besuch, aber zu viel spricht dagegen. Nun erstens wird ja wahrscheinlich der Vater wegen der Paßschwierigkeiten nicht kommen können. Das nimmt natürlich dem Besuch einen großen Teil seines Sinnes, vor allem

1400 1450 1500 1550 1600 1650 1700 1750 1800 1850 1900 1950 2000

nicht viel abgeben kann, und der Verkehr mit dem sehr angenehmen Assistenzarzt ist mehr freundschaftlich als medicinisch, aber ausser gelegentlichen Specialistenbesuchen ist vor allem Robert da, der sich von mir nicht rührt und statt an seine Prüfungen zu denken, mit allen seinen Kräften an mich denkt, dann ein junger Arzt, zu dem ich grosses Vertrauen habe (ich verdanke ihn wie auch den oben erwähnten Professor dem Arch. Ehrmann) und der 3 mal der Woche herauskommt.
Da ich mich so zu dem Besuch verhalte, allerdings noch nicht im Auto, sondern bescheiden mit Bahn und Autobus dreimal wöchentlich herauskommt.

[von Dora Diamants Hand:]
Ich nehme ihm den Brief aus d. Hand. Es war ohnehin eine Leistung. Nur noch ein paar Zeilen, die seinem Bitten nach, sehr wichtig zu sein scheinen: [bricht ab]

Das Verstummen

Frank Kafka (1883-1924), der große Autor und leidenschaftliche Briefeschreiber, liegt im Sterben. Er hat seit Jahren Lungentuberkulose, und all die Kuren, auf denen er in den letzten Jahren war, haben bestenfalls Linderung gebracht, aber keine Besserung, geschweige denn Heilung. Briefe sind für Kafka eine literarische Form, ein Medium für große Gedanken und kleine Erzählungen, für Sprachvignetten und Miniatur-Reportagen. Kafkas Liebesbriefe an Felice Bauer füllen Bände, und doch hat er Felice nie geheiratet. Auch seine anderen Freundinnen heiratet er trotz Verlobungen nicht.
Die Tuberkulose hat den Kehlkopf erreicht und Kafka kann kaum mehr sprechen, als er im Frühjahr 1924 auf einer weiteren Kur ist, im Sanatorium Dr. Kraus im Wienerwald. Doch der Facharzt kann ihm nicht mehr helfen. Um zu sterben, zieht sich Kafka in das Sanatorium Dr. Hoffmann in Kierling bei Klosterneuburg zurück. Seine um 15 Jahre jüngere Freundin Dora Diamant ist bei ihm und pflegt ihn. Auch sein Freund Robert Klopstock ist bei ihm – die beiden haben sich in einem Sanatorium für Lungenkranke kennengelernt. Auch Klopstock hat Tuberkulose, er studiert dennoch weiter Medizin.
Die Eltern in Prag machen sich Sorgen, wollen ihn besuchen, wollen ihn noch einmal sehen. Doch Kafka wiegelt ab – die Reise sei zu beschwerlich, und er selbst sei unansehnlich. Tatsächlich ist er ausgemergelt, und die Organe beginnen zu versagen. Das Verhältnis zu seinen Eltern ist immer ein schwieriges gewesen. Im „Brief an den Vater" rechnet Kafka zornig mit dem Elternhaus und dem tyrannischen Vater ab; er hat ihn 1919 geschrieben, aber nicht abgeschickt. 1952 wird er das erste Mal veröffentlicht – wie die meisten von Kafkas Schriften erst nach dem Tod des Schriftstellers. Den letzten, versöhnlichen Brief an die Eltern kann er nicht mehr fertigstellen. Erst nimmt Dora ihm den Brief weg (sie notiert es auf dem Blatt), dann nimmt ihm der Tod den Stift aus der Hand. Am 3. Juni 1924 stirbt er im Alter von 40 Jahren. Die letzten Zeilen, die Kafka so wichtig waren – er hat sie nicht mehr schreiben und auch nicht mehr sagen können. ■

24. Januar 1932

Elisabeth Wanner an den Bayerischen Rundfunk

Schönau, 24.1.1932

Sehr geehrter Rundfunk!

Zu meinem 80. Geburtstag am gestrigen Tage gratulierte mir der Rundfunk und dann sang Caruso die Rigoletto-Arie. Ich selber hätte es vielleicht nicht gemerkt, aber mein Neffe studiert Musik, und er hat mir gesagt: es war gar nicht Caruso, der zu meinem 80. Geburtstag gesungen hat.
Es war – Sie sollten sich was schämen – eine Grammophonplatte!!

Frau Eva Wanner

Gruß von Caruso

Mediales Neuland: In den 1930er-Jahren war das Radio das neue Medium, das die Hörer erstmal begreifen mussten. Das war dieser Kasten, aus dem Stimmen kamen und manchmal auch Musik. 1920 gab es die erste Hörfunkübertragung in Deutschland: Ein Amateur-Orchester aus Reichspost-Mitarbeitern sang und spielte in Königs Wusterhausen Weihnachtsmusik. Am 29. Oktober 1923 ging in Berlin zum ersten Mal die „Radio-Stunde" über den Äther, eine Unterhaltungssendung. Wer sie zu Hause hören wollte, musste nicht nur einen Radioempfänger kaufen, sondern auch eine Rundfunkgebühr bezahlen, damals 60 Goldmark oder 780 Milliarden Papiermark. Die Inflation und die Weltwirtschaftskrise hatte die Weimarer Republik damals voll im Griff. Der erste Hörer, der die Gebühr bezahlte, war der Zigarettenhändler Wilhelm Kohlhoff aus Berlin-Moabit. Er meldete sein Radio am 31. Oktober 1923 an und erhielt die Rundfunklizenz Nr. 1.
Auch die Radioveranstalter entstanden erst jetzt. Die „Deutsche Stunde in Bayern Gesellschaft für drahtlose Belehrung und Unterhaltung mbH" bekam ihre Sendelizenz am 1. November 1923. Sie sendete erstmals am 30. März 1924. Die meisten Zuhörer saßen im Audimax der Ludwig-Maximilians-Universität; es gab in der Region nur 327 Rundfunkteilnehmer.
Es wurden bald mehr, und auch die Sendungen dauerten bald mehr als eine Stunde lang. Es gab Konzert- und Opernübertragungen, Liveberichte von Fußballspielen, Wissenssendungen. 1931 wurde aus der „Deutschen Stunde" der „Bayerische Rundfunk". Rundfunk, das waren (und sind) Hörfunk und Fernsehen zusammen.
Radiogeräte sind immer noch teuer und exklusiv, als auch die Familie Wanner in Schönau am Königssee (Bilderbuch-Bayern) sich entschließt, eines anzuschaffen. Wie es dazu kommt, dass der Bayerische Rundfunk der Hörerin Eva Wanner in einer Sendung zu ihrem 80. Geburtstag am 23.1.1932 gratulierte, ist nicht überliefert. Jedenfalls saßen mindestens Eva Wanner und ihr Neffe vor dem Radio, hörten die Grüße aus dem Münchner Funkhaus und dann „La donna è mobile" aus Giuseppe Verdis Oper „Rigoletto", gesungen vom Startenor Enrico Caruso.
Doch die Freude wich der Enttäuschung. Der Neffe erklärte Eva Wanner, dass die Arie ganz sicher von einer

Schönau, 24.1.1932

Sehr geehrter Rundfunk!

Zu meinem 80. Geburtstag am gestrigen Tage gratulierte mir der Rundfunk und dann sang Caruso die Rigoletto-Arie. Ich selber hätte es vielleicht nicht gemerkt, aber mein Neffe studiert Musik, und er hat es mir gesagt: es war gar nicht Caruso, der zu meinem achtzigsten Geburtstag gesungen hat.

Es war – Sie sollten sich was schämen – eine Grammophonplatte!!

Frau Eva Wanner. Wwe.

Platte gekommen und Caruso sicher nicht eigens für das Lied ins Münchner Funkhaus gereist sei. Ob die Stimmung beim runden Geburtstagsfest dann kippte, ist nicht überliefert. Am nächsten Tag schrieb Eva Wanner jedoch mit zittriger Hand einen empörten Hörerbrief.

Dort hat man die Zuschrift bis heute aufbewahrt, denn sie ist ein Stück Hörfunkgeschichte. Sie stammt aus einer Zeit, als viele Hörer noch dachten, alles passiere live am Mikro. Was Frau Wanner als echter Fan aber hätte wissen müssen: Zum Zeitpunkt der missglückten Geburtstagsüberraschung war der Tenor Enrico Caruso schon seit zehn Jahren tot. Andererseits gab es das Internet, dieses Neuland, in dem man alles nachschlagen kann, damals ja noch lange nicht. ■

1933

Herbert Frahm an einen Jungarbeiter

Briefe an einen Jungarbeiter!

„Der Sieg des Faschismus in Deutschland"
Brief aus Deutschland.

Lieber Freund !

Seitdem ich Dir das letzte Mal geschrieben habe, hat sich in Deutschland wieder einmal vieles verändert. Als im Februar als Antwort auf den Antritt der Regierung Hitler – Hugenberg ein mächtiges Streben nach der Herstellung der proletarischen Einheitsfront entstand, da waren vir trotz allem zuversichtlich. Wir wussten, wenn die vereinten Arbeiterbatallone marschieren, dann bricht die Herrschaft der Hitler und Hugenberg zusammen. Damals riefen wir: Wenn die Arbeiter fest zusammenstehen, müssen Hitler und Papen tempeln gehen." Die Einheitsfront wuchs, aber in viel stärkerem Tempo wuchs der faschistische Terror. Als dann der entstehenden Einheitsfront as der Etappe der Dolchstoss versetzt vurde, war das der Zeitpunkt zum entscheidenden Vernichtungsschlag gegen die Arbeiter. Der Reichstagsbrand – von dem heute schon genau festgestellt ist, dass er von den Nazis vorbereitet und durchgeführt wurde – war die letzte grosse Wahlreklame. Die Wahlen fanden unter dem schlimmsten Terror statt, einem Terror, der sich nach dem ergaunerten Wahlerfolg der Nazis noch verschärfte.
Alle Arbeiterzeitungen wurden schon eine Woche vor der Wahl verboten, Tausende Arbeiterfunktionäre wurden eingekerkert. Gewerkschaftshäuser wurden von der S.A. besetzt, verwüstet. Dutzende „Marxisten" wurden verschleppt. In den Zeitungen erschienen wieder die Notizen: auf der Flucht erschossen.-- Aber die „nationale Revolution" ist in Ruhe und Ordnung verlaufen. In Deutschland herrscht Ruhe: Friedhofsruhe des Faschismus. Wie ist es hierher gekommen ? Die Mittelschichten zusammen mit entwurzelten Schichten des Proletariats fanden sich in der faschistischen Bewegung zusammen. Opfer der schrecklichsten Kriese des kapitalistischen Systems. Sie wurden als Henkersknechte des bankrotten Kapitalismus gegen die Arbeiter eingesetzt, die Brot und Arbeit verlangten. Als die Gefahren für die Kapitalisten immer stärker wurden, ergab sich die Notwendigkeit, dass man sich selbst diesen Henkersknechten unterordnen musste, dass man ihnen die Macht übergeben musste. Der Faschismus als letzte, aber entscheidende Reserve, als zusammengefasste Kraft der Reaktion übernahm die Macht.
Nie hätte es dahin kommen können, wenn die Arbeiter auf der Hut gewesen wären. Darum müssen wir immer wieder betonen und Du, lieber Freund, musst dabei helfen: Nur durch die Fehler der deutschen Arbeiterbewegung konnten Hitler und seine Leute ihre Stiefel in unseren Nacken setzen. Aus diesen Fehlern haben besonders wir Jungen zu lernen. Wenn wir schon teures Lehrgeld zahlen müssen, so soll es jedenfalls nicht umsonst gezahlt sein.

B r i e f e a n e i n e n J u n g a r b e i t e r !

"Der Sieg des Faschismus in Deutschland"

Brief aus Deutschland.

Lieber Freund !

Seitdem ich Dir das letzte Mal geschrieben habe, hat sich in Deutschland wieder einmal vieles verändert. Als im Februar als Antwort auf den Antritt der Regierung Hitler – Hugenberg ein mächtiges Streben nach der Herstellung der proletarischen Einheitsfront entstand, da waren wir trotz allem zuversichtlich. Wir wussten, wenn die vereinten Arbeiterbataillone marschieren, dann bricht die Herrschaft der Hitler und Hugenberg zusammen. Damals riefen wir: Wenn die Arbeiter fest zusammenstehn, müssen Hitler und Papen stempeln gehn." Die Einheitsfront wuchs, aber in viel stärkerem Tempo wuchs der faschistische Terror. Als dann der entstehenden Einheitsfront an der Etappe der Dolchstoss versetzt wurde, war das der Zeitpunkt zum entscheidenden Vernichtungsschlag gegen die Arbeiter. Der Reichstagsbrand – von dem heute schon genau festgestellt ist, dass er von den Nazis vorbereitet und durchgeführt wurde – war die letzte grosse Wahlreklame. Die Wahlen fanden unter dem schlimmsten Terror statt, einem Terror, der sich nach dem ergaunerten Wahlerfolg der Nazis noch verschärfte.

Alle Arbeiterzeitungen wurden schon eine Woche vor der Wahl verboten. Tausende Arbeiterfunktionäre wurden eingekerkert. Gewerkschaftshäuser wurden von der S.A. besetzt, verwüstet. Dutzende "Marxisten" wurden verschleppt. Jn den Zeitungen erschienen wieder die Notizen: auf der Flucht erschossen.--

Aber die "nationale Revolution" ist in Ruhe und Ordnung verlaufen. Jn Deutschland herrscht Ruhe: Friedhofsruhe des Faschismus. Wie ist es hierher gekommen ? Die Mittelschichten zusammen mit entwurzelten Schichten des Proletariats fanden sich in der faschistischen Bewegung zusammen. Opfer der schrecklichten Kriese des kapitalistichen Systems. Sie wurden als Henkersknechte des bankrotten Kapitalismus gegen die Arbeiter eingesetzt, die Brot und Arbeit verlangten. Als die Gefahren für die Kapitalisten immer stärker wurden, ergab sich die Notwendigkeit, dass man sich selbst diesen Henkersknechten unterordnen musste, dass man ihnen die Macht übergeben musste. Der Faschismus als letzte, aber entscheidende Reserve, als zusammengefasste Kraft der Reaktion übernahm die Macht.

Nie hätte es dahin kommen können, wenn die Arbeiter auf der Hut gewesen wären. Darum müssen wir imer wieder betonen und Du, lieber Freund, musst dabei helfen: Nur durch die Fehler der deutschen Arbeiterbewegung konnten Hitler und seine Leute ihre Stiefel in unseren Nacken setzen. Aus diesen Fehlern haben besonders wir Jungen zu lernen. Wenn wir schon teures Lehrgeld zahlen müssen, so soll es jedenfalls nicht umsonst gezahlt sein.

Besonders der sogenannte "Reformismus", der in der Hauptsache durch die S.P.D. und die freien Gewerkschaften vertreten wurde, hat dem Faschismus den Weg geebnet. Den Arbeitern wurden die Begriffe "Demokratie" und "Republik" als Heiligtümer eingeredet. Aber unter der Sonne der bürgerlichen Demokratie wuchs die Macht der Kapitalisten und ihrer Getreuen. Die Sozialdemokratie marschierte mit den Todfeinden der Arbeiterklasse Arm in Arm, sie machte mit ihnen Regierungen, sie duldete deren Herrschaft, als sie selbst den Fusstritt erhalten hatte. Sie kapitulierte, sie wich feige zurück, als der Faschismus die ganze Macht übernahm. Die Sozialdemokratie hat mit ihrer reformistischen Politik der Revolution von 1918 das Genick gebrochen, sie hat mit ihrer reformistischen Politik den Faschisten den Weg bereitet. Die Gewerkschaften haben dasselbe in noch viel stärkerem Masse getan. Daraus erklärte sich auch, dass sie sofort

Besonders der sogenannte „Reformismus", der in der Hauptsache durch die S.P.D. und die freien Gewerkschaften vertreten wurde, hat dem Faschismus den Weg geebnet. Den Arbeitern wurden die Begriffe „Demokratie" und "Republik" als Heiligtümer eingeredet. Aber unter der Sonne der bürgerlichen Demokratie wuchs die Macht der Kapitalisten und ihrer Getreuen. Die Sozialdemokratie marschierte mit den Todfeinden der Arbeiterklasse Arm in Arm, sie machte mit ihnen Regierungen, sie duldete deren Herrschaft, als sie selbst den Fusstritt erhalten hatte. Sie kapitulierte, sie wich feige zurück, als der Faschismus die ganze Macht übernahm. Die Sozialdemokratie hat mit ihrer reformistischen Politik der Revolution von 1918 das Genick gebrochen, sie hat mit ihrer reformistischen Politik den Faschisten den Weg bereitet. Die Gewerkschaften haben dasselbe in noch viel stärkerem Masse getan. Daraus erklärt sich auch, dass sie sofort widerstandslos mit den Nazis ihren Frieden schlossen.
Lieber Freund, Du schriebst mir neulich, Deutschland sei nicht Italien. Nein gewiss nicht. Aber in ganz anderem Sinne nicht, als das die Reformisten verkündet haben. Der Weg der faschistischen Diktatur geht in Deutschland nicht langsamer, sondern schneller als in Italien. Was dort Jahre dauerte, macht man bei uns in Wochen. Aber dort wie hier haben sich die Reformisten als die Totengräber an der Sache der Proletariats erwiesen. Auf der anderen Seite hatte Deutschland keine revolutionäre Partei, die in der Lage gewesen wäre, mit genügend Vertrauen in der Masse, mit zielklarer Politik und einem guten Stamm von Funktionären den günstigen Zeitpunkt auszunutzen, um die Massen zu sammeln und sie in den Kampf zu führen gegen den Faschismus, für die proletarische Diktatur. Trotz Millionenstimmen erwies sich die K.P.D. nicht als fähig, diese Aufgabe, die dem revolutionären Flügel zukam, zu erfüllen.
Wie lange wird sich der Faschismus an der Macht halten?
Wir müssen mit längerer Dauer seiner Herrschaft rechnen. Aber wir müssen auch klar erkennen, wie die Risse klaffen im Gebäude der faschistischen Diktatur: Gegensätze zwischen Nazis und Deutschnationalen, zwischen S.A. und Stahlhelm, zwischen Industrie und Landwirtschaft, zwischen Kapitalisten und dem gläubigen „kleinen Mann". Vor allem aber steht vor dem Faschismus die Aufgabe, Arbeit zu schaffen. Vier Jahre hat er sich dazu Zeit geben lassen. Aber er wird nicht dazu in der Lage sein, die acht Millionen in Arbeit zu bringen. Von hier aus bereitet er sich seine tiefste Erschütterung vor. Aber er wird nicht von selbst zusammenbrechen, wenn ihm nicht in einem solchen entscheidenden Augenblick - den wir natürlich nicht voraussagen können - der nötige Stoß gegeben wird.
Dazu ist nötig die Erneuerung der deutschen Arbeiterbewegung. Aus den Trümmern der großen Arbeiterorganisationen, rein von Geschäftssozialisten, Parolenschustern, Ueberläufern, werden unter den Schlägen des Faschismus neue Kaders revolutionärer Arbeiter entstehen. Dabei müssen wir mithelfen. Noch ist nicht der Terror gegen uns auf dem Höhepunkt, aber wir haben keinen Augenblick zu verlieren. Sammlung der entschlossenen Arbeiter ist die Parole. Sammlung aller mutigen und kampfbereiten Jungarbeiter ist nötig.
Von dem Tempo dieser Sammlung, an der auch Du, lieber Freund, mitarbeiten musst, und die unter dem Zeichen der Zusammenfassung derjenigen Arbeiter und besonders der Jungen zu stehen hat, die aus den Fehlern der Vergangenheit gelernt haben, wird es in entscheidendem Masse abhängen, wann Schluss ist mit der faschistischen Unterdrückung, wann rote Fahnen über Deutschland wehen.

Helfen wir alle mit, gehen wir jungen Arbeiter besonnen aber unerbittlich ans Werk, an die harte Notwendigkeit der Organisierung, dann werden die Geschlagenen die Sieger von morgen sein !!

Widerstandskämpfer

Die Diktatur in Deutschland ist im Jahr 1933 noch jung, aber dennoch brandgefährlich. Das weiß auch der 19-jährige überzeugte Sozialist Herbert Frahm. Sie scheint ihm weniger gefährlich für ihn selbst als für die deutsche Gesellschaft und Zukunft. Daher verfasst er ein Flugblatt, das er „Briefe an einen Jungarbeiter" nennt. Seine politische Mitstreiterin Martha Szperalski tippt den Text auf Wachsmatritzen, sodass er vervielfältigt werden kann. Die Fehler in dem Flugblatt sind Absicht und Teil der Tarnung. Martha ist professionelle Stenotypistin, das Flugblatt aber soll amateurhaft wirken. Es wird im Frühjahr 1933 in Berlin verteilt. Frahms „Brief aus Deutschland" ist ein Brief an einen fiktiven Freund; in seiner Erzählperspektive und in seinem Inhalt ist er bemerkenswert. Der junge Mann erkennt, was vielen reifen Menschen in Deutschland 1933 verborgen bleibt oder was sie nicht sehen wollen: Dass die Nationalsozialistische Partei Deutschlands das Reichstagsgebäude in Berlin selbst angezündet hat, um für sich Wahlwerbung zu machen. Dass die Nazis Terror verbreiten und alles andere als das sind, was sich die Sozialdemokratische Partei Deutschlands (SPD) unter sozialistisch vorstellt.

Am 30. Januar 1933 ist Adolf Hitler Reichskanzler geworden. Er regiert zunächst in einer Koalition mit den Parteien „Stahlhelm" und der Deutschnationalen Volkspartei (DNVP). Deren Vorsitzender ist der Medien-Unternehmer Alfred Hugenberg (1865-1951). Er hatte maßgeblichen Anteil daran, die Nationalsozialistische Propaganda zu verbreiten und gilt als einer der ideologischen Wegbereiter des Nazi-Terrors. Hugenberg ist im Kabinett Hitlers Landwirtschaftsminister.

Am 1. Februar 1933 löst Reichspräsident Paul von Hindenburg den Reichstag auf. Am 27. Februar brennt das Reichstagsgebäude, ein niederländischer Kommunist wird vom Regime als Schuldiger ausgemacht. Am nächsten Tag reißen die Nazis mit der „Reichstagsbrandverordnung" die absolute Macht an sich; es ist ein Notstandsgesetz, das die bürgerlichen Freiheiten außer Kraft setzt und den Nazis den Weg zur Diktatur ebnet.

Aus heutiger Perspektive scheinen die Mechanismen der von den Nazis sogenannten „Machtergreifung" deutlich sichtbar. 1933 sind sie es nicht für jeden.

Herbert Frahm geht sogar noch über eine Analyse des Geschehenen hinaus. Er gibt der Sozialdemokratie die Mitschuld daran, dass es so weit gekommen ist. Dass man die Gefahr zu spät erkannt habe und Rattenfängern auf den Leim gegangen sei. So viel Einsicht hat mancher auch nach Kriegsende nicht.

Wie viele Sozialisten und Regimegegner geht Herbert Frahm in den Untergrund, um Widerstand gegen den Nationalsozialismus zu leisten. Er flieht nach Norwegen, studiert Geschichte, arbeitet als Journalist, wird norwegischer Staatsbürger. Um sich vor Verfolgung zu schützen, wählt er 1934 einen Decknamen: Willy Brandt.

1945, direkt nach Kriegsende, kehrt er nach Deutschland zurück, zunächst als Korrespondent. Er wird Politiker. Von 1969 bis 1974 ist er Kanzler der Bundesrepublik Deutschland. Er bleibt sein ganzes Leben lang Sozialdemokrat, leitet die Wende in der Ostpolitik ein. Willy Brandt, geboren 1913 als Herbert Frahm, stirbt 1992 im wiedervereinigten Deutschland. ■

4. Juli 1934

Walter Benjamin an Aage Friis

Skovsbostrand per Svendborg, den 4.7.34 per Adr. Brecht
An das Danske Komité til Støtte for landsflygtige Aansarbejdere
z. Hd. des Herrn Prof. Aage Friis
Kopenhagen,
Solsortvej 62

Sehr geehrter Herr!

Zur Unterstützung und Begründung der Bitte, die ich am Schlusse dieses Briefes an Sie zu richten mir erlaube, gestatte ich mir, Ihnen die folgenden Mitteilungen über mich zu machen: Im März 1933 habe ich, deutscher Staatsbürger, im 41. Lebensjahr stehend, Deutschland verlassen müssen. Durch die politische Umwälzung war ich als unabhängiger Forscher und Schriftsteller nicht nur mit einem Schlage meiner Existenzgrundlage beraubt, vielmehr auch – obwohl Dissident und keiner politischen Partei angehörig – meiner persönlichen Freiheit nicht mehr sicher. Mein Bruder ist im gleichen Monat schweren Mißhandlungen ausgesetzt und bis Weihnachten in einem Konzentrationslager festgehalten worden.
Von Deutschland habe ich mich nach Frankreich begeben, da ich dort auf Grund meiner vorhergehenden wissenschaftlichen Arbeiten ein Wirkungsfeld zu finden hoffte.
Im folgenden verzeichne ich die wichtigsten Daten meiner Ausbildung und meiner wissenschaftlichen Tätigkeit: Nach Absolvierung des humanistischen Gymnasiums habe ich in Deutschland und in der Schweiz Literaturwissenschaft und Philosophie studiert und im Jahr 1919 in Bern den Doktor der Philosophie mit dem Prädikat summa cum laude gemacht. Nach meiner Rückkehr nach Deutschland wandte ich mich literaturwissenschaftlichen Arbeiten auf dem Gebiet des deutschen und französischen Schrifttums zu. Um mir für diese Forscherarbeit die nötigen wirtschaftlichen Grundlagen zu sichern, habe ich nebenher eine regelmäßige Tätigkeit als literarischer Referent für wissenschaftliche Publikationen an der Frankfurter Zeitung sowie am Südwestdeutschen Rundfunk in Frankfurt versehen. Außerdem bin ich gelegentlich Mitarbeiter einiger weniger angesehener Zeitschriften gewesen, die im deutschen Sprachgebiet zwischen 1920 und 1930 erschienen sind. Ich nenne vor allem die Neue Schweizer Rundschau und die Neuen Deutschen Beiträge.
Der Herausgeber der letztgenannten Zeitschrift war Hugo von Hofmannsthal, dem ich in den letzten sieben Jahren seines Lebens freundschaftlich verbunden war und der meinen Arbeiten eine ganz besondere Schätzung entgegengebracht hat. Von meiner Beschäftigung mit dem französischen Schrifttum legt neben kritischen Arbeiten meine Übersetzung des Werkes von Marcel Proust – von der in Deutschland vor dem Umsturz noch zwei Bände (Verlag R. Pieper, München) erscheinen konnten – Zeugnis ab. Daneben habe ich eine Übersetzung der Tableaux Parisiens von Baudelaire (Verlag Richard Weißbach, Heidelberg) erscheinen lassen, die

als Einleitung eine umfangreiche Theorie der Übersetzung enthält.
Meine selbständigen wissenschaftlichen Publikationen sind:
Der Begriff der Kunstkritik in der deutschen Romantik (Verlag A. Francke, Bern, 1920)
Ursprung des deutschen Trauerspiels (Verlag Ernst Rowohlt, Berlin, 1928)
Goethes Wahlverwandtschaften (Verlag der Bremer Presse, München, 1924/25)
Daneben nenne ich einen Band philosophischer Reflexionen
Einbahnstraße (Verlag Ernst Rowohlt, Berlin, 1928)
sowie meinen Artikel »Goethe« in der großen russischen Sowjet-Enzyklopädie.
Über einen Sammelband meiner Abhandlungen zur Literaturwissenschaft bestand mit meinem Verleger Ernst Rowohlt ein Vertrag, der in Folge der politischen Umstände nicht mehr zur Ausführung kommen konnte.
In Folge meines eiligen Aufbruchs aus Deutschland ist meine Sammlung der über meine Schriften erschienenen Rezensionen in Berlin zurückgeblieben; eine umfangreiche zusammenhängende Darstellung meiner Schriften, die in der Frankfurter Zeitung erschienen ist, hoffe ich mir noch zu verschaffen und werde ich mir gestatten, Ihnen nachzureichen.
Meine Hoffnung auf Gründung einer selbständigen Existenz in Paris ist leider nicht in Erfüllung gegangen. Nichtsdestoweniger habe ich mir die nötigsten Mittel durch pseudonyme Arbeiten in der Frankfurter Zeitung (gezeichnet Detlef Holz oder K.A.Stempflinger) eine Zeitlang beschaffen können. Mit dem Ende des Frühjahrs hat sich auch diese Möglichkeit mir verschlossen. Ich habe Frankreich verlassen müssen, da der Aufenthalt für mich dort zu teuer war. In Paris bin ich mit dem, ebenfalls flüchtigen, großen Sammler und Kulturhistoriker Eduard Fuchs übereingekommen, die Grundlinien seiner Lebensarbeit, deren dokumentarisches Material von der Berliner Polizei beschlagnahmt und zum großen Teil vernichtet worden ist, in einer zusammenfassenden und abschließenden Darstellung festzuhalten. Diese Darstellung beschäftigt mich gegenwärtig.
In Dänemark habe ich bei der mir befreundeten Familie Brecht ein provisorisches Unterkommen gefunden. Ich kann aber die Gastfreundschaft der Familie Brecht nur auf kurze Zeit in Anspruch nehmen. Auf der anderen Seite bin ich vollkommen vermögenslos; mein einziger Besitz ist eine kleine Arbeitsbibliothek, die im Hause von Herrn Brecht Aufstellung gefunden hat.
Ich habe mir erlaubt, Ihrem Hilfskomité diese Tatsachen in der Hoffnung zu unterbreiten, daß es Ihnen möglich ist, meine gegenwärtige Lage in etwas zu erleichtern.
Zu jeder weiteren Auskunft stehe ich Ihnen zur Verfügung.

Mit vorzüglicher Hochachtung ergebenst Walter Benjamin

Auf der Flucht

Walter Benjamin (1892–1940) ist ein angesehener Berliner Kulturwissenschaftler, Übersetzer und Autor. Dennoch muss er seine Heimat verlassen. Er ist Marxist und Jude – und es ist das Jahr 1933. Er gehört zu den ersten, die gehen, nachdem die Nationalsozialisten die Macht an sich gerissen haben. Er geht im September 1933 nach Paris und versucht, sich etwas Geld dazuzuverdienen, doch das Ersparte ist schnell aufgebraucht. Benjamin ist mittellos und geht nach Dänemark, wo er beim ebenfalls geflüchteten Autor Bert Brecht unterkommt. Jetzt schreibt er einen Bewerbungs- und Bettelbrief an das Hilfskomitee für geflüchtete Akademiker in Dänemark, namentlich an den Historiker Aage Friis (1870-1949). Detailliert geht er auf seine beruflichen Erfolge ein, in der Hoffnung auf Hilfe. Doch in Dänemark kann er nicht Fuß fassen, er geht wieder nach Paris. Die Philosophin Hannah Arendt steckt ihm Geld zu, ein wenig kommt durch Überweisungen aus New York, wohin der Sozialforscher Max Horkheimer emigriert ist. 1939 und 1940 muss Benjamin erneut vor den Nazis fliehen. Er schafft es mit Hilfe von Freunden bis nach Spanien und will weiter in die USA. Das Visum hat er schon. In einer verzweifelten Stunde nimmt er sich in der Nacht zum 27. September 1940 das Leben.

Erst nach dem Zweiten Weltkrieg erfahren seine Werke, vor allem zur Kulturtheorie und Kulturgeschichte, große Würdigung, unter anderem durch Hannah Arendt. Auch seine zahlreichen Briefe sind berühmt geworden – wegen ihres intellektuellen Feuers. ■

1940

Herbert von Karajan an Richard Strauss

Sehr verehrter Herr Doktor !

Tausend Dank für Ihre so lieben Zeilen ich darf Sie wirklich versichern dass wir mit allen Kräften am Werke sind und der Krieg der sonst so viel Schweres mit sich bringt hat diesem sein Gutes getan er hat mir alle Auslandsverpflichtungen genomen und ich erlebe nun das Glück mich ungeteilt und mit voller Kraft einer einzigen Sache widmen zu können noch dazu wo sie einem solche Herzenssache ist wie die „Elektra". Ihren Wunsch das Werk strichlos zu geben hat mir Herr Generalintendant schon vor geraumer Zeit übermittelt. Ich persönlich bin absolut der Meinung dass gerade die Striche heute wegfallen könnten und müssten. Jedoch hat mich Frau Rünger sehr dringend gebeten es nicht zu tun sie singt die Partie zum ersten Mal und hat noch keinen Überblick über die Kräfteeinteilung in der Partie deshalb glaubte ich im Hinblick darauf sie nicht unnötig nervös zu machen Ihrer Bitte stattzugeben. Doch hoffe ich es wird mir sicher ein mal gelingen das Werk strichlos aufzuführen. Es tut mir ganz besonders leid dass die Umstände es nicht ermöglichen Sie sehr verehrtester Herr Doktor zur Premiere unter uns zu wissen. Umso mehr weil ich so viele Fragen in bezug auf das Werk hätte und aus der wirklichen Autorität Ihres Urteiles heraus meine eigenen Fehler korrigiert sehen möchte. Ich habe so oft die Elektra unter Ihnen gehört und an der Erinnerung daran ermesse ich erst meine eigenen Zweifel ob ich auch alles nach Ihrem Willen mache. Bitte lieber Herr Doktor wenn die Verhältnisse wieder normal sind schlagen Sie mir die Bitte nicht ab und kommen Sie zu einer Aufführung herüber, wir Jungen sind nicht so selbstsicher wie man imer sagt sondern würden dankbar und glücklich sein für eine ganz offene wenn auch harte Kritik von der berufensten Seite damit auch wir dann beitragen dass Ihr Werk und Ihre Tradition genau so ist wie unter Ihnen selber.

Bis dahin bin ich in tiefster Verehrung
Ihr Herbert von Karajan

Kunst im Krieg

Berlin 1940: Bildende Künstler, Schriftsteller, Schauspieler oder Musiker jüdischen Glaubens dürfen nicht mehr ausstellen, auftreten, arbeiten. Wer konnte, ist geflohen. Der Nationalsozialismus hat das Kunst- und Kulturleben in Deutschland gleichgeschaltet. Wer politische Kunst machen will, wird verfolgt, wenn diese Kunst nicht der Ideologie entspricht. Wer weiter künstlerisch arbeiten will, muss sich mit dem System arrangieren, unpolitisch sein, unter dem Radar fliegen oder dem System gefallen. Auftritte im Ausland kommen für deutsche Künstler in dieser Zeit nicht infrage. Zwei, die in Deutschland bleiben und weiter arbeiten, sind der aus Österreich stammende Dirigent Herbert

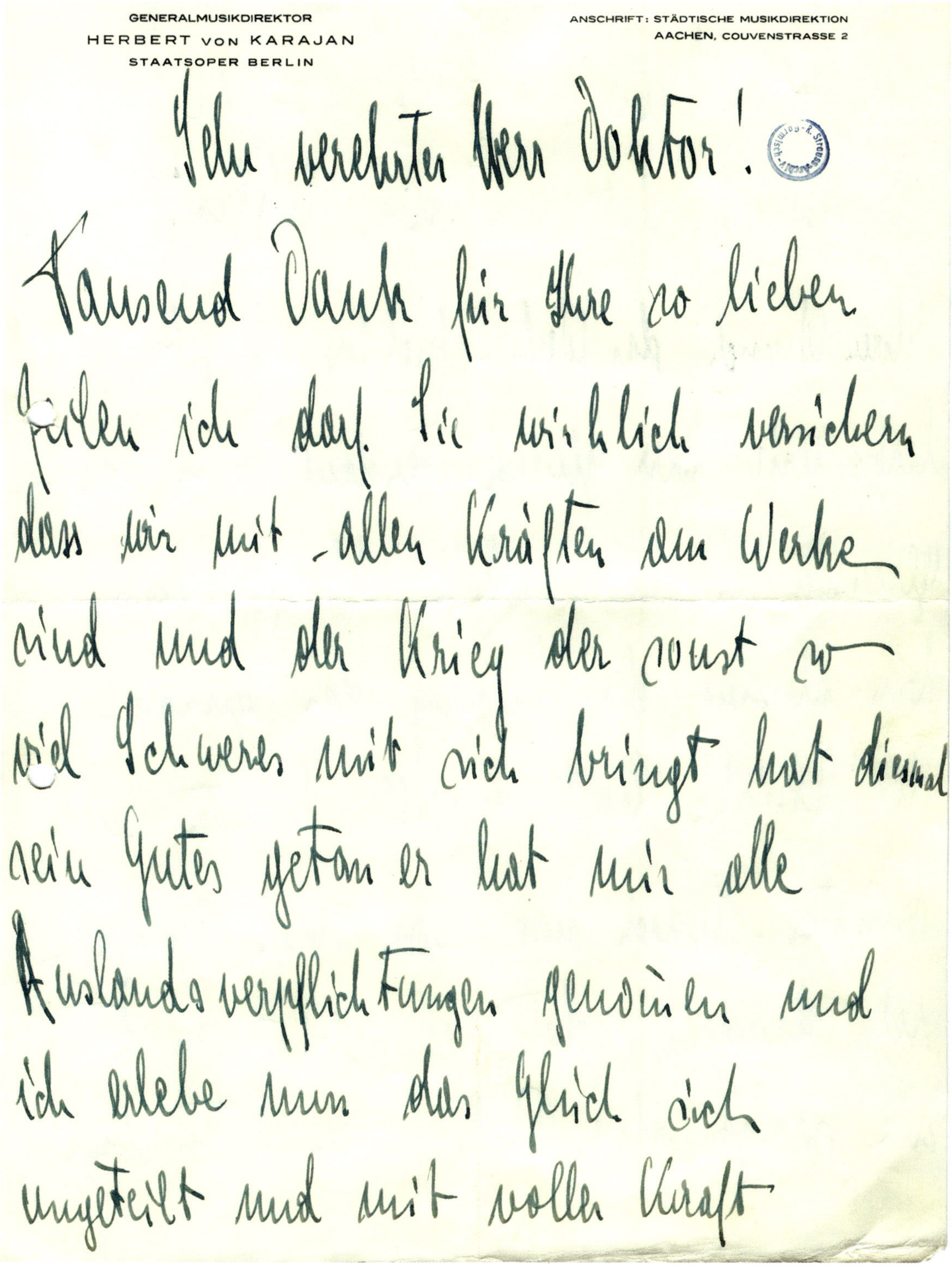
GENERALMUSIKDIREKTOR
HERBERT VON KARAJAN
STAATSOPER BERLIN

ANSCHRIFT: STÄDTISCHE MUSIKDIREKTION
AACHEN, COUVENSTRASSE 2

Sehr verehrter Herr Doktor!

Tausend Dank für Ihre so lieben Zeilen ich darf Sie wirklich versichern dass wir mit allen Kräften am Werke sind und der Krieg der sonst so viel Schweres mit sich bringt hat diesmal sein Gutes getan er hat mir alle Auslandsverpflichtungen genommen und ich erlebe nun das Glück sich ungeteilt und mit voller Kraft

von Karajan (1908-1989) und der Münchner Komponist Richard Strauss (1864-1949). Karajan steht 1940 noch am Anfang seiner Karriere, dirigiert aber bereits in der Berliner Staatsoper Unter den Linden und war auch schon Gast am Pult der Berliner Philharmoniker.

Für den 18. Februar 1940 steht in der Staatsoper die Premiere einer Neuinszenierung von Richard Strauss' Oper „Elektra" auf dem Programm. Das Stück aus dem Jahr 1909 ist eine Familientragödie aus der griechischen Sagenwelt. Karajan dirigiert die Staatskapelle, die ehemalige Sängerin Barbara Kemp von Schillings inszeniert. Gertrud Rünger gibt mit der Titelrolle ein Rollendebüt. Dass er nicht im Ausland dirigieren darf, will Karajan für umso intensivere Probenarbeit nutzen. Er schreibt vor der Premiere an Strauss und bittet ihn um Rat, ob das Stück besser in voller Länge oder gekürzt (mit Strichen) gespielt werden sollte. In der Presse erntet die Produktion und besonders Karajans Dirigat hymnische Kritiken. ■

31. Januar 1942

Adolf Eichmann an die Leitstellen der Geheimen Staatspolizei

Reichssicherheitshauptamt
Berlin, den 31. Januar 1942
IV B 4 – 2093/42g (391)

G e h e i m .

S c h n e l l b r i ef .

An
alle Staatspolizei(leit)stellen im Altreich (einschl. Sudetengau),
die Staatspolizeileitstelle Wien,
die Zentralstelle für jüdische Auswanderung Wien.

Nachrichtlich

an
die Inspekteure der Sicherheitspolizei und des SD im Altreich,
den Inspekteur der Sicherheitspolizei und des SD Wien.

Betrifft: Evakuierung von Juden
Bezug: Ohne.

Die in der letzten Zeit in einzelnen Gebieten durchgeführte Evakuierung von Juden nach dem Osten stellen den Beginn der Endlösung der Judenfrage im Altreich, der Ostmark und im Protektorat Böhmen und Mähren dar.

Diese Evakuierungsmassnahmen erstreckten sich zunächst auf besonders vordringliche Vorhaben, so dass nur ein Teil der Staatspolizei(leit)stellen bei den abgewickelten Teilaktionen angesichts der beschränkten Aufnahmemöglichkeiten im Osten und der Transportschwierigkeiten berücksichtigt werden konnte.
Zur Zeit werden neue Aufnahmemöglichkeiten bearbeitet mit dem Ziel, weitere Kontigente von Juden aus dem Altreich, der Ostmark und dem Protektorat Böhmen und Mähren abzuschieben. Die genaue Planung von Vorbereitung dieser weiteren Evakuierungsaktion macht zunächst eine gewissenhafte Feststellung der noch im Reichsgebiet ansässigen Juden nach folgenden, den Richtlinien für die Evakuierung entsprechenden Gesichtspunkten erforderlich:

Abschrift!

Reichssicherheitshauptamt
IV B 4 - 2093/42g (391)

Berlin, den 31. Januar 1942

G e h e i m .

Geheim!

S c h n e l l b r i e f .

Geh. Staatspolizei
Staatspolizeistelle Würzburg
Eing. -6.FEB.1942 Abt. II B
Nr. 2175/42g Beil. x

An
alle Staatspolizei(leit)stellen im Altreich
(einschl. Sudetengau),
die Staatspolizeileitstelle Wien,
die Zentralstelle für jüdische Auswanderung Wien.

Nachrichtlich

an
die Inspekteure der Sicherheitspolizei und des SD im Altreich,
den Inspekteur der Sicherheitspolizei und des SD Wien.

Betrifft: Evakuierung von Juden.
Bezug: Ohne.

Die in der letzten Zeit in einzelnen Gebieten durchgeführte Evakuierung von Juden nach dem Osten stellen den Beginn der Endlösung der Judenfrage im Altreich, der Ostmark und im Protektorat Böhmen und Mähren dar.

Diese Evakuierungsmassnahmen erstreckten sich zunächst auf besonders vordringliche Vorhaben, so dass nur ein Teil der Staatspolizei(leit)stellen bei den abgewickelten Teilaktionen angesichts der beschränkten Aufnahmemöglichkeiten im Osten und der Transportschwierigkeiten berücksichtigt werden konnte.

Erfasst werden können im Zuge dieser Evakuierungsaktion alle Juden (§5 der 1. Verordnung zum Reichsbürgergesetz vom 14.11.1935, RGBl. I, S. 1333) abgesehen von folgenden Ausnahmen:
1) In deutsch-jüdischer Mischehe lebende Juden.
2) Juden ausländischer Staatsangehörigkeit (ausgenommen staatenlose Juden sowie Juden mit ehemals polnischer und luxemburgischer Staatsangehörigkeit).
3) Im geschlossenen kriegswichtigen Arbeitseinsatz befindliche Juden, für die eine Zustimmung zur Evakuierung seitens der zuständigen Rüstungskommandos (Rüstungsinspektionen) sowie der Landeswirtschafts-xxxxxxxxxxxxxxxxxxxxxxxxx ämter und Arbeitsämter aus wehrwirtschaftlichen Gründen z. Zt. nicht gegeben werden kann. (Die sich daraus ergebenden vorläufigen Zurückstellungen sind jedoch im Einvernehmen mit diesen Stellen auf ein tragbares Mindestmass zu beschränken):
4) Juden
a) im Alter von über 65 Jahren,
b) sowie Juden im Alter von 55 – 65 Jahren, die besonders gebrechlich und daher transportunfähig sind.
Bei jüdischen Ehen, in denen ein Eheteil unter 65 Jahren und der andere über 65 Jahre alt ist, können beide Teile dann evakuiert werden, wenn der in Frage kommende Eheteil nicht älter als 67 Jahre ist und ein amtsärztliches Zeugnis für die Arbeitsfähigkeit dieses Eheteiles erbracht werden kann. Weitere Ausnahmen sind auf keinen Fall zulässig. (Für die auf Grund des Alters nicht zu evakuierenden Juden ist später gesonderte Regelung vorgesehen.)

5./ Jüdische Rechtskonsulenten sind in einem entsprechenden Verhältnis zur Zahl der zunächst verbleibenden Juden zu erfassen.

6./ Ehetrennung sowie Trennung von Kindern bis zu 14 Jahren von den Eltern ist zu vermeiden.

Ich bitte, unverzüglich die erforderlichen Feststellungen innerhalb des dortigen Dienstbereiches zu treffen und bis spätestens 9.2.42 (Anträge auf Terminverlängerung können nicht berücksichtigt werden) unter Beantwortung nachstehender Fragen zu berichten:

1./ Zahl der Juden deutscher Staatsangehörigkeit (einschliesslich der Staatenlosen, sowie Juden ehemals polnischer und luxemburgischer Staatsangehörigkeit) im Sinne der gesetzlichen Bestimmungen im dortigen Bezirk. (Gesamtzahl und Verteilung auf die einzelnen Orte.)

2./ Zahl der in deutsch-jüdischen Mischehen lebenden Juden.

3./ Zahl der Juden mit ausländischer Staatsangehörigketi.(Ausgenommen staatenlose Juden sowie Juden mit ehemals polnischer und luxemburgischer Staatsangehörigkeit.)

4./ Zahl der Juden mit slowakischer, kroatischer und rumänischer Staatsangehörigkeit.

5./ Zahl der im geschlossenen Arbeitseinsatz stehenden Juden, die mit Rücksicht auf wehrwirtschaftliche Belange z.Zt. zur Evakuierung nicht freigegeben werden können.

6./ Zahl der Juden über 65 Jahre.

7./ Zahl der über 55 Jahre alten, besonders gebrechlichen und transprotunfähigen Juden.

8./ Gesamtzahl der für eine Evakuierung in Betracht kommenden Juden nach Beachtung obenstehender Ausnahmen. (Verteilung auf die einzelnen Orte.)
Diese Gesamtzahl nach dem neuestem Stand ist maßgebend für die spätere Zuteilung von Transportzügen bzw. für die Zusammenstellung von Evakuierungstransporten.

Fehlanzeige ist erforderlich.
Auf eine genaue und gewissenhafte Feststellung ist besonderer Wert zu legen, damit von vornherein Vershciebungen oder Änderungen im Transportprogramm vermeiden werden. Von weiteren, über dise Feststellungen hinausgehenden Maßnahmen ist bis zum Eingang weiterer Weisung abzusehen.

Zusatz für die Staatspolizeistelle Frankfurt/Oder: Die dortigen Schreiben II B 4 – 2394/41 v. 15.1.1942 und II B 3 2434/41 v. 20.1.1942 haben sich damit erledigt.

Im Auftrage:
gez. Eichmann

Die Banalität des Bösen

Es ist ein Rundschreiben, das aussieht wie viele andere. Maschinengetippt, mit Aktenzeichen versehen, unpersönlich und in trockenem Behördendeutsch formuliert. Die Inhalte solcher Rundschreiben, ob in Behörden oder Firmen, sind oft banal, und nicht jeder Empfänger liest die Schreiben ordentlich durch, bevor er sie in irgendeinem Ablagekörbchen versenkt.
Dieses Rundschreiben von Adolf Eichmann (1906-1962), das 1942 an die Inspekteure der Geheimen Staatspolizei (Gestapo) im gesamten Deutschen Reich geschickt wird, ist an Schlichtheit und Trockenheit der Formulierung kaum zu übertreffen, und der Schreiber hat sich nicht einmal die Mühe gemacht, Tippfehler zu korrigieren. Der Inhalt des Briefs klingt an der Oberfläche harmlos: Juden sollen „evakuiert“ werden. Die Bedeutung dieses Briefs ist aber ganz und gar grauenhaft, denn mit „Evakuierung“ meint Eichmann den Transport der europäischen Juden in Vernichtungslager.
Das nationalsozialistische Terror-Regime hat beschlossen, die europäischen Juden systematisch zu ermorden. Sie nennen dies zynisch die „Endlösung der Judenfrage“. Am 20. Januar 1942 treffen sich 15 Regierungsvertreter sowie Behördenmitglieder in einer Villa am Berliner Wannsee, um den Holocaust, die Ermordung der europäischen Juden, konkret zu planen und mit der Organisation zu beginnen. Vorsitzender dieser „Wannseekonferenz“ ist der Nazi-Funktionär Reinhard Heydrich, der offiziell mit dem Völkermord beauftragt ist. Adolf

Eichmann ist sein Mitarbeiter; er schreibt die Konferenzansprache für Heydrich und führt Protokoll. Seit 1941 ist er für Deportationen von Juden und anderen Menschen in das Konzentrationslager Auschwitz-Birkenau verantwortlich.

Kurz nach der Konferenz beginnt Eichmann damit, die Deportation der Juden und ihre Ermordung industriell zu organisieren. Mit den Antworten auf den „Schnellbrief" vom 31. Januar 1942 will er die Zahl der Juden in den Zuständigkeitsbereichen der jeweiligen Gestapo-Inspektionen feststellen, um die Transporte zu organisieren. Er schreibt von „Evakuierung", obwohl zu diesem Zeitpunkt schon allen Zuständigen bekannt ist, dass die Menschen ermordet werden sollen.

Bis Kriegsende 1945 fallen mehr als sechs Millionen Menschen dem Holocaust zum Opfer. Adolf Eichmann flieht nach dem Krieg nach Argentinien und wird dort 1960 von Mitarbeitern des israelischen Geheimdienstes entführt und nach Israel gebracht, wo ihm der Prozess gemacht wird. Die Philosophin Hannah Arendt (sie ist selbst 1933 aus Nazideutschland geflohen) beobachtet die Verhandlung und schreibt darüber unter anderem in der Zeitschrift „The New Yorker" und später ein Buch mit dem Titel „Eichmann in Jerusalem: Ein Bericht über die Banalität des Bösen". Darin stellt sie Eichmann als Bürokraten dar, als einen, der sich hinter der Amtssprache und dem Gesetz versteckte und kein Monster war – sondern eher ein kleines, obrigkeitshöriges Würstchen, ein „Verwaltungsmassenmörder". Eichmann wird verurteilt und hingerichtet.

Das Haus der Wannsee-Konferenz ist heute Museum und Gedenkstätte. ■

16. Februar 1943

Sophie Scholl an Fritz Hartnagel

Mein lieber Fritz!

Gestern habe ich einen wunderbaren blühenden Stock gekauft, er steht vor mir auf dem Schreibtisch am hellen Fenster, seine graziösen Ranken, über und über mit zarten lila Blüten besetzt, schweben vor und über mir. Er ist meinen Augen und meinem Herzen eine rechte Freude, und ich wünschte mir nur, dass Du kommst, bevor er verblüht ist. Wann wirst Du nur kommen?
Meine ersten Briefe werden Dich wohl kaum erreichen, sie waren falsch adressiert. Und ob diese dürftige Adresse genügt? Doch muß ich ja warten, bis Du zuerst mir schreibst. Wir haben hier eine kleine Geyerausstellung hergerichtet.
Wir sind sehr oft mit ihm zusammen. Man fühlt sich in seiner Nähe riesig behaglich. Wie schade, daß ich Dir davon schreiben muß, daß Du nicht selbst hier bist. Vielleicht können wir bald zusammen irgendwo anfangen!
Sei für heute vielmals gegrüßt von Deiner Sophie.

Ohne Wiedersehen

Sophie Scholl und Fritz Hartnagel aus Ulm wollen heiraten. Doch der Krieg steht ihnen im Weg. Fritz Hartnagel (1917-2001) hat sich freiwillig gemeldet, er ist als Offizier an der Front. Dort ändert er seine Meinung zum Krieg und zur Nazidiktatur und unterstützt den Widerstand. Auch die junge Sophie Scholl (1921-1943) lässt sich anfangs von der Begeisterung für die nationalsozialistische Gesellschaft mitreißen, ändert jedoch ebenfalls ihre Meinung, als sie ihr Studium in München beginnt. Sie ist wie ihr Bruder Hans tiefgläubige Christin. Seit 1937 sind Sophie und Fritz ein Paar, doch sie können sich nach Ausbruch des Zweiten Weltkriegs nicht oft sehen. Hartnagel wird zu Verwendungen in verschiedenen Ländern und Regionen geschickt. Daher schreiben sich die Liebenden und träumen von einer gemeinsamen Zukunft.
1942 stößt Sofie Scholl in München zur Widerstandsgruppe „Weiße Rose", in der auch ihr Bruder Hans aktiv ist. Sie schreiben und verteilen Flugblätter, in denen sie auf Verbrechen des Nazi-Regimes hinweisen und zum Widerstand aufrufen. Besonders die Schlacht von Stalingrad motiviert sie zu ihrem eindringlichen sechsten Flugblatt. Fritz Hartnagel überlebt Stalingrad und schreibt Sophie aus dem Lazarett in Lemberg: „Ich selbst habe beide Hände erfroren, davon 2 Finger mit Erfrierungen 3. Grades. Ich war nun eben auf dem Weg zum Hauptverbandsplatz, um in ärztliche Behandlung zu gehen. Aber dort werden nur Schwerverwundete angenommen."
Das sechste Flugblatt wird über Helmuth James von Moltke und dessen Kreisauer Kreis (siehe Seite 169) nach England gebracht, dort vervielfältigt und von Flugzeugen aus über Deutschland abgeworfen. Am 13. Februar 1943 schreibt Sophie Scholl ihren letzten Brief an Fritz Hartnagel. Sie klebt zwei gepresste Blätter von ihrem neuen Blumenstock auf die erste Seite. Sie berichtet von einer kleinen Ausstellung mit Werken des Kunstmalers Wilhelm Geyer, dessen Bilder in der NS-Zeit als „entartet" gelten

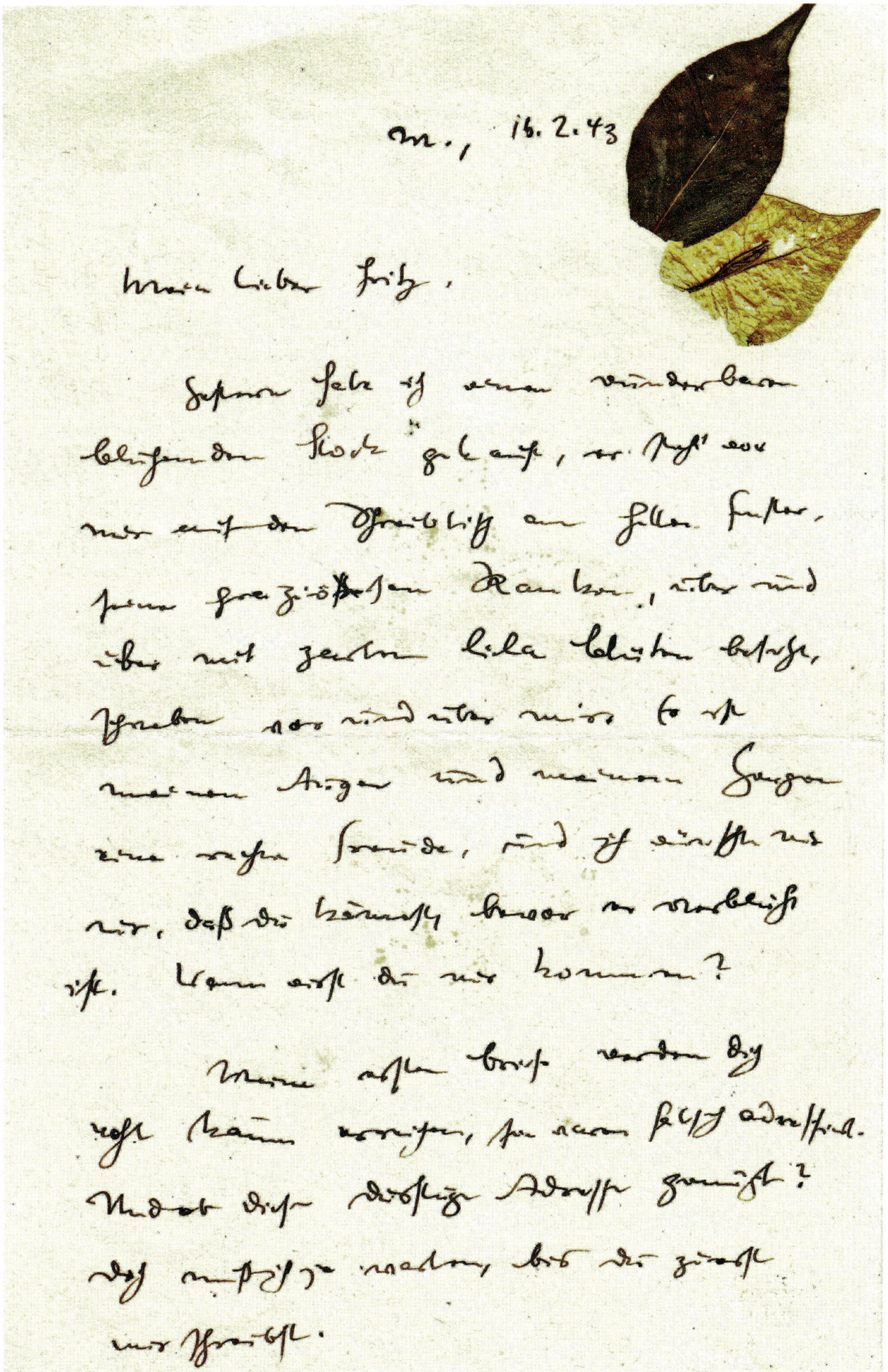

M., 16. 2. 43

Mein lieber Fritz,

Gestern habe ich einen wunderbaren blühenden Strauß gekauft, er steht vor mir auf dem Schreibtisch am hellen Fenster, seine graziösen Ranken, über und über mit zarten lila Blüten besteckt, schweben vor und über mir. Er ist meinen Augen und meinem Herzen eine rechte Freude, und ich wünschte nur, daß du [illegible] bevor er verblüht ist. Wann wirst du mir kommen?

Meine ersten Briefe werden dich wohl kaum erreichen, sie waren falsch adressiert. Und ob diese dürftige Adresse genügt? [illegible] bis du zuerst mir schreibst.

und aus Galerien entfernt werden. Er ist ebenfalls Mitglied der Weißen Rose.

Zwei Tage später, am 18. Februar 1943, wird Sophie Scholl zusammen mit ihrem Bruder Hans verhaftet, nachdem sie ein Hausmeister der Universität beim Auslegen von Flugblättern beobachtet hat. Sie werden verhört, vor Gericht gestellt und am 22. Februar zum Tode verurteilt. Ein Gnadengesuch der Eltern wird abgelehnt. Die Geschwister Scholl werden noch am selben Tag um 17 Uhr hingerichtet.

Fritz Hartnagel erfährt im Lemberger Lazarett erst am 27. Februar von Sophies Todesurteil, weiß aber nicht, dass sie schon tot ist. Sofort schreibt er ein Telegramm an den Volksgerichtshof nach München: „BITTE UM AUFSCHIEBUNG DER URTEILSVOLLSTRECKUNG AN MEINER BRAUT SOPHIE SCHOLL UND IHREM BRUDER HANS SCHOLL BIS ZUM EINTREFFEN MEINES GNADENGESUCHS".

Nach dem Krieg und einer kurzen Gefangenschaft heiratet Fritz Hartnagel im Oktober 1945 Sophies ältere Schwester Elisabeth Scholl. ■

24. Dezember 1944

Helmuth James an Freya von Moltke

Strafgefängnis Berlin-Tegel, 24.12.1944

Mein Lieber,

jetzt bist Du wohl mit dem Weihnachtszimmer gerade fertig und hast sicher häufig an mich gedacht, wie wir das sonst zusammen aufzubauen pflegten. So haben auch meine Gedanken Deinen Tag begleitet, der wohl, abgesehen vom Wegtragen von Geschenken für den Hof, ganz dem Hause gewidmet war, denn dieses Jahr gibt es doch keine Christnacht, nicht wahr? - Ich verbringe den Tag im Bett in der Hoffnung, über die Feiertage, während derer ich ja sicher nicht zu irgendetwas geholt werde, meinen Ischias etwas ausheilen zu können. Die Zelle ist jedenfalls für Weihnachten ein sehr geeigneter Aufenthalt, denn dadurch wird einem klar, daß all der Zauber, der für uns nun einmal Weihnachten umgibt, daß die Lieben und die Lieder, der Baum und die Geschenke alles nur Zutaten sind und dass es nur auf die eine Zeile des Lukasevangeliums ankommt: „Denn Euch ist heute der Heiland geboren.“ Ich hoffe und wünsche, daß auch Ihr ein gesegnetes Fest habt und daß vor allem Du nicht etwa durch meine Abwesenheit bedrückt bist. Und eigentlich fühle ich mich ganz sicher, daß bei Dir alles so friedlich und fröhlich ist, wie es der Tag verlangt.
Seit gestern ist es hier sehr kalt und heute Morgen sollen hier in der Stadt am Hause 12° Kälte gewesen sein. Da kein Schnee liegt, ist das für die Saaten nicht gut. Und wenn ich denke, daß bei uns die Winterfurche für die wichtigsten Früchte noch nicht gemacht ist, so ist mir sehr wenig wohl zumute. Am schlimmsten ist es für die Rüben. Aber Z. soll keinesfalls die Rübenfläche verkleinern. Lieber spät bestellen. Jedenfalls sehe ich mit großer Sorge auf die Bestellung 45. Z. muß versuchen, den Lanz zu halten, und dann muß er sehen, daß er zum Frühjahr den Dampfpflug bekommt, wann es am günstigsten geht; mir scheint, Achtert hat meine Abwesenheit benutzt, um uns schlecht in den Turnus einzurangieren.
Heute Abend, mein Lieber, wenn Ihr einbeschert, werde ich mit vollem Herzen Euer gedenken und an Eurer Freude teilnehmen. Ich hoffe zu hören, daß die Kinder „oben“ und „unten“ alle gesund, fröhlich und glücklich waren und voll auf ihre Kosten gekommen sind. Dann ist wieder ein Weihnachtsfest zu dem Schatz hinzugefügt, den auch wir alle mitbekommen haben. - Dies ist der letzte Brief, der Dich dieses Jahr erreicht. Es geht ein Jahr der Sorgen zu Ende, mein Lieber, und ich bin glücklich in der Gewißheit, daß uns diese Sorgen und was noch kommen mag, nichts anhaben, da wir dankbar und fröhlich diesen großen Tag feiern dürfen.

J.

Tegel, den 24.12.1944

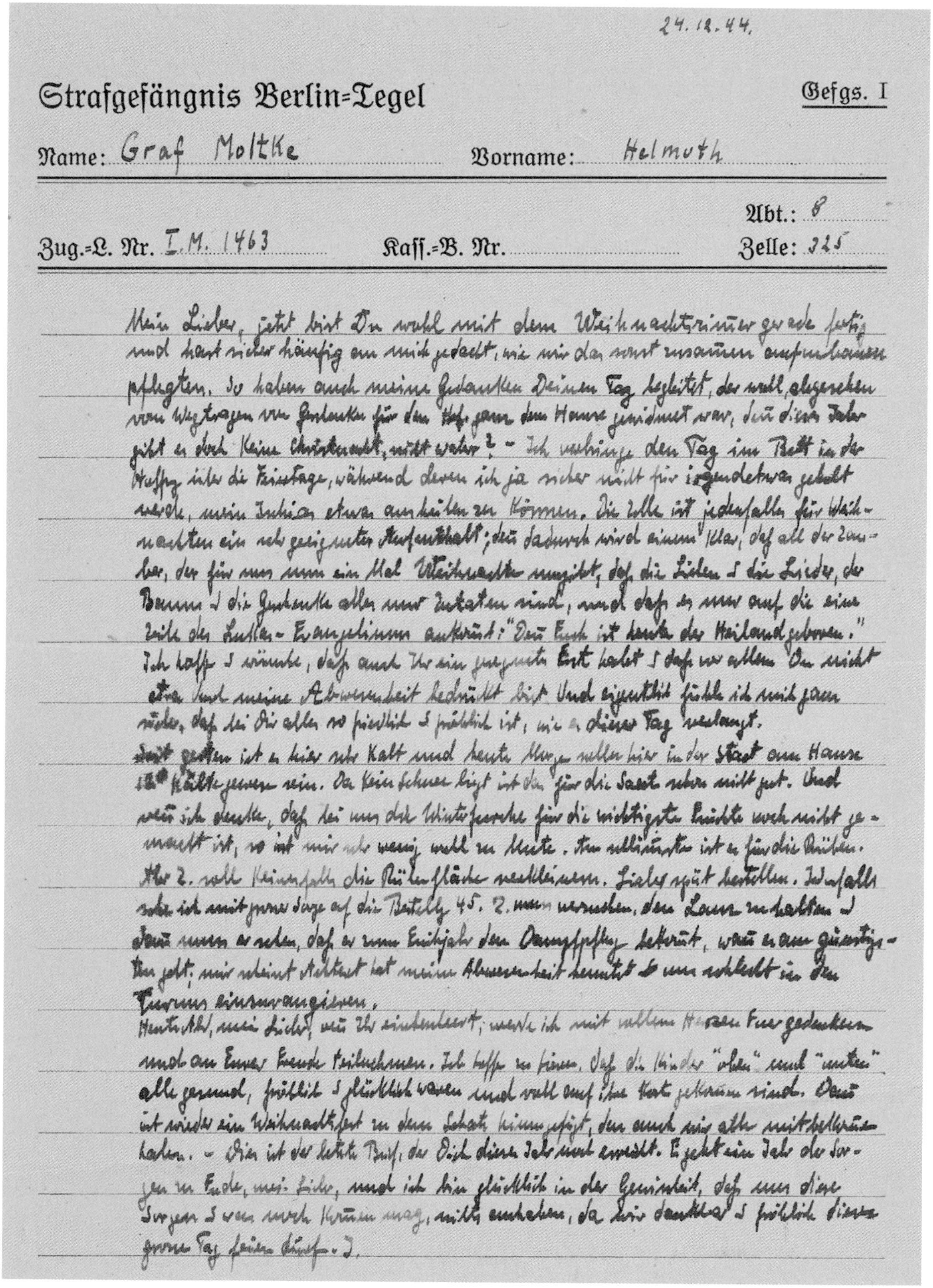

24.12.44.

Strafgefängnis Berlin=Tegel — Gefgs. I

Name: Graf Moltke — Vorname: Helmuth

Abt.: 8

Zug.=L. Nr. I.M. 1463 — Kass.=B. Nr. — Zelle: 325

Mein Lieber, jetzt bist Du wohl mit dem Weihnachtszimmer gerade fertig und hast sicher häufig an mich gedacht, wie wir das sonst zusammen aufzubauen pflegten. So haben auch meine Gedanken Deinen Tag begleitet, der wohl, abgesehen vom Wegtragen von Geschenken für den Hof, ganz dem Hause gewidmet war; denn dieses Jahr gibt es doch keine Christnacht, nicht wahr? – Ich verbringe den Tag im Bett in der Hoffnung, über die Feiertage, während deren ich ja sicher nicht für irgendetwas geholt werde, mein Ischias etwas ausheilen zu können. Die Zelle ist jedenfalls für Weihnachten ein sehr geeigneter Aufenthalt; denn dadurch wird einem klar, daß all der Zauber, der für uns nun ein Mal Weihnachten umgibt, daß die Lichter & die Lieder, der Baum & die Geschenke alles nur Zutaten sind, und daß es nur auf die eine Zeile des Lukas-Evangeliums ankommt: "Denn Euch ist heute der Heiland geboren." Ich hoffe & wünsche, daß auch Ihr ein gesegnetes Fest habt & daß vor allem Du nicht etwa durch meine Abwesenheit bedrückt bist. Und eigentlich fühle ich mich ganz sicher, daß bei Dir alles so friedlich & fröhlich ist, wie es dieser Tag verlangt.

Seit gestern ist es hier sehr kalt und heute Morgen sollen hier in der Stadt am Hause 12° Kälte gewesen sein. Da kein Schnee liegt ist das für die Saat sehr nicht gut. Und wenn ich denke, daß bei uns doch Winterfurche für die wichtigsten Früchte noch nicht gemacht ist, so ist mir sehr wenig wohl zu Mute. Am schlimmsten ist es für die Rüben. Aber Z. soll keinesfalls die Rübenfläche verkleinern. Lieber spät bestellen. Jedenfalls sehe ich mit großer Sorge auf die Bestellung 45. Z. muss versuchen, den Lanz zu halten & dann muss er sehen, daß er zum Frühjahr den Dampfpflug bekommt, wenn es am günstigsten geht; mir scheint Ackmann hat meine Abwesenheit benutzt & uns schlecht in den Turnus einzurangieren.

Heute Abend, mein Lieber, wenn Ihr einbeschert, werde ich mit vollem Herzen Euer gedenken und an Eurer Freude teilnehmen. Ich hoffe zu hören, daß die Kinder "oben" und "unten" alle gesund, fröhlich & glücklich waren und voll auf ihre Kosten gekommen sind. Dann ist wieder ein Weihnachtsfest zu dem Schatz hinzugefügt, den auch wir alle mitbekommen haben. – Dies ist der letzte Brief, der Dich dieses Jahr noch erreicht. Es geht ein Jahr der Sorgen zu Ende, mein Lieber, und ich bin glücklich in der Gewissheit, daß uns diese Sorgen & was noch kommen mag, nichts anhaben, da wir dankbar & fröhlich diesen großen Tag feiern dürfen. J.

Mein Lieber,

ein Wort muß ich mit meinem Liebsten auf dem Papier reden, ehe die Kerzen gelöscht werden müssen. Es wird wohl 6 Uhr sein und meine Gedanken, die Dich schon den ganzen Tag begleiten, suchen Dich seit einer halben Stunde beim Singen, Lesen und Bescheren. Mein Herz, von Dir kam, soeben erst geöffnet, Krippe, Strahlenkranz und Lederbüchlein. Die Krippe, die Du wirklich prächtig erdacht hast, steht auf meinem Tisch und sieht auf mich herab, den Stern mit Strahlenkranz habe ich so an die Tischkante gehängt, daß ich ihn stracks anschaue, wenn ich liege, und das Büchelchen habe ich zu extra zwei Dritteln bei Schein der hinter mir stehenden Kerze gelesen, die mir auch zu diesem Brief leuchtet, während die Weihnachtskerze am Zweig über der Tür brennt. - Ich liege ja seit gestern fest im Bett bis Mittwoch, in der Hoffnung, dass mein Bein das gern haben wird. - Heute Mittag habe ich der Weihnachtsfeier zugehört, die Poelchau sehr nett gemacht hat. - Mein Herz, ich höre jetzt auf, denn ich will die Kerzen löschen und das Licht wieder anmachen und damit das Weihnachtsfest beenden, das wahrscheinlich mein letztes ist. Ich bin nicht traurig, nein, dankbar bin ich, daß ich es noch einmal erleben durfte, denn gerade das Gefühl, daß es wohl mein letztes ist, macht mir das Geschenk dieses Tages doppelt groß und doppelt froh. - Alle meine Gedanken sind bei Dir, mein Lieber, und erbitten Gottes Segen für uns.

J.

Das letzte Weihnachtsfest

Freya und Helmuth James Graf von Moltke sind das, was man heute ein Power-Paar nennt. Helmuth von Moltke (1907–1945) ist Anwalt für Völkerrecht, Freya (1911–2010) ist ebenfalls promovierte Juristin. Beide interessieren sich für Politik und diskutieren leidenschaftlich über den aktuellen Zustand der Demokratie. Sie überlegen, ob sie nicht einmal nach England gehen sollen. Helmuth lebt und arbeitet in Berlin und London, Freya verbringt ihre Familienzeit mit den zwei Söhnen auf dem Gut der Moltkes in Kreisau. Das Gut wurde einst von Helmuths Urgroßonkel Generalfeldmarschall Helmuth Moltke d. Ä. (siehe Seiten 112) als Familiensitz erworben. Eine hochmoderne Bilderbuchfamilie, so sieht es aus. Lange Zeit geht es ihnen gut. Doch dann kommt der Nationalsozialismus. Moltkes beschließen, das Terrorregime nicht einfach hinzunehmen, nicht wegzusehen, sondern aktiv etwas zu unternehmen. Helmuth von Moltke arbeitet beim Nachrichtendienst der Wehrmacht in Berlin und kritisiert Befehle, die dem Völkerrecht widersprechen. Freya und Helmuth von Moltke gründen schon 1940 eine Widerstandsgruppe, die sie nach ihrem Gut benennen: Kreisauer Kreis. Sie diskutieren Politik und vor allem Alternativen dazu, sie entwerfen Gesellschaftsordnungen für eine bessere Zukunft Deutschlands ohne Nationalsozialismus. Helmuth von Moltke hilft, ein Flugblatt der Weißen Rose (siehe Seite 165) nach Oslo zu schmuggeln.

Im Januar 1944 wird er verhaftet und kommt ins Konzentrationslager Ravensbrück. Von dort wird er im September in das Berliner Strafgefängnis Tegel verlegt. Freya und Helmuth von Moltke dürfen sich jetzt offiziell regelmäßig schreiben. Seit 1935 schreiben sie sich ohnehin schon Briefe, denn sie sind oft voneinander getrennt. Jetzt aber schreiben sie sich doppelt. Denn die offiziellen Briefe werden von der Gefängnisleitung gelesen und zensiert. Die nicht offiziellen schmuggelt der Gefängnispfarrer Harald Poelchau hin und her und riskiert dabei sein eigenes Leben. Freya versteckt die Briefe in Kreisau in Bienenstöcken.

Auch an Weihnachten 1944 schreibt Helmuth James zwei Briefe an Freya – einen offiziellen und einen, den Poelchau schmuggelt. Helmuth James von Moltke ahnt, dass es sein letztes Weihnachten werden wird. Er verbringt es allein in seiner Zelle. Am 11. Januar 1945 wird er vom Volksgerichtshof zum Tod verurteilt und am 23. Januar hingerichtet.

Freya von Moltke überlebt mit beiden Söhnen die Zeit des Terrorregimes. Sie zieht zunächst in die Schweiz, dann nach Südafrika, später mit ihrem zweiten Ehemann in die USA, wo sie 2010 verstirbt.

Die Briefe aus Tegel erscheinen 2011 als Buch – herausgegeben vom Sohn Helmuth Caspar Graf von Moltke („Abschiedsbriefe aus dem Gefängnis Tegel. September 1944–Januar 1945", München, 2011). Die letzten Worte, die Helmuth James in seinem Brief vom 23. Januar an Freya richtet, sind:

„Liebe, Liebe Liebe, mein Herzensjäm; immer bleibe ich Dein P.

Ich trug Dich so fest bei mir. Das war sehr schön zu fühlen." ■

14. Dezember 1944

Jakob Geimer an seine Frau

Mein liebes Frauchen!

Gestern erhielt ich gleich 4 Brief. 2 waren von Dir 1 von Hedi und noch einer von Helene alle von 7.11. Für diese Großtat meinen verbindlichsten [...] macht weiter so ich bin Euch sehr dankbar. Heute nacht ist das Thermometer plötzlich auf 50- gesunken. Wir waren ohne Mantel ausmarschiert wir haben gefroren wie die Schweine. Wenn hier noch Berge waren wie zu Hause dann würde der Wind nicht so pfeifen, aber so ist alles Tellerflach. Bis jetzt ist das Wetter erträglich manche Tage waren wie der Frühling nun scheint aber der richtige Winter erst zu kommen. Auch das geht vorrüber, genau so vorrüber wie die Du jetzt zu Hause aushalten mußt, da der Feind vor Saarbrücken steht und Euch zu überwältigen droht. In keinem Deiner Briefe hast Du erwähnt ob Du die Zul.marken erhalten hast oder ob Du ein Paket abgeschickt hast. Sollen denn soviele Briefe verloren gehn? Wenn ich nur noch ein Paket erhalte bevor es nach vorne geht oder zurück. So ganz ohne für Weihnachten das wäre schmerzlich. Ich verstehe ja, daß es sehr schwierig ist etwas aus dem Westen zu bekommen. Wenns eben nicht sein kann dann trage ich meinen Schmerz mit den anderen aus meiner engeren Heimat die auch nichts bekommen.
Gestern hab ich auf unser Töchterlein Helenes Brief geantwortet. Ach könnte ich mal ihr Gesicht sehen wenn Du ihr den Brief vorlesen tust. Ob es dann auch durch die Türritzen spitzt. Ich schreibe ihr jetzt jede Woche einmal. Wenn ihr nur die Briefe alle bekommt ich hab schon soviele geschrieben. Du müßtest fast jeden Tag einen bekommen. Als ich noch zu Hause war da war Dir der Briefbote gleich heute ersehnst Du ihn genau so herbei wie andere Frauen z.B. das Katchen. Die Zeiten haben sich geändert und mit ihr unser ganzer Lebensinhalt. Wie wars doch manchmal so schön zu Hause wenn wir uns Bauch voll gegessen hatten und nachher ein Viertelstündchen Ruhe uns gönnten. Darüber hab ich schon manchesmal nachgedacht und es mir bildlich dargestellt. Hoffentlich kommen die Zeiten wieder wo wir als glückliche Menschen am Tische sitzen können. Hoffentlich. Bis Neujahr werden Dich diese Zeilen erreicht haben und dann gehts in 1945. Jahr und immer noch ist Krieg, aber nicht mehr lange das sage ich Dir jetzt schon, so kann es nicht mehr weitergehen die Menschen sind kriegsmüde, einmal kommt noch ein großer Schlag und dann kanns über Nacht aus sein. Das ist mein Neujahrswunsch, allerdings ohne Schlag. Somit bitte ich Dich, mache Dir das bischen Leben so angenehm wie möglich und geh' nicht sooft in die Stollen, wenn s einen treffen soll dann kann man sein wo man will. Wie gesagt, feiere das Neujahr nach Herzens[...] am besten giesse Dir einige hinter die Binde, leg Dich ins Bett und träum von mir Die Flieger kommen an Neujahr nicht Mit dem besten Neujahrsgruße und Küsse verbleibe ich Dein lieber treuer Mann.

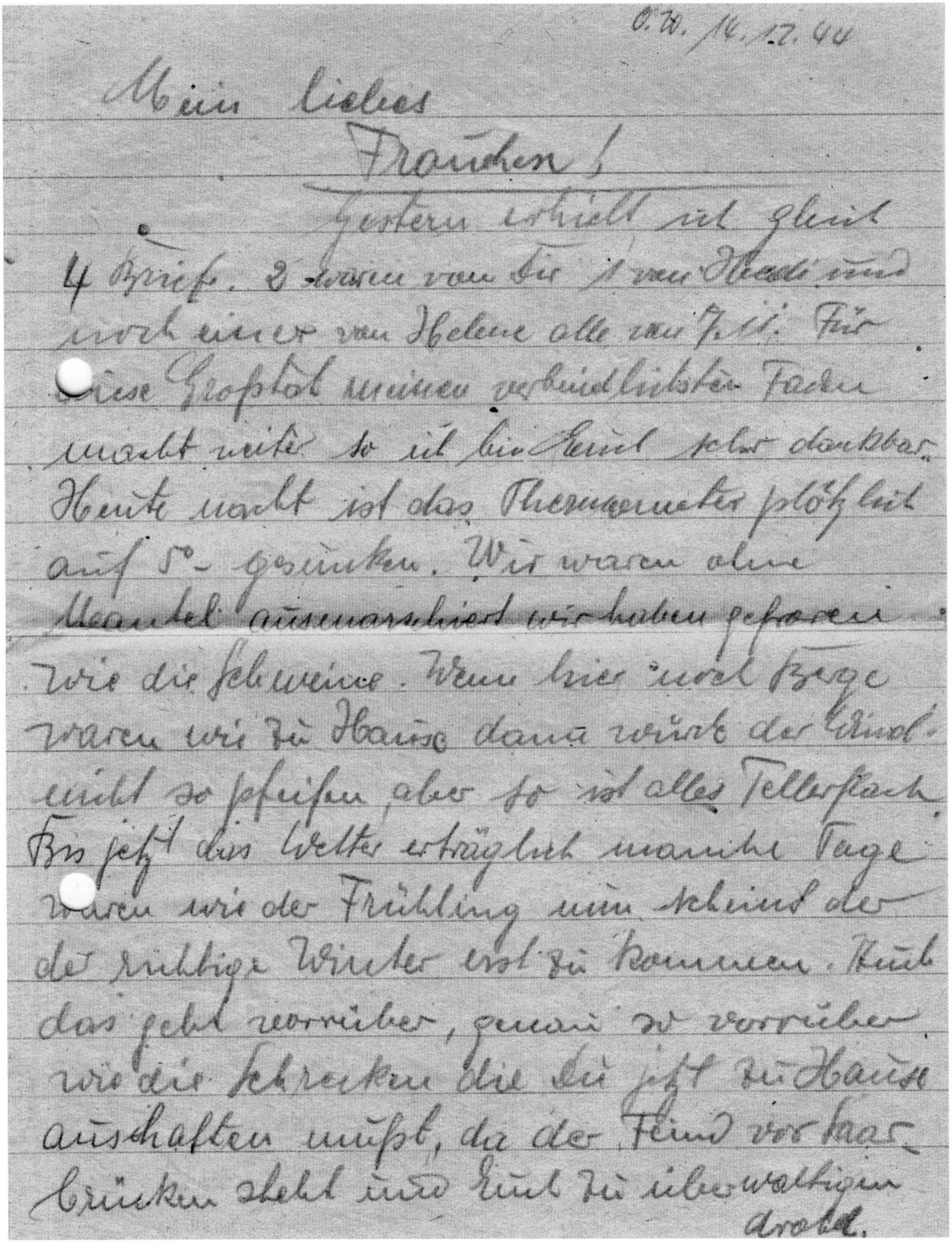

O.U. 14.12.44

Mein liebes Frauchen!

Gestern erhielt ich gleich 4 Briefe. 2 waren von dir 1 von [illegible] und noch einer von Helene alle vom 7.11. Für diese Großtat meinen verbindlichsten Dank macht weiter so ich bin Euch sehr dankbar. Heute nacht ist das Thermometer plötzlich auf 5° gesunken. Wir waren ohne Mantel ausmarschiert wir haben gefroren wie die Schweine. Wenn hier noch Berge wären wie zu Hause dann würde der Wind nicht so pfeifen, aber so ist alles Tellerflach. Bis jetzt war das Wetter erträglich manche Tage waren wie der Frühling nun scheint der der richtige Winter erst zu kommen. Auch das geht vorüber, genau so vorüber wie die Schrecken die Du jetzt zu Hause aushalten mußt, da der Feind vor Saarbrücken steht und Euch zu überwältigen droht.

Kriegsmüdigkeit

Der Bergmann Jakob Geimer möchte nach Hause. Seit 1940 ist der Familienvater aus dem Saarland Soldat in der Wehrmacht und kämpft im Zweiten Weltkrieg. Er hat sich nicht freiwillig gemeldet, sondern ist eingezogen worden. 1944 ist er in Polen, in der Gegend um Częstochowa. Der Krieg, das merken auch die Soldaten an der Front, ist nicht zu gewinnen. Er wird bald enden, und alle freuen sich darauf, wieder nach Hause zu kommen. Wieder ist es ein eiskalter Winter in Osteuropa, die Versorgung wird schlechter. Auch die Feldpost, die einzige Verbindung der Männer zu ihren Familien, wird nicht mehr zuverlässig zugestellt. Geimer hat Heimweh und hofft, im kommenden Jahr nach Hause zu können. Viele Soldaten teilen sein Schicksal und seine Einstellung, nicht nur in der deutschen Wehrmacht, auch bei den Streitkräften der Alliierten. Alle wünschen sich, dass die Kämpfe enden und sie ihre Liebsten wiedersehen. Sein Brief steht hier stellvertretend für die Feldpostbriefe aller Männer, die im Zweiten Weltkrieg ihre Familien zurücklassen und an die Front gehen mussten.

Am 14. Januar 1945 schreibt Jakob Geimer von einem Bahnhof aus an seine Familie: „Wir kommen direkt in den großen Kampf der vor einigen Tag an der Weichsel entbrannt ist. Ich bin fester Hoffnung daß ich nochmal mit heiler Haut herauskomme." Es ist das letzte Mal, dass seine Familie von ihm hört. Seit Januar 1945 gilt Jakob Geimer als vermisst. Der Krieg in Europa endet am 8. Mai 1945. ■

14. Mai 1944

Bruno Reinke an seinen Vater Anton Reinke

Auschwitz, den 14.5.1944

Liebe Eltern und Geschwister!

Euren herzlichen Brief v. 30.4. habe ich erhalten, auch die avisierten Pakete. Es geht mir gut, bin auch gesund und es beruhigt mich, dass Ihr auch alle gesund seid.

Liebe Helene! Ich danke Dir für Deine herzlichen Worte, die Du an mich gerichtet hast. Ich verstehe es ganz gut, dass es Dir nicht leicht ist bei Deiner Krankheit die Wirtschaft in ordnung zu halten. Deine Kinder sind jetzt schon gross und sind dir bestimmt bei verschiedenen Arbeiten behilflich. Grüsse bei Gelegenheit Robert von mir. Ich grüsse und küsse Dich und Deine Kinder herzlichst. Euer Bruno!

Liebe Eltern Ich danke Euch für die herzlichen Grüsse und bitte alle Freunde und Bekannten von mir zu grüssen. Lieber Vater, Mutter, Klara u. Karl, seit herzlich gegrüsst und geküsst von Eurem Sohn und Bruder Bruno.

Es geht mir gut

Im Jahr 1944 werden im Konzentrationslager Auschwitz systematisch Juden ermordet. Nach Auschwitz gebracht zu werden, ist ein Todesurteil. Die meisten der deportierten Menschen werden direkt bei ihrer Ankunft in die Gaskammern geschickt.

Bruno Reinke aus Spandau geht 1944 nicht direkt in den Tod, sondern wird als Häftling registriert. Auf der Zugangsliste des Konzentrationslagers stehen sein Name, sein Geburtsdatum (12.9.1916) und seine Häftlingsnummer: 23485. Wie alle anderen Häftlinge bekommt er seine Nummer auf den Unterarm tätowiert. Reinke ist „Schutzhäftling" im Konzentrationslager, eine Vokabel, unter der die Nazis politische Gefangene ebenso wie „Berufsverbrecher", Emigranten, „Bibelforscher", Homosexuelle und „Asoziale" zusammenfassen.

Am 14. April schreibt Reinke an seine Familie in Bromberg (heute Bydgoszcz, Polen). Er schickt Grüße und schreibt, dass es ihm gut geht. Mehr darf er nicht schreiben, denn die Lagerleitung liest und zensiert alle Briefe. Diese müssen zudem auf dem offiziellen und eigens gedruckten Briefpapier des Konzentrationslagers geschrieben sein. Es geht bei diesen Briefen jedoch weniger um den Inhalt, sondern um die große emotionale Bedeutung für die Häftlinge und ihre Familien, denn die Briefe sind Lebenszeichen für draußen und Lebensfunken für die Inhaftierten. Häftlinge dürfen, wenn sie Glück haben, alle 14 Tage einen Brief schreiben. Das Geld für Briefmarken und Briefpapier müssen ihnen Verwandte zuschicken; so steht es auf dem Standard-Faltbrief. Oft wird dieses Geld von den Lagermitarbeitern ganz oder teilweise unterschlagen.

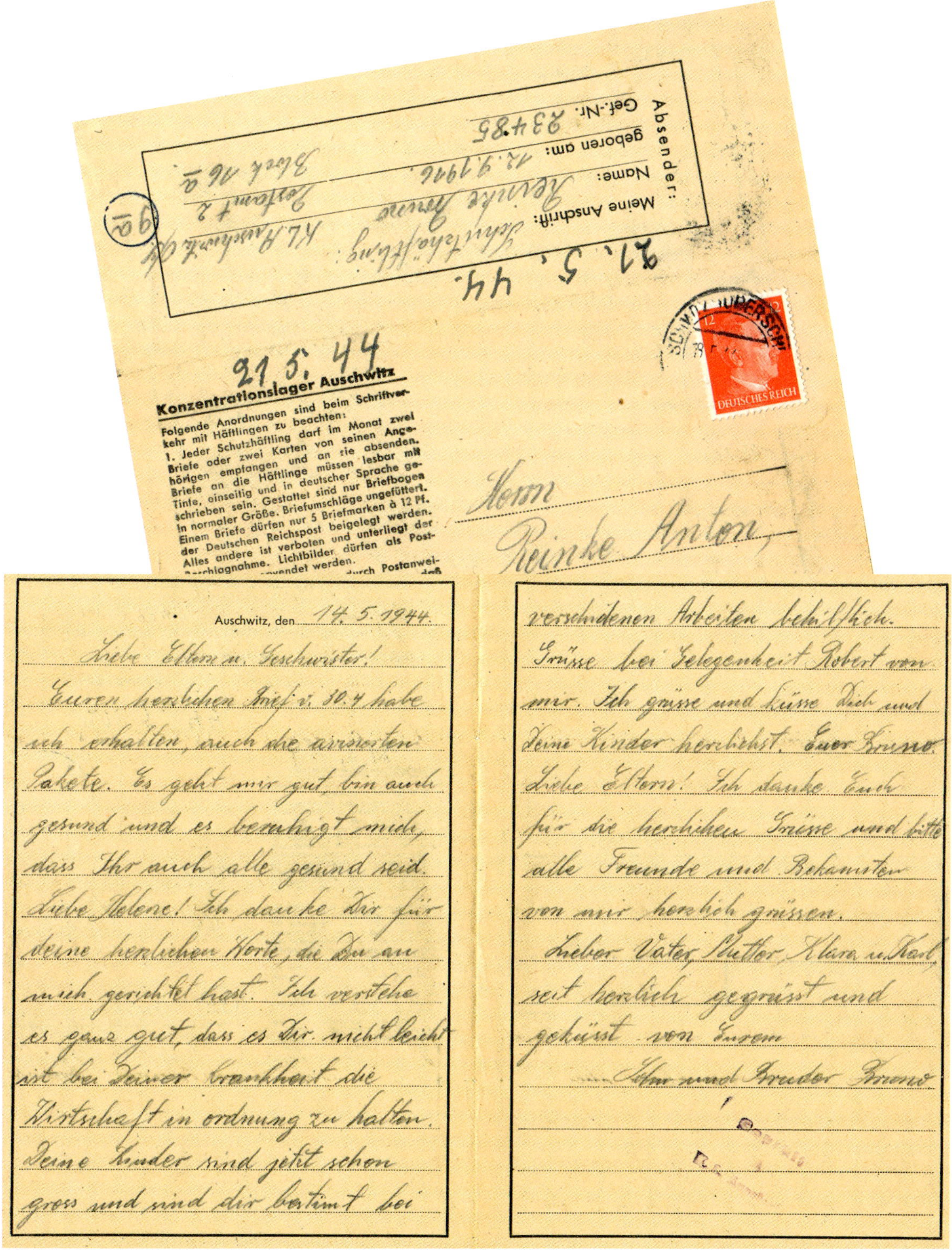

Absender:
Gef.-Nr. 23485
geboren am: 12.9.1926
Name: Reinke Bruno
Meine Anschrift: Schutzhäftling K.L. Auschwitz O/S Postamt 2 Block 16a

21.5.44.

21.5.44

Konzentrationslager Auschwitz

Folgende Anordnungen sind beim Schriftverkehr mit Häftlingen zu beachten:
1. Jeder Schutzhäftling darf im Monat zwei Briefe oder zwei Karten von seinen Angehörigen empfangen und an sie absenden. Briefe an die Häftlinge müssen lesbar mit Tinte, einseitig und in deutscher Sprache geschrieben sein. Gestattet sind nur Briefbogen in normaler Größe. Briefumschläge ungefüttert. Einem Briefe dürfen nur 5 Briefmarken à 12 Pf. der Deutschen Reichspost beigelegt werden. Alles andere ist verboten und unterliegt der Beschlagnahme. Lichtbilder dürfen als Post-…

Deutsches Reich 12

Herrn
Reinke Anton,

Auschwitz, den 14. 5. 1944.

Liebe Eltern u. Geschwister!
Euren herzlichen Brief v. 30.4 habe ich erhalten, auch die avisierten Pakete. Es geht mir gut, bin auch gesund und es beruhigt mich, dass Ihr auch alle gesund seid.
Liebe Helene! Ich danke Dir für deine herzlichen Worte, die Du an mich gerichtet hast. Ich verstehe es ganz gut, dass es Dir nicht leicht ist bei Deiner Krankheit die Wirtschaft in ordnung zu halten. Deine Kinder sind jetzt schon gross und sind dir bestimmt bei verschiedenen Arbeiten behilflich. Grüsse bei Gelegenheit Robert von mir. Ich grüsse und küsse Dich und Deine Kinder herzlichst. Euer Bruno.
Liebe Eltern! Ich danke Euch für die herzlichen Grüsse und bitte alle Freunde und Bekannten von mir herzlich grüssen.
Lieber Vater, Mutter, Klara u. Karl, seit herzlich gegrüsst und geküsst von Eurem
Sohn und Bruder Bruno

Wer überhaupt Briefe schreiben und empfangen darf, entscheidet die Lagerleitung. Schreib- und Postverbot ist eine Strafe wie Arrest oder Prügel. Häftlinge jüdischen Glaubens sind von der Post oft monatelang ausgeschlossen.

Briefe von Häftlingen mit Beschreibungen der tatsächlichen Zustände in Auschwitz und anderen Konzentrationslagern gelangten selten nach draußen. Sie zu schmuggeln war lebensgefährlich. Ein geschmuggelter Brief der aus Polen stammenden Künstlerin Zofia Pocilowska, die im Konzentrationslager Ravensbrück gefangen war, berichtet von Misshandlungen, Zwangsarbeit, medizinischen Menschenversuchen, Hinrichtungen, schlechter Versorgung und mangelnder Hygiene und vom Zusammenhalt der gefangenen polnischen Frauen. Sie schreibt nicht, dass es ihr gut geht. Aber sie schreibt: „Ungeachtet der schwierigen Bedingungen bleiben wir stark. Wir warten auf den Tag der Befreiung."

Zofia Pociłowska überlebt das Konzentrationslager. Das Schicksal von Bruno Reinke bleibt im Dunklen – in den erhaltenen Akten des Konzentrationslagers Auschwitz steht er nur in der Zugangsliste. ■

1946

Friedrich Dürrenmatt an das Radiostudio Bern

«Mein Name wird Ihnen unbekannt sein, und es sind denn auch wenige, die ihn kennen. Wenn ich Ihnen ein Hörspiel zusende, so nur deshalb, weil mich das Hörspiel als neue künstlerische Möglichkeit interessiert, die noch viel zu wenig in Betracht gezogen wird.»

Neue Kunstform, neuer Künstler

Nein, im Jahr 1946 kennt niemand den Namen Friedrich Dürrenmatt (1921-1990), da hat der Briefschreiber völlig recht. Der Schweizer ist 25 Jahre alt, hat soeben sein Studium beendet und will Schriftsteller werden. Er malt und zeichnet auch gerne, er liebt das Theater und das Radio. Hörspiele sind für ihn Theater zum Hören. Er schreibt, ganz für sich und ohne Auftrag, ein eigenes Hörspiel, in dem sich ein Autor und ein Regisseur über ein Hörspiel unterhalten, das sie produzieren wollen. „Der Doppelgänger" handelt von einem Mann namens Pedro, der unschuldig für einen Mord im Gefängnis sitzt und auf seine Hinrichtung wartet. Der wahre Mörder ist Diego, sein Doppelgänger. Diego befreit Pedro aus dem Gefängnis – und dann tötet der bislang unschuldig verurteilte Pedro seinen mörderischen Doppelgänger, macht sich schuldig und verdient nun die Strafe, zu der er verurteilt wurde. Die Geschichte ist der Aufhänger für Gespräche über Philosophie und Ethik.

Es ist ein frühes Meisterwerk, dessen Manuskript der junge Dürrenmatt da an Radio Bern schickt. Ein handgeschriebenes Briefchen mit ein paar dürren Zeilen legt er bei. Doch, ach, der Schweizer Rundfunk lehnt das Manuskript ab. Es ist zu visionär, zu unkonventionell, als dass man den „Doppelgänger" den Zuhörern zumuten möchte.

Dürrenmatt gibt nicht auf. Er schreibt Theaterstücke, die in der Schweiz uraufgeführt werden: „Es steht geschrieben" (1947), „Der Blinde" (1948), „Romulus der Große" (1949). 1950 erscheint sein Kriminalroman „Der Richter und sein Henker", und 1951 läuft sein erstes Hörspiel bei Radio Bern: „Der Prozeß um des Esels Schatten".

Erst 1960 entscheidet sich der Norddeutsche Rundfunk, den „Doppelgänger" zu produzieren. Da ist der Name Dürrenmatt bereits international bekannt. Friedrich Dürrenmatt selbst spricht die Rolle des Autors, der Regisseur Gustav Burmester die Rolle des Regisseurs. 1961 wird das Hörspiel erstmals gesendet und wird seitdem oft wiederholt, im deutschen wie im Schweizer Radio.

Da der Schweizer Rundfunk inzwischen zahlreiche Akten aus der Nachkriegszeit vernichtet hat, ist das Original-Anschreiben Dürrenmatts nicht erhalten. ■

angekreuzt

Alle sind wir schuldig

Friedrich Dürrenmatt: «Der Doppelgänger»
SA, 10.00 + SO, 21.00
2. Programm

▲
Die Hauptthemen auf kleinstem Raum: Friedrich Dürrenmatt.

Im Jahre 1946 richtete Friedrich Dürrenmatt, ganz ohne Koketterie, in einem Brief folgende Worte an das Schweizer Radio: «Mein Name wird Ihnen unbekannt sein, und es sind denn auch wenige, die ihn kennen.

Wenn ich Ihnen ein Hörspiel zusende, so nur deshalb, weil mich das Hörspiel als neue künstlerische Möglichkeit interessiert, die noch viel zu wenig in Betracht gezogen wird ...»

Das Hörspiel, das dem Brief beilag, trug den Titel «Der Doppelgänger», war Dürrenmatts erstes Originalhörspiel und fand vor den Radioleuten keine Gnade: Es wurde nicht angenommen. Erst 1960 kam es zur Ursendung — in einer Produktion des Norddeutschen Rundfunks. Am kommenden Wochenende nun ist die erste Schweizer Inszenierung (Regie: Klaus W. Leonhard) zu hören.

Der Handlungsbeginn: Ein Mann erhält den Besuch seines Doppelgängers. Dieser überbringt ihm die Mitteilung, er, der Besuchte, sei aufgrund eines Mordes zum Tode verurteilt worden, eines Mordes, den freilich er selbst, der Doppelgänger, verübt habe. «Das Gericht» habe befunden, der Mann müsse anstelle des Doppelgängers den Tod erleiden. Grund: «Sie hätten meine Tat begangen, wenn Sie versucht worden wären, wie ich versucht wurde. Meine Schuld ist Ihre Schuld ...»

Elisabeth Brock-Sulzer beurteilt den «Doppelgänger» als «eines der wichtigen Werke des Dichters, eines jener Werke, in denen sich auf kleinstem Raum seine Hauptthemen gültig ausgeformt haben», und sie gibt in ihrem Buch «Friedrich Dürrenmatt — Stationen seines Werkes» (Verlag der Arche, Zürich) folgende Interpretation:

«Das Gericht ist in uns, es gibt kein Himmelreich auf Erden, aber es gibt auch kein Jüngstes Gericht auf Erden. Der Mensch ist sein eigener Richter, und damit er das vermöge, trifft das Ich sich mit dem Sich, dem Doppelgänger. Alles im Werk Dürrenmatts ist im Grund solches Gerichthalten, und wenn der Mensch dem Nichts begegnet ... so ist es nur, damit er um so strenger verwiesen werde auf den eigentlichen Richtplatz des Menschenlebens, die richtende, weil wissende Seele. Oder um Bärlachs Wort zu wiederholen: ‹Vom Anhauch des Nichts gestreift, wurde er wieder wach und tapfer.›

Aber man verwechsle diese Haltung nicht mit dem Ethos des Existentialismus. Hier wird dem Menschen nicht alles aufgeladen, weil es ausser dem Menschen nur noch das Nichts gibt. Das Nichts, die Leere ist hier nur die Erscheinung dessen, was dem Menschen nie greifbar werden kann, da es ihn unendlich überschreitet. ‹Vor Gott sind wir allzumal Sünder›, sagt die christliche Lehre. Nichts anderes sagt der Dichter hier. Ob unser Doppelgänger die böse Tat tue, oder ob wir sie selber tun, das ist nur ein kleiner Unterschied. Alle sind wir schuldig, und verschieden nur im Masse unserer Versuchung. Das Wesen des Menschen, seine eigentliche Unverwechselbarkeit innerhalb der Geschöpfe, nämlich dass er um seinen Tod wissen muss und ihn als Urteil annehmen muss, das ist hier abgebildet ...» ■

3. Januar 1954

Albert Einstein an Erich Gutkind

Princeton, 3.1. 54

Lieber Herr Gutkind!

Angefeuert durch wiederholte Anregung Brouwers habe ich in den letzten Tagen viel gelesen in Ihrem Buche, für dessen Sendung ich Ihnen sehr danke. Was mir dabei besonders auffiel war dies. Wir sind einander inbezug auf die faktische Einstellung zum Leben und zur menschlichen Gemeinschaft weitgehend ähnlich: über-persönliches Ideal mit dem Streben nach Befreiung von ich-zentrierten Wünschen, Streben nach Verschönerung und Veredelung des Daseins mit Betonung des rein Menschlichen, wobei das leblose Ding nur als Mittel anzusehen ist, dem keine beherrschende Funktion eingeräumt werden darf. (Diese Einstellung ist es besonders, die uns als ein echt „unamerican attitude" verbindet.)
Trotzdem hätte ich mich ohne Brouwers Ermunterung nie dazu gebracht, mich irgendwie eingehend mit Ihrem Buche zu befassen, weil es in einer für mich unzugänglichen Sprache geschrieben ist. Das Wort Gott ist für mich nichts als Ausdruck und Produkt menschlicher Schwächen, die Bibel eine Sammlung ehrwürdiger aber doch reichlich primitiver Legenden. Keine noch so feinsinnige Auslegung kann (für mich) etwas daran ändern. Diese verfeinerten Auslegungen sind naturgemäss höchst mannigfaltig und haben so gut wie nichts mit dem Urtext zu schaffen. Für mich ist die unverfälschte jüdische Religion wie alle anderen Religionen eine Incarnation des primitiven Aberglaubens. Und das jüdische Volk, zu dem ich gerne gehöre und mit dessen Mentalität ich tief verwachsen bin, hat für mich doch keine andersartige Dignität als alle anderen Völker. Soweit meine Erfahrung reicht ist es auch um nichts besser als andere menschliche Gruppen wenn es auch durch Mangel an Macht gegen die schlimmsten Auswüchse gesichert ist. Sonst kann ich nichts „Auserwähltes" an ihm wahrnehmen.
Überhaupt empfinde ich es schmerzlich, dass Sie eine privilegierte Stellung beanspruchen und sie durch zwei Mauern des Stolzes zu verteidigen suchen, eine äussere als Mensch und eine innere als Jude. Als Mensch beanspruchen Sie gewissermassen einen Dispens von der sonst acceptierten Kausalität, als Jude ein Privileg für Monotheismus. Aber eine begrenzte Kausalität ist überhaupt keine Kausalität mehr, wie wohl zuerst unser wunderbarer Spinoza mit aller Schärfe erkannt hat. Und die animistische Auffassung der Naturreligionen wird im Prinzip durch Monopolisierung nicht aufgehoben. Durch solche Mauern können wir nur zu einer gewissen Selbsttäuschung gelangen; aber unsere moralischen Bemühungen werden durch sie nicht gefördert. Eher das Gegenteil.
Nachdem ich Ihnen nun ganz offen unsere Differenzen in den intellektuellen Überzeugungen ausgesprochen habe, ist es mir doch klar, dass wir uns im Wesentlichen ganz nahe stehen, nämlich in den Bewertungen menschlichen Verhaltens. Das Trennende ist nur intellektuelles

Beiwerk oder die „Rationalisierung“ in Freud’scher Sprache. Deshalb denke ich, dass wir uns recht wohl verstehen würden, wenn wir uns über konkrete Dinge unterhielten.

Mit freundlichem Dank und besten Wünschen,
Ihr A. Einstein.

Kein Platz für Gott?

Der Physiker Albert Einstein (1879-1955) gehört zu den wichtigsten Denkern und Wissenschaftlern des 20. Jahrhunderts. Seine Disziplin ist die Naturwissenschaft, seine epochale Hauptleistung ist die Entwicklung der Relativitätstheorie. Mit Gott wird in der Naturwissenschaft nicht argumentiert und gerechnet; Einsteins Theorien sind rein wissenschaftlicher Natur, dafür wird er von Fachkollegen gefeiert, dafür erhält er den Nobelpreis für Physik. Die Themen Religion und Glaube begleiten ihn dennoch sein Leben lang. Er stammt aus einer jüdischen Familie und zieht 1932, noch bevor die Nazis an die Macht kommen, von seiner Heimat Deutschland in die USA. Einstein identifiziert sich als Jude, praktiziert seine Religion aber nicht und nennt sich mehrmals „keiner Religionsgemeinschaft zugehörig“. Dennoch sind von ihm verschiedene Aussprüche und Einschätzungen zu Religion und Glaube überliefert, etwa „Wissenschaft ohne Religion ist lahm, Religion ohne Wissenschaft ist blind“. Die Vorstellung eines persönlichen Gottes bezeichnet er als „kindisch“. Er sagt: „Ich kann mir keinen persönlichen Gott denken, der die Handlungen der einzelnen Geschöpfe direkt beeinflusste oder über seine Kreaturen zu Gericht säße.“
Religiöse Bücher gehören nicht zu Einsteins Lieblingslektüre. Er ist nicht besonders begeistert, als ihm der ebenfalls in den USA lebende Mystiker und Philosoph Erich Gutkind (1877-1965) eines seiner Bücher zuschickt. Gutkind schreibt über Spiritualität und schickt Einstein eine Ausgabe seines neuen Werks „Choose Life – der biblische Aufruf zu Revolte“ zu. Einstein legt den Band zur Seite, doch der aus den Niederlanden stammende Mathematiker Luitzen Egbertus Jan Brouwer rät ihm dringend, wenigstens ein wenig darin zu lesen. Einstein tut es und ist vom Inhalt nicht begeistert, findet Gutkind aber sympathisch genug, ihm eine Antwort zu schicken. Dieses als „Gottesbrief“ bekannte Schreiben ist das wichtigste Selbstzeugnis Einsteins zu seiner Religiosität und zu seiner Einschätzung des Judentums.
Das Original dieses Briefs wurde 2012 bei eBay versteigert und erzielte dabei einen Verkaufspreis von 3000100 US-Dollar. Der Käufer blieb anonym. ■

2. Dezember 1955

Else Herzog an den Leiter des Heimkehrerlagers Friedland

z.Zt. Stuttgart.O de, 2.12.55
Herastr. 132 Ib

An den Leiter des Heimkehrerlagers Friedland

Ob es einen Leiter des Heimkehrerlagers gibt, weiß ich nicht. Aufs Geratewohl nehme ich diese Anschrift und hoffe, daß der Brief an die richtige Person kommt. Ich habe die Absicht, einen älteren Spätheimkehrer ab 58 Jahren, der keine Angehörigen hat oder keine, die ihn aufnehmen, eine Heimat zu geben.
Der Heimkehrer muß nicht Offizier gewesen sein, er muß gebildet sein und einen guten Charakter haben.
Ich selbst bin Akademikerswitwe, Flüchtling, wohne seit 3 Jahren in der schönsten Gegend Kassels, aber sehr, sehr einsam. Einen Bekanntenkreis habe ich dort leider nicht.
Einem Spätheimkehrer eine Heimat zu geben, ihn gut zu bekochen und ihn wieder ins normale Leben zurückzuführen, würde mir eine Freude sein.
Ich wäre dann auch nicht mehr so allein.
Es ist möglich, daß dieser Brief seltsam anmutet; aber mir kam der Gedanke und ich schrieb ihn nieder. Vorläufig bin ich besuchsweise in Stuttgart.
Für evtl. Antwort lege ich Rückporto bei.

Hochachtungsvoll!
Else Herzog.

Gemeinsam gegen die Einsamkeit

Dieser Brief mag seltsam anmuten – schreibt Else Herzog. Sie hat Recht. Nicht unbedingt im Jahr 1955, aber im 21. Jahrhundert erscheint ihr Brief erstaunlich. Da schreibt eine ältere Witwe, die sich in ihrer neuen Heimat Kassel einsam fühlt, an ein Auffanglager für Kriegsheimkehrer, dass sie gerne einen aus der sowjetischen Kriegsgefangenschaft heimgekehrten Soldaten bei sich zu Hause aufnehmen würde.
Besonders seltsam ist der Brief aber nicht. Im Lager Friedland an der Zonengrenze bei Göttingen kommen öfter Briefe von Frauen an, die einen neuen Partner suchen. Und es kommen regelmäßig Männer aus der Kriegsgefangenschaft. Das Lager besteht aus Baracken, hierher kommen die Männer direkt aus den Gulags des Ostblocks, bevor sie weiterziehen: zu ihrer Familie, zu ferneren Angehörigen, in ihre alte Heimat, in ein neues Leben. Einige stranden zunächst in Friedland. Mancher hat seine gesamte Familie im Krieg verloren. Andere können nicht nach Hause, weil ihre alte Heimat jenseits des Eisernen Vorhangs liegt, in Polen, der Tschechoslowakei oder der Sowjetunion.

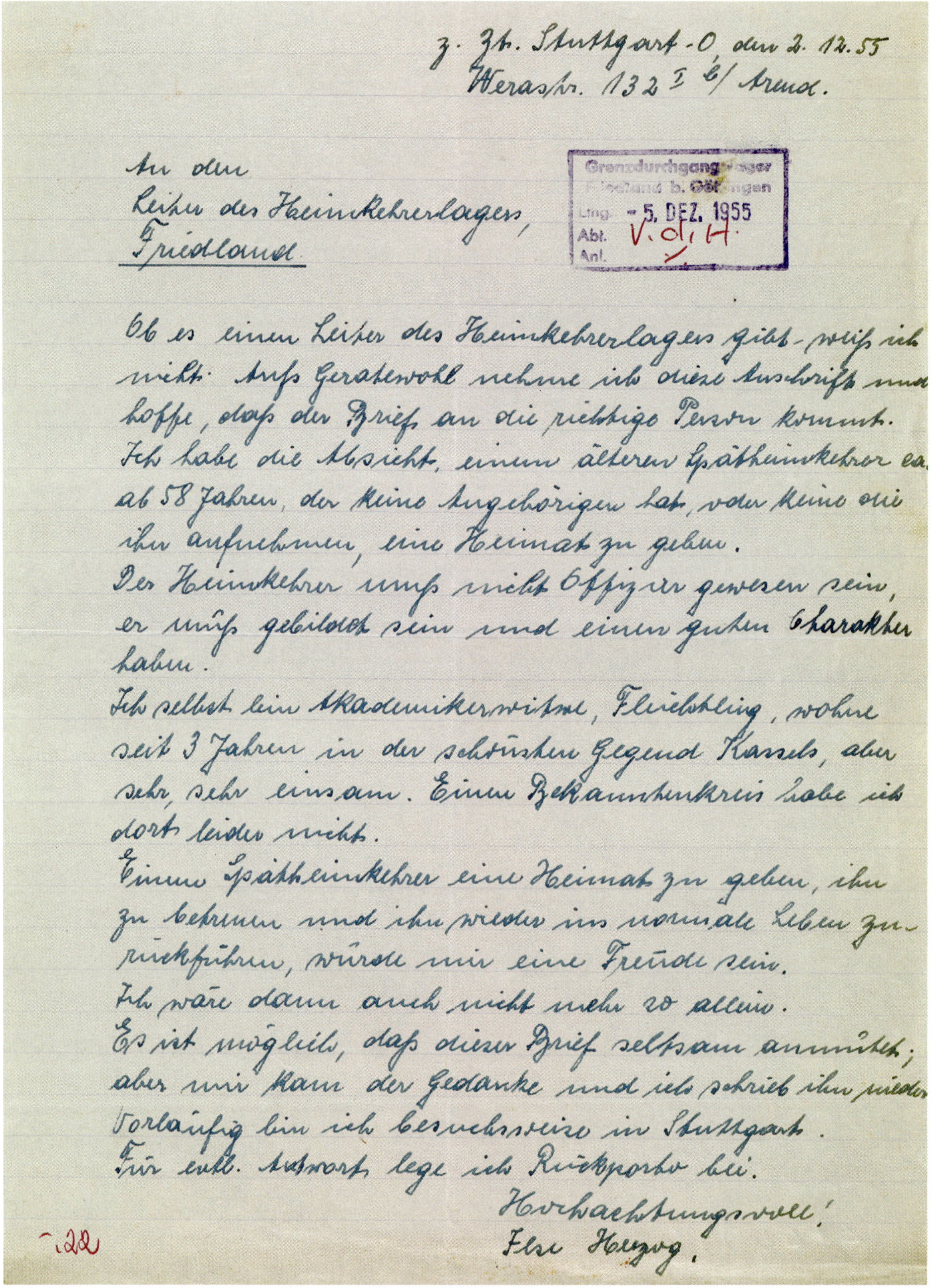

z. Zt. Stuttgart-O, den 2. 12. 55
Werastr. 132 II b/ Arend.

An den
Leiter des Heimkehrerlagers,
Friedland

Grenzdurchgangslager
Friedland b. Göttingen
Eing. - 5. DEZ. 1955
Abt. V. d. H.
Anl.

Ob es einen Leiter des Heimkehrerlagers gibt, weiß ich nicht. Aufs Geratewohl nehme ich diese Anschrift und hoffe, daß der Brief an die richtige Person kommt.
Ich habe die Absicht, einem älteren Spätheimkehrer ca. ab 58 Jahren, der keine Angehörigen hat, oder keine die ihn aufnehmen, eine Heimat zu geben.
Der Heimkehrer muß nicht Offizier gewesen sein, er muß gebildet sein und einen guten Charakter haben.
Ich selbst bin Akademikerwitwe, Flüchtling, wohne seit 3 Jahren in der schönsten Gegend Kassels, aber sehr, sehr einsam. Einen Bekanntenkreis habe ich dort leider nicht.
Einem Spätheimkehrer eine Heimat zu geben, ihn zu betreuen und ihn wieder ins normale Leben zurückführen, würde mir eine Freude sein.
Ich wäre dann auch nicht mehr so allein.
Es ist möglich, daß dieser Brief seltsam anmutet; aber mir kam der Gedanke und ich schrieb ihn nieder.
Vorläufig bin ich besuchsweise in Stuttgart.
Für evtl. Antwort lege ich Rückporto bei.

Hochachtungsvoll!
Else Herzog.

122

Wieder andere werden jetzt, zehn Jahre nach Kriegsende, auch nicht mehr von ihren Familien erwartet oder wissen schlicht nicht, wo diese geblieben sind.

Eine Frau, die in den 1950er-Jahren Single ist, hat es schwer, einen neuen Partner zu finden. Die Männer sind zu Hunderttausenden im Krieg gefallen. Viele Frauen sind verwitwet, viele sind obendrein alleinerziehend. Es gibt nicht genug Männer für die deutschen Frauen. Singlebörsen gibt es keine, nur Eheanbahnungsinstitute, und dort haben die Single-Männer eine große Auswahl an Frauen. Es ist daher klug von Else Herzog zu überlegen, wo sie noch einen Mann finden kann. Sie sucht nicht mehr die große Liebe, sondern Zweisamkeit und einen Menschen, um den sie sich kümmern kann, der ihr Gesellschaft leistet und vielleicht etwas Dankbarkeit anbietet.

Else Herzog hat, wie alle Bundesdeutschen, ein paar Wochen vor ihrem Brief von der „Heimkehr der Zehntausend" gehört und gelesen. Bundeskanzler Konrad Adenauer hat erreicht, dass die letzten Kriegsgefangenen aus der Sowjetunion freigelassen und in die DDR oder die Bundesrepublik gebracht werden. Dafür bietet er dem Sowjetregime die Aufnahme diplomatischer Beziehungen an. Von Oktober 1955 an kommen die Männer in Friedland an. Danach häufen sich Briefe von Frauen, die einen Partner suchen.

Einige der Briefe werden heute im Deutschen Historischen Museum in Berlin verwahrt. Ob die Frauen noch einmal einen Partner gefunden haben, vielleicht aus dem Lager Friedland, ist nicht bekannt. ■

19. November 1956

Deutsche Atomforscher an Franz Josef Strauß

Sehr verehrter Herr Bundesminister!

Manche Pressemeldungen der letzten Monate lassen die Deutung zu, die Bundesregierung erwäge ernstlich die Ausrüstung der Bundeswehr mit Atomwaffen. Wir, die Unterzeichneten, haben in privaten Gesprächen festgestellt, daß jeder einzelne von uns über diesen Gedanken tief beunruhigt ist, da wir bisher den Verzicht der Bundesregierung auf Atomwaffen für endgültig gehalten hatten.

Die großen Schwierigkeiten der wehrpolitischen Entscheidungen sind uns bewußt. Wir beanspruchen nicht, das politische Für und Wider im einzelnen zu durchschauen. Wir sind Fachleute der Atomforschung und nicht der Politik. Zu dieser Frage aber eine eindeutige Stellung zu gewinnen und auszusprechen ist eine Pflicht, die unsere Tätigkeit in diesem Gebiet uns auferlegt. Wir erleben heute in Deutschland eine große freiwillige Anstrengung, die Atomkräfte für friedliche Zwecke nutzbar zu machen. Wir selbst sind mit dafür verantwortlich, daß viele junge Wissenschaftler und Techniker sich diesem Gebiet zuwenden. Wir können nicht verantworten, daß die Tätigkeit dieser jungen Menschen Zielen zugewendet wird, die wir für ein Unglück halten müssen. Wir wissen, was Atomwaffen heute sind, und wir können vielleicht am ehesten abschätzen, was sie noch werden können. Deshalb wenden wir uns an Sie, Herr Bundesminister, und in einem gleichlautenden Schreiben an den Herrn Bundesminister für Atomfragen, um unsere Auffassung darzulegen.

Wir sehen nach reiflicher Überlegung aller uns zugänglichen Argumente in einer Ausrüstung der Bundeswehr mit Atomwaffen den falschen Weg. Wir sehen in ihr eine Gefahr für Deutschland und einen Nutzen für niemanden.

Die Gefahr, daß ein lokaler Konflikt, zumal wenn in ihm Atomwaffen eingesetzt würden, zu einem vernichtenden Weltkrieg aufflammen würde, ist heute jedermann bekannt. Unter diesen Umständen scheint es uns schon der Welt gegenüber unverantwortlich, den Zündstoff zu vermehren, indem man einen kleinen Staat wie die Bundesrepublik mit Atomwaffen ausrüstet.

Fast noch unverantwortlicher erschiene uns dies gegenüber Deutschland selbst. Deutsche Atomwaffen würden die Gefahr totaler Zerstörung Deutschlands im Ernstfalle heraufbeschwören, ohne uns vor dem Ausbruch eines bewaffneten Konfliktes wirklich zu sichern. Insbesondere würde die Herstellung und Lagerung von Atomwaffen im Gebiet der Bundesrepublik im Ernstfall feindliche Atomangriffe geradezu provozieren, und im Frieden im Osten und im Westen Mißtrauen gegen die Bundesrepublik erzeugen.

Auch sogenannte taktische Atomwaffen, in großer Zahl eingesetzt, übertreffen die Bomben von Hiroshima und Nagasaki an zerstörender Wirkung. Auch sie tragen mit dem zutreffenden Namen „Atomwaffen" in sich die Gefahr, durch Vergeltung und Wiedervergeltung einen Krieg der totalen Vernichtung zu entzünden.

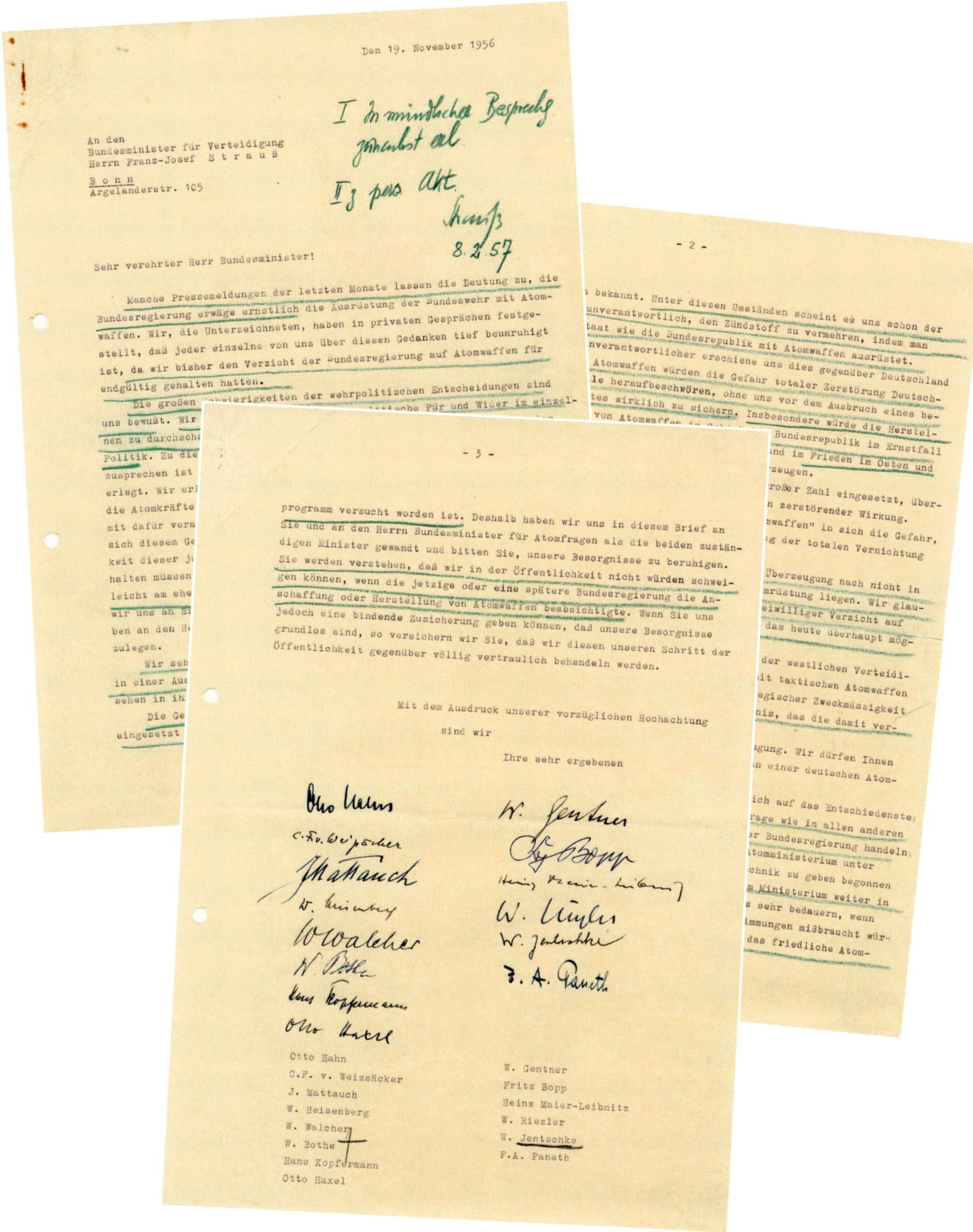

Den 19. November 1956

I In mündlicher Besprechg beantwortet ab
II z pers. Akt.
Strauß
8.2.57

An den
Bundesminister für Verteidigung
Herrn Franz-Josef S t r a u ß

B o n n
Argelanderstr. 105

Sehr verehrter Herr Bundesminister!

Manche Pressemeldungen der letzten Monate lassen die Deutung zu, die Bundesregierung erwäge ernstlich die Ausrüstung der Bundeswehr mit Atomwaffen. Wir, die Unterzeichneten, haben in privaten Gesprächen festgestellt, daß jeder einzelne von uns über diesen Gedanken tief beunruhigt ist, da wir bisher den Verzicht der Bundesregierung auf Atomwaffen für endgültig gehalten hatten.

Die großen Schwierigkeiten der wehrpolitischen Entscheidungen sind uns bewußt. Wir ... Für und Wider im einzel-
nen zu durchscha...
Politik. Zu die...
zusprechen ist ...
erlegt. Wir er...
die Atomkräfte ...
mit dafür vera...
sich diesem Ge...
keit dieser ...
halten müssen ...
leicht am ehe...
wir uns an S...
ben an den H...
zulegen.

Wir seh...
in einer Au...
sehen in ih...

Die Ge...
eingesetzt ...

\- 2 -

... bekannt. Unter diesen Umständen scheint es uns schon der
... unverantwortlich, den Zündstoff zu vermehren, indem man
... taat wie die Bundesrepublik mit Atomwaffen ausrüstet.
... nverantwortlicher erschiene uns dies gegenüber Deutschland
... Atomwaffen würden die Gefahr totaler Zerstörung Deutsch-
... le heraufbeschwören, ohne uns vor dem Ausbruch eines be-
... tes wirklich zu sichern. Insbesondere würde die Herstel-
... von Atomwaffen ... Bundesrepublik im Ernstfall
... und im Frieden im Osten und
... zeugen.

... roßer Zahl eingesetzt, über-
... n zerstörender Wirkung.
... waffen" in sich die Gefahr,
... g der totalen Vernichtung

... Überzeugung nach nicht in
... rüstung liegen. Wir glau-
... eiwilliger Verzicht auf
... das heute überhaupt mög-

... der westlichen Verteidi-
... it taktischen Atomwaffen
... egischer Zweckmässigkeit
... nis, das die damit ver-

... gung. Wir dürfen Ihnen
... n einer deutschen Atom-

... ich auf das Entschiedenste
... rage wie in allen anderen
... r Bundesregierung handeln
... tomministerium unter
... chnik zu geben begonnen
... Ministerium weiter in
... s sehr bedauern, wenn
... immungen mißbraucht wür-
... das friedliche Atom-

\- 3 -

programm versucht worden ist. Deshalb haben wir uns in diesem Brief an Sie und an den Herrn Bundesminister für Atomfragen als die beiden zuständigen Minister gewandt und bitten Sie, unsere Besorgnisse zu beruhigen. Sie werden verstehen, daß wir in der Öffentlichkeit nicht würden schweigen können, wenn die jetzige oder eine spätere Bundesregierung die Anschaffung oder Herstellung von Atomwaffen beabsichtigte. Wenn Sie uns jedoch eine bindende Zusicherung geben können, daß unsere Besorgnisse grundlos sind, so versichern wir Sie, daß wir diesen unseren Schritt der Öffentlichkeit gegenüber völlig vertraulich behandeln werden.

Mit dem Ausdruck unserer vorzüglichen Hochachtung
sind wir

Ihre sehr ergebenen

Otto Hahn
C.F. v. Weizsäcker
J. Mattauch
W. Heisenberg
W. Walcher
W. Bothe
Hans Kopfermann
Otto Haxel

W. Gentner
Fritz Bopp
Heinz Maier-Leibnitz
W. Riezler
W. Jentschke
F.A. Paneth

Deutschlands Sicherheit kann daher unserer Überzeugung nach nicht in der Teilnahme eines deutschen Staates an der Atomrüstung liegen. Wir glauben umgekehrt, daß nur ein ausdrücklicher und freiwilliger Verzicht auf Atomwaffen uns das Maß an Sicherheit geben kann, das heute überhaupt möglich ist.

Es kann sein, daß in einer globalen Planung der westlichen Verteidigung erwogen wird, auch das deutsche Kontingent mit taktischen Atomwaffen auszurüsten. Wir können hierin einen Wunsch strategischer Zweckmässigkeit sehen, aber kein absolutes militärisches Erfordernis, das die damit verbundene Gefährdung rechtfertigen könnte.

Dies, Herr Bundesminister, ist unsere Überzeugung. Wir dürfen Ihnen nicht verhehlen, daß keiner von uns bereit wäre, an einer deutschen Atomwaffenproduktion mitzuarbeiten.

Indem wir dies aussprechen, möchten wir zugleich auf das Entschiedenste betonen, daß wir, wenn irgend möglich, in dieser Frage wie in allen anderen Fragen unseres Faches in vollem Einvernehmen mit der Bundesregierung handeln möchten. Wir sind für die große Hilfe, welche das Atomministerium unter Ihrer Leitung der friedlichen Atomforschung und -technik zu geben begonnen hat, sehr dankbar und wünschen nichts als mit diesem Ministerium weiter in voller Loyalität zusammen zu arbeiten. Wir würden es sehr bedauern, wenn unsere Argumente zur Erzeugung öffentlicher Panikstimmungen mißbraucht würden, wie das in der letzten Zeit leider sogar gegen das friedliche Atomprogramm versucht worden ist. Deshalb haben wir uns in diesem Brief an Sie und an den Herrn Bundesminister für Atomfragen als die beiden zuständigen Minister gewandt, und bitten Sie, unsere Besorgnisse zu beruhigen. Sie werden verstehen, daß wir in der Öffentlichkeit nicht würden schweigen können, wenn die jetzige oder eine spätere Bundesregierung die Anschaffung oder Herstellung von Atomwaffen beabsichtigte. Wenn Sie uns jedoch eine bindende Zusicherung geben können, daß unsere Besorgnisse grundlos sind, so versichern wir Sie, daß wir diesen unseren Schritt der Öffentlichkeit gegenüber völlig vertraulich behandeln werden.

Mit dem Ausdruck unserer vorzüglichen Hochachtung

sind wir

Ihre sehr ergebenen

Otto Hahn, W. Gentner, C.F. v Weizäcker, Fritz Bopp, J. Mattauch, Heinz Maier-Leibnitz, W. Heisenberg, W. Riezler, W. Walcher, W. Jentschke, W. Bothe, F A. Paneth, Hans Kopfermann, Otto Haxel

Gegen die Aufrüstung

Der bayerische Politiker Franz Josef Strauß (1915–1988) ist seit dem 16. Oktober 1956 Bundesminister für Verteidigung, zuvor hatte er das Amt des Bundesministers für Atomfragen inne. Es gibt Gerüchte, dass Strauß sich hinter den Kulissen dafür einsetzt, die Bundesrepublik Deutschland mit Kernwaffen aufzurüsten. Offiziell hat die Bundesrepublik auf Kernwaffen verzichtet. Die Bedenken sind begründet; immer wieder erwägt und diskutiert die Regierung Adenauer Atomwaffen. Der Kalte Krieg verschärft sich bedrohlich, und man fürchtet für den Fall, dass ein Dritter Weltkrieg ausbrechen würde, dass die Bundesrepublik das Land wäre, in dem er vor allem ausgetragen würde.

In diesem Klima der Angst geben deutsche Atomwissenschaftler eine Stellungnahme ab: Nein zu Atomwaffen in Deutschland! Zu den Unterzeichnern des programmatischen Briefs an den Verteidigungsminister Strauß und den neuen Minister für Atomfragen, Siegfried Balke, gehören prominente kluge Köpfe: Der Chemiker und Nobelpreisträger Otto Hahn (1879–1968) gilt als „Entdecker der Kernspaltung". Der Physiker Carl Friedrich von Weizsäcker (1912–2007) forscht zur Quantentheorie. Der Physiker und Nobelpreisträger Werner Heisenberg (1901–1976) studiert die Quantenmechanik. Die Wissenschaftler fordern ein klares Bekenntnis der Regierung Adenauer zur ausschließlich friedlichen Nutzung der Kernenergie und erklären, dass sie nicht helfen werden, Atomwaffen zu entwickeln oder zu bauen. Hahn und Heisenberg waren während des Krieges mit ihren Forschungen indirekt an der Entwicklung von Kernwaffen beteiligt, was nicht ihre Absicht gewesen war.

Doch Strauß und vor allem Adenauer wollen die Atombombe für die Bundesrepublik. Die Wissenschaftler schweigen nicht und veröffentlichen ihre Stellungnahme, leicht überarbeitet, am 12. April 1957 als „Göttinger Manifest". Es wird in großen Zeitungen gedruckt. Die 18 Unterzeichnenden des Manifests gehen als die „Göttinger Achtzehn" in die Geschichte der Friedensbewegung ein. Auch in der DDR verfassen Kernphysiker nur einen Monat später eine ähnliche gemeinsame Erklärung.

Atombomben kommen dennoch nach Deutschland. Sie werden in den USA entwickelt und hergestellt und unterstehen der Kontrolle der USA und deren Armee, aber auch Bundeswehrsoldaten werden an diesen Waffensystemen geschult. Bis heute befinden sich Kernwaffen aus der Zeit des Kalten Kriegs in Deutschland. ■

22. März 1970

Marie Louise P. in Zittau an Anneliese H. in Meckenheim

Liebe Frau Anneliese,

Am Donnerstag kam Ihr schönes Paket an, und ich danke Ihnen ganz herzlich dafür. Wieder so ein schönes warmes Bettuch, und das Nachthemd! So ein schönes habe ich lange nicht gehabt, und freue mich schon, wenn die wärmeren Tage bez. Nächte kommen, und ich es tragen kann. Ja, es scheint wirklich wenigstens der Anfang des Frühlings zu sein, und man ist froh und dankbar über die länger werdenden Tage, und die gelegentlichen Sonnenstrahlen, Im Garten allerdings ist noch nicht viel zu merken, noch kein Anzeichen der Schneeglöckchen, die Oberschicht des Schnees schmilzt langsam dahin, aber darunter ist noch alles hart und fest gefroren. Man möchte aber nicht ganz hoffnungslos sein, Und ich freue mich auch sehr über den übrigen Inhalt, der uns gut schmecken wird. – Wie mag es Ihnen gehen? Ich denke oft an Sie und Oskar u nd Ihre Söhne, es ist gut, zu denke, daß die jungen Menschen bei Ihnen mit etwas mehr H ffning gross werden können. Hier geht es für die Jugendlichen immer schlimmer. Von der Tochter des katholischen Arztes schrieb ich Ihnen wohl schon. Gestern kam ein Mitglied einer meiner Gruppen zu mir, (er wollte etwas übersetzt haben) Er hat einen etwas 1 2 jährigen Sohn, der in die Christenlehre geht. Die Klassenlehrerin, ein Fräulein N , fragte in der Klasse wer denn in die solche Lehre gehe. Er meldte sich. Sie liess ihn aufstehen und fragte ihn ob er denn an Gott glaube, Ja. Und dein Vater auch? Ja, mein Vater und meine Mutte auch. Und Frl B. sagte der Klasse, daß es eben früher sehr viele dumme Menschen gegeben habe, und es seien noch nicht alle ausgestorben, Das ist alles Aberglau.e Lacht ihn nur immer tüchtig aus, daß er so dumm ist. Sie können sich denken, wie schwer so etwas für ein Kind ist. Früher hätte ich dem Vater geraten zum Sup. zu gehen, aber der neue ist keine Kampfnatur, und da hat das auch nicht viel Sinn. Mein angeheirateter Neffe, der Pfarrer spricht jetzt schon, wo weit es geht, mit seinem kleinen Johannes der aber erst vier Jahre alt wird, aber man muss die Kinder beizietn vorbereiten. Es ist erschütternd, daß die Jugendlichen gar nicht merken, was sie entbehren. enn auch die intelligenteren unter ihnen nicht alles für bare Münze nehmen, sao können sie sich doch kein Bild davon machen, was möglich sein müßte. Der Geschichtsunterricht fängt mit 1848 an. und in der Literatur gibt es fast nut noc ein oder zwei Sachen von Goethe, sehr viele Übersetzungen aus dem Russischen, und Proben der jetzt lebenden oder gerade erst gestorbenen, kommunistische Schreibenden Dichter möchte man sie fast nicht nennen.

Heute schäme ich mich wieder einmal. Denn leider gehe ich zur Eahl, wenn ich auch alles durchstreiche. Sber ich muss gehen, der Knüppel liegt beim Hund ich muss ja das Geld zum Lebensunterhalt verdienen, und man hat mit gesagt daß man mir die Bewilligung entzieht, falls ich nicht gehe. Mein Mann ist konsequente und mutiger als ich und geht schon seit Jahren nicht. Ich muss auch aus dem anderen Grunde gehen, daß ich gern meine Nichte in Neumünster im Sommer besuchen möchte, ehe ich zu alt für die lange und anstrengende Reise bin.

88 Zittau, den 22. März 1970.
Schillerstrasse 1.

Liebe Frau Anneliese,

Am Donnerstag kam Ihr schönes Paket an, und ich danke Ihnen ganz herzlich dafür. Wieder so ein schönes warmes Bettuch, und das Nachthemd! So ein schönes habe ich lange nicht gehabt, und freue mich schon, wenn die wärmeren Tage bez. Nächte kommen, und ich es tragen kann. Ja, es scheint wirklich wenigstens der Anfang des Frühlings zu sein, und man ist froh und dankbar über die länger werdenden Tage, und die gelegentlichen Sonnestrahlen, Im Garten allerdings ist noch nicht viel zu merken, noch kein Anzeichen der Schneeglöckchen, die Oberschicht des Schnees schmilzt langsam dahin, aber darunter ist noch alles hart und fest gefroren. Man möchte abe nicht ganz hoffnungslos sein, Und ich freue mich auch sehr über dem übrigen Inhalt, der uns gut schmecken wird. - Wie mag es Ihnen gehen? Ich denke oft an Sie und Oskar u nd Ihre Söhne, es ist gut, zu denke, daß die jungen Menschen bei Ihnen mit etwas mehr H ffning gross werden können. Hier geht es

Und ich bekomme ja keine Genhmigung wenn ich nicht zur sogenannten Wahl gehe, die gat keine ist, Es stehen einige ganz anständige Menschen mit auf der Liste, aber sie können ja nichts erreichen, wir müssen uns alle der Knute beugeb. Man schämt sich in Grund und Boden. – Es scheinen sehr viele Briefe und Pakete aus dem Westen jetzt nicht mehr anzukommen, die Nichte meines Mannes, Frau B., schrieb an gemeinsame Bekannte hier, was denn mit uns los sei, sie bekäme keine Antwort auf Briefe, aber wir haben gar keine erhalten. Alle dings, von ihnen ist, so viel ich sehen kann, alles angekommen. Zu Ostern werden wir ganz allein sein, meine Schwester fährt mit Michael und Matthias nach Leipzig und Waldheim. In L. wird Gottfried's zweite Tochter getauft, Barbara, und in Waldheim willMatthias, der et etwas länger frei hat, im Garten helren, er hat ja einige über diese Dinge gelernt. Gottfried hat noch immer nichts für wenn sein Vertrag abläuft. Da er, wi wie ich wohl schon schrieb, nichts politisch Positive nachweisen kann. Ich mache mit gtoss Sorgen über ihn. Auch den beiden Jüngsten stellt man jetzt mehr nach als früher, es soll eben gerade unter den etwas begabteren jungen Menschen gaz gündliche kommunistische Arbeit geleistet werden. Man lann wirklich nur sagen, Gott helfe uns. Und ich danke nochmals sehr, sehr für Alles. Ganz wunderbar ist auch die schnell waschbare Schürze, ein herrliches Geschenk und eine grosse Hilfe.

Yours with love

Von hüben nach drüben

Das „Westpaket" ist für die meisten Bürger der DDR die einzige Möglichkeit, an Waren aus der Bundesrepublik zu kommen. Ob Puddingpulver, Schokolade, Kaffee, Kosmetikprodukte oder Markenjeans, mit der Post kommen Sehnsuchtsprodukte über die Grenze. Die DDR-Regierung, die wegen der Moral in der Bevölkerung stets um die Kaffeeversorgung bemüht ist, rechnet sogar mit den Westpaketen, wenn es darum geht, wie viel Kaffee sie auf dem Weltmarkt einkauft. Ob die Zittauerin Marie Louise P. im Frühjahr 1970 auch Kaffee im Paket von ihren Freunden aus dem rheinländischen Meckenheim bekommt, ist nicht überliefert; sie bedankt sich für ein Bettlaken, ein Nachthemd und eine waschbare Schürze.

Aber um Geschenke geht es in den Briefen zwischen Zittau und Meckenheim deutlich weniger als um den Gedankenaustausch. Die protestantische Englischlehrerin Marie Louise P. gehört zur kirchlichen Opposition in der DDR. Sie schreibt seit den 1950er-Jahren regelmäßig an ihren ehemaligen Schüler, den Katholiken Oskar H. und dessen Frau Anneliese in Meckenheim. Es geht im wahrsten Wortsinn um Gott und die Welt, um die Kirche und den Alltag in der DDR, um Marie Louises Kindheit in einem britischen Internat. Marie Louise P. nimmt dabei kein Blatt vor den Mund. Ihre Briefe sind für Post aus der DDR in den Westen ungewöhnlich offen und kritisch. Die Stasi liest und kontrolliert viele der Briefe und Pakete zwischen der DDR und der Bundesrepublik. Den Paketen müssen genaue Packlisten beiliegen; Schallplatten, Kassetten oder Elektronisches wie digitale Armbanduhren, die in den 80er-Jahren modern waren, sind nicht erlaubt. Politische Äußerungen oder politische Literatur können zensiert werden, wenn sie aus dem Westen kommen, und die Empfänger werden gegebenenfalls auf ihre „Republiktreue" untersucht. Wer Kritisches aus der DDR in den Westen schickt, riskiert ebenfalls, ins Visier der Stasi zu geraten.

Briefe waren oft rein persönlicher Natur. Doch nicht die von Frau P. aus Zittau. Daher sind ihre Schreiben, die im Museum für Post und Telekommunikation verwahrt werden, bedeutende Zeugnisse. Immer wieder berichtet sie von Repressalien des DDR-Regimes gegen Verwandte, doch sie lässt sich nicht beirren und schreibt offen über ihr Leben und ihre Ansichten, auch zu Wahlen in der DDR. Der Kontakt reißt erst ab, als Marie Louise P. 1974 stirbt. ■

August 1976

Romy Schneider an Hermine Steckel

Hermi -

da ich noch nie eine Person war, die sich ins „große Schweigen" hüllt, möchte ich zumindest nach all dieser Zeit - nach allem was (vor allem mir!) passierte, – Dir mitteilen, dass ich mehr als überrascht bin über Dein Schweigen
Dein Verhalten jemand gegenüber, die immer! nur eine Freundin für Dich war + loyale und großzügig in jeder Beziehung, das kann ich weiss Gott von mir behaupten!!
Und alles weil ein Interview für Deine Freundin und Eure geplante Paris-Reise nicht klappte * - (andere Gründe sehe ich nicht!) damals als ich all diese Probleme mit Presse & Anwalt hatte (die bei uns immer noch nicht aufhören)
Kein Wort, Keine Zeilen – nichts mehr von Dir! Das hätte ich nie gedacht!!!
Nicht mal ein lb. Wort od. Telegramm, als ich unser Kind verlor ____!
Naja – man lernt wohl nicht aus ___
Ich wollte das nur mal gesagt haben. Im Falle, dass Du Dein Verhalten richtig findest – dann kann ich nur sagen „traurig genug"! ------ Romy -----

Das Ende einer Freundschaft

Die Schauspielerin Romy Schneider (1938-1982) hat sich mit ihrer Freundin Hermi überworfen. Hermine Steckel ist bzw. war Regieassistentin und enge Vertraute Romy Schneiders. Romy Schneider schenkt ihr Kleider, sie verbringen Zeit zusammen, sie schreiben sich Briefe, denn Romy lebt in Paris. Hermi lernt eine Journalistin namens Beate kennen und versucht, ihr einen exklusiven Interviewtermin mit Romy in Paris zu vermitteln. Romy lässt den Termin platzen, und dann bricht der Kontakt ab. Hermi ist die Sache mit dem Interview etwas peinlich, Romy ist deswegen sauer. Hermi glaubt, keinen Platz mehr im neuen Pariser Leben ihrer berühmten Freundin zu haben.
Romy Schneider ist zornig und enttäuscht. Sie fühlt sich von der Freundin im Stich gelassen – und schreibt ihr einen Wut-Brief. Zwei Seiten im Tagebuchstil, mit heftigen Unterstreichungen, mit Pausenstrichen und Ergänzungen – Romy Schneider lässt lange aufgestauten Dampf ab.
Als Schauspielerin ist Romy Schneider im Jahr 1976 auf dem Höhepunkt ihrer Karriere. Sie hat sich erfolgreich vom Image des süßen Mädels, das sie in den „Sissi"-Filmen spielt, gelöst, arbeitet erfolgreich in Frankreich. Das französische Kino erlebt eine Hochblüte, und Romy Schneider gilt als die Grande Dame des Genres. Sie ist wunderschön und spielt doch anspruchsvolle Charakterrollen. Für den Filme „Nachtblende" (Regie: Andrzej Żuławski) erhält sie im April 1976 den César, den Oscar des Französischen Films, als beste Hauptdarstellerin. Sie wird verehrt, gefeiert, aber auch von Paparazzi verfolgt. Privat läuft es dagegen katastrophal. Romy Schneider ist mit ihrem Sekretär Daniel Biasini zusammen, am 8. Juli 1975 wird sie von ihrem Ehemann Harry Meyen

18, Rue Berlioz 75116 Paris
Tél. 727.82.96

August 1976

Hermi –

Da ich noch nie eine Person war
die sich ins "grosse Schweigen"
hüllt, möchte ich zumindest –
nach all dieser Zeit – nach allem
was (vor allem mir!) passierte, –
Dir mitteilen, dass ich mehr als
überrascht bin über Dein Schweigen
Dein Verhalten jemand gegenüber
die immer! nur eine Freundin
für Dich war + loyale und grosszügig
in jeder Beziehung; das kann ich

geschieden, im Dezember desselben Jahres heiratet sie Biasini. Sie ist mit ihrem zweiten Kind schwanger. Ihre Freundin Hermi ist nicht bei der Hochzeit. Kurz nach der Hochzeit erleidet Romy Schneider eine Fehlgeburt. Es wird getratscht, und die Paparazzi sind scharf auf Bilder des frischgebackenen Ehepaares. Romy braucht eine Freundin und vermisst Hermi. Aber die Freundschaft lässt sich nicht mehr wirklich kitten. Romy Schneider wird wieder schwanger und bringt im Sommer 1977 eine Tochter zur Welt. 1981 lässt sie sich von Daniel Biasini scheiden. Am 29. Mai 1982 findet sie ihr neuer Lebensgefährte tot an ihrem Schreibtisch. ■

6. September 1977

Die „Rote Armee Fraktion" an die deutsche Bundesregierung

Am Montag, den 5.9.77 hat das Kommando Siegfried Hausner den Präsidenten des Arbeitgeberverbands und des Bundesverbands der Deutschen Industrie, Hanns-Martin Schleyer, gefangengenommen. Zu den Bedingungen seiner Freilassung wiederholen wir nochmal unsere erste Mitteilung an die Bundesregierung, die seit gestern von den Sicherheitsstäben, wie wir das inzwischen kennen, unterschlagen wird. Das ist die sofortige Einstellung aller Fahndungsmaßnahmen - oder Schleyer wird sofort erschossen. Sobald die Fahndung gestoppt ist, läuft Schleyers Freilassung unter folgenden Bedingungen:
Die Gefangenen aus der RAF: Andreas Baader, Gudrun Ensslin, Jan-Carl Raspe, Verena Becker, Werner Hoppe, Karl-Heinz Dellwo, Hanna Krabbe, Bernd Rössner, Ingrid Schubert, Irmgard Möller werden im Austausch gegen Schleyer freigelassen und reisen in ein Land ihrer Wahl. Günter Sonnenberg, der seit seiner Festnahme wegen einer Schußverletzung haftunfähig ist, wird sofort freigelassen. Sein Haftbefehl wird aufgehoben. Günter wird zusammen mit den 10 Gefangenen, mit denen er sofort zusammengebracht wird und sprechen kann, ausreisen.
Die Gefangenen sind bis Mittwoch, 8 Uhr früh, auf dem Flughafen Frankfurt zusammenzubringen. Sie haben bis zu ihrem Abflug um 12 Uhr mittags jederzeit und uneingeschränkt die Möglichkeit, miteinander zu sprechen. Um 10 Uhr vormittags wird einer der Gefangenen das Kommando in Direktübertragung durch das Deutsche Fernsehen über den korrekten Ablauf ihres Abflugs informieren.
In der Funktion öffentlicher Kontrolle und Garantie für das Leben der Gefangenen während des Transports bis zur Landung und Aufnahme sollen die Gefangenen - wie wir vorschlagen würden - von Payot, dem Generalsekretär der Internationalen Föderation für Menschenrechte bei der UNO, und Pfarrer Niemöller begleitet werden. Wir bitten sie, sich in dieser Funktion dafür einzusetzen, daß die Gefangenen dort, wo sie hinwollen, lebend ankommen. Natürlich sind wir auch mit einem Alternativvorschlag der Gefangenen einverstanden.
Jedem der Gefangenen werden 100 000 DM mitgegeben.
Die Erklärung, die durch Schleyers Foto und seinen Brief als authentisch identifizierbar ist, wird heute abend um 20.00 Uhr in der Tagesschau veröffentlicht, und zwar ungekürzt und unverfälscht.
Den konkreten Ablauf von Schleyers Freilassung legen wir fest, sowie wir die Bestätigung der freigelassenen Gefangenen haben, daß sie nicht ausgeliefert werden, und die Erklärung der Bundesregierung vorliegt, daß sie keine Auslieferung betreiben wird.
Wir gehen davon aus, daß Schmidt, nachdem er in Stockholm demonstriert hat, wie schnell er seine Entscheidungen fällt, sich bemühen wird, sein Verhältnis zu diesem fetten Magnaten der nationalen Wirtschaftscreme ebenso schnell zu klären.

RAF - Kommando Siegfried Hausner

Das Foto zeigt Hanns Martin Schleyer in der Gewalt der Entführer.
Es lag einem Erpresserbrief bei, um zu beweisen, dass Schleyer zu diesem Zeitpunkt noch lebte.

Der Deutsche Herbst

1977 ist Deutschlands Terrorjahr. Die Rote Armee Fraktion (RAF), eine linksradikale Terror-Organisation, hat 1977 bereits den Generalbundesanwalt Siegfried Buback und Jürgen Ponto, den Vorstandssprecher der Dresdner Bank, ermordet. Die ehemaligen Köpfe der RAF sitzen da bereits seit Jahren in Haft im Gefängnis Stuttgart Stammheim, unter anderem Andreas Baader, Jan-Carl Raspe und Gudrun Ensslin, die 1972 verhaftet wurden. Im September 1977 wollen die RAF-Terroristen elf Gefangene freipressen. Sie entführen am 5. September Hanns Martin Schleyer (geb. 1915), den Präsidenten der Bundesvereinigung der Deutschen Arbeitgeberverbände, und veröffentlichen einen Bekennerbrief mit einem Foto Schleyers. Die Täter nennen sich „Kommando Siegfried Hausner" in Erinnerung an den Terroristen Siegfried Hausner, der 1975 an den Folgen einer selbst verursachten Bombenexplosion gestorben ist.

Die Regierung der Bundesrepublik Deutschland unter Bundeskanzler Helmut Schmidt lässt sich jedoch nicht erpressen. Sie fahndet nach den Entführern und veröffentlicht weder Brief noch Foto.

Am 13. Oktober entführen palästinensische Terroristen die Lufthansa-Maschine „Landshut". Die Täter nennen sich Kommando „Märtyrerin Halima" nach der deutschen Terroristin Brigitte „Halima" Kuhlmann. Auch dieses Terrorkommando fordert von der Bundesregierung, elf Gefangene aus Stammheim freizulassen, außerdem wollen sie Gefangene in Istanbul freipressen und verlangen viel Geld.

Auch auf diese Forderungen geht die Bundesregierung nicht ein. Die palästinensischen Terroristen töten den Piloten Jürgen Schumann (1940-1977). Am Morgen des 18. Oktober stürmen Beamte der deutschen Spezialeinheit „GSG 9" das Flugzeug auf dem Flughafen von Mogadishu. Alle 86 Geiseln werden befreit, drei der Terroristen sterben. In der folgenden Nacht begehen drei der Gefangenen in Stammheim Selbstmord, eine vierte Gefangene überlebt ihren Selbstmordversuch. Am nächsten Tag erschießen die Entführer ihre Geisel Hanns Martin Schleyer. Im Bekennerschreiben dieses Tages steht: „Wir haben nach 43 Tagen Hanns-Martin Schleyers klägliche und korrupte Existenz beendet. Herr Schmidt, der in seinem Machtkalkül von Anfang an mit Schleyers Tod spekulierte, kann ihn in der Rue Charles Peguy in Mülhausen in einem grünen Audi 100 mit Bad Homburger Kennzeichen abholen. Für unseren Schmerz und unsere Wut über die Massaker in Mogadischu und Stammheim ist sein Tod bedeutungslos." ■

2. Februar 1980

Josef Kardinal Ratzinger an die Gläubigen in der Diözese München und Freising

Wer in der Liebe bleibt
Ein Wort über die Ehe

Liebe Brüder und Schwestern im Herren!

Sie erinnern sich gewiß daran, daß wir uns in unserem Bistum für die kommenden Jahre einen gemeinsamen Schwerpunkt in der Arbeit an Aufbau und Erneuerung der Kirche gesetzt haben: die Mühe um das gemeinsame Beten in der Familie. Aus diesem Grund habe ich den Fastenhirtenbrief des vorigen Jahres dem Thema „Gebet" gewidmet. Aus demselben Grund möchte ich Ihnen heute ein paar Gedanken zum Thema Ehe und Familie vorlegen.

Die Ehe ist Sakrament
Werfen wir zunächst einen Blick in die Heilige Schrift. Im gleichen Atemzug, in dem sie von der Erschaffung des Menschen spricht, spricht sie auch von der Ehe; die Ehe wiederum sieht sie in der Perspektive auf die Familie hin, im Zeichen des Gottessegens, der Fruchtbarkeit bedeutet und so Zukunft schafft. Die Heilige Schrift erzählt davon, wie Gott die Frau aus der Seite des schlafenden Mannes formte. Mit diesem wundervollen Bild macht sie deutlich, daß Mann und Frau gleichen Wesens und gleicher Würde sind. Zugleich zeigt sie damit, daß das Geheimnis der Liebe von Mann und Frau bis in den tiefsten Grund ihres Seins hinunterreicht. Von ihrem Ursprung her sind sie eins, ein einziger Gottesgedanke.
Wahrscheinlich liegt dieser biblischen Erzählung das gleiche Bild zugrunde, das wir auch bei dem griechischen Philosophen Plato finden. Er sagt, ursprünglich seien Mann und Frau ein einziger Mensch gewesen. Dann seien sie auseinander geschnitten worden und so sei keines mehr für sich selbst ganz; keines könne mehr sich selbst genügen. Darum müßten sie auf der Suche nacheinander sein, um erst im Einswerden ihren Ursprung wieder zu finden. Wenn die Bibel solche Bilder aufgreift und verwandelt, will sie sagen: Gott hat von der Schöpfung her den Menschen als Wesen der Liebe gemeint. Er hat Mann und Frau füreinander geschaffen, damit sie als Liebende einander und darin sich selbst finden.
Der biblische Bericht über die Erschaffung von Mann und Frau schließt mit dem Wort: „Darum wird ein Mann seinen Vater und ´seine Mutter verlassen und seiner Frau anhangen, und beide werden zu einem Fleisch" (Gen 2.24). Der heilige Paulus hat in diesem Satz eine Vorhersage der Liebe Christi zu seiner Kirche gesehen (Eph 5,29 ff). Das bedeutet: In dem Bund der Ehe liegt von innen her ein Hinweis auf den Bund Gottes mit den Menschen, auf die Bundeseinheit zwischen Christus und seiner Kirche, in der Gottes Liebe Leib geworden ist und sich leibhaftig mit den Menschen vereinigt hat. Weil es so ist, darum nennen wir die Ehe ein Sakrament.

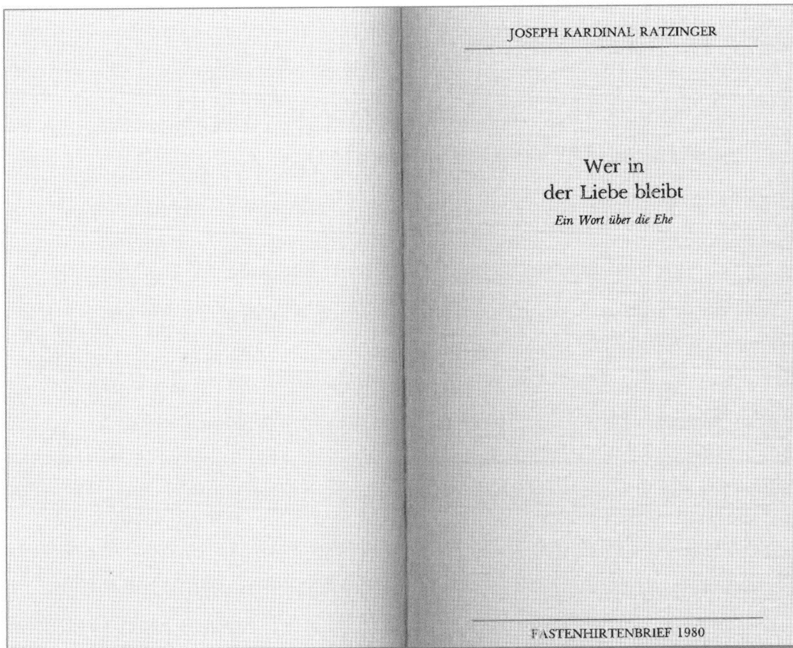

JOSEPH KARDINAL RATZINGER

Wer in
der Liebe bleibt

Ein Wort über die Ehe

FASTENHIRTENBRIEF 1980

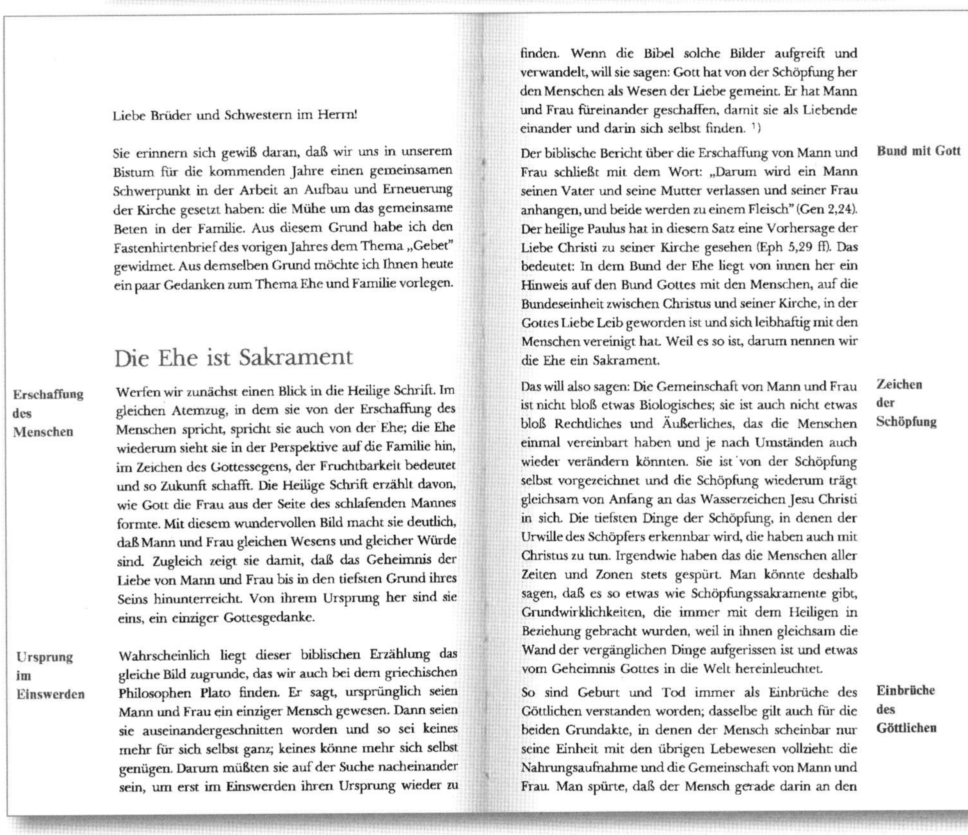

Liebe Brüder und Schwestern im Herrn!

Sie erinnern sich gewiß daran, daß wir uns in unserem Bistum für die kommenden Jahre einen gemeinsamen Schwerpunkt in der Arbeit an Aufbau und Erneuerung der Kirche gesetzt haben: die Mühe um das gemeinsame Beten in der Familie. Aus diesem Grund habe ich den Fastenhirtenbrief des vorigen Jahres dem Thema „Gebet" gewidmet. Aus demselben Grund möchte ich Ihnen heute ein paar Gedanken zum Thema Ehe und Familie vorlegen.

Die Ehe ist Sakrament

Erschaffung des Menschen

Werfen wir zunächst einen Blick in die Heilige Schrift. Im gleichen Atemzug, in dem sie von der Erschaffung des Menschen spricht, spricht sie auch von der Ehe; die Ehe wiederum sieht sie in der Perspektive auf die Familie hin, im Zeichen des Gottessegens, der Fruchtbarkeit bedeutet und so Zukunft schafft. Die Heilige Schrift erzählt davon, wie Gott die Frau aus der Seite des schlafenden Mannes formte. Mit diesem wundervollen Bild macht sie deutlich, daß Mann und Frau gleichen Wesens und gleicher Würde sind. Zugleich zeigt sie damit, daß das Geheimnis der Liebe von Mann und Frau bis in den tiefsten Grund ihres Seins hinunterreicht. Von ihrem Ursprung her sind sie eins, ein einziger Gottesgedanke.

Ursprung im Einswerden

Wahrscheinlich liegt dieser biblischen Erzählung das gleiche Bild zugrunde, das wir auch bei dem griechischen Philosophen Plato finden. Er sagt, ursprünglich seien Mann und Frau ein einziger Mensch gewesen. Dann seien sie auseinandergeschnitten worden und so sei keines mehr für sich selbst ganz; keines könne mehr sich selbst genügen. Darum müßten sie auf der Suche nacheinander sein, um erst im Einswerden ihren Ursprung wieder zu finden. Wenn die Bibel solche Bilder aufgreift und verwandelt, will sie sagen: Gott hat von der Schöpfung her den Menschen als Wesen der Liebe gemeint. Er hat Mann und Frau füreinander geschaffen, damit sie als Liebende einander und darin sich selbst finden. [1])

Bund mit Gott

Der biblische Bericht über die Erschaffung von Mann und Frau schließt mit dem Wort: „Darum wird ein Mann seinen Vater und seine Mutter verlassen und seiner Frau anhangen, und beide werden zu einem Fleisch" (Gen 2,24). Der heilige Paulus hat in diesem Satz eine Vorhersage der Liebe Christi zu seiner Kirche gesehen (Eph 5,29 ff). Das bedeutet: In dem Bund der Ehe liegt von innen her ein Hinweis auf den Bund Gottes mit den Menschen, auf die Bundeseinheit zwischen Christus und seiner Kirche, in der Gottes Liebe Leib geworden ist und sich leibhaftig mit den Menschen vereinigt hat. Weil es so ist, darum nennen wir die Ehe ein Sakrament.

Zeichen der Schöpfung

Das will also sagen: Die Gemeinschaft von Mann und Frau ist nicht bloß etwas Biologisches; sie ist auch nicht etwas bloß Rechtliches und Äußerliches, das die Menschen einmal vereinbart haben und je nach Umständen auch wieder verändern könnten. Sie ist von der Schöpfung selbst vorgezeichnet und die Schöpfung wiederum trägt gleichsam von Anfang an das Wasserzeichen Jesu Christi in sich. Die tiefsten Dinge der Schöpfung, in denen der Urwille des Schöpfers erkennbar wird, die haben auch mit Christus zu tun. Irgendwie haben das die Menschen aller Zeiten und Zonen stets gespürt. Man könnte deshalb sagen, daß es so etwas wie Schöpfungssakramente gibt, Grundwirklichkeiten, die immer mit dem Heiligen in Beziehung gebracht wurden, weil in ihnen gleichsam die Wand der vergänglichen Dinge aufgerissen ist und etwas vom Geheimnis Gottes in die Welt hereinleuchtet.

Einbrüche des Göttlichen

So sind Geburt und Tod immer als Einbrüche des Göttlichen verstanden worden; dasselbe gilt auch für die beiden Grundakte, in denen der Mensch scheinbar nur seine Einheit mit den übrigen Lebewesen vollzieht: die Nahrungsaufnahme und die Gemeinschaft von Mann und Frau. Man spürte, daß der Mensch gerade darin an den

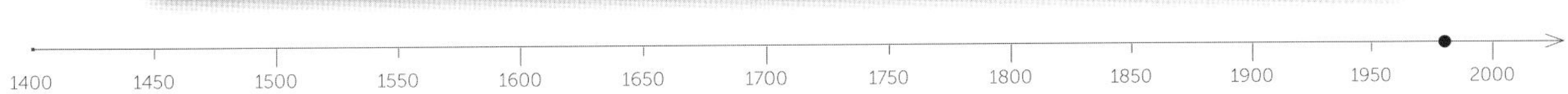

Das will also sagen: Die Gemeinschaft von Mann und Frau ist nicht bloß etwas Biologisches; sie ist auch nicht etwas bloß Rechtliches und Äußerliches, das die Menschen einmal vereinbart haben und je nach Umständen auch wieder verändern könnten. Sie ist von der Schöpfung selbst vorgezeichnet und die Schöpfung wiederum trägt gleichsam von Anfang an das Wasserzeichen Jesu Christi in sich. Die tiefsten Dinge der Schöpfung, in denen der Urwille des Schöpfers erkennbar wird, die haben auch mit Christus zu tun. Irgendwie haben das die Menschen aller Zeiten und Zonen stets gespürt. Man könnte deshalb sagen, daß es so etwas wie Schöpfungssakramente gibt, Grundwirklichkeiten, die immer mit dem Heiligen in Beziehung gebracht wurden, weil in ihnen gleichsam die Wand der vergänglichen Dinge aufgerissen ist und etwas vom Geheimnis Gottes in die Welt hereinleuchtet.
So sind Geburt und Tod immer als Einbrüche des Göttlichen verstanden worden; dasselbe gilt auch für die beiden Grundakte, in denen der Mensch scheinbar nur seine Einheit mit den übrigen Lebewesen vollzieht: die Nahrungsaufnahme und die Gemeinschaft von Mann und Frau. Man spürte, daß der Mensch gerade darin an den geheimen Grund des Weltalls rührt, daß er hier sich versündigen oder aber in besonderer Weise seinem Gott nahe werden kann. So war den Menschen deutlich, daß die Verbindung von Mann und Frau niemals etwas bloß Privates oder Beliebiges sein kann, weil es hier um das Tiefste seiner selbst und der ganzen menschlichen Familie geht.
Die jüdische Überlieferung hat das sehr schön ausgedrückt: Im Anschluß an die Geschichte, wie Gott dem Adam die Frau zuführte, erklärte sie Gott selbst als den Brautführer für Adam und schrieb so dem Schöpfer die Einsetzung der Ehe zu. Sie benannte daher die Ehe als „Kidduschin", als Segen, als Heiligung. Die Christen brauchten hier nur noch ihr neues Wort „Sakrament" einzusetzen. So können wir jetzt besser als vorher die Frage beantworten: Wieso ist die Ehe ein Sakrament? Darauf können wir jetzt zusammenfassend sagen: Die Ehe ist die vom Schöpfer gewollte und von der Schöpfung dem Menschen vorgezeichnete Gemeinschaft von Mann und Frau. Mit der Schöpfung ist sie von Christus erneuert und zu ihrer endgültigen Gestalt geführt worden. Nur in der Bundesgemeinschaft mit Christus kann der Bund der Ehe seinen vollen Sinn finden.

Die Problematik von Ehe und Familie heute.
Nun werden viele von Ihnen sagen: Das klingt alles ganz schön, aber mit den Wirklichkeiten unserer Zeit hat es wenig zu tun. Ich erwähne in diesem Zusammenhang ein paar Zahlen, die uns unsere Situation verdeutlichen können. 1938 waren in Deutschland über 90 Prozent aller Frauen und aller Männer verheiratet, die mehr als sechzehn bzw. achtzehn Jahre alt waren. Nach dem Zweiten Weltkrieg, in den Fünfziger Jahren, stieg die Quote bei den Männern sogar auf über 97 Prozent bei den Frauen auf 95 Prozent. 1978 waren gemäß den Ergebnissen einer Umfrage noch 60 Prozent der Bevölkerung von der Notwendigkeit der Ehe überzeugt, von den unter dreißigjährigen Frauen waren es jedoch nur noch 42 Prozent und von den gleichaltrigen Männern bloß 40 Prozent.
Wichtig ist nun die Feststellung, daß diese fortschreitende Abwendung von der Ehe zeitlich Hand in Hand ging mit dem sogenannten Pillenknick, das heißt mit der Abwendung von der Mehrkinderfamilie. Hier wird der unlösliche innere Zusammenhang zwischen Ehe und Fa-

milie auch statistisch sichtbar: In dem Augenblick, in dem die Familie nicht mehr wünschbar erscheint, verliert auch die Ehe zusehends an Bedeutung. In dem Augenblick, in dem das Sexuelle völlig losgetrennt wird von der Fruchtbarkeit, droht es sich auch aus dem geistigen Zusammenhang der Liebe von Mann und Frau und der mit ihr wesentlich verbundenen Gemeinschaft der Treue zu lösen.

So wird sichtbar, daß ein scheinbar eher pharmazeutisches und technisches Ereignis, das Auftreten der Pille und die Folgen ihrer Anwendung, Ausdruck für eine tiefgehende geistige und moralische Revolution ist, die bis an die Fundamente unserer Gesellschaft rührt. Gewiß kann man für das Absinken der Bereitschaft zur Bindung in Ehe und Familie auch eine Reihe eher vordergründiger Ursachen nennen: Wohnungsprobleme, wirtschaftliche Probleme, berufliche Probleme: Aber damit ist die eigentliche Tiefe des Ganzen nicht ausgelotet. Hier ist ein merkwürdiger Kreislauf zwischen Äußeren und Inneren Veränderungen des Menschlichen im Spiel, von dem ich nur zwei Aspekte andeuten möchte.

Bestimmte Teile der Wirtschaft haben in den letzten Jahrzehnten immer mehr die Sexualität des Menschen als Möglichkeit für ihr Geschäft entdeckt und beuten sie nun immer rücksichtsloser als Marktobjekt aus. So gibt es heute Läden, in denen man sie als Ware kaufen kann. Die stärkste Macht solcher Berechnungen ist die Schwachheit des Menschen, seine Versuchlichkeit. Sie wird mit wissenschaftlicher Genauigkeit durchleuchtet und zum Hebel des Kauferfolgs. Aber der Mensch darf natürlich nicht wissen, daß er als gewinnträchtiges Objekt mißbraucht wird. Deshalb muß ihm eingeredet werden, daß die Entwürdigung seines Körpers zu Werbung und Ware in Wirklichkeit seine Befreiung bedeute.

Die Gier nach Geld zieht eine ganze Weltanschauung nach sich, deren Ähnlichkeit mit der Philosophie der Schlange im Paradies frappierend ist. Nun wird gesagt, die Bindung der körperlichen Vereinigung von Mann und Frau an die geistige und seelische Vereinigung der Liebe, zu der der Raum lebenslanger Treue gehört, sei eine unerträgliche Versklavung, die den Menschen der schönsten Früchte des Lebens beraube. Das Wort von der Selbstverwirklichung wird ins Spiel gebracht: Der Mensch müsse doch vor allem sich selbst verwirklichen, sein eigenes Leben leben und aus ihm so viel wie möglich herausholen, da es ohnedies kläglich und kurz genug ist.

Wenn es aber hauptsächlich um Selbstverwirklichung geht, dann erscheinen die anderen Menschen durchweg als Konkurrenten, die die eigene Freiheit mindern. Das Kind schneidet ein Stück vom eigenen Leben ab, desgleichen ein Gatte, der ein lebenslanges Recht auf die Zuwendung eines Partners hat. Inzwischen hat diese Sicht der Ehe bis zu einem gewissen Grad auch schon Eingang in unsere Gesetzgebung gefunden, bei der es dem Staat zufällt, die Rechte und Interessen von Ehegatten und Kindern voreinander und gegeneinander zu schützen. Vom scheinbar entgegengesetzten Ende her hat die Ideologie der Weltrevolution zu der gleichen Waffe gegriffen: Auch sie verheißt dem Menschen von der sexuellen Revolution her die Befreiung; auch sie benützt die Schwachheit des Menschen als Waffe in der Entwurzelung von Mensch und Gesellschaft: Der Mensch, der zuerst die Liebe verlernt hat, hat gleichzeitig gelernt, seinen Körper und darin sich selbst zu verachten; er verachtet den Menschen in sich und in anderen und ist damit zu einer Radikalität vorbereitet, die vor nichts mehr zurückschreckt, weil nichts mehr zu verlieren ist. Denn die Folge solcher Entwürdigung des

Menschen zur Ware ist notwendig der Ekel am Dasein, die Anklage gegen Gott und gegen die Menschen, die dieses Menschsein zu verantworten haben. So wird etwas sehr Wichtiges klar, das in der moralischen Unterweisung früherer Jahre nicht immer deutlich genug gesagt worden ist: Die eigentlichen Sünden sind auch im sexuellen Bereich nicht die Sünden des Fleisches, sondern die Sünden des Geistes – jene kalte Berechnung, die die Fehlbarkeit des Menschen benützt, um ihn zu eigenen Zwecken gebrauchen zu können. Der Mensch aber ist nie ein Mittel, das man zu anderen Zwecken benutzen darf, sondern selbst ein letztes Ziel Gottes. Die eigentliche Sünde liegt so hier wie immer in der Gier nach Besitz und nach Macht, die eine Entwürdigung des Menschen und letztlich eine Leugnung Gottes ist, wie es ein merkwürdiges und gerade darin tiefes Bibelwort sagt: Habsucht, das ist Götzendienst (Kol 2,6: vgl. Math 6,24).

Die Tugend, um die es im sechsten Gebot geht, besteht daher umgekehrt nicht in Gefühlskälte oder gar in der Verneinung der eigenen Leiblichkeit und ihrer geschlechtlichen Bestimmung. Sie besteht viel mehr darin, die Liebesfähigkeit zu ihrer wahren menschlichen Größe zu bringen und das Geschlechtliche voll in der Würde des Menschen zu verankern. Ein Tun ist in dem Maß Sünde, in dem es dieser Gesinnung entgegensteht. Letztlich kann man von dieser Grundregel alles ableiten, was an Weisung für den Menschen in diesem oft mißkannten Gebot Gottes gemeint ist.

Die christliche Ehe als Antwort auf die Fragen der Gegenwart.

Damit kommen wir von den Fragen und Nöten unserer Zeit wieder zu unserem Ausgangspunkt zurück: zum christlichen Verständnis von Ehe und Familie.

1. „Selbstverwirklichung“ ist immer dann ein fatales Wort, wenn damit der andere als Konkurrent und als Beschränkung der eigenen Freiheit aufgefaßt wird. In Wirklichkeit kommt der Mensch in dem Maß zur Verwirklichung seiner selbst, in dem er sich gibt. „Wer sich selbst retten will, verliert sich; wer sich verliert..., der rettet sich“ heißt daher ein zentrales und urmenschliches Wort Jesu (MK 9,35). Nur am Du und durch das Du kann ich zu mit selber kommen, aber nicht, indem ich die Läden herunterlasse und möglichst nichts von meinem Leben preisgeben will. Es ist wie mit dem Gleichnis von den Talenten: Durch Ausgeben wachsen sie; der, der sie vergrub, hatte seine Möglichkeit vertan (vgl. Mk 25, 14-30). Deswegen ist die Hingabe an einen Menschen, die Treue zu ihm, nicht Gegensatz zur Freiheit, sondern erst ihr wirklicher Anfang. Die höchste Möglichkeit der Freiheit ist die Fähigkeit, sich zu entscheiden, die Fähigkeit zum Endgültigen. Wer in seinem Leben das Endgültige nicht wagt, läßt seine Freiheit als totes Kapital liegen und versäumt die Möglichkeit zu reifen, die nur aus der Kraft des Endgültigen kommt. Nur Liebe, die sich dem anderen ganz gibt – „bis daß der Tod euch scheidet“ – und dies durchsteht, ist dem inneren Anspruch der Liebe und damit des Menschseins gemäß.

2. Deswegen ist auch die öffentliche Verantwortung der gemeinsamen Liebe in der geistlichen und rechtlichen Gestalt des Sakraments kein Widerspruch zu ihrem persönlichen und intimen Charakter. Ja, die Liebe zwischen Mann und Frau ist etwas höchst Persönliches, aber eben darum nichts Privates und Beliebiges. Von ihr hängen Gegenwart und Zukunft einer Gemeinschaft, ja, der Menschheit überhaupt ab. Es hat darum nie in der Geschichte Gesellschaften

gegeben, die diese Gemeinschaft der Beliebigkeit überließen. Sie haben sie in wechselnden Formen gestaltet und geschützt. Erst in der gemeinschaftlichen Form des Sakraments kann die Liebe von Mann und Frau ihre Würde und auch ihre tragende Kraft für ein ganzes Leben finden. Ich zitiere dazu den rückschauenden Bericht eines katholischen Laien über die Erfahrungen seiner Ehe: „In unserer Ehe (so schreibt er) hat es Phasen gegeben, in denen sich die Gnade Gottes an unserer Blindheit, unserem Eigensinn und auch unserer physischen unverschuldeten Schwäche förmlich „kaputt" gemacht hat. Sie hat uns aber nie aufgegeben, denn nie trat uns der Gedanke ins Bewußtsein: es ist aus zwischen uns. Der Bund ist nur mehr eine leere Hülse. Vielmehr wurden wir so gehalten, daß es zwischen uns objektiv nicht aus sein konnte."

3. Noch ein Letztes möchte ich hinzufügen: Das Kind ist keine Bedrohung, keine Minderung der Freiheit, keine Einschränkung der Selbstverwirklichung. Auch heute gilt, daß die Hoffnung für die Menschheit nicht in den entdeckten Bodenschätzen, nicht in den angesammelten Reichtümern, nicht in dem erworbenen technischen Können, sondern in der Erfindungskraft des menschlichen Geistes und in der Liebeskraft des menschlichen Herzens ruht. Bodenschätze sind schneller ausgeplündert, als wir dachten, Reichtümer verbrauchen sich, Technik veraltet. Das einzig verlässige Kapital auf die Zukunft hin ist der Mensch mit seinen immer neuen Möglichkeiten. Am Ende kann nur der Geist den Menschen retten; freilich kann auch umgekehrt nur der Geist, wenn er in die Irre geht, den Menschen und die Erde vernichten. Das zeigt die Schwere unserer Verantwortung; es zeigt die Notwendigkeit des Glaubens auf, der den Geist vor dem Absturz bewahrt. Es läßt auch deutlich werden, daß wir dann unsere Zukunft sicher untergraben, wenn wir in der Angst der Selbstverwirklichung nur noch unseren Besitz und Genuß retten wollen und uns der einzigen Kraft verschließen, die wirklich Zukunft geben kann: dem Kind. Es sollte uns zu denken geben, daß im Alten Testament die Fruchtbarkeit der Ehe als ihr „Segen" bezeichnet und so im voraus im Kern des Sakraments verankert wird.

Bei der Frage Ehe und Familie geht es um unser aller Gegenwart und Zukunft. Hier tragen die Christen eine entscheidende Verantwortung. Deshalb wende ich mich an die jungen Menschen in der Kirche und bitte Euch: Laßt Euch nicht von falschen Schlagworten beirren, von Parolen, die Freiheit sagen und nur Geld oder Genuß oder Macht meinen. Laßt Euch nicht einschüchtern durch die Diktatur von Gewohnheiten, durch die Macht dessen, was „man" tut oder sagt! Fragt tiefer! Geht den Dingen auf den Grund! Die wirkliche Alternative zu den abgelebten Formen einer kranken Welt ist der christliche Glaube, der vom Egoismus frei macht, Vertrauen lehrt und uns das Bibelwort wieder verstehen läßt: Alles was Gott gemacht hat, ist sehr gut; es ist sehr gut, zu leben, ein Mensch zu sein (vgl. Gen. 1,31).

Ebenso wende ich mich an Euch, die Erwachsenen und die Alten. Ob junge Menschen das Wagnis der Treue riskieren, Ehe und Familie bejahen werden, das hängt entscheidend daran, wie sie sie vorgelebt bekommen. Wenn sie sich nur von Streit und Egoismus abgestoßen fühlen müssen, wird es leicht sein, Ehe und Familie als etwas Verächtliches hinzustellen. Wenn sie aber durch alles Versagen und alle Menschlichkeit hindurch etwas spüren von der Überwindung des Ich, vom Füreinander-Dasein und von seiner befreienden Kraft, dann werden sie denen nicht verfallen, die Gehorsam, Liebe, Dienst nur als Mittel der Sklaverei hinstellen und die Tugenden des Glaubens verspotten. Dann werden sie durch die Bundestreue der Eltern hindurch auch die Bundestreue Gottes glauben lernen, die solche Treue erst ermöglicht. Bei dem Ja-Wort der Trauung legen Bräutigam und Braut ihre Hände ineinander, die der Priester mit seiner Stola bedeckt. Ich glaube, dies ist ein schönes Bild: In der Gemeinschaft mit Jesus Christus, im Sakrament der Kirche, kann das menschliche Ja-Wort bestehen, kann eine Hand die andere halten. So können Ehe und Familie wachsen, darin sich der Schöpfungsplan Gottes mit dem Menschen erfüllt. So kann im Aufbau der Familie der Mensch aufgebaut werden, die Menschheit, die Kirche und die Welt. Daß uns dies immer mehr gelingen möge, dazu gebe uns seinen Segen der allmächtige Gott, der Vater, der Sohn und der Heilige Geist.

Bestseller

Hirtenbriefe gehören zu den ältesten Schriftstücken der Kirche. Die Schreiben von Bischöfen an die ihm unterstellten Gläubigen gab es schon in der Antike, als es noch gar keine katholische Kirche gab, sondern verschiedene kleine, christliche Gemeinden im Nahen Osten und im Römischen Reich. Die Briefe des Apostels Paulus sowie Briefe von Jakobus, Petrus, Johannes sowie Judas (nicht der ehemalige Apostel, sondern vermutlich ein Sohn des Jakobus) wurden in die Bibel aufgenommen.

Eine solche Bedeutung kann kein Hirtenbrief mehr haben, und doch leuchten immer noch einige Hirtenbriefe aus der Kirchengeschichte heraus. Einer davon ist der Brief „Wer in der Liebe bleibt – ein Wort über die Ehe", den Kardinal Joseph Ratzinger 1980 veröffentlicht. Ratzinger ist Erzbischof von München und Freising. Es ist ein „Fastenhirtenbrief", einer jener Briefe, die traditionell in der Fastenzeit geschrieben und am ersten Fastensonntag in den Kirchen vorgelesen und auch gedruckt an Interessierte verteilt werden. Die Auflage hält sich jedoch meist in Grenzen.

Nicht so bei „Wer in der Liebe bleibt". Dieser Brief erzielt Rekordauflagen, melden die Medien schon im Mai 1980, das Ordinariat in München kommt den Bestellungen kaum hinterher und muss immer wieder nachdrucken. Viele Gläubige bestellen das kleine Heftchen mit dem Schreiben für sich selbst, Pfarreien geben Sammelbestellungen auf, andere Pfarreien bestellen auf Vorrat, um den Brief ihren Hochzeitspaaren mit auf den Eheweg zu geben. Ratzinger bezieht sich im Titel auf den 1. Johannesbrief – einen biblischen Hirtenbrief – wo es heißt: „Wer in der Liebe lebt, lebt in Gott und Gott lebt in ihm" (1. Joh 4,16). Ratzinger schreibt darin über das Sakrament der Ehe und das, was aus Sicht der katholischen Kirche zu Liebe und Ehe gehört. Es sind konservative Positionen und Positionen, die völlig mit der katholischen Lehre konform sind – beides ist typisch für den Theologen Ratzinger. Er beginnt bei Adam und Eva und betont, dass Mann und Frau „gleichen Wesens und gleicher Würde" sind. Er beklagt, dass immer weniger Paare heiraten und Kinder bekommen – und dass Sex, Ehe und Liebe nicht mehr automatisch zusammengehören. Selbstverwirklichung statt Familie, der Körper als Ware, Kinderfeindlichkeit, das hat in der christlichen Ehe keinen Platz. Ratzinger rät, „das Wagnis der Treue" zu riskieren.

Nur viereinhalb Jahre lang ist Ratzinger Erzbischof, danach wird er Präfekt der Glaubenskongregation im Vatikan. Von 2005 bis 2013 ist er Papst. Der Hirtenbrief von 1980 war nur sein erster Bestseller. ■

10. Januar 1980

Erich Mielke an seine Genossen

Berlin, den 10. Jan. 1980 Tgb.-Nr. VMA/

Diensteinheit Leiter

Vor kurzem wurde vor dem 1. Militärstrafsenat des Obersten Gerichts der Deutschen Demokratischen Republik gegen den Verräter Trebeljahr verhandelt, seine Schuld zweifelsfrei nachgewiesen und das notwendige sowie gerechte harte Urteil gesprochen, das inzwischen vollstreckt wurde.
Dieser ehemalige Angehörige des Ministeriums für Staatsicherheit - das ergaben die gründlichen Ermittlungen und die gerichtliche Hauptverhandlung hat den von ihm geleisteten Fahneneid und die abgegebene Verpflichtung für den ehrenvollen Dienst im MfS auf schändliche Art gebrochen und sich damit außerhalb des großen und bewährten Kollektivs ehrenvoller tschekistischer Kämpfer gestellt.
Bereits seit längerem hatte er die festen politischen Grundpositionen der Arbeiterklasse und ihrer Partei verlassen. Egoistisch und prinzipienlos nutzte er ihm übertragene dienstliche Befugnisse für die Befriedigung maßloser Bedürfnisse, zerstörte er durch unmoralisches Verhalten und Handeln seine Familienverhältnisse, betrog er gewissenlos sein Kollektiv und Vorgesetzte, mißbrauchte deren Vertrauen und das der ihm anvertrauten patriotischen Kräfte. Raffiniert täuschte er längere Zeit insbesondere sein Partei- und Arbeitskollektiv über seine verbrecherischen kriminellen u. a. verwerflichen Absichten und Handlungen.
Den Folgen seiner Enttarnung als Karrierist und Renegat wollte er sich durch verräterisches Überwechseln in das Lager des Feindes entziehen und traf dazu umfangreiche und gezielte Vorbereitungen. Er bereitete sich gründlich und hinterhältig auf die Mitnahme umfangreicher und äußerst bedeutsamer operativer Dokumente und weiterer der strengsten Geheimhaltung unterliegender Materialien vor, die er in Kenntnis konspirativer Methoden entsprechend aufbewahrte und dem Gegner ausliefern wollte.
Durch bereits begonnene staatliche Maßnahmen zur Aufdeckung von Betrugshandlungen beunruhigt, konzentrierte er große Anstrengungen auf seinen verräterischen Übergang ins feindliche Lager, wozu er direkte Beziehungen zum Geheimdienst und zu anderen feindlichen Stellen herstellte.
Durch konzentriert geführte zentrale Ermittlungs- und Fahndungsmaßnahmen konnte der Verräter enttarnt, an der Fahnenflucht gehindert und der gerechten Strafe zugeführt werden.
Verrat ist das schwerste Verbrechen, welches ein Angehöriger des MfS begehen kann. Die Partei und die Arbeiterklasse haben unserem Ministerium wichtige Aufgaben zum Schutz der Arbeiter- und Bauern-Macht anvertraut, haben bedeutsame Machtmittel in unsere Hände gelegt. Wer dieses große Vertrauen durch schmählichen Verrat hintergeht, den muß die härteste Strafe treffen.

MINISTERRAT
DER DEUTSCHEN DEMOKRATISCHEN REPUBLIK
MINISTERIUM FÜR STAATSSICHERHEIT
Der Minister

Berlin, den 10. Jan. 1980
Tgb.-Nr. VMA/

Geheime Verschlußsache
MfS 0008 Nr.: 33/80
463 .Ausf. 4 Blatt

BStU
000001

Diensteinheit
Leiter

Vor kurzem wurde vor dem 1. Militärstrafsenat des Obersten Gerichts der Deutschen Demokratischen Republik gegen den Verräter Trebeljahr verhandelt, seine Schuld zweifelsfrei nachgewiesen und das notwendige sowie gerechte harte Urteil gesprochen, das inzwischen vollstreckt wurde.

Dieser ehemalige Angehörige des Ministeriums für Staatsicherheit - das ergaben die gründlichen Ermittlungen und die gerichtliche Hauptverhandlung - hat den von ihm geleisteten Fahneneid und die abgegebene Verpflichtung für den ehrenvollen Dienst im MfS auf schändliche Art gebrochen und sich damit außerhalb des großen und bewährten Kollektivs ehrenvoller tschekistischer Kämpfer gestellt.

Bereits seit längerem hatte er die festen politischen Grundpositionen der Arbeiterklasse und ihrer Partei verlassen. Egoistisch und prinzipienlos nutzte er ihm übertragene dienstliche Befugnisse für die Befriedigung maßloser Bedürfnisse, zerstörte er durch unmoralisches Verhalten und Handeln seine Familienverhältnisse, betrog er gewissenlos sein Kollektiv und Vorgesetzte, mißbrauchte deren Vertrauen und das der ihm anvertrauten patriotischen Kräfte. Raffiniert täuschte er längere Zeit insbesondere sein Partei- und Arbeitskollektiv über seine verbrecherischen kriminellen u. a. verwerflichen Absichten und Handlungen.

Jeder einzelne Mitarbeiter des MfS muß sich durch absolute Treue und Ergebenheit zur Partei der Arbeiterklasse und zu unserem sozialistischen Staatssicherheitsorgan auszeichnen. Ihre ständige Vertiefung und Ausprägung hat deshalb stets im Mittelpunkt der Erziehungsarbeit durch die Leiter und Parteiorganisationen in unserem Ministerium zu stehen.

Von einem Mitarbeiter des MfS erwarte ich Standhaftigkeit und Prinzipienfestigkeit, Ehrlichkeit, Mut und Unerschrockenheit. Er schwankt nicht, weicht auch vor schwierigen Situationen nicht zurück und zögert in keinem Moment, für den Sozialismus und Kommunismus alles zu geben, wenn notwendig, auch sein Leben. Das setzt voraus, den geleisteten Fahneneid, die erteilten Befehle und Weisungen jederzeit zuverlässig, kompromiß- und bedingungslos zu erfüllen.

Wenn jeder Mitarbeiter des MfS sich so verhält und handelt, dann werden wir auch weiterhin in der Lage sein, jede uns übertragene Aufgabe zu lösen, das in uns gesetzte Vertrauen unter allen Lagebedingungen zu rechtfertigen.

Die Geschichte der Tscheka und die nun schon 30jährige erfolgreiche Entwicklung unseres Ministeriums lehren eindringlich, daß die sozialistischen Staatssicherheitsorgane immer ein vorrangiges Angriffsobjekt des Feindes waren und weiterhin sind. Weil der Feind die Schlagkraft unseres Ministeriums ständig zu spüren bekommt, unterläßt er nichts, um in unsere Reihen einzudringen und die Kampfkraft der Kollektive herabzusetzen. Dabei spekuliert er darauf, einzelne politisch schwankende, charakterlich ungefestigte, angreifbare Mitarbeiter herauszubrechen und zum Verrat zu bewegen. Das erfordert, daß sich alle Mitarbeiter noch bewußter auf diese verstärkten subversiven und skrupellosen Angriffe des Feindes in ihrem gesamten Verhalten und Handeln einstellen, gegen alle Einflüsse der bürgerlichen Ideologie und Lebensweise, gegenüber der zum Teil glitzernden Fassade des Kapitalismus und anderen solchen äußeren Bedingungen immun sind, richtige Positionen in unserem Kampf beziehen, sich nicht von äußeren Erscheinungen blenden und von den marxistisch-leninistischen Grundpositionen abbringen lassen. Bei der Lösung von Aufgaben, vor allem in unmittelbarer Konfrontation mit dem Gegner, aber auch in der Gestaltung seines persönlichen Lebens hat jeder Mitarbeiter höchste Wachsamkeit zu üben, umsichtig allen Machenschaften des Feindes zu begegnen und für die unbedingte Gewährleistung der inneren Sicherheit und Ordnung Sorge zu tragen. Es sind alle Bedingungen zur vorbeugenden Verhinderung der zunehmend gefährlicheren Angriffe des Feindes zu schaffen.

Gestützt auf die gewachsene Bewußtheit und Diszipliniertheit der großen Mehrheit unserer Mitarbeiter sind die Bereitschaft und der Wille zur umfassenden Verwirklichung und konsequenten Einhaltung der Beschlüsse der Partei, der Gesetze und anderen rechtlichen Bestimmungen, der Befehle und Weisungen stets mit in den Mittelpunkt der gesamten politisch-ideologischen und parteierzieherischen Arbeit zu stellen. Gerade damit sind alle Voraussetzungen für die tschekistische Kollektiv- und Persönlichkeitsentwicklung zu schaffen, die angesichts verstärkter Angriffe des Feindes die Überlegenheit des MfS sichern, seine Schlagkraft weiter erhöhen und jegliche Gefährdungen der inneren Sicherheit von vornherein ausschließen. Das erfordert, noch aufmerksamer schon auf erste Anzeichen, auf Probleme bei einzelnen Angehörigen feinfühlig und konsequent zu reagieren.

Dem Entstehen von Konflikten und Unehrlichkeit ist vorbeugend entgegenzutreten, um Gefahrensituationen sowie Schaden für das MfS, seine operativen Kräfte, Mittel und Methoden auszuschließen, und auch damit die volle Entfaltung der Kampfkraft der Kollektive gegen den Feind unter allen Lagebedingungen zu gewährleisten.
Wie bisher bewährt und angesichts der veränderten Lagebedingungen noch bedeutsamer, gilt es, die Beziehungen unbedingter Verläßlichkeit und des hohen gegenseitigen Vertrauens der Mitarbeiter untereinander, ihre auf feste marxistisch-leninistische Überzeugung gestützte Kampfgemeinschaft zu wahren und weiter auszuprägen. Das ist eine wichtige Bedingung dafür, daß der einzelne bei Problemen und Schwierigkeiten, bei entstehenden Konfliktsituationen sowie bei Sorgen in der Arbeit und im persönlichen Leben nicht allein bleibt, sondern die Hilfe und den Rat seines Genossen, des Partei- und Arbeitskollektivs, der Parteifunktionäre und Dienstvorgesetzten sucht, in Anspruch nimmt und damit dem Gegner keinerlei Angriffspunkte bietet.
Ich bekräftige erneut, daß jeder Mitarbeiter das Recht und die Pflicht hat, sich bei persönlichen Problemen und Schwierigkeiten, insbesondere bei sich abzeichnenden Konfliktsituationen, zur Vermeidung von Schäden für das MfS und die eigene Person, an seine Vorgesetzten bis hin zu den Leitern der Diensteinheiten, und wenn notwendig, an mich persönlich, mündlich oder schriftlich zu wenden und die jeweils erforderliche Hilfe in Anspruch zu nehmen.
Jeder Mitarbeiter hat als Kommunist und Tschekist entsprechend dem Statut der Partei sowie in Übereinstimmung mit der von ihm übernommenen Verpflichtung und dem geleisteten Fahneneid zugleich Verantwortung für die Festigung seines Kollektivs. Er muß sorgfältig auf alle Probleme im Kollektiv und des Genossen neben ihm reagieren, die erforderliche kameradschaftliche Hilfe leisten und mit dafür sorgen, daß jedwede Störungen der sozialistischen Kollektiv- und Persönlichkeitsentwicklung vorbeugend erkannt und überwunden werden.
Ich betone, daß damit auch ein Anspruch an das Verhalten eines jeden einzelnen besteht, kritisch und unduldsam gegenüber Mängeln und Schwächen sowie Anfangserscheinungen parteiwidrigen Verhaltens aufzutreten. Das erfordert, karrieristische, kleinbürgerliche oder andere negative Erscheinungen sowie einen eventuellen Mißbrauch dienstlicher Befugnisse einzelner rechtzeitiger zu erkennen und zu ihrer Überwindung beizutragen. Das erfordert auch, aktiv und engagiert Auseinandersetzungen über politisch-ideologische Ursachen von aufgetretenem oder möglichem disziplinarischem Fehlverhalten zu führen, politischen Zweifeln und Schwankungen sowie der Verletzung von Prinzipien des tschekistischen Kampfes keinen Raum zu geben und damit seinen persönlichen Beitrag zur Reinheit des sozialistischen Staatssicherheitsorgans zu leisten.
Unter den gegenwärtigen und absehbaren künftigen politischen sowie politisch-operativen Lagebedingungen erhöht sich erneut die Verantwortung aller leitenden Kader und Parteifunktionäre für die Festigung der Kollektive, des gegenseitigen Vertrauens und der bewußten Disziplin, insbesondere auf der Grundlage eines jederzeit eigenen vorbildlichen Verhaltens und Handelns. Sie haben ständig dafür Sorge zu tragen, daß im täglichen Prozeß der Lösung der Aufgaben all jene Voraussetzungen für die Bewährung der Kollektive und des einzelnen

geschaffen und vervollkommnet werden, die garantieren, daß das sozialistische Staatssicherheitsorgan unantastbar bleibt und jederzeit den ihm von der Partei übertragenen Klassenauftrag erfüllt. Die Leiter und Parteifunktionäre tragen eine große Verantwortung dafür, in ihren Kollektiven eine solche Atmosphäre zu schaffen und ständig zu gewährleisten, daß jeder Mitarbeiter die ihn bewegenden Fragen und Probleme offen und freimütig ansprechen kann, daß die parteiliche und sachliche Kritik und Selbstkritik gefördert und eine solche individuelle Arbeit geleistet wird, die es ermöglicht, sich entwickelnde Probleme bei einzelnen Mitarbeitern bereits frühzeitig, in ihren ersten Ansatzpunkten zu erkennen sowie wirksame und differenzierte Maßnahmen zu ihrer Lösung gemeinsam mit den betreffenden Genossen zu ergreifen.

Fester Bestandteil der zielgerichteten aufgabenbezogenen Erziehung muß es sein, die unterstellten Mitarbeiter, deren persönliche Entwicklung, Eigenschaften sowie Beziehungen und Verbindungen, all ihre Stärken, aber auch ihre Schwächen gründlich zu kennen und jederzeit differenziert zu beachten.

Das Bemühen um tiefgründiges Kennenlernen der Mitarbeiter, ihrer Familienverhältnisse, ihrer Kontakte und Verbindungen, besonders im Freizeitbereich, ist weiter zu verstärken. Die Ursachen und begünstigenden Bedingungen für disziplinwidriges Verhalten einzelner Angehöriger, insbesondere ihrer politisch-ideologischen Seiten, müssen sorgfältiger geprüft und herausgearbeitet werden, um geeignete Maßnahmen zur Verhinderung von disziplinarischem und weiterem Fehlverhalten noch wirkungsvoller einleiten zu können.

Bei der Zurückdrängung diszplinarischen und weiteren Fehlverhaltens dürfen keinerlei Erscheinungen des Liberalismus, der Bagatellisierung, der zu späten Reaktion, der Unterlassung angewiesener Meldungen oder der Verheimlichung geduldet werden. Alle leitenden Kader haben dafür zu sorgen, daß die spezifischen Sicherheitserfordernisse stets konkret beachtet und alle Konsequenzen für die Gewährleistung der inneren Sicherheit und Ordnung verwirklicht werden.

Auch im Umgang untereinander darf nichts leichtfertig preisgegeben werden. Am falschen Ort, vor Unbefugten darf nichts besprochen werden, was der strikten Geheimhaltung unterliegt, um keine Behinderung des wirkungsvollsten Einsatzes der Kräfte und Mittel des MfS eintreten zu lassen.

Dokumente, die der Geheimhaltung unterliegen, dürfen den Angehörigen der Diensteinheiten nur dann zur persönlichen Kenntnis gegeben werden, wenn das die Lösung der ihnen übertragenen Aufgaben erfordert. Soweit solche Dokumente übergeben werden müssen, ist darüber ein exakter Nachweis zu führen und die Kontrolle über ihre Rückgabe zu gewährleisten. Geheimzuhaltende Dokumente sind sicher aufzubewahren und zu befördern, wie das auch in der VS-Ordnung und Kurierordnung des MfS festgelegt ist.

Verstöße gegen die Prinzipien des Geheimnisschutzes dürfen nicht damit entschuldigt werden, daß wir es untereinander nur mit Kommunisten zu tun haben. Kommunist sein verpflichtet zu stetiger vorbildlicher Wachsamkeit, Geheimhaltung und kluger Umsicht im Umgang mit allen geheimzuhaltenden Problemen und Fragen.

In allen Diensteinheiten ist ein noch wirkungsvollerer Kampf um die allseitige politisch-moralische Festigung der Kollektive zu führen. Dabei muß die verantwortungsbewußte Gewähr-

leistung der inneren Sicherheit und Ordnung bzw. die ständige Festigung der Disziplin, insbesondere durch die Erziehung aller Tschekisten zu hoher revolutionärer Wachsamkeit, im Mittelpunkt stehen.
Das Wesen der Arbeit und des Kampfes des MfS verlangen, hier nicht nachzulassen und dem Feind keine Ansatzpunkte zu bieten.
Dieses Schreiben ist allen leitenden Kadern ab Stellvertreter der Referats-, Operativ- und Arbeitsgruppenleiter sowie den Sekretären der PO, GO und APO am 16. 1. 1930 bekanntzugeben, und es ist zu gewährleisten, daß alle sich für die Entwicklung der tschekistischen Kollektive und Kämpfer ergebenden Konsequenzen differenziert und konkret verwirklicht werden.
Die Leiter der Diensteinheiten bzw. die mit der Bekanntgabe dieses Schreibens beauftragten Leiter haben den Leitern der HA/selbst. Abteilungen und BV/V über die Durchführung der Bekanntgabe dieses Schreibens, den konkreten Teilnehmerkreis in den Diensteinheiten und über eventuell aufgetretene Anfragen bzw. Meinungsäußerungen zum Sachverhalt Meldung zu erstatten. Sie haben auf derartige Anfragen und Meinungsäußerungen differenziert und politisch klug zu reagieren.
Die Leiter der HA/selbst. Abteilungen und BV/V haben an mich schriftlich zu berichten, wenn es unmittelbar im Zusammenhang mit der Bekanntgabe dieses Schreibens oder in der Folgezeit hierzu besonders bedeutsame Probleme gibt.
Die Rücksendung hat bis zum 18. 1. 1980 an das BdL zu erfolgen.

Mielke
Generaloberst

Nicht einmal die Gedanken sind frei

Das DDR-Ministerium für Staatssicherheit ist unter Druck. Oberleutnant Werner Stiller, ein hochrangiger Stasi-Offizier, ist im Januar 1979 in den Westen geflohen und hat sensible Dokumente mitgenommen. Daraufhin werden einige DDR-Spione im Westen enttarnt und verhaftet. Der Stasi-Mitarbeiter Gert Trebeljahr will ebenfalls im Januar 1979 fliehen, wird aber bei den Fluchtvorbereitungen entdeckt. Am 10. Dezember 1979 wird er wegen Spionage und Fahnenflucht hingerichtet.
Das DDR-Regime hat damit Tatsachen geschaffen, doch Stasi-Chef Erich Mielke (1907-2000) macht in einem Rundschreiben an alle Leiter von Stasi-Diensteinheiten im Januar 1980 noch einmal klar, was er unter einem Verräter versteht und wie man seiner Meinung nach mit Verrätern umzugehen hat.

Der Brief ist ein erschütterndes Dokument des politischen Stils der DDR. Er ist in trockenem Amtsdeutsch verfasst und trieft dennoch von Ideologie. Er benutzt Begriffsungetüme wie „Reinheit des sozialistischen Sicherheitsorgans" und „tschekistische Kollektive" (die „Tscheka" ist die kommunistische Gesinnungspolizei nach sowjetischem Vorbild, der Teschkist ist in der Sprache des Ostblocks ein Mitarbeiter eines sozialistischen oder kommunistischen Geheimdienstes).
Mielke schreibt über Menschen und Menschliches, etwa dass die Mitarbeiter einen Ansprechpartner für Sorgen und Probleme haben sollten, und schreibt zugleich über Menschen so, als wären sie keine Individuen, sondern austauschbare, seelenlose Maschinenteile in einem großen System namens Sozialismus, in dem sie nicht aus

ihrer Position auszubrechen haben. Das Perfideste ist: In dem Brief hält er Spitzel dazu an, sich gegenseitig zu bespitzeln und nicht einmal mehr den Arbeitskollegen zu vertrauen. Jeder Spitzel könnte auch ein Verräter sein, niemand kann sich mehr sicher fühlen und im Grunde niemandem mehr vertrauen. Er schreibt es selbst: „Kommunist sein verpflichtet zu stetiger vorbildlicher Wachsamkeit." Ohne es zu wollen, offenbart Mielke hier den zersetzenden Mechanismus der Stasi: Wo kein Mensch dem anderen vertrauen kann, geht die Gesellschaft zugrunde und bricht das gesellschaftliche System zusammen. Das Misstrauen ist so teilend, dass es das Verbindende, das der Kommunismus einmal sein wollte, vernichtet.

Es dauert noch neun Jahre, bis es soweit kommt. Ein weiterer Stasi-Mitarbeiter muss unfreiwillig sein Leben für den Kommunismus lassen. Hauptmann Werner Siegfried Teske wird wegen Spionage und Fahnenflucht zum Tode verurteilt. Am 26. Juni 1981 wird er in Leipzig durch Genickschuss hingerichtet. Es ist die letzte Todesstrafe, die auf deutschem Boden vollstreckt wird. ■

19. Januar 1982

Genosse Müller an Genosse Meißner

Werter Genosse Dr. Meißner!

In Beantwortung Ihres Schreibens vom 12. Januar 1982 zu Fragen der Instandsetzungsarbeiten an der„Brücke der Einheit“ in Potsdam möchte ich Ihnen mitteilen, daß aus außenpolitischer Sicht für die vorgeschlagenen Arbeiten an der auf DDR-Gebiet liegenden Brückenhälfte keine Veranlassung besteht.
Es wird empfohlen zu prüfen, ob die im Brief des Rates des Bezirkes Potsdam an das Ministerium für Verkehrswesen, Hauptverwaltung Straßenwesen, dafür vorgesehenen Aufwendungen unter gesamtvolkswirtschaftlichem Gesichtspunkt zeitgemäß sind.

Mit sozialistischem Gruß
Dr. Müller

Amtlicher Irrtum

Es ist eine Fußnote der Geschichte, aber sie zeigt, wie unvorstellbar die Wende nicht nur in der Bundesrepublik, sondern auch in der DDR Anfang der 80er-Jahre erschien. Die DDR-Behörden waren nämlich noch im Januar 1987 überzeugt, dass man die Glienicker Brücke in Potsdam, die in der DDR „Brücke der Einheit" hieß, nicht sanieren müsse. Das DDR-Ministerium für Verkehrswesen hatte sich beim Außenministerium der DDR schriftlich erkundigt, ob man dort der Meinung sei, die Brücke werde in Zukunft in gutem Zustand gebraucht.
Die historische Eisenfachwerkbrücke über die Havel, die von West-Berlin nach Potsdam in der DDR führt, war schon seit 1952 weitgehend gesperrt und nur mit Sondererlaubnis zu benutzen. Seit dem 3. Juli 1953 war sie für Zivilisten komplett gesperrt. Weltberühmt wurde sie durch den Agentenaustausch. Von 1962 an hob sich auf der Brücke immer dann der Eiserne Vorhang, wenn Ostblock-Agenten, die im Westen enttarnt und gefangen genommen wurden, gegen Agenten des Westens ausgetauscht wurden, die im Ostblock gefangen gesetzt worden waren.
Die Brücke wurde mit der Zeit baufällig, 1984 wurde sie aus Sicherheitsgründen für den Autoverkehr gesperrt. Agenten wurden dennoch weiterhin über die Brücke ausgetauscht, zuletzt am 11. Februar 1986.
Das Außenministerium der DDR empfahl daher dem Straßenbauministerium, die Brücke nicht zu sanieren. Es ging dabei um die verbindende Symbolik der Brücke, aber ebenso ums Geld. Denn die Sanierung sollte zwei Millionen Mark kosten. Die DDR wollte nichts beisteuern. Der West-Berliner Senat entschied schließlich Ende 1984, die Kosten zu übernehmen.
Was sich zu diesem Zeitpunkt noch niemand vorstellen kann: Schon am 10. November 1989 rollt eine Autokarawane von Ost nach West über die Brücke. Die Mauer ist gefallen, und die „Brücke der Einheit" heißt bald wieder „Glienicker Brücke". ■

MINISTERRAT
DER DEUTSCHEN DEMOKRATISCHEN REPUBLIK
MINISTERIUM
FÜR AUSWÄRTIGE ANGELEGENHEITEN
Leiter der Abt. Westberlin

Berlin, den 19.01.82
Tel.:

Ministerium für Verkehrswesen
Abteilung für Internationale Angelegenheiten (II)
Eing.: 20. JAN. 1982
Tgb. Nr.:
Bearb.:

Ministerium für Verkehrswesen
Leiter der HA Int. II
Genossen Dr. Meißner

1080 B e r l i n
Voßstraße 33

Werter Genosse Dr. Meißner!

In Beantwortung Ihres Schreibens vom 12. Januar 1982 zu Fragen der Instandsetzungsarbeiten an der "Brücke der Einheit" in Potsdam möchte ich Ihnen mitteilen, daß aus außenpolitischer Sicht für die vorgeschlagenen Arbeiten an der auf DDR-Gebiet liegenden Brückenhälfte keine Veranlassung besteht.

Es wird empfohlen zu prüfen, ob die im Brief des Rates des Bezirkes Potsdam an das Ministerium für Verkehrswesen, Hauptverwaltung Straßenwesen, dafür vorgesehenen Aufwendungen unter gesamtvolkswirtschaftlichem Gesichtspunkt zeitgemäß sind.

Mit sozialistischem Gruß

Müller
Dr. Müller

23. August 1983

Udo Lindenberg an Erich Honecker

Sehr geehrter Herr Honecker !

Ich wende mich mit einer Bitte an Sie. Seit Jahren habe ich mich darum bemüht, ein Konzert in Ihrem Staat geben zu können. In diesem Zusammenhang hatte ich mich auch an den leider verstorbenen Präsidenten der Akademie der Künste der DDR, Konrad Wolf, gewandt. Mir ist nicht bekannt, warum alle bisherigen Bemühungen ohne Erfolg geblieben sind.
Es kann vielleicht sein, daß einige meiner Auftritte im hiesigen Showgeschäft Irritationen hervorgerufen haben. Das ist jedoch für mich nicht vorstellbar. Schon vor längerer Zeit habe ich der Zeitung „Junge Welt“ ein Interview gegeben, in dem ich ausführlich meine Gründe für ein Engagement in der Friedensbewegung in der Bundesrepublik dargelegt habe. Auch soll ein Interview mit der „Wahrheit“, der Zeitung der SEW, in den Zeitungen der DDR zitiert worden sein.
Um so mehr hat es mich irritiert, daß Andere aus dem Showgeschäft der BRD in Ihrem Staat auftreten konnten und ich nicht. Betrachten Sie bitte deshalb, Herr Staatsratsvorsitzender, meinen Text auf eine bekannte Schlagermelodie „Sonderzug nach Pankow“ als ein Dokument meiner Irritation. Mein Wunsch in diesem Lied, im Palast der Republik auftreten zu wollen, ist ernstgemeint. (Wie das Lied allerdings in den hiesigen Medien eingesetzt worden ist und vielleicht manchmal noch wird, unterliegt nicht meinen Intentionen. Daß es hingegen für einige andere Lieder von mir ein Sendeverbot gibt, ist die andere Seite der Medaille.) Auf jeden Fall lag es mir fern, Herr Staatsratsvorsitzender, Sie mit diesem Liedchen zu diskreditieren. Im Gegenteil.
So habe ich auch davon abgesehen, von Westberlin aus, meinem jetzigen Wohnsitz, zu Ihnen zu fahren. Vielleicht lachen Sie jetzt über mich, aber es hätte sein können, daß ich von Ihren Leuten an der Grenze abgewiesen worden wäre, und am nächsten Tag hätte der Vorfall in den Springer-Zeitungen gestanden. Daran habe ich keinerlei Interesse.
Ich möchte im Palast der Republik oder beim Festival des politischen Liedes wie andere Rocksänger auftreten. Im Rahmen einer Solidaritätsveranstaltung würde ich selbstverständlich auf ein Honorar verzichten. Das mache ich hier bei Konzerten „Künstler für den Frieden“ oder bei anderen politischen Veranstaltungen ebenfalls. Und über das, was ich singen würde, läßt sich auch reden.
Ich brauche, glaube ich nicht zu betonen, daß ich Ihre Initiativen zur Friedenssicherung aufmerksam verfolge. Nicht zuletzt ist auch das ein Grund, weswegen ich mich mit diesem Brief, Herr Staatsratsvorsitzender, an Sie wende. Als alter Wiebelskirchener Trommler beim RFB werden Sie mich verstehen.

Herzlichst Ihr
Udo Lindenberg

70037

Udo Lindenberg, Hotel Inter-Continental, Budapester Str. 2, 1000 Berlin 30

An den Vorsitzenden
des Staatsrates der DDR
und Generalsekretär der SED
Herrn Erich Honecker
1020 Berlin
Marx - Engels - Platz
DDR

Berlin, den 23.8.83

Sehr geehrter Herr Honecker !

Ich wende mich mit einer Bitte an Sie. Seit Jahren habe ich mich darum bemüht, ein Konzert in Ihrem Staat geben zu können. In diesem Zusammenhang hatte ich mich auch an den leider verstorbenen Präsidenten der Akademie der Künste der DDR, Konrad Wolf, gewandt. Mir ist nicht bekannt, warum alle bisherigen Bemühungen ohne Erfolg geblieben sind.

Es kann vielleicht sein, daß einige meiner Auftritte im hiesigen Showgeschäft Irritationen hervorgerufen haben. Das ist jedoch für mich nicht vorstellbar. Schon vor längerer Zeit habe ich der Zeitung " Junge Welt " ein Interview gegeben, in dem ich ausführlich meine Gründe für ein Engagement in der Friedensbewegung in der Bundesrepublik dargelegt habe. Auch soll ein Interview mit der

Hallololöchen, hallo!

Den „Sonderzug nach Pankow" hätte Musiker Udo Lindenberg (geb. 1946) schon 1979 gerne genommen. Udo Lindenberg wollte mit seiner Band, dem Panikorchester, in der DDR auftreten. Die DDR-Führung erlaubte ihm den Auftritt nicht. Daher schrieb Lindenberg 1983 ein Lied darüber: „Sonderzug nach Pankow". Im Berliner Stadtviertel Pankow liegt das Schloss Schönhausen, das bis 1960 Amtssitz des Präsidenten der DDR war und bis 1964 der Sitz des Staatsrats der DDR. Nach Pankow zu reisen bedeutete, ins Herz der DDR-Macht zu fahren.

Udo Lindbergs Lied, getextet auf die Melodie des amerikanischen Eisenbahnsong-Klassikers „Chattanoga choo choo", wird im Frühjahr 1983 ein Hit. Zeitgleich schreibt Lindenberg einen Brief an den DDR-Staatsratsvorsitzenden Erich Honecker (1912-1994), in dem er nochmals erklärt, dass es ihm ernst ist mit seinem Wunsch, in der DDR aufzutreten. Im Song heißt die letzte Zeile „Hallo Honny, kannst mich hör'n, hallololöchen, hallo."

Die Bundesrepublik lacht darüber und über Zeilen wie „Och, Erich, ey, bist Du denn wirklich so ein sturer Schrat? Warum lässt Du mich nicht singen im Arbeiter- und Bauernstaat?" DDR-Bürger, die Westradio hören, lachen mit. Die DDR-Medien und auch die DDR-Machthaber fühlen sich verspottet und reagieren pikiert.

Weil es Lindenberg aber wirklich ernst meint, schreibt er im August 1982 einen weiteren Brief (den hier abgedruckten) an Erich Honecker und bietet sogar an, dass die DDR-Führung bei der Auswahl des Programms mitdiskutieren dürfe. Es funktioniert. Am 25. Oktober 1983 spielt Udo Lindenberg beim Festial „Rock für den Frieden" der Freien Deutschen Jugend (FDJ) im Ost-Berliner Palast der Republik. Der Auftritt vor handverlesenem Publikum dauert 20 Minuten, Lindenberg spielt vier Songs. Vor dem Palast der Republik warten tausende Fans, die Udo Lindenberg sehen wollen. Er geht hinaus und lässt sich auf den Schultern der Fans tragen. Das bringt ihm ein Auftrittsverbot in der DDR ein, eine bereits genehmigte Tournee wird wieder abgesagt.

1987 schreibt Udo Lindenberg wieder an Erich Honecker und schickt ihm eine alte Lederjacke, appelliert an Honeckers inneren Rocker. Honecker schreibt zurück und schickt als Geschenk eine Schalmei, ein Blasinstrument. Bei einem Konzert 1987 spricht Lindenberg von einer „erotischen Beziehung zu Erich Honecker" und einer „Brieffreundschaft" und findet: „Das entwickelt sich ganz gut mit Erich und mir." Das Publikum lacht schallend. Dann spielt Lindenberg den „Sonderzug nach Pankow". Im September 1987, Honecker ist auf Staatsbesuch in der Bundesrepublik, überreicht Lindenberg seinem „Brieffreund" eine Gitarre mit der Aufschrift „Gitarren statt Knarren".

Der Kurzauftritt 1983 bleibt der einzige Lindenbergs in der DDR. Das historische Konzert ist Ausgangspunkt der Geschichte des Lindenberg-Musicals „Hinterm Horizont", das 2013 am Potsdamer Platz Premiere hatte. Der Brief von 1983 ist in den Unterlagen der Stasi erhalten geblieben. ■

27. Juni 1983

Ernst Messerschmid an Felicia Englmann

Köln, den 27.6.1986

Liebe Felicia,

vielen Dank für Deinen netten Brief. Ich möchte mich umgekehrt mit einigen Autogrammen, Bildern und Informationsmaterial revanchieren.
Es sind nicht nur die Jungs und Männer, die sich für die Weltraumfahrt interessieren, sondern auch Mädchen – insofern bist Du nicht die einzige. Wie du weißt, hatten wir mit Bonnie Dunbar auch eine Frau an Bord und sie hat sehr gut gearbeitet. An einigen Universitäten in der Bundesrepublik kann man Luft- und Raumfahrttechnik studieren und wenn Du fleißig in der Schule bist und in einigen Jahren Dein Herz immer noch für die Raumfahrt schlägt, dann kannst Du ja dieses Fach studieren.
Deine Zeichnung hat mir sehr gut gefallen. Ich habe einen Ehrenplatz dafür ausfindig gemacht.
Im Weltraum war es ganz toll! Nachdem ich mich nach einem Tag an die Schwerelosigkeit angepaßt hatte, war es wunderschön, einfach so zu schweben. Und dann erst der Blick auf die Erde. Wir wohnen auf einem sehr schönen Planeten, den ich von weit oben gesehen habe.
Vielleicht wirst Du auch mal Astronautin. In 20 bis 30 Jahren ist es dann gar nicht ausgeschlossen, daß viel mehr Menschen sich im All aufhalten.

Mit vielen Grüßen von
Deinem
Ernst Messerschmid

Echtes Vorbild

Sie sind Helden. Ganz Deutschland fiebert mit, als Ernst Messerschmid und Reinhard Furrer am 30. Oktober 1985 im Kennedy Space Center der NASA in das Space Shuttle „Challenger" steigen und in den Weltraum starten. 3-2-1-0 ... Liftoff für die Mission STS-61-A. Nur zwei Deutsche waren vor ihnen im Weltraum: Sigmund Jähn 1978 mit der sowjetischen Mission Sojus 31 und Ulf Merbold 1983 mit der US-amerikanischen Space-Shuttle-Mission STS-9.

Die Mission, auf der Messerschmid und Furrer unterwegs sind, ist eine ganz besondere und fasziniert nicht nur Deutschland, sondern ganz Europa. Denn in der Ladebucht des Raumtransporters Space Shuttle befindet sich das europäische Weltraumlaboratorium „Spacelab". Die Europäische Weltraumorganisation ESA hat es vor allem mit deutschen Firmen entworfen und gebaut. Im Labor führen Wissenschaftsastronauten, sogenannte Nutzlastexperten, Versuche in der Schwerelosigkeit durch.

DFVLR **Deutsche Forschungs- und Versuchsanstalt für Luft- und Raumfahrt e.V.**

Dr. Ernst Messerschmid
Wissenschafts - Astronaut

den 27.6

Fräulein
Felicia Englmann
Rathausstr. 32
8047 Karlsfeld

Liebe Felicia,

vielen Dank für Deinen netten …
möchte mich umgekehrt mit einigen …
grammen, Bildern und Informatio…
revanchieren.

Es sind nicht nur die Jungs und Männer, die sich für die Weltraumfahrt interessieren, sondern auch Mädchen – insofern bist Du nicht die einzige. Wie Du weißt, hatten wir mit Bonnie Dunbar auch eine Frau an Bord und sie hat sehr gut gearbeitet. An einigen Universitäten in der Bundesrepublik kann man Luft- und Raumfahrttechnik studieren und wenn Du fleißig in der Schule bist und in einigen Jahren Dein Herz immer noch für die Raumfahrt schlägt, dann kannst Du ja dieses Fach studieren.

Deine Zeichnung hat mir sehr gut gefallen. Ich habe einen Ehrenplatz dafür ausfindig gemacht.

Im Weltraum war es ganz toll! Nachdem ich mich nach einem Tag an die Schwerelosigkeit angepaßt hatte, war es wunderschön, einfach so zu schweben. Und dann erst der Blick auf die Erde. Wir wohnen auf einem sehr schönen Planeten, den ich von weit oben gesehen habe.

Vielleicht wirst Du auch mal Astronautin. In 20 bis 30 Jahren ist es dann gar nicht mal ausgeschlossen, daß viel mehr Menschen sich im All aufhalten.

Mit vielen Grüßen von
Deinem Ernst Messerschmid

DFVLR
PT - RF
Linder Höhe
5000 Köln 90
02203/601/2824

1400 1450 1500 1550 1600 1650 1700 1750 1800 1850 1900 1950 2000

Jetzt, im Oktober 1985, sind drei europäische Nutzlastexperten an Bord des Europäischen Raumlabors: die Physiker Messerschmid und Furrer sowie ihr niederländischer Fachkollege Wubbo Ockels. Der wissenschaftliche Teil der Weltraummission wird nicht, wie sonst, vom NASA-Kontrollzentrum im texanischen Houston gesteuert, sondern aus dem Deutschen Weltraumkontrollzentrum in Oberpfaffenhofen bei München.

Etwa 75 Experimente führen die Astronauten durch, auch an sich selbst. So schnallen sie sich im Raumlabor auf einem Beschleunigungsschlitten fest, der einen Schwerkrafteffekt simuliert, oder stecken den Kopf in eine Tonne voller rotierender Punkte. Sie wollen herausfinden, wie sich bestimmte Effekte der Schwerelosigkeit auf den menschlichen Körper und die Sinnesorgane auswirken. Und noch etwas ist ungewöhnlich: Unter den acht Besatzungsmitgliedern der Mission ist auch eine Frau, die amerikanische Luft- und Raumfahrtexpertin Bonnie Jeanne Dunbar. Sie ist erst die neunte Frau, die in den Weltraum fliegt.

Erwachsene, Jugendliche und Kinder sind im Weltraumfieber; auch die Herausgeberin dieses Bandes. Sie hat längst beschlossen, Astronautin zu werden, und schreibt 1986 einen Fanbrief an Ernst Messerschmid. Er beantwortet ihn, rät zu Fleiß in der Schule und einem Studium der Luft- und Raumfahrttechnik. Womit andere Wissenschaftler, aber auch Männer heute noch Schwierigkeiten haben, ist für ihn 1983 selbstverständlich: Dass Männer und Frauen gleichberechtigt zusammenarbeiten und es außer Frage steht, dass Mädchen später Astronautinnen werden können. Ernst Messerschmid ist nicht nur ein Held, sondern auch ein Vorbild. Inzwischen sind 61 Frauen mit staatlichen Raumfahrtprogrammen ins All gereist. Alle elf deutschen Astronauten waren Männer. ■

19. Mai 1987

Die Botschaft der USA in West-Berlin an ausgewählte Bürger

Sehr geehrte Damen und Herren!

Praesident Reagan wird Berlin am Freitag, dem 12. Juni besuchen. Es ist geplant, dass er um 14:00 Uhr am Brandenburger Tor eine groessere Ansprache halten wird. Bundeskanzler Kohl und der Regierende Buergermeister Diepgen werden auch eine Rede halten. Einlass gilt nur fuer eingeladene Personen.
Minister Kornblum moechte Sie und Ihre Familie einladen, bei den Ansprachen dabeizusein. Falls Sie daran teilnehmen moechten, bitten wir Sie, die beigefuegten Antwortkarten sofort auszufuellen und sie bis spaetestens 25. Mai abzuschicken. Bitte achten Sie darauf, alle angegebenen Informationen genauestens zu ueberpruefen, so dass es bei der Ueberpruefung keine Verzoegerungen geben wird. Sie sollten sich darauf einrichten am Freitag, dem 12. Juni zwischen 11:30 und 13:00 Uhr an dem Brandenburger Tor einzufinden. Bitte bringen Sie zusammen mit der Einladung Ihre ID Karte oder Ausweis mit.

Hochachtungsvoll,
Ronald P. Oppen
Direktor
Public Affairs Berlin

„Tear down this wall!"

Besuche von US-amerikanischen Präsidenten in Berlin sind etwas Besonderes. Zumal in Zeiten der deutschen Teilung, denn Bonn ist die Hauptstadt der Bundesrepublik, Ost-Berlin die der DDR. Die US-Präsidenten Dwight D. Eisenhower, Lyndon B. Johnson und Gerald Ford meiden Berlin bei ihren Staatsbesuchen in des Bundesrepublik. John F. Kennedy dagegen macht 1963 auch in Berlin Station. Vor dem Schöneberger Rathaus hält er seine berühmte „Ich bin ein Berliner"-Rede. Richard Nixon lässt sich von den Berlinern feiern und sagt: „Wir haben eine Mauer gesehen; eine Mauer kann eine Stadt teilen, aber nicht ein Volk." Jimmy Carter sagt: „Die Augen der Menschheit sind auf Sie gerichtet" und „Was immer sei, Berlin bleibt frei!"

Ronald Reagan, der 40. Präsident der USA, kommt insgesamt dreimal nach Berlin. 1987 hat er sich zu seinem zweiten Besuch angekündigt. Die Protokollabteilung der US-amerikanischen Botschaft lädt Amerikaner und Honoratioren zu den wichtigen Veranstaltungen ein. Die wichtigste findet diesmal am 12. Juni vor dem Brandenburger Tor statt, unmittelbar vor der Berliner Mauer. Reagan plane, dort eine größere Ansprache zu halten, schreibt Ronald O. Oppen, Botschafts-Pressesprecher und PR-Mann für das US-amerikanische Außenministerium, in der Einladung.
Der Besuch Reagans in Berlin gilt als Höhepunkt seiner Amtszeit. Das liegt vor allem an der Rede des Präsidenten vor dem Brandenburger Tor, zu der Oppen so sachlich einlädt.

**MISSION
OF THE
UNITED STATES OF AMERICA**

Berlin, den 19. Mai, 1987

Sehr geehrte Damen und Herren!

Praesident Reagan wird Berlin am Freitag, dem 12. Juni besuchen. Es ist geplant, dass er um 14:00 Uhr am Brandenburger Tor eine groessere Ansprache halten wird. Bundeskanzler Kohl und der Regierende Buergermeister Diepgen werden auch eine Rede halten. Einlass gilt nur fuer eingeladene Personen.

Minister Kornblum moechte Sie und Ihre Familie einladen, bei den Ansprachen dabeizusein. Falls Sie daran teilnehmen moechten, bitten wir Sie, die beigefuegten Antwortkarten sofort auszufuellen und sie bis spaetestens 25. Mai abzuschicken. Bitte achten Sie darauf, alle angegebenen Informationen genauestens zu ueberpruefen, so dass es bei der Ueberpruefung keine Verzoegerungen geben wird. Sie sollten sich darauf einrichten am Freitag, dem 12. Juni zwischen 11:30 und 13:00 Uhr an dem Brandenburger Tor einzufinden. Bitte bringen Sie zusammen mit der Einladung Ihre ID Karte oder Ausweis mit.

Hochachtungsvoll,

Ronald P. Oppen
Direktor
Public Affairs Berlin

Pünktlich um 14 Uhr, wie auf der Einladung angekündigt, beginnt Reagan seine Rede. Im Publikum sitzen der deutsche Bundespräsident Richard von Weizsäcker, Bundeskanzler Helmut Kohl und West-Berlins regierender Bürgermeister Eberhard Diepgen. Nach elf Minuten Redezeit kommt Reagan auf den Punkt. Er sagt in englischer Sprache: „Wir begrüßen Veränderungen und Offenheit; denn wir glauben, dass Freiheit und Sicherheit Hand in Hand gehen und dass der Fortschritt der bürgerlichen Freiheit das Desiderat eines Weltfriedens nur stärken kann. Es gibt ein Zeichen, das die Sowjets geben können und das unmissverständlich wäre, das die Sache von Freiheit und Frieden weit voranbringen würde. Generalsekretär Gorbatschow, wenn Sie Frieden anstreben, wenn Sie sich um das Wohlergehen der Sowjetunion und Westeuropas bemühen, wenn Sie Liberalisierung anstreben, kommen Sie hierher an dieses Tor. Mister Gorbatschow, öffnen Sie dieses Tor. Mister Gorbatschow, reißen Sie diese Mauer nieder."

Reagans Worte gehen um die Welt: „Mr. Gorbatchev, tear down this wall!". Die Medien machen sich darüber lustig. Niemand kann sich ernsthaft vorstellen, dass die Mauer in absehbarer Zeit fällt, obwohl Kremlchef Michail Gorbatschow bereits Reformen in der Sowjetunion eingeleitet hat. Dem Tauwetter traut man 1987 noch nicht. Besonders deswegen sind Reagans Worte im Rückblick zu wichtig: Sie signalisieren den Willen zum Frieden, zur Zusammenarbeit und den Wunsch nach Annäherung auf Augenhöhe.

Jeder, der damals der Einladung Oppens gefolgt ist, hat einen historischen Moment erlebt. Jeder, der aus irgendwelchen Gründen nicht hingegangen ist, wird sich heute noch ärgern. ■

15. Februar 2002

Stefanie R. an die Welt

HILFE
HILFE

Wer dies liest, den bitte ich: Rufe bitte sofort die Polizei an. Kein Scherz!
Sie soll zur Laubestr. 2 fahren. In der Wohnung von [redacted] wird die seit Mittwoch, den 11.01.02 vermisste 13-jährige festgehalten! Handeln Sie schnell! Jede Minute zählt! Es geht und Leben und Tod! Bitte helfen sie, das ist kein Scherz.

Vielen Dank dem Retter!
oder der Retterin!

Lebenswichtige Botschaft

Mancher Schreiber hofft, sein Brief könne wegen seines Inhalts die Welt verändern. Meistens funktioniert das nicht. Stephanie R. aus Dresden hoffte im Januar 2006, Briefe würden ihr Leben retten. Und es gelang. Ihre Briefe haben Stephanie aus der Gewalt eines Entführers befreit. Stephanie R. ist 13 Jahre alt. Sie ist am 11. Januar 2006 zur Fuß auf dem Weg zur Schule, als ein fremder Mann sie packt. Es ist ein kräftiger Mann, und er ist „seelisch abartig", wie ihm das Gericht später attestieren wird. Stephanie hat keine Chance gegen ihn. Er legt ihr eine Hand über den Mund, zerrt sie in seinen Kastenwagen, fesselt sie mit Handschellen und sperrt sie in eine Holzkiste. Er schleppt sie in seine Wohnung und hält sie dort gefangen. Er demütigt, quält, schlägt, misshandelt und vergewaltigt sie, manchmal mehrmals am Tag. Wenn der Mann, der brutale, perverse Mann, sie in Ruhe und aus den Augen lässt, kurz in die Küche geht, schreibt Stephanie Hilferuf-Zettel und versteckt sie. Sie gibt die Hoffnung nicht auf, dass sie befreit wird. Sie gibt sich selbst nicht auf, trotz all des Leides, das sie erfährt. Wenn der Mann nicht in der Wohnung ist, sperrt er Stephanie wieder in die Kiste. Der Täter ist bereits wegen Sexualdelikten vorbestraft, hat seine Ex-Freundinnen misshandelt. Er nennt Stephanie „Schatzi", spricht von Kindern und einer gemeinsamen Zukunft. Für immer in der Hölle? Stephanie schreibt. Schreibt sich in die Freiheit. Wenn der Mann sie nachts zum Altglascontainer mitnimmt, immer drohend, sie umzubringen, falls sie um Hilfe ruft oder zu fliehen versucht, nimmt sie die Briefe mit und lässt sie unbemerkt fallen. Morgens am 15. Februar liest ein Nachbar, der mit dem Hund spazieren ist, was da eilig hingeschrieben wurde. Am Mittag desselben Tages befreit die Polizei Stephanie.

36 Tage war sie Gefangene. Sie hat sich selbst befreit – mit ihren Briefen.

Der Täter wird im Februar 2009 zu 15 Jahren Haft mit anschließender Sicherheitsverwahrung verurteilt. Sein Name ist hier nicht genannt, und auch auf Stephanies Hilferuf ist er unkenntlich gemacht. Nicht an den Täter soll erinnert sein – sondern an Stephanie, sein Opfer, die durch ihren Mut überlebt hat. ■

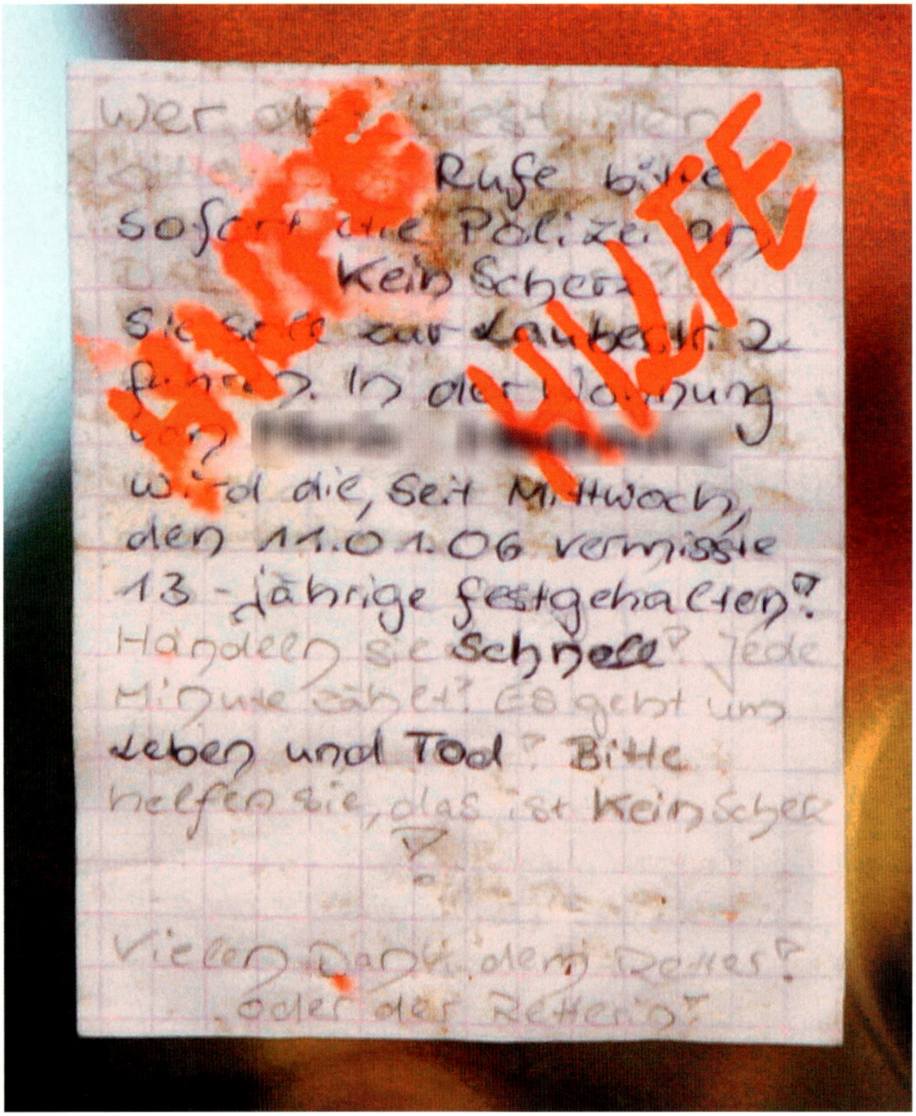

Wer [illegible] liest, [illegible]
[illegible] Rufe bitte
sofort die Polizei an!
[illegible] Kein Scherz.
Sie [illegible] zur [illegible] 2
fahren. In der Wohnung
von [redacted]
wird die, seit Mittwoch,
den 11.01.06 vermisste
13-jährige festgehalten!
Handeln sie schnell! Jede
Minute zählt! Es geht um
Leben und Tod! Bitte
helfen sie, das ist kein Scherz
!

Vielen Dank, dem Retter!
oder der Retterin!

1400 1450 1500 1550 1600 1650 1700 1750 1800 1850 1900 1950 2000

4. November 2005

Julias Omi an den Nikolaus

Pluwig, 4.11.05

Lieber Nikolaus!

Als Dein lb. Brief an meine Enkelin Julia ankam u. Du geschrieben hast ich soll anfang November noch mal an Dich schreiben so war es um Julia geschehen.
Worte von Julia 3 Jahre.
Omi wann schreibst Du nochmal an den Nikolaus. Gell ich war doch immer brav. Das hat doch der Nikolaus gesehen, dann bekomme ich bestimt eine Überraschung.
Ich gebe Dir ein Bild, daß du weißt wie ich aussehe.
So die Worte von meiner kleiner Julia.

Wünsche Ihnen u. all den fleißigen Mitarbeitern eine frohe Weihnachten.
Omi

Hallo, lieber Nikolaus

ich habe in der Schule über sie die Geschichte geschrieben die hat mir sehr gefallen weil sie die Kinder und Eltern von Myra gerettet haben. Myra ist ja eine Stadt die auch jetzt in der Türkei ist und ich komme ja auch aus der TÜRKEI. Und ich habe mich ja sooooo auf das Brief von ihnen gefreut ich wollte mich nochmal bedanken. Der Brief ist Heute angekommen. Ich wusste auch nicht dass es das Ort „Sankt Nikolaus Warndt“ gibt. Viele grüße an Jesus und an den Weihnachtsmann

bis nächste WEIHNACHTEN Lieber
NIKOLAUS

Himmlische Helfer

Post vom Nikolaus persönlich. Gibt es nicht? Gibt es doch, und zwar mit offiziellem Stempel. Der Nikolaus hat sogar seine eigene Adresse: Nikolaus, 66351 St. Nikolaus, Im Ort St. Nikolaus im Warnt, er gehört zur Gemeinde Großrosseln im Saarland, beantwortet der Nikolaus seit 1966 die an ihn gerichtete Post. Der damalige Ortsvorsteher wollte die Briefe von Kindern, die ihre Wünsche und Sorgen an den Nikolaus schrieben, nicht einfach wegwerfen, sondern setzte sich hin und beantwortete jeden einzelnen davon. 1967 spendierte die Deutsche Post einen Sonderstempel für die Nikolaus-Briefaktion, mit dem am 5. und 6. Dezember die

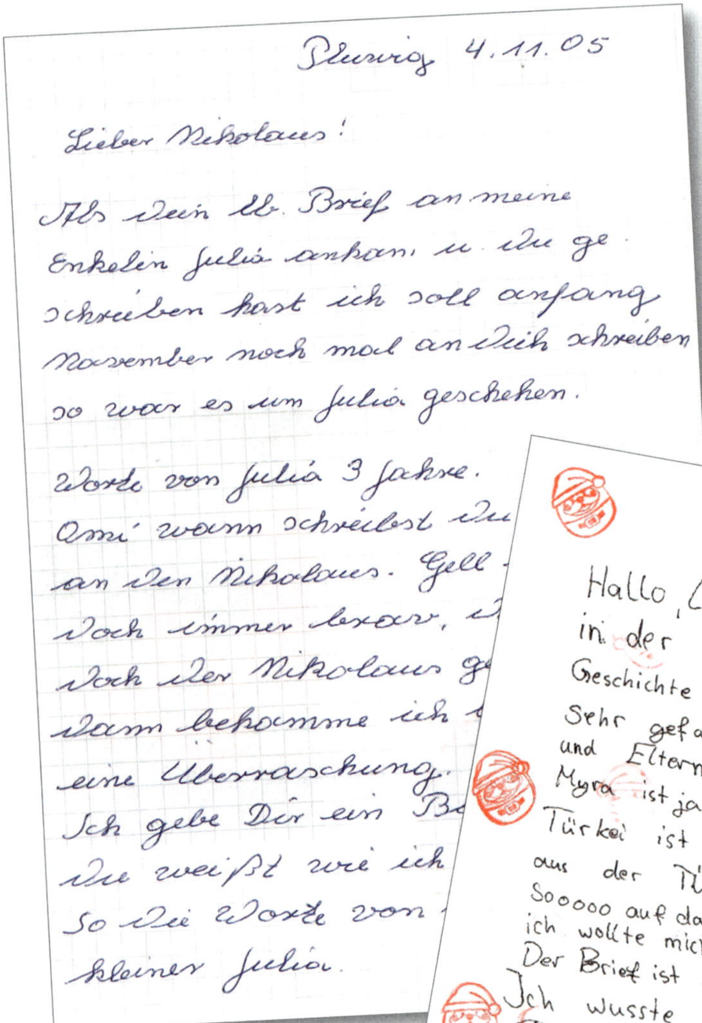

Pluwig 4.11.05

Lieber Nikolaus!

Als Dein lb. Brief an meine
Enkelin Julia ankam u. Du ge
schrieben hast ich soll anfang
November noch mal an Dich schreiben
so war es um Julia geschehen.

Worte von Julia 3 Jahre.
Omi wann schreibst Du
an den Nikolaus. Gell
Doch immer brav,
Doch der Nikolaus ge
Dann bekomme ich
eine Überraschung.
Ich gebe Dir ein Be
Du weißt wie ich
So die Worte von
kleiner Julia.

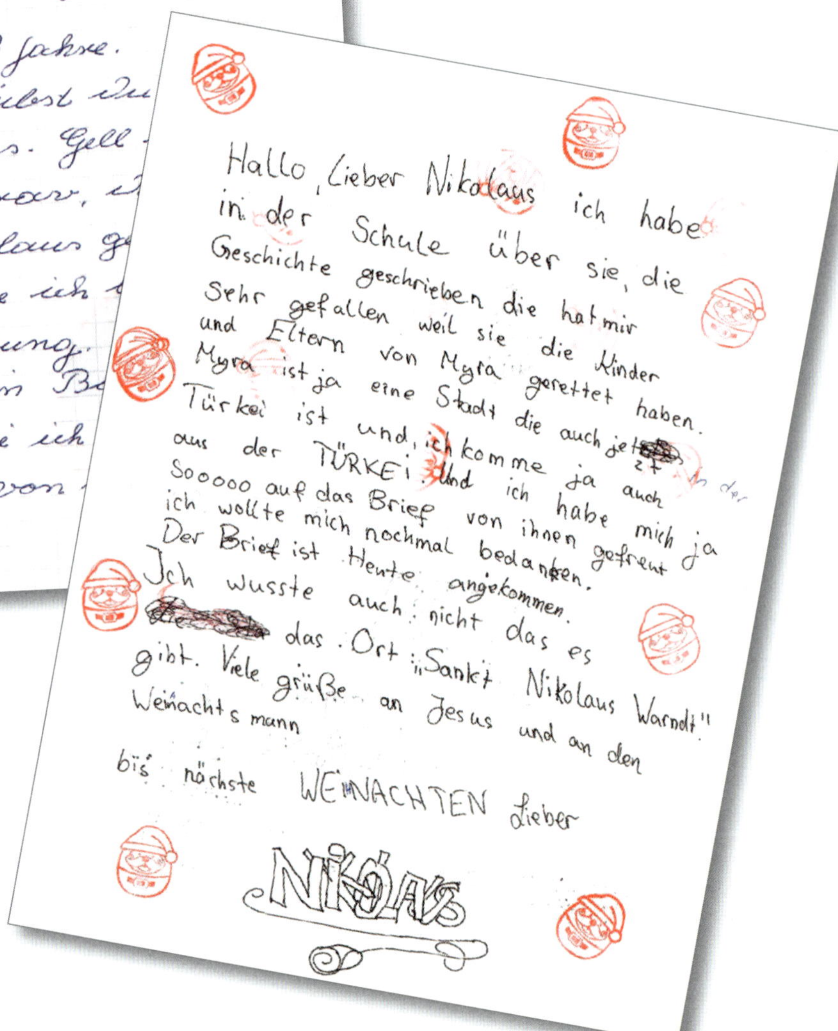

Hallo, Lieber Nikolaus ich habe
in der Schule über sie, die
Geschichte geschrieben die hat mir
Sehr gefallen weil sie die Kinder
und Eltern von Myra gerettet haben.
Myra ist ja eine Stadt die auch jetzt in der
Türkei ist und, ich komme ja auch
aus der TÜRKEI. Und ich habe mich ja
Sooooo auf das Brief von ihnen gefreut
ich wollte mich nochmal bedanken.
Der Brief ist Heute angekommen.
Ich wusste auch nicht das es
das Ort „Sankt Nikolaus Warndt"
gibt. Viele grüße an Jesus und an den
Weinachts mann

bis nächste WEINACHTEN Lieber

NIKOLAUS

1400 1450 1500 1550 1600 1650 1700 1750 1800 1850 1900 1950 2000

Kinderbriefe in der „Nikolaus-Sonderpostfiliale" freigemacht wurden.

Der Rest ist Geschichte – eine Erfolgsgeschichte. Immer noch bekommt jedes einzelne Kind, das dem Nikolaus an seine Adresse schreibt, einen Antwortbrief. Seit zwölf Jahren kümmert sich die Familie Geseke um die Nikolauspost – zusammen mit etwa 35 Helfern. Alle sind ehrenamtlich im Einsatz, nicht nur in der Vorweihnachtszeit, sondern nahezu das ganze Jahr über. 18000 Briefe seien im Jahr 2014 in St. Nikolaus angekommen. Die Helfer lesen jeden einzelnen Brief und sortieren sie dann in Antwortkästen ein – denn ein Kind, das etwa ein selbstgemaltes Bild geschickt hat, soll auch ein Dankeschön für das Bild bekommen. Kinder, die sich mit Sorgen und Problemen an den Nikolaus wenden, bekommen sogar eine persönliche Antwort, das liegt dem Briefe-Team am Herzen. Eine Herausforderung sind auch die knapp 2000 Briefe, die von Kindern aus aller Welt in allen erdenklichen Sprachen geschrieben werden. „Der Nikolaus muss sehr gebildet sein", sagt Sabine Geseke und lacht.

Jedes Jahr entwirft das Team ein neues Nikolaus-Briefpapier und neue Antworttexte. Die Post spendiert den Druck des Briefpapiers, die Kuverts und die Briefmarken. Wie vor 50 Jahren wird erst am 5. Dezember, dem Nikolausabend, gestempelt – egal, wann das Kind geschrieben hat. Manche Kinder sind so begeistert, dass sie sich noch einmal beim Nikolaus bedanken, wie das türkische Kind, das in der Schule vom Heiligen Nikolaus von Myra gelernt hat, jenem Bischof, der der Legende nach Kinder und Arme beschenkte und Wunder wirkte. Die 3-jährige Julia aus Pluwig in Rheinland-Pfalz brachte ihre Omi sogar zwei Mal dazu, an den Nikolaus zu schreiben – weil sie auch wirklich brav war und sich sooo sehr eine Überraschung wünschte.

Es sind diese Momente, die die Gesekes und die anderen freiwilligen Helfer besonders begeistern. Vom Nikolaus bekommen sie nie genug. ■

8. Februar 2010

Alice Schwarzer an Bushido

Hey Bushido,

als ich dich vor drei Jahren in meine Talkshow einlud, um mit dir über deine kruden und menschenverachtenden Songs zu reden, da hast du gekniffen. Jetzt sehe ich im Internet, dass du davon träumst, mit mir zu sprechen. Und in deiner Phantasie stellst du dir vor, dass ich zu dir sage: „Hey, Bushido, wie waren denn die Titten damals von deiner Mutter? Als du als kleiner Junge daran gesaugt hast." Und du würdest mir antworten: „Ey, Fotze! Fick dich ins Knie!"
Hallo? Seit wann habe ich pornografische Phantasien mit stillenden Müttern? Die hast du! Und genau das ist dein Problem.
Das Fass mit mir machst du jetzt auf, weil dein Film läuft. Und da kannst du jede Werbung gebrauchen. Was läge da näher, als ein öffentlicher Fight mit Alice Schwarzer?
Ich tu dir den Gefallen aber nicht. Denn, ganz ehrlich: Ich kann dich nicht ernst nehmen. Du redest viel von Ehre und Respekt, aber du redest davon, wie der Blinde von der Farbe.
Und jetzt ist es dir noch nicht einmal zu blöd, für deinen PR-Gag auch noch obszön über deine eigene Mutter zu labern. Dabei liebst du sie doch angeblich so. Nicht zuletzt, weil sie ein Leben lang bedingungslos – zu bedingungslos? – zu dir gehalten hat.
Ja, schon klar, Bushido: Du bist irgendwie zerrissen. Zwischen dieser deutschen, ergebenen Mutter und diesem tunesischen, abwesenden Vater. Der war schwach – aber stark genug, deine Mutter regelmäßig zu verprügeln.
Und welche Lehren hast du Muttersohn daraus gezogen? Die, gewalttätige Männer zu verachten? Nein, im Gegenteil: Du identifizierst dich mit dem Täter! Auch du verachtest die Frauen. Wir sind für dich nur Fotzen, die man von hinten fickt.
Deine Idole sind gewalttätige, „echte" Männer. Männer, wie Arafat Abou Chaker, nach deiner eigenen Aussage „einer der mächtigsten und berüchtigtsten Männer Berlins". Das sieht die Polizei genauso.
Dieser libanesische Clanchef hat dich vor sechs Jahren auf deine Bitte hin aus dem Knebel-Vertrag mit deiner alten Plattenfirma Aggro rausgehauen. Vermutlich auf seine Art. Jetzt bist du in seinem Label ersguterjunge GmbH sein Goldesel. Humor scheint er zu haben, dein Arafat.
Mit ihm bewohnst du jetzt samt Mama und vielen, vielen stiernackigen Bodyguards anscheinend eine Villa im biederen Lichterfelde. So heißt es in den Medien. Da grillst du, schneidest die Hecken und hörst Depeche Mode. Okay. Ich gönn es dir. Nur erzähl uns nichts vom Ghetto, von Verzweiflung und Ehre.
Dein Leben war, abgesehen von ein paar Ausrutschern, immer eines auf dem Sofa. Du bist als Anis Mohamed Youssef Ferchichi im kleinbürgerlichen Berlin-Tempelhof aufgewachsen und hast das Gymnasium kurz vor dem Abi geschmissen. Es folgten Drogen, Heim und eine Lehre als Anstreicher (mit Bestnote abgeschlossen). Nicht so aufregend, klar.

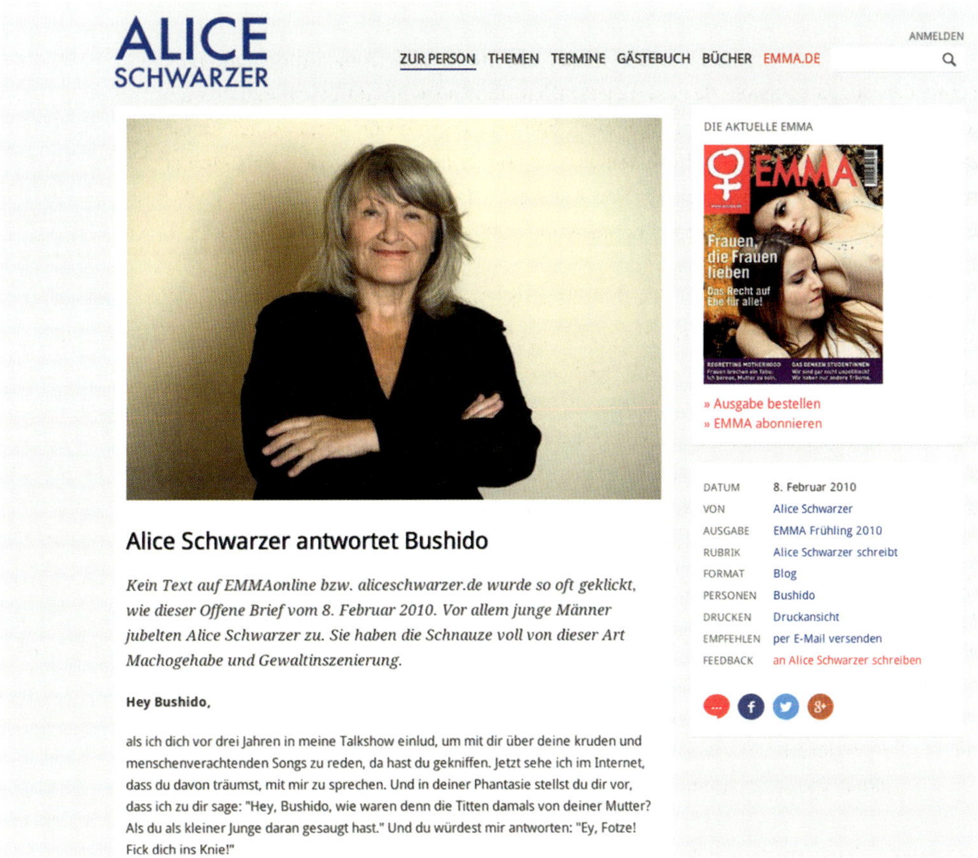

ALICE SCHWARZER

ANMELDEN

ZUR PERSON THEMEN TERMINE GÄSTEBUCH BÜCHER EMMA.DE

DIE AKTUELLE EMMA

EMMA
Frauen, die Frauen lieben
Das Recht auf Ehe für alle!

» Ausgabe bestellen
» EMMA abonnieren

Alice Schwarzer antwortet Bushido

Kein Text auf EMMAonline bzw. aliceschwarzer.de wurde so oft geklickt, wie dieser Offene Brief vom 8. Februar 2010. Vor allem junge Männer jubelten Alice Schwarzer zu. Sie haben die Schnauze voll von dieser Art Machogehabe und Gewaltinszenierung.

Hey Bushido,

als ich dich vor drei Jahren in meine Talkshow einlud, um mit dir über deine kruden und menschenverachtenden Songs zu reden, da hast du gekniffen. Jetzt sehe ich im Internet, dass du davon träumst, mit mir zu sprechen. Und in deiner Phantasie stellst du dir vor, dass ich zu dir sage: "Hey, Bushido, wie waren denn die Titten damals von deiner Mutter? Als du als kleiner Junge daran gesaugt hast." Und du würdest mir antworten: "Ey, Fotze! Fick dich ins Knie!"

DATUM	8. Februar 2010
VON	Alice Schwarzer
AUSGABE	EMMA Frühling 2010
RUBRIK	Alice Schwarzer schreibt
FORMAT	Blog
PERSONEN	Bushido
DRUCKEN	Druckansicht
EMPFEHLEN	per E-Mail versenden
FEEDBACK	an Alice Schwarzer schreiben

Die Website aliceschwarzer.de mit dem offenen Brief an Bushido

Da bist du auf den Trichter mit dem Gangsta-Rap gekommen. Aber der Punkt ist: Du siehst nur so aus. Du spielst nur. Der einzige echte Gangsta in deiner Nähe ist vermutlich dein Beschützer Arafat.
Du aber tust dir nur selber leid und bist von Mutters Rockzipfel nie weggekommen. Ganz wie die verunsicherten Jungs und Mädels, denen du deinen 80.000-Euro-Stundenlohn beim Konzert verdankst.
Jetzt gehst du also Mainstream in Berliner Salons, trägst steingraue Edeljackets und dinierst mit deiner Filmmutti Hannelore Elsner im Borchardt oder machst Smalltalk mit CSU-Seehofer. Der hält dich vermutlich, ganz wie dein midlifekrisender Filmproduzent Eichinger, für ein Sesam-öffne-dich zur rebellischen Jugend.
Du bist aber nur ein kleinbürgerlicher Spießer, der die echt Verzweifelten abzapft. Also ganz ehrlich, Bushido: Respekt kann ich davor nicht haben.

Es grüßt dich und vor allem deine Mutter
Alice Schwarzer

Mit besten Grüßen an die Mutter

Rapper Bushido sagt 2007 eine Fernsehtalkshow zum Thema „Früher, härter, unromantischer – Sex ohne Liebe?" ab – weil er sich den Fuß verletzt hat. Eingeladen hatte ihn Journalistin, Frauenrechtlerin und „Emma"-Herausgeberin Alice Schwarzer. In der Sendung sagt Schwarzer dann, Bushido hätte „nicht die Eier" gehabt, bei dem Thema öffentlich mitzudiskutieren.
Im Jahr 2010 kommt der Film „Zeiten ändern dich" ins Kino. Er basiert auf der Autobiografie des Berliner Rappers Bushido (geb. 1978). Bushido, bekannt für seine derben Texte und Macho-Attitüde, macht PR für den Film. Einem Internet-Videokanal gibt er ein Interview und erzählt von einem fiktiven Dialog mit Alice Schwarzer. Bushido: „Jeder weiß, dass man mich über meine Mutter auf jeden Fall provozieren kann, und ich hab halt kein' Bock, dass, wenn ich mit Alice Schwarzer da sitze und sie merkt, okay, ich krieg den halt nicht über die Macho-Schiene, und auf einmal sagt sie: ‚Wie waren denn die Titten damals von deiner Mutter, als du als kleiner Junge dran gesaugt hast, so?' Und das wär ein Punkt gewesen, so, da hätt ich ihr gesagt, ganz ehrlich, weißte was, fick dich ins Knie, du Fotze, so."
Alice Schwarzer antwortet ihm am 8. Februar in einem offenen Brief. Es ist der meistgeklickte Text auf den Webseiten emmaonline und aliceschwarzer.de.
Bushido antwortete nicht auf den Brief. ■

25. Juli 2010

Unbekannte Love-Parade-Überlebende an das Schicksal

?? Warum ??
Wir wollten nur einen Tag gemeinsam verbringen. Tanzen, lachen und gemeinsam singen.
Dann wollten wir nach haus, denn es wurde uns zuviel, doch wir kamen niemals ans Ziel. Es wurde geschupst, getreten. geschrien.
Alle wollten raus, doch es gab kein vor oder zurück.
Frauen weinten, Männer schrien, wenige Minuten später später ging das Chaos los.
Das alles war am 24.07.2010 ein Tag den es besser nie gegeben hätte.
In Gedenken an die, die in diesem Tunnel ihre schlimmsten Erlebnisse hatten und an die, die ihr zuhause niemals wiedersehen.
Das mußte nicht sein!!!

Im Angesicht des Unfassbaren

Der kürzeste offene Brief besteht aus einem Wort: „Warum?". Er ist immer dann und dort zu lesen, wo ein Unglück geschehen ist und die Menschen zusammenkommen, um Kerzen und Blumen niederzulegen. Das handgeschriebene „Warum?" legen Trauernde an Orten ab, an denen Menschen gestorben sind, deren Tod vermeidbar gewesen wäre. Wo ein Kind zu Tode gekommen ist, ein Mensch erschlagen wurde, wo ein Bus oder gar ein Flugzeug verunglückte. Der Zettel mit dem „Warum?" drückt Hilflosigkeit aus.

Er ist Zeichen von Betroffenheit, von Mitgefühl, aber auch ein Stück weit Anklage: Dieser sinnlose, nicht selbst verschuldete und zu frühe Tod – er wäre vermeidbar gewesen, oder?

Bei der Love-Parade in Duisburg passierte am 24. Juli 2010 ein solches unfassbares und unnötiges Unglück. 21 Menschen starben im Gedränge in einem Tunnel, mehr als 500 wurden verletzt.

Eigentlich soll die Love-Parade ein fröhliches Massen-Event sein: Tanzen zu Techno-Musik unter freiem Himmel, schon seit 1989 erprobt und immer noch ein Publikumsmagnet. Hunderttausende Besucher, viele von weit her angereist, strömen an dem schönen Sommertag zum Feiern auf ein brachliegendes Bahngelände. Ein Tunnel, der auf eine Rampe mündet, ist der einzige Zugang zu dem Partygelände – und auch der einzige Ausgang. Während die einen erst kommen, wollen die anderen schon wieder gehen. Gegen 16 Uhr verkeilen sich die beiden Gruppen an der Rampe ineinander, werden von den Nachkommenden immer enger zusammengeschoben. Nichts geht mehr. Nur die Kräftigen können sich jetzt über Lichtmasten und eine Treppe retten, die anderen kämpfen in der Enge um Luft und Überleben, wie sie später schildern und wie Handyaufnahmen zeigen. Massenpanik. Gegen 17 Uhr sterben die ersten Menschen im Gedränge. Sie werden einfach zerdrückt. „Massive Brustkompression" heißt das später im Polizeibericht.

Das Entsetzen ist groß. Niemand kann so recht verstehen, wie das passieren konnte. Und niemand will die Verantwortung übernehmen.

Die Überlebenden des Gedränges und die Angehörigen der Opfer legen an der Unglücksstelle Kerzen, Blumen und Stofftiere nieder. Ein Meer aus roten Grabkerzen steht schon kurz nach dem Unglück im Tunnel und an

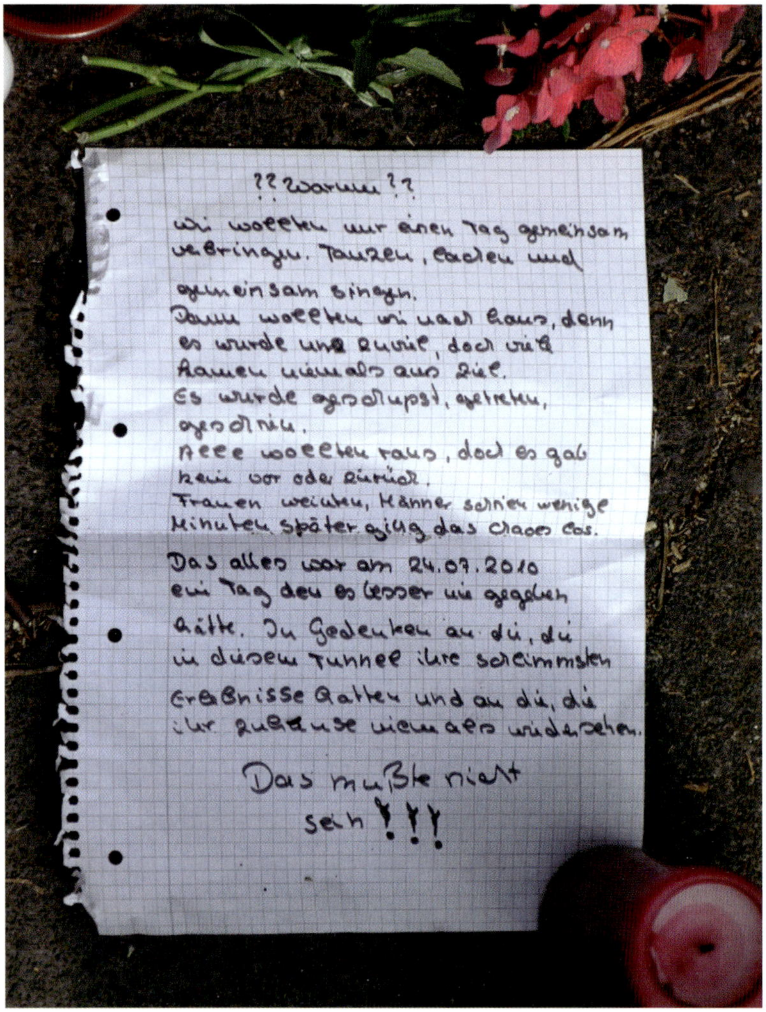

??Warum??

Wi wollten nur einen Tag gemeinsam verbringen. Tanzen, lachen und gemeinsam singen.
Dann wollten wi nach Haus, denn es wurde uns zuviel, doch viele kamen niemals aus Ziel.
Es wurde geschubst, getreten, geschrien.
Alle wollten raus, doch es gab kein vor ode zurück.
Frauen weinten, Männer schrien wenige Minuten später ging das Chaos los.

Das alles war am 24.07.2010 ein Tag den es besser nie gegeben hätte. In Gedenken an die, die in diesem Tunnel ihre schlimmsten Erlebnisse hatten und an die, die ihr Zuhause niemals wiedersehen.

Das mußte nicht sein!!!

der Rampe. Dazwischen Rosen, Stoffbären, Briefe. Einer davon ist dieser hier, in dem eine Überlebende erzählt, was passiert ist. Sie hat den Brief, in dem sie das Unfassbare in Worte fasst, abgelegt, auch, um damit ein Stück des Schreckens an dem Ort zurückzulassen, an dem sie dem Tod nahe war. Sie schrieb diesen Brief an sich selbst, um zu verstehen, was passiert ist, sie legte ihn am Ort ihres Leidens ab und machte ihn damit öffentlich. Die Schreiberin teilt ihr Leid mit allen Lesern. Sie ist in der Ratlosigkeit nicht mehr allein.

Bis heute dauern die Ermittlungen zum Unglück von Duisburg an. Niemand hat bisher die Verantwortung übernommen. Die Veranstaltung „Love-Parade" gibt es nicht mehr. ■

24. Januar 2013

Der „Krümelmonster"-Erpresser an die Firma Bahlsen

null Kekse

ich habe den keks ihr wollt ihn haben. und DesWegen wollt ihr an einem Tag im Februar Allen Kindern im Krankenhaus BuLT Kekse schenken. Aber die mit Voll Milch, nicht die Mit schwarzer Schokolade und nicht die ohne Schokolade, und einen goldenen Keks für die Kinder Krebs Station. sonst geht das Nicht! und dazu wollt ihr die 1000 Euro Belohnung an das tierheim in LANGENHAGEN Spenden. Also hoffentlich habt uhr den keks so Lieb WIE ich und wollt DesHAlb wirklich GroßZügig SEin! echt und Das ist ernSt! Sonst: kommt der zu oskAr in die Mülltonne wirklich!!! WEnn ihr das alles gemacht Habt SCHREIBE ICH wieder einen Brief da STEht Dann drin WO der Keks ist

krüMelMonster

Auf den Keks gegangen

Der Keks ist weg! Am 21. Januar 2013 bemerkt ein Mitarbeiter der Firma Bahlsen: Der goldene Keks, das Wahrzeichen des Traditionsunternehmes, ist nicht mehr da. Etwa einhundert Jahre hing er an der Fassade des Stammhauses in Hannover, eingehängt in eine Metall-Skulptur. Diese zeigt zwei nackte Männer, die eine riesige Breze schleppen, das Wahrzeichen der Bäckerzunft. Die Skulptur ist in fünf Metern Höhe an der Fassade angebracht. In der Mitte der Breze hängt, seit 1910, der vergoldete Keks (Gewicht: 20 Kilo). Aber jetzt nicht mehr. Der Keks ist geklaut, meldet Bahlsen.

Die Firma setzt eine Belohnung von 1000 Euro für die Wiederbeschaffung des Kekses aus. Acht Tage, nachdem der Verlust entdeckt wurde, geht bei der „Hannoverschen Allgemeinen Zeitung" ein Brief der Diebe oder des Diebs ein. Er ist aus Buchstaben und Wörten, die aus verschiedenen Zeitungen und Magazinen ausgeschnitten sind, zusammengeklebt. Unter dem Pseudonym „Krümelmonster" fordert der Täter, dass Bahlsen reichlich Kekse an ein Kinderkrankenhaus und Geld an ein Tierheim spenden solle. Dabei ist ein Bild eines Menschen im Krümelmonsterkostüm mit dem vergoldeten Keks.

Dieses Krümelmonster, in der Kindersendung „Sesamstraße" immer ganz verrückt nach Gebäck, ist ein Sympathieträger, aber für Firmeninhaber Werner Michael Bahlsen hat der Spaß in der Sache ein so großes Loch wie die Brezel in der Skulptur. In einer Pressekonferenz am 30. Januar 2013 macht er klare Ansagen: „Das ist eine Sauerei", sagt er, und „Wir lassen uns nicht erpressen. Wir werden auf die Forderung nicht eingehen." Gegen Spenden und soziale Aktionen hat der Unternehmer nichts, und tatsächlich hat sich die Firma auch in der Vergangenheit in dieser Hinsicht nicht lumpen lassen – doch zwingen lassen will man sich nicht.

Auch die Polizei versteht bei Erpressung keinen Spaß, da es sich um eine Straftat handelt. Erpresserbriefe sind eine ganz eigene Stilform. Das Bundeskriminalamt in Wiesbaden sammelt sie im Archiv und analysiert die Erpresser- und Bekennerschreiben auf Spuren. Damit die Handschrift nicht untersucht oder zugeordnet werden kann,

null Kekse
ich habe den keks ! ihr wollt ihn haben . und Des Wegen
wollt ihr an einem Tag im Februar Allen Kindern im Krankenhaus BULT Kekse
schenken. Aber die mit Voll Milch, nicht Die Mit schwarzer schokolade
und nicht die ohne Schokolade und einen goldenen Keks für die Kinder KREBS Station.
SONST geht Das Nicht ! und dazu wollt ihr die 1000 Euro
Belohnung an das tierhe im in LANGENHAGEN
Spenden. Also hoffentlich habt n
den keks. SO Lieb WIE ich und wollt des HAlb
wirklich Großzügig SEin! echt
und Das ist ernSt /Sonst: kommt der
zu oskAr in die Mülltonne
Wirklich!!! WENN ihr das alles gemac
Habt SCHREIBE ICH wieder einen Brief . DA STEht
Dann DRIN WO der Keks ist

krümelMonster

verwenden viele Täter Schreibmaschinen oder schneiden Buchstaben aus Druckwerken aus. Die kriminaltechnisch auswertbaren Spuren sind aber nicht nur auf den physischen Briefen zu finden, auch die Sprache wird in Wiesbaden analysiert. Wortwahl, Rechtschreibung, Spuren von Dialekten, Berufsjargon, Fehler.

Doch nicht immer lassen sich die Täter finden. Einer der weltweit berühmtesten anonymen Briefe ist der „Höllenbrief" vom 15. Oktober 1888, den ein Unbekannter an den Londoner George Lusk, Mitglied einer Nachbarschaftswache, sandte: Ein ungelenkes Gedicht, mit schwarzer Tinte hingekritzelt, dazu eine halbe menschliche Niere. Absendeort: „From hell", aus der Hölle. Es könnte eine makabere Fälschung gewesen sein, oder tatsächlich das, was der Brief vorgab, nämlich eine Botschaft des Serienmörders „Jack the Ripper." Dieser wurde nie gefasst. Davonzukommen und ihre Ziele durchzusetzen – das ist das Ziel von Erpressern. Normalerweise ist das nicht besonders witzig, weil Menschen zu Schaden kommen können; daher sind Erpresserbriefe zwar bedeutend, aber im negativen Sinn.

Im Fall Krümelmonster löste sich jedoch alles in Wohlgefallen auf. Bahlsen kündigte an, 52000 Kekspackungen an Einrichtungen, die sich darum bewerben könnten, zu spenden, wenn das Wahrzeichen wieder auftauchen würde. Der Keks hing, leicht verbogen, am Morgen des 5. Februar 2013 am Hals des „Niedersachsenross", der Bronzeskulptur eines sich aufbäumenden Hengstes vor der, Achtung!, Leibniz Universität Hannover.

Die Keksbäcker hielten Wort und verteilten die Spenden. Das oder die „Krümelmonster" wurden nie gefasst. Im Mai 2013 stellte die Staatsanwaltschaft Hannover das Ermittlungsverfahren gegen sie ein. ■

17. September 2013

Sachen zum Lachen

BENACHRICHTIGUNG ÜBER AUSSTEHENDE ZAHLUNG(EN)

Venture Advantage Associates

VENTURE ADVANTAGE ASSOCIATES OFFICIAL DOCUMENTS

Betreff: **€ 3.497.000,00 Gewinnbeträge warten auf Anforderung und Auszahlung**
Datum: 17/09/2013 10:30 a.m.
Von: Robert J. Courtney, Leiter der Auslieferung

An: 60569190417 13651 4346

GERMANY

ZUR GENEHMIGUNG
VERTRAULICH

------- Weitergeleitete Nachricht
Von: Robert J. Courtney, Leiter der Auslieferung
Datum: 17/09/2013

BARCODE ZUR DOKUMENTNACHVERFOLGUNG
60569190417

Dokumentierte Benachrichtigung

NACHVERFOLGUNGSKODE DER ÜBERMITTLUNG: 60569190417

AUSSCHLIESSLICH ZUR NUTZUNG DURCH:

Dies ist eine dringliche Benachrichtigung darüber, dass Venture Advantage Associates die Summe von € 3.497.000,00 bestätigt hat, die von Sponsoren dritter Seite zur Auszahlung bereitgehalten werden. Aber, , die datumsabhängigen Fristen für die Einreichung Ihres Anspruchs rücken rasch näher.

Sie wurden als anspruchsberechtigter Empfänger der vollständigen Verrechnung der Geldmittel die derzeit auf Auszahlung warten, bestätigt, und ein vertrauliches **Auszahlungsverrechnungs- / Anspruchsbearbeitungsdokument über € 3.497.000** wurde zur sofortigen Aussendung an Sie erstellt. Da aber die Zeit drängt und Sie individuell die Teilnahme vornehmen müssen, ist es dringend notwendig, dass Sie das beiliegende Übermittlungsautorisierungsformular umgehend ausfüllen und in beiliegendem Antwortkuvert an uns zurücksenden. Die Autorisierung muss spätestens am 10/10/2013 - Datum des Poststempels - geschickt werden, ansonsten wird Ihre Einsendung abgelehnt und Ihre Rechte werden an jemanden anderen übertragen.

Bitte beachten Sie, dass die Auszahlung von Ihrer Erfüllung der Voraussetzungen und der Bestätigung der Auswahl des Sponsors abhängt. Barauszahlungen erfolgen durch beglaubigte Bankschecks ohne Steuerabzüge vorbehaltlich anderslautender nationaler und landeseigener Gesetze.

Mit großer persönlicher Freude darüber, dass ich Ihnen diese wunderbaren Nachrichten überbringen darf verbleibe ich

Mit den besten Empfehlungen
Venture Advantage Associates

Robert J. Courtney
Leiter der Auslieferung

PS: Vervollständigen Sie das beiliegende Übermittlungsautorisierungsformular und schicken Sie es ohne weitere Verzögerung im zur Verfügung gestellten Antwortkuvert zurück. Die Frist per 10/10/2013 ist endgültig und kann unter keinen Umständen verlängert werden.

VAA01GNF

Spam-Brief aus der Asservatenkammer der Polizei:
Mit diesem gefälschten Dokument versuchte die Nigeria-Connection 2013, Opfer zu ködern.

Briefe sind aus der Mode gekommen. Grüße, Nachrichten, Liebesbezeugungen, Einladungen – sie kommen inzwischen meistens elektronisch, als Mail oder auch als Kurznachricht in einer Messenger-App. Der Blick in den Hausbriefkasten hat seine Spannung verloren, denn was ist schon drin? Rechnungen, Mahnungen, Werbung, Kataloge, Kundenmagazine. Vieles kann direkt ins Altpapier, das hat der Briefkasten inzwischen mit dem E-Mail-Posteingang gemeinsam. Schrott, wohin man blickt.

Schrottmails haben einen Namen: Spam. Der Name stammt von einem britischen Büchsenfleisch (Spiced Ham), ein Ernährungs-Schrott, der jedoch stets und überall und massenweise erhältlich ist und war.

Die meisten Spam-Mails sind direkt als solche erkennbar, und viele haben ihre ganz eigene Komik, etwa diese hier von einem Spammer aus Polen:

„Wir haben auf dich gewartet, uns für Ihre Bestätigt-Paket, das unser Büro für Verschiffen zu Ihrem Land von Wohnsitz angekommen in Verbindung. Das Paket wurde von Herrn John „Jack" Lang, der eine Lotterie in Vereinigten Staaten in Kalifornien gewann 24. September 2014 gesendet. Sie wurden per E-Mail die Wahl als eine seiner Spende Gewinner, Ihre Familie und Ihr Land zu helfen. Er sagte auch, in seinem Dokument, das er gibt dieses Angebot, weil er alt und er habe keine andere Wahl, als auf der Welt zu helfen, weil er sehr alt ist. Klirren diesen Link, um Herrn John „Jack" Lange auf sie sehen können."

In sozialen Netzwerken sorgen solche Mails für Heiterkeit. Es gäbe aber schon längst keine Spam-Mails mehr, wenn nicht immer wieder jemand auf Betrugsversuche hereinfallen würde. Die erfolgreichsten dieser Versuche begeht etwa seit 2002 die „Nigeria-Connection". Sie zielen darauf ab, den Empfänger der Mails dazu zu bewegen, Geld zu überweisen, um dann selbst reich zu werden. Immer wird die Auszahlung eines Millionenbetrags versprochen, etwa aus einer Erbschaft, Gewinne aus Lotterie- und Gewinnspielen, Kriegsbeute, plötzlich aufgetauchten Schätzen oder anderem. Um an das Geld zu kommen, soll das Opfer Vorabgebühren bezahlen, etwa Verwaltungs- oder Notarkosten, Zölle oder Provisionen. Ist das Opfer einmal am Haken, erfinden die Betrüger immer neue Gründe, warum das Geld noch nicht ausgezahlt wird und das Opfer weitere Vorschüsse überweisen soll.

Wenn die Opfer merken, dass sie betrogen werden, ist oft schon viel Geld geflossen – und meistens bleibt die Fahndung nach den Tätern erfolglos, da sie nahezu immer aus dem Ausland agieren. Claudia Künzel, Pressesprecherin des Polizeipräsidium München, erklärt: „Das Versenden entsprechender Schreiben, E-Mails oder Telefaxe durch die Täter ist rechtlich zunächst als straflose Vorbereitungshandlung zu sehen. Die Polizei wird in der Regel den Empfänger der Nachricht nochmals sensibilisieren, keinesfalls auf die Forderungen der Absender einzugehen." Wer schon etwas bezahlt hat, hat wenig Chancen, sein Geld zurückzubekommen, denn die Betrüger machen sich schneller aus dem Staub, als man das Wort „Spam" aussprechen kann.

Weil inzwischen sogar die Hühner über solche Spam-Mails lachen, verlegen sich die Betrüger auf eine neue Masche und schicken ihre Geldversprechen inzwischen auch wieder mit der Post. Sie geben sich Mühe mit Fantasie-Briefpapier, Stempel und Pseudo-Schecks. Auch das sind natürlich nur Sachen zum Lachen und haben einen Ehrenplatz im Stapel für Klolektüre verdient.

Wer mal wieder Post von seinem Erbonkel bekommen möchte, sollte ihn vielleicht einmal besuchen. Oder ihm eine Postkarte schicken. Darüber wird er sich bestimmt freuen. ■

Personenregister

Bildnachweis

S. 11 Bayerisches Hauptstaatsarchiv; S. 13 Getty Images; S. 16 Stadtbibliothek Nürnberg/PP 394,7; S. 21 Herzog August Bibliothek Wolfenbüttel; S. 24 Riksarkivet Stockholm/Emre Olgun; S. 28 Oberösterreichisches Landesarchiv; S. 33 Staatsbibliothek Bamberg; S. 40 Staatsarchiv Würzburg; S. 43 zeno.org; S. 46 Heimatmuseum Wiefelstede; S. 49 Projekt Gutenberg; S. 54 The British Library; S. 58 Deutsches Literaturarchiv Marbach; S. 62 bpk/Staatsbibliothek zu Berlin/Carola Seifert; S. 70 Deutsches Literaturarchiv Marbach; S. 73 bpk/Staatsbibliothek zu Berlin; S. 76 Deutsches Historisches Museum; S. 79 akg-images; S. 82 Staatsbibliothek Bamberg; S. 85 Brahms-Institut an der Musikhochschule Lübeck; S. 89 Markgrafenmuseum Ansbach, Kaspar Hauser Abteilung; S. 92 Berlin-Brandenburgische Akademie der Wissenschaften; S. 95 Schloß Schönbrunn Kultur- und Betriebsges.m.g.h./Fotograf: Edgar Knaack; S. 99 Nationalarchiv der Richard-Wagner-Stiftung, Bayreuth; S. 103 Bundesarchiv; S. 105 Bundesamt für Seeschifffahrt und Hydrographie (BSH); S. 111 Wikimedia Commons; S. 114 Museum für Kommunikation Berlin; S. 118 Brahms-Institut an der Musikhochschule Lübeck; S. 124 Österreichische Nationalbibliothek; S. 127 Deutsches Historisches Museum; S. 129 Wikimedia Commons; S. 133 Bayerische Staatsbibliothek München; S. 138 Museum für Kommunikation Berlin; S. 141 akg-images; S. 144 Museum der Tschechischen Literatur (Památnik národniho písemnictví); S. 147 Bayerischer Rundfunk, Historisches Archiv; S. 150 Willy Brandt-Archiv im Archiv der sozialen Demokratie der Friedrich-Ebert-Stiftung, Bonn; S. 157 Richard-Strauss-Archiv Garmisch; S. 160 Archiv Haus der Wannsee-Konferenz; S. 165 Bundesarchiv; S. 168 Deutsches Literaturarchiv Marbach; S. 172, 175 Museum für Kommunikation Berlin; S. 178 SRF; S. 182 Deutsches Historisches Museum; S. 185 Bundesministerium der Verteidigung; S. 189 Museum für Kommunikation Berlin; S. 192 Romy-Schneider-Archiv Hamburg; S. 196 dpa/dpa; S. 199 Librerira Editrice Vaticana; S. 206 Der Bundesbeauftragte für die Unterlagen des Staatssicherheitsdienstes der ehemaligen Deutschen Demokratischen Republik/stasi-mediathek.de; S. 213 Stiftung Archiv der Parteien und Massenorganisationen der DDR im Bundesarchiv; S. 215 Der Bundesbeauftragte für die Unterlagen des Staatssicherheitsdienstes der ehemaligen Deutschen Demokratischen Republik/stasi-mediathek.de; S. 218 Privatbesitz; S. 221 Deutsches Historisches Museum; S. 224 dpa/Lösel; S. 226 Postamt St. Nikolaus; S. 229 www.aliceschwarzer.de; S. 232 dpa/Rene Tillmann; S. 235 dpa/Michael Thomas/HAZ; S. 237 Polizeipräsidium München